Ausführliche Informationen über
unsere Autoren und Bücher
www.dtv.de

Frank Goldammer

Tausend Teufel

Kriminalroman

dtv

Originalausgabe 2017
© 2017 dtv Verlagsgesellschaft mbH & Co. KG, München
Umschlaggestaltung: Isabelle Hirtz, Inkcraft
Satz: Fotosatz Amann, Memmingen
Gesetzt aus der Palatino 9,5/13,5
Druck und Bindung: CPI – Ebner & Spiegel, Ulm
Gedruckt auf säurefreiem, chlorfrei gebleichtem Papier
Printed in Germany · ISBN 978-3-423-26170-8

6. Februar 1947, Morgen

Heller stieg aus dem Auto und schob die Hände in die Taschen seines langen Mantels. Der Atem kristallisierte vor seinem Gesicht, Frost ließ seine Augen tränen. Der schon einige Tage alte Schnee auf dem Gehweg war festgetreten und glatt. Die ausgeschnittene Pappe, die als Schuheinlage diente, konnte nicht verhindern, dass die Kälte in seine Füße kroch. Sein Gesicht war immer noch gerötet. Er hatte sich mit mühsam aufgetautem, noch viel zu kaltem Wasser und Kernseife rasiert. In seinem Magen spürte er ein Ziehen. Er hatte sich die Scheibe Brot aufgespart, die Karin ihm zum Frühstück bereitgelegt hatte, um sie mittags zu der dünnen Suppe zu essen, die man zurzeit in den öffentlichen Küchen bekam. So würde er wenigstens eine richtige Mahlzeit haben, statt zwei halber. Heute Abend machte Karin dann wieder Mehlsuppe – wie fast täglich. Heller war regelrecht angewidert davon. Dabei sollte er froh sein. Frau Marquart, bei der sie wohnten, seitdem sie fünfundvierzig ausgebombt worden waren, hatte Beziehungen zu einem Milchhändler.

Jetzt beugte er sich leicht nach vorne, um in den schwarzen Ford Eifel zu schauen. Er schnaubte ungehalten und warf die Tür zu. In der Eile hatte er seinen Schal in seiner Schreibstube vergessen. Also schlug er den Mantelkragen hoch und zog sich die alte Schiebermütze tief in die Stirn. Es herrschte bittere Kälte. War dem Thermometer am Küchenfenster daheim Glauben zu schenken, dann hatte es vor Sonnenaufgang minus fünfundzwanzig Grad gehabt. Kein

Wunder, dass die Wasserleitungen eingefroren waren. An den Fenstern ihres Schlafzimmers waren über Nacht Eisblumen gewachsen.

Heller machte ein paar vorsichtige Schritte auf der glatten Straße. Ein Pulk von Menschen verstellte ihm die Sicht. Ein russischer Militärlaster stand quer auf der Bautzner Straße, die parallel zur Elbe verlief, sodass sogar die Straßenbahnen stehen bleiben mussten. Viele der Fahrgäste waren aus den übervollen Waggons gestiegen und gafften. Doch keiner wagte es, sich bei den Russen zu beschweren.

Inzwischen war auch Oldenbusch aus dem Auto gestiegen und schlug die Fahrertür zu. Er rieb sich vor Kälte die Hände und trat von einem Fuß auf den anderen.

»Genosse Oberkommissar!«, meldete sich ein uniformierter Volkspolizist im braun gefärbten Wehrmachtsmantel und schob sich durch das Gedränge, welches sich oberhalb des steil abfallenden Elbhanges gebildet hatte. Dann salutierte er vor Heller.

Heller grüßte, indem er seine Fingerspitzen kurz an seine Schiebermütze hob. Die Schirmmütze zu tragen, weigerte er sich beharrlich. Er war bei der Kriminalpolizei und nicht beim Militär. Den neuen Mantel dagegen hatte er gern genommen. Karin konnte nun seinen alten tragen, und das war bei diesen Temperaturen bitter nötig, selbst in der Wohnung.

Unterhalb des Hanges breiteten sich die schneebedeckten Elbwiesen aus. Der Schnee lag nicht sehr hoch, vereinzelt ragten die Spitzen von Grashalmen aus dem Weiß. Auf der Elbe, die an dieser Stelle fast zweihundert Meter entfernt war, trieben kleine Eisschollen.

»Seit wann sind die da?«, fragte Heller und deutete mit einem Blick auf den Laster mit dem roten Stern an der Fahrertür.

»Gerade angekommen, ich fürchte, da wird für Sie nichts mehr bleiben.« Der Vopo hob entschuldigend die Schultern.

Heller hatte das schon vermutet und war nicht sonderlich enttäuscht. Trotzdem wollte er versuchen, noch einen Blick auf das Opfer zu werfen. »Machen Sie den Weg frei. Werner, kommen Sie!«

»Auseinander!«, befahl der Vopo den Leuten. »Gehen Sie weiter, dalli!«

Unwillig schoben sich die Schaulustigen auseinander.

»Warten Sie!«, rief Heller zwei Sowjetsoldaten zu, die auf einer Trage den Toten abtransportieren wollten. Dieser trug die Uniform der sowjetischen Streitkräfte, sein Gesicht war mit einer Jacke bedeckt. Heller hob die Hand und stellte sich den Soldaten in den Weg.

»Stoj! Kriminalpolizei.« Die beiden Russen blieben stehen und sahen fragend zu ihrem Vorgesetzten, einem jungen, asiatisch aussehenden Mann, der energisch mit der Hand wedelte und befahl, den Toten zum Laster zu schaffen. Dann wandte er sich an Heller.

»Nicht Ihre Arbeit, Genosse. Unsere Arbeit. Do swidanja!«

Heller beließ es dabei. Es hatte keinen Zweck zu streiten, das wusste er.

»Wo lag die Leiche?«, fragte Heller stattdessen den Vopo.

»Ich zeige es Ihnen«, sagte der Polizist diensteifrig und lief in Richtung des Elbhanges. Er deutete auf ein Gebüsch etwa drei Meter unterhalb von ihnen.

»Deshalb hat man ihn nicht eher gefunden«, sagte Heller nachdenklich.

»Ein Mann, der austreten wollte, hat ihn entdeckt. Da war es schon recht hell. So gegen acht. Er lag da kopfüber, und seine Beine …«

Heller unterbrach den Vopo und konnte ihn gerade noch

davon abhalten, zur Veranschaulichung der Situation hinunterzusteigen. Hier musste Oldenbusch ran.

»Kommissar Oldenbusch, hierher, bitte!« Heller schlug den offiziellen Ton an und zeigte auf einige Blutstropfen im Schnee. »Können Sie bei der Kälte ein Lichtbild machen?«

Oldenbusch nickte. »Ich denke schon.«

Heller sah sich um und betrachtete missbilligend die Menschenmenge, die sich nicht auflösen wollte. Der Laster stand noch immer da, sein Motor sprang offenbar nicht an. Verhaltene Belustigung machte sich unter den Zuschauern breit. Heller konzentrierte sich wieder auf den Fundort der Leiche und betrachtete skeptisch das steile Gefälle und die Fußspuren der Sowjetsoldaten. Sie waren rücksichtslos durch den blutgetränkten Schnee gestiefelt.

»Extrem starker Blutverlust«, stellte Heller fest. Die dunkle Spur führte bis zu dem Gebüsch hinab. Heller trat ein paar Schritte von der Hangkante zurück, um festzustellen, dass man das Gebüsch von der Straße aus tatsächlich nur sehen konnte, wenn man unmittelbar vorn an der Kante stand.

»Der Mann, der den Toten fand? Wo ist der?«, fragte Heller.

»Er ist weg. Wir haben seine Personalien aufgenommen, damit er zur Arbeit gehen konnte.«

Heller betrachtete den dunklen Fleck im Schnee. »Sie haben den Toten noch gesehen? War die Todesursache erkennbar?«

Noch immer war der Motor des Lasters nicht angesprungen. Ganz kurz überlegte Heller, ob er die Gelegenheit nutzen und sich die Leiche doch noch ansehen sollte. Doch der junge Sowjetoffizier hatte sich sehr deutlich ausgedrückt.

Der Volkspolizist nickte. »Ein Stich direkt in die Halsschlagader, es hätte gar keine Rettung für ihn gegeben. So etwas habe ich früher häufig gesehen.«

Heller wusste, was er damit meinte. Im Krieg.

»Ein Streit unter Russen, nehme ich an. Das erleben wir alle Tage. Betrinken sich und schlagen sich dann. Und manchmal bleibt es nicht dabei.«

Heller nickte ungehalten, er hatte den Mann nicht nach seiner Meinung gefragt. Der Motor des Lasters sprang an, erstarb aber gleich wieder. Die Soldaten stritten, während der Offizier neben dem Fahrzeug stand und rauchte.

»Auch Offiziere? Der Tote war doch ein Offizier«, warf Oldenbusch ein.

»Warum nicht?«, der Vopo hob wieder die Schultern. »He, weg da!«, rief er dann ein paar Jungen zu, die versuchten den Hang hinunterzuklettern, um einen Blick auf die riesige Blutlache zu erhaschen, die im Schnee versickert und dort gefroren war.

Heller holte seinen Notizblock und Bleistift hervor und machte sich vorsichtshalber eine knappe Skizze. Es war so kalt, und er traute Oldenbuschs alter Kamera nicht zu, dass sie bei diesen Temperaturen funktionierte.

»Ich nehme an, er wurde hier überfallen, auf der Straße, geriet ins Taumeln, stürzte hinunter und verblutete im Gebüsch. Werner, Sie müssen trotzdem versuchen, Spuren aufzunehmen.«

Oldenbusch schniefte, hangelte sich ein paar Meter den Hang hinunter und schoss noch zwei Fotos. Dann kletterte er den Hang mit einiger Mühe wieder hinauf. »Wenn wir wenigstens einen Abdruck von den Schuhen des Toten hätten, dann könnte ich versuchen herauszufinden, aus welcher Richtung das Opfer kam.«

Heller sah sich ein weiteres Mal nach dem Armeelaster um. »Können Sie kein Foto von den Profilen der Stiefelsohlen machen? Noch stehen sie da.«

»Ich geh die Genossen mal fragen«, murmelte Oldenbusch

und marschierte los. Heller schob seine Hände wieder in die Manteltaschen und ließ seinen Blick über das Elbtal schweifen. Die frühmorgendliche Sonne schien über das Ruinenfeld auf der anderen Elbseite. Das Licht ließ die vom Schnee bepuderten Mauerreste und Ziegelberge rosa leuchten.

»Beinahe hübsch«, bemerkte der Uniformierte.

Heller sah ihn an und hob die Augenbrauen. Der Vopo hob die Hand und deutete erklärend auf die Ruinen. Heller wusste nicht, ob er verärgert oder belustigt reagieren sollte. Er schüttelte den Kopf. Seltsam, was die Menschen so dachten.

»Das hat keinen Zweck«, kommentierte Oldenbusch, als der schon wieder zurückgekehrt war. In dem Moment sprang hinter ihnen der Motor des Lastwagens an und brüllte mehrmals laut auf, eine schwarze Abgaswolke schoss aus dem Auspuff. Einige Zuschauer klatschten beinahe höhnisch Beifall. Die Sowjets waren nicht beliebt und sie taten auch nichts dafür, sich beliebt zu machen. Heller wusste, es war ihr gutes Recht, doch richtig war es nicht. »Bei Adolf hatten wir immer Butter«, hatte ihm neulich eine Frau in der Schlange vor der Tauschzentrale zugeraunt. Er hatte nichts darauf erwidert. So viel gäbe es zu sagen, womit hätte er anfangen sollen?

Jetzt fuhr der LKW davon, und der Straßenbahnfahrer läutete die Glocke, um die Fahrgäste zum Einsteigen zu ermahnen.

»Der Russe hat das gar nicht einsehen wollen.« Oldenbusch klang resigniert. »Zwecklos, hier auch nur noch eine Sekunde zu verschwenden. Wollen wir uns nicht lieber dem Überfall auf den Kohlehändler widmen?«

»Wahrscheinlich haben Sie recht, Werner.«

»Weg da, hab ich gesagt!«, rief der Vopo plötzlich wieder. »Diese Rotzbengel!«

Heller sah den Hang hinunter. Weiter unten, wo das Gebüsch dichter wurde, hatten sich anscheinend ein paar neugierige Jungen versteckt. Zwischen den Sträuchern sah man ein paar Leute Reisig sammeln. Jeder Zweig, jedes Holzstück wurde zum Feuern benötigt. Sogar Geländer und Schaukästen wurden gestohlen, Gartenstühle und Zäune. Heller hatte außerdem gesehen, dass man im Großen Garten bereits begonnen hatte, Bäume zu fällen. Und der Winter war noch lange nicht zu Ende. Auch weiter unten am Körnerweg und auf der breiten Elbwiese herrschte Betrieb. Manche Leute scharrten im Schnee in der Hoffnung, Klee oder Löwenzahn zu finden. Heller deprimierte dieser Anblick.

»Kommen Sie, Werner, lassen Sie uns verschwinden, sobald die Bahn weg ist.«

»Soll ich den Fundort weiter sichern?«, fragte der Uniformierte.

Heller dachte kurz nach und schüttelte dann den Kopf. Die Sowjets ließen sich sowieso nicht in die Karten blicken, wenn sie nicht einmal zuließen, dass man die Stiefelsohle des Toten fotografierte.

»Melden Sie sich in Ihrem Revier oder setzen Sie Ihren Streifenweg fort. Guten Tag. Abtreten!«, befahl Heller dem Vopo.

Dieser grüßte und zog ab. Heller ging zum Auto und stieg ein. Oldenbusch warf sich mit seinem ganzen Gewicht neben ihn auf den Fahrersitz und ließ den Motor an.

Missmutig beobachtete Heller einige Leute, die, kaum dass der Polizist weggegangen war, neugierig zum Leichenfundort drängten.

»Als ob sie nicht genug Elend gesehen hätten«, murmelte er, obwohl er sich vorgenommen hatte, solche Kommentare zu unterlassen.

»Na, wenigstens scheint die Sonne«, versuchte Oldenbusch

die Stimmung seines Vorgesetzten aufzuheitern und wollte schon den Gang einlegen.

Da berührte Heller ihn am Arm. »Wir bleiben noch, bis die Straßenbahn abgefahren ist.«

Oldenbusch lehnte sich zurück und verschränkte die Arme vor der Brust. Die Männer warteten. Die Bahn hatte sich wieder gefüllt. Inzwischen war schon die nächste gekommen, und auch aus der Gegenrichtung hielt eine fahrplangerecht an der vorgeschriebenen Haltestelle. Viele Leute waren ausgestiegen, und manche blieben stehen und blickten neugierig zu der Menschenansammlung am Hang.

Plötzlich fiel Heller eine Person auf, die sich scheinbar zufällig, doch bei genauerem Betrachten zielstrebig zwischen den Leuten durchschlängelte und auf den Hang zusteuerte. Ganz offensichtlich interessiert sie sich nicht für das Geschehen um sie herum. Sie trug einen Mantel, der einmal ein Wehrmachtsmantel gewesen sein mochte, und bewegte sich trotz ihrer scheinbaren Leibesfülle erstaunlich leichtfüßig. Es sah aus, als wäre der Mantel nur ausgestopft. Heller tippte Oldenbusch an und deutete auf die Gestalt.

Aus der Nähe entpuppte sich die Person als junge Frau, fast noch ein Mädchen. Sie lief dicht an dem Polizeiauto vorbei, und Heller musste sich nun umdrehen, um sie weiter beobachten zu können. Jetzt blieb sie stehen und blickte den Hang hinunter. Plötzlich machte sie eine rasche Bewegung nach vorn und lief mit kleinen Schritten den Hang hinunter.

Um besser sehen zu können, was sie tat, öffnete Heller die Autotür und stieg aus. Die junge Frau war bereits knapp zehn Meter hinuntergeklettert, vorbei an dem Gebüsch, in dem der Tote gelegen hatte, und stand in der Nähe einer Hecke. Sie bückte sich und versuchte, etwas hervorzuzerren. Es war ein Rucksack. Einer der Tragegurte hatte sich im Dornengestrüpp verhakt.

»Halt!«, rief Heller. Die Frau sah erschrocken zu ihm hoch. »Liegenlassen!«, befahl Heller.

Auch Oldenbusch war neben ihn getreten. »Glauben Sie, der gehörte dem Russen?«

»Kann sein«, erwiderte Heller knapp und beeilte sich, ebenfalls den Hang hinunterzuklettern.

»Polizei! Lassen Sie das liegen.« Heller hatte bereits den Rucksack geschnappt, doch die Frau wollte ihren Fund nicht hergeben. Sie zog und zerrte wild, bekam den Rucksack schließlich frei, weil Hellers klamme Finger den Halt verloren hatten. Hastig wollte sie den Hang weiter hinunterrennen, doch sie rutschte aus und fiel hin. Oldenbusch hatte inzwischen Heller überholt, schlitterte mit einem Fuß voran über den verharschten Untergrund, während er mit dem anderen versuchte, die Balance zu halten. Die Frau hatte sich aufgerafft, doch Oldenbusch war schon da und hielt den Rucksack an einem Riemen fest.

Mit einem wütenden Knurren, fast wie ein Tier, ließ die Frau los und stolperte, halb rutschend, halb rennend, das steile Gelände hinunter. Als sie unten angekommen war, blickte sie sich hektisch noch einmal um und rannte dann den Körnerweg entlang, in Richtung Stadtmitte. Oldenbusch verfolgte sie noch gut hundert Meter, wobei der Rucksack in seiner Hand wild hin und her geschleudert wurde, doch es war abzusehen, dass er sie nicht mehr einholen würde.

»Werner, lassen Sie sie«, rief Heller ihm zu, aber es ärgerte ihn, dass sein Assistent das Mädchen nicht hatte festhalten können. Er hätte nur zu gerne gewusst, wer sie war.

Oldenbusch kam zurück und seufzte angesichts der etwa zwanzig steilen und rutschigen Höhenmeter, die er wieder erklimmen musste. Schnaufend überreichte er Heller, der geduldig auf halber Höhe gewartet hatte, den Rucksack.

Heller staunte über dessen Gewicht. Er setzte das Gepäckstück ab und öffnete die Schlaufe. Dann sog er scharf die Luft ein.

Zwei trübe Augen starrten ihn an. Er sah eine blutverkrustete Nase und schütteres Haar, Ohren, aus denen Blut gelaufen und längst geronnen war. Im Rucksack steckte ein Männerkopf.

Heller atmete langsam aus. Dann zog er den Rucksack ganz auf und betrachtete den Kopf näher, ohne ihn zu berühren.

Oldenbusch, der ihm über die Schulter gesehen hatte, pfiff leise. Heller blickte den Spurensicherer vorwurfsvoll an.

»Entschuldigung«, murmelte Oldenbusch.

»Ist das ein Rucksack aus sowjetischen Beständen?«

Oldenbusch schüttelte den Kopf, bückte sich, nahm den Rucksackdeckel und deutete auf einen Aufnäher in der Innenseite. Darauf waren eine Hand mit erhobenem Zeigefinger und der Schriftzug Deuter zu erkennen. »Der ist deutsch.«

»Muss nichts bedeuten.« Heller hatte sich erhoben und schaute sich um.

»Und hier, sehen Sie, Max, auf dem Etikett sind eingenähte Initiale. LK oder SK.«

Heller hatte sein Notizbuch herausgezogen und notierte sich das, doch er wusste: In Zeiten, in denen jeder jeden bestahl, nahm, was er fand, oder hergab für eine Mahlzeit, war dies kaum von Bedeutung.

»Er könnte ihn beim Sturz verloren haben. Der Rucksack ist dann noch weiter runtergerutscht«, spekulierte Oldenbusch.

»Ist Blut zu erkennen, von dem Sowjet?«, fragte Heller.

Oldenbusch betrachtete den Rucksack von allen Seiten, schüttelte dann den Kopf. »Vielleicht hielt er ihn in der Hand und ließ ihn los, als er angegriffen wurde.«

»Und das Mädchen?«

»Das kam hier nur zufällig vorbei, hat den Rucksack gesehen und wollte ihn mitnehmen«, mutmaßte Oldenbusch.

Heller reagierte nicht, stattdessen sah er sich noch einmal den Rucksack an und hob ihn vorsichtig hoch. Der Stoff war nicht von Blut durchtränkt, obwohl der Kopf weder mit Papier noch mit einem Tuch umwickelt war. Er setzte den Rucksack wieder ab. Warum sollte ein sowjetischer Offizier mit einem abgetrennten Kopf im Rucksack nachts durch die Straßen laufen? Warum wurde er selbst getötet? Und warum hat der Mörder des Offiziers den Rucksack liegen gelassen? Hatte er vielleicht gar nichts von dessen Inhalt gewusst? Oder sollten sie wirklich nur zufällig am selben Ort gelegen haben, ein toter Sowjetoffizier und ein Rucksack mit einem abgetrennten Kopf? Kaum anzunehmen.

Heller zog kurzerhand die Schlaufe des Rucksacks zu, schlug die Klappe um und packte ihn am Tragegurt. Die Kälte war ihm in die Nieren gekrochen und seine Finger waren steif gefroren. Oldenbusch dagegen war von der kurzen Verfolgungsjagd noch ganz erhitzt und Heller wollte nicht riskieren, dass er krank werden würde.

»Werner, Sie bringen mich zum Justizministerium.«

»Sie meinen zur Kommandantur?«

»Ja, ich will sehen, ob ich bei der SMAD wegen des Toten noch etwas erreichen kann. Dann versuchen Sie herauszufinden, ob in den letzten Tagen eine Leiche ohne Kopf gemeldet wurde. Und geben Sie mir die Kamera.«

Oldenbusch sah auf die Kamera hinab, die vor seiner Brust hing. Sichtlich ungern streifte er sich den Gurt über den Kopf und reichte Heller die Kamera.

»Das erste Retina-Modell von Kodak, fünfunddreißiger Baujahr. Sie müssen versprechen, darauf zu achten …«

»Werner, ich habe früher auch so eine Kamera besessen.«

Früher, das war vor dem 13. Februar 1945 gewesen. An diesem Tag hatten sie buchstäblich alles verloren, außer das, was sie am Leib trugen – und ihr Leben. Aber Heller hatte nichts nachgeweint, nicht der Kamera, nicht seinem Radio, nicht der schönen Vitrine, den Fotorahmen mit den Bildern seiner Eltern, nicht einmal den Fotos seiner Söhne. Am Leben zu bleiben war mehr, als sie sich hatten erhoffen können in dieser Nacht.

»Ich meine ja nur ...«, murmelte Oldenbusch. »Ich war froh, überhaupt eine aufgetrieben zu haben.«

Medvedev, Leiter der SMAD Dresden, sah von seinem mächtigen Schreibtisch auf, als sein Sekretär Heller ins Büro führte. Vor mehr als einem Jahr war das Justizministerium in der Hospitalstraße zur Stadtkommandantur der Sowjetischen Militäradministration Deutschlands erkoren worden. Es hatte Heller einige Mühe gekostet, sich in dem Gebäude zurechtzufinden. Seit der Besetzung Dresdens durch die Rote Armee war er noch nicht hier gewesen, und seine Russischkenntnisse hatten sich zu seinem Leidwesen noch nicht wesentlich verbessert.

Der Kommandant war aufgestanden, kam um den Tisch herum und reichte Heller die Hand, um sie heftig zu schütteln.

»Genosse Heller, sehr unkonventionell. So habe ich Sie kennengelernt.« Medvedev lachte, kehrte zu seinem Platz zurück und deutete Heller an, sich zu setzen. In den letzten anderthalb Jahren hatte Medvedev leicht zugenommen, der Kragen seines Uniformhemdes spannte deutlich um seinen kräftigen Hals. Heller wusste nicht wohin mit dem Rucksack und blickte sich fragend um.

»Stellen Sie ihn nur auf den Fußboden.« Medvedev schüttelte belustigt seinen Kopf. »Unkonventionell sind Sie, und stur, nicht wahr?«

So eine freundliche Begrüßung hatte Heller nicht erwartet. Er genoss die Wärme im Büro, öffnete seinen Mantel ein wenig und fragte sich, was es wohl an Kohle kosten musste, ein großes Gebäude wie dieses so aufzuheizen.

»In meinem Beruf muss man stur sein, um etwas zu erreichen«, antwortete er ruhig.

»Nun, es geht mir weniger um Ihren Beruf als um Ihre politische Starrköpfigkeit.« Medvedev lächelte noch immer, als eines der vielen Telefone auf seinem Schreibtisch klingelte. Der Generalleutnant hob ab, verneinte etwas und legte gleich wieder auf.

Ach so, daher weht der Wind, resignierte Heller. »Ich bin mein ganzes Leben ein unpolitischer Mensch gewesen«, versuchte er es diplomatisch.

»Dabei hatte ich Sie mir in einer ganz anderen Position gedacht. In der Polizeidirektion. Stattdessen sind Sie Kriminaloberkommissar, und ich muss mich mit Leuten wie Niesbach herumplagen, die in Moskau Marxismus und Leninismus studiert haben.« Was dies in letzter Konsequenz zu bedeuten hatte, ließ der Kommandant offen.

»Es ist in Ordnung, so, wie es ist. Ich mache meine Arbeit gern.«

Eine Phrase. Medvedev wusste das, nickte ungeduldig und winkte schließlich ab. »Heller, Sie müssen gar kein politischer Mensch sein. Es genügt eine kleine Unterschrift und alles steht Ihnen offen. Eine richtige Karriere. Wie soll ich Sie so in die Administration setzen? Die Altkommunisten würden auf die Barrikaden gehen. Allein, dass Sie wieder im Dienst sind, haben Sie mir zu verdanken.«

Heller war nicht hierhergekommen, um über so etwas zu sprechen. Dass er nicht in die NSDAP eingetreten war, rechnete man ihm hoch an, dass er nicht in die SED eintreten wollte, konnten sie nicht akzeptieren.

»Das weiß ich sehr zu schätzen. Doch ich bin aus einem anderen Grund hier, Genosse Kommandant.«

Medvedev hob ergeben die Hände. »Major Wadim Berinow.«

»Das ist der Offizier, der tot aufgefunden wurde?«

Der Kommandant nickte.

»Ihre Soldaten ließen mich nicht einmal einen Blick auf ihn werfen.«

»Wir wollen vermeiden, dass unter der deutschen Bevölkerung Gerüchte gestreut werden, etwa, dass es innerhalb der sowjetischen Streitkräfte zu Auseinandersetzungen kommt.«

»Ist es denn so?«, wagte Heller zu fragen. Diese Heimlichtuerei bewirkte doch genau das Gegenteil. Das schien dem Russen offenbar nicht bewusst zu sein.

Medvedev schwieg. Das Telefon begann wieder zu läuten. Der Kommandant nahm ab, hörte zu, sagte erneut »Njet« und beendete das Gespräch. Dann widmete er sich wieder Heller. »Der Kopf ... Ist das Opfer identifiziert?«

»Nein.«

»Könnte es sich dabei auch um einen Angehörigen der Roten Armee handeln?«

»Unmöglich, das jetzt herauszufinden.«

»Sieht er deutsch oder russisch aus?«

»Wenn Sie das bitte entscheiden möchten.« Heller machte mit der rechten Hand eine einladende Geste und deutete auf den Rucksack.

Tatsächlich stand Medvedev auf, holte den Rucksack, stellte ihn auf seinen Schreibtisch und öffnete ihn.

»Bitte berühren Sie den Kopf nicht!«, beeilte sich Heller zu sagen. Medvedev nickte stumm und besah sich den Kopf, so gut es ging.

»Männlich, deutsch, um die fünfzig oder sagen wir vierzig.« Ungerührt kehrte er an seinen Platz zurück. Heller schloss den Rucksack und stellte ihn wieder auf den Boden. Dass er noch immer nicht kriminaltechnisch erfasst war, stattdessen sogar als Eintrittskarte in Medvedevs Räumlichkeiten hatte herhalten müssen, bereitete Heller Unbehagen.

»Vor vier Tagen fand man in der Nähe des Arsenals an der Carola-Allee einen Offizier. Oberst Vassili Cherin. Er hatte mehrere Stichwunden am Körper und starb an innerer Verblutung.«

Heller nahm sein Notizbuch heraus. »Am zweiten Februar?«

»Man fand ihn am Morgen.«

»Und die Stichwunden? Zugefügt mit einem Messer?«

Der Generalleutnant hob bedauernd die Schultern.

»Ist denn der Leichnam irgendwo aufgebahrt? Hat ein Gerichtsmediziner ihn untersucht? Ist jemand der Sache nachgegangen?«

Medvedev lachte wieder. »Genosse Heller, so viele Fragen wegen einer Sache, die Sie gar nichts angeht.«

Heller lehnte sich verärgert zurück. Er kam sich nicht ernstgenommen vor. Sollte den Russen gar nicht daran gelegen sein, die Sache aufzuklären?

Da beugte sich Medvedev plötzlich vertraulich vor. »Sie kennen noch Vitali Ovtscharov?«

Ovtscharov. Heller dachte nach. »Vom NKWD?«

Medvedev nickte. »Das heißt nun nicht mehr Volkskommissariat, sondern Ministerium für Innere Angelegenheiten. Ministerstwo wnutrennich del. MWD. Ovtscharov hat sich mit dem Tod von Oberst Cherin befasst. Er kam zu dem Schluss, dass es ein Unfall war.«

»Ein Unfall? Er meint, Cherin ist mehrmals versehentlich in einen spitzen oder scharfen Gegenstand gelaufen?«

Medvedev stutzte und lachte dann schallend heraus.»Heller, Sie müssten Ihr Gesicht jetzt sehen, köstlich!«

Heller blickte ihn ernst und ohne eine Miene zu verziehen an.

Der Kommandant verstummte schlagartig, wurde ebenfalls ernst und tippte energisch mit dem Zeigefinger auf die Tischplatte.»Mich interessiert, was da geschieht. Heller, ich sage Ihnen, vieles wird hier von mir ferngehalten. Das MWD ist nicht mein Revier, deshalb kann ich mir keinen Einblick verschaffen. Ist es eine Fehde unter den Offizieren? Ist es ein Angriff auf die sowjetischen Streitkräfte? Ich brauche jemand mit einer guten Spürnase.«

Heller sah den Generalleutnant erwartungsvoll an, doch der schwieg jetzt. Es lag an Heller, die Worte Medvedevs richtig zu interpretieren.

»Dazu werde ich aber die Leichname rechtsmedizinisch untersuchen lassen müssen.«

Medvedev erhob sich.»Das sollen Sie. Ich werde es veranlassen. Sagen Sie, Heller, haben Sie heute schon gefrühstückt?«

Heller schüttelte den Kopf.

6. Februar 1947, später Vormittag

Heller wechselte den Rucksack von der linken auf die rechte Schulter, um sie zu entlasten. Doch die Erleichterung währte nur kurz. Es ging ihm schlecht. Der junge sowjetische Arzt, der ihn an der Tür seiner Schreibstube empfangen hatte, betrachtete ihn misstrauisch. Medvedev hatte Heller einen Wagen mit Fahrer zur Verfügung gestellt, der ihn in die Königsbrücker Straße hinauf und schließlich die Carola-Allee entlang zur ehemaligen Wehrmachtskaserne gebracht hatte. Seit Ende des Krieges wurden die Gebäude von der 1. Gardepanzerarmee der Sowjetunion als Garnison genutzt. Beide Opfer, Berinow und Cherin, waren Angehörige dieser Armee gewesen. Nun sollten sie nach Medvedevs Angaben in den Räumen des Militärkrankenhauses liegen. Zuständig war der Arzt, dessen Namen Heller bei der Vorstellung nicht verstanden hatte.

Der Mann trug einen weißen Kittel über seiner Uniform. Er war etwa dreißig Jahre alt, trug eine Brille mit dünnem silbernem Gestell und wirkte dadurch und durch sein leicht gelangweiltes Auftreten wie ein Intellektueller oder ein Aristokrat. In jedem Fall irgendwie fehl am Platz.

»Sind Sie krank?«, fragte der Arzt Heller besorgt und hielt deutlich Abstand.

Heller winkte ab. Das kam davon, wenn man zu viel aß. Wenn man gar nicht mehr gewohnt war, zu essen. In der Offizierskantine hatte es alles gegeben, was ein Mensch sich vorstellen konnte: warmes weißes Brot, Butter, Marmelade,

Honig, Wurst, kalten Braten, gekochte Eier, eingelegten Fisch, saure Gurken, Kakao, Kaffee. Nach anfänglicher Zurückhaltung hatte Heller seine Scheu verloren und gegessen, bis sein Magen rebellierte. Was für ein Überfluss, dachte er. Und die Leute draußen stahlen die fauligen Zwiebeln, schlugen sich um gestrecktes Brot, fuhren aufs Land, um zu betteln, kochten Futterrüben und sogar Leder. Unter Lebensgefahr sprangen Erwachsene und Kinder auf fahrende Eisenbahnwaggons, um Steinkohle zu stehlen. Manche töteten auch. Es war noch keine Woche her, da hatte ein Einbrecher den Fleischer Richter nachts in dessen Laden erschlagen. Und auch der Kohlehändler, den sie vor zwei Tagen fanden, hatte wohl nur für ein paar Zentner Kohle sein Leben lassen müssen. Wie sollte das nur gut gehen? Wie sollte der Russe jemals ein Freund werden? Mit diesen immer gleichen Parolen, dem Lob auf die Befreier, mit dem strahlenden Übermensch Stalin auf den Plakaten an jeder Hausecke fütterte man bestenfalls die Wut der Bevölkerung.

»Wollen Sie sich setzen?«, fragte der Mediziner.

»Nein, danke.« Zu Hellers Magenschmerzen kam nun auch noch sein schlechtes Gewissen gegenüber Karin dazu. Hätte er nicht fragen müssen, ob er für seine Frau etwas mitnehmen dürfte? Hätte er es vielleicht einfach tun sollen? Einfach etwas einstecken, in die Manteltaschen?

»Ich möchte den Leichnam von Major Berinow sehen.«

»Das habe ich bereits vorbereitet. Ich erhielt einen Anruf. Wenn Sie mir folgen wollen.«

Der Arzt ging voran, Heller schulterte den Rucksack und folgte ihm. Hier im Kasernentrakt war es kühl. Es roch stark nach Äther. Die glänzenden weißen Fliesen an den Wänden, die hohen Mauern und der glatte Steinholzfußboden waren noch Hinterlassenschaften des alten kaiserlichen Militärs und das Hallen ihrer Schritte weckte bei Heller unerwartet

Erinnerungen an die Zeit, als er hier die herabwürdigende Musterung durch die Ärzte des Grenadierregiments über sich ergehen lassen musste.

»Dort.« Der Arzt öffnete die Tür zu einem großen, sehr kühlen und nüchternen Untersuchungsraum. Die Leichname lagen auf zwei normalen Behandlungsliegen und waren mit weißen Laken abgedeckt. Beinah gelangweilt trat der junge Arzt an eine der Liegen und schlug das Tuch zurück.

»Berinow.«

Heller stellte den Rucksack ab und kam langsam näher. »Darf ich Licht machen?«, fragte er. Der Geruch von Äther war so aufdringlich, dass ihm fast übel davon wurde.

»Bitte, dort neben Ihnen.«

Heller schaltete die Deckenleuchte an. Sie gab nur ein schwaches Licht ab. »Verzeihen Sie, ich habe vorhin Ihren Namen nicht verstanden.«

Der junge Mann seufzte. »Kasraschwili, Lado Kasraschwili, Kapitan, Hauptmann würden Sie sagen.«

»Ist das ein georgischer Name?« Kasraschwili kam Heller bekannt vor, doch im Moment wusste er den Namen nicht einzuordnen.

»Ich bin Georgier. Wollen Sie jetzt schauen?«

Heller überlegte noch kurz; er war sich sicher, keinen einzigen Georgier zu kennen.

Dann konzentrierte er sich auf den Leichnam. Der Tote trug noch seine Uniform. Die Schultern der Jacke waren voller Blut, unterhalb davon war die Uniform beinahe sauber. Dagegen war der Kopf des Toten völlig blutverkrustet, die Haare durchtränkt und von geronnenem Blut ganz steif. Das Gesicht hatte man ihm allerdings gewaschen, wahrscheinlich, um ihn zu identifizieren. Die Nasenlöcher jedoch waren vom Blut verschlossen, selbst die Augen waren völlig verklebt.

»Hat man ihn an den Füßen aufgehängt?«, fragte Kasraschwili.

Heller sah ihn erstaunt an, offenbar hatte sich der Mediziner nicht darüber informiert, was geschehen war.

»Man fand ihn kopfüber an einem Hang liegend. Gleich hier, zweihundert Meter zur Elbe hin.«

Heller versuchte den Kopf des Toten zur Seite zu drehen. Es gelang ihm nicht, der Körper war zu steif. Geronnenes Blut rieselte wie feiner Staub durch seine Finger, bröselte von Hals und Ohr des Toten. Dann packte er den Kragen der schweren Jacke und musste daran zerren, damit er sich vom Hals löste. Unzufrieden mit dem Ergebnis, begann er den Oberkörper des Toten zu entkleiden. Dabei geriet er ins Schwitzen. Die von der Totenstarre steifen Arme Berinows erschwerten die Arbeit. Der Arzt, der Hellers Bemühen vom Fußende der Liege aus beobachtete, rührte keinen Finger, bot ihm nicht einmal eine Kleiderschere an. Und Heller wollte ihn auch nicht um Hilfe bitten, denn man wusste nie, ob man dabei die Sowjets in ihrem Stolz verletzte.

Schließlich gelang es ihm, die Arme des Toten aus den beiden Jacken und dem Pullover zu ziehen. Anschließend zerrte er den Pullover über den Kopf des Toten. Das Unterhemd streifte er kurzerhand über die Schultern nach unten. Nun lag der Oberkörper des Toten frei und Heller betrachtete ihn eingehend. Der Offizier war gut genährt und zeigte keinerlei Mangelerscheinungen. Eine Narbe deutete auf eine ältere Verletzung im Brustbereich hin. Ein winziges rotes Mal auf dem linken Oberarm erregte Hellers Aufmerksamkeit.

»Sieht aus wie der Einstich einer Injektionsnadel.« Er deutete auf die Stelle.

»Die Angehörigen der Roten Armee werden regelmäßig gegen Typhus geimpft«, erklärte der Arzt mit monotoner Stimme.

Heller musste mit Schrecken an die Typhusimpfungen denken, die noch 1945 für jeden Deutschen angeordnet worden waren. Die Kanüle der Spritze schien für Pferde gedacht zu sein. Der Schmerz des Einstichs war nicht einmal das Schlimmste gewesen, sondern das Kreischen der geimpften Kinder, das für regelrechte Panik unter den Wartenden gesorgt hatte.

»Können Sie das nachprüfen, gibt es einen Impfnachweis?«

Kasraschwili sog hörbar die Luft durch die Nase und sah Heller über seine Brille an. Es war klar: Er würde nichts nachprüfen.

»Ich würde gern den Hals etwas säubern, dazu bräuchte ich Wasser und ein Tuch.« Heller sah den Georgier an. Er wusste, dass er die Geduld des Mannes strapazierte. Das war leider nicht zu vermeiden.

Dieser zögerte einen Augenblick, als müsse er erst überlegen, ob ihm diese Arbeit angemessen erschien.

»Ich hole es auch selbst«, bot Heller schnell an.

»Nein, bleiben Sie!« Kasraschwili verließ abrupt den Raum. Heller fragte sich, ob sich in den Schränken hier nicht auch ein Tuch und eine Schüssel gefunden hätten. Doch er wagte nicht, selbst zu suchen oder irgendetwas anzufassen. Er wollte den Arzt nicht noch unnötig verärgern.

Schon kurz darauf war der Mann wieder zurück und hatte einen Blecheimer und einen Lappen bei sich. Heller bedankte sich, krempelte seine Mantelärmel hoch und begann, den Hals des Toten abzuwaschen. Dabei legte er zwei Wunden frei, eine rechts, eine links. Kasraschwili sah ihm reglos dabei zu.

»Sehen Sie, ein glatter Durchstich.« Heller ging näher heran und betrachtete die Wunden. Das waren keine Einschnitte von einem Messer. Vielmehr handelte es sich um kleine Löcher, die die Form eines vierzackigen Sterns hatten. Das größere der beiden befand sich auf der linken Seite des Halses, das kleinere auf der gegenüberliegenden Seite. Die Waffe hatte vermutlich beide Schlagadern durchtrennt und einen regelrechten Blutsturz ausgelöst. Berinow musste innerhalb von Sekunden verblutet sein.

Heller trat ein paar Schritte zurück und bat Kasraschwili mit einer Handbewegung, sich die Verletzung näher anzusehen.

»Wie es scheint, ist die Waffe durch die Arteria carotis communis auf der linken Seite eingedrungen und durch dieselbe auf der rechten Seite knapp über dem Schlüsselbein ausgetreten«, schlussfolgerte der Arzt. »Sehen Sie hinter dem Ohr die Verletzung? Wahrscheinlich traf der Täter beim ersten Versuch den Hals nicht, die Spitze der Waffe prallte am Schädelknochen ab.«

Heller betrachtete die Einstichstellen. »Ich kenne diese Art von Wunden«, sagte er. Dann deutete er auf den anderen Leichnam. »Ist das Cherin?«

Kasraschwili nickte, ging zu dem anderen Toten und zog das Tuch weg. Vassili Cherin war vollkommen nackt und sah nicht so aus, als ob er schon seit vier Tagen tot war. Als Heller ihn berührte, stellte er fest, dass der Leichnam durchgefroren war.

Heller beugte sich über den Toten und besah sich dessen Stichwunden. Es waren vier, über den Oberkörper verteilt.

Heller gab ein unzufriedenes Seufzen von sich.

»Wären Sie mir bitte behilflich, den Leichnam zu drehen?«

Der Arzt nickte, ging jedoch zuerst zu einem der Schränke, nahm aus einem Fach zwei Paar Gummihandschuhe heraus und reichte eines davon Heller. Der kurze Blick durch die geöffnete Schranktür hatte Heller gezeigt, wie penibel sauber und ordentlich auch dort alles war. Besorgt warf Heller einen Blick auf die Behandlungsliege, auf der Berinow lag. Von seinem Versuch, den Hals des Toten zu säubern, war die Liege verschmutzt, und auf dem Boden hatte sich eine bräunliche Pfütze gebildet. Heller sah auf und begegnete Kasraschwilis Blick.

»Dies hier ist mein kleines, sauberes Reich inmitten all des Schmutzes. Aber kümmern Sie sich nicht, ich werde eine Reinigung veranlassen.«

Die Männer drehten den Toten auf den Bauch. Heller zählte zehn Einstiche auf dem Rücken des Toten, auch diese in derselben Sternform wie bei Berinow.

»Das war ein Bajonett. Der Täter hat ihn von hinten überfallen. Aber anscheinend war das Bajonett nicht auf einem Gewehr aufgepflanzt. Sonst wären die Verletzungen eher im Unterleib und die Einstiche würden von unten nach oben führen. Der Täter schien die Waffe jedoch von oben nach unten geführt zu haben«, sagte Heller nachdenklich.

Der Georgier fühlte sich scheinbar nicht angesprochen. Als Heller ihn fragend ansah, starrte er nur stumm auf den Toten.

»Ich habe solche Wunden früher häufiger gesehen«, fuhr Heller unbeirrt fort. »Im Ersten Weltkrieg. Ich nehme an, dieses Bajonett gehört zu einem Moisin-Nagant-Gewehr.«

»Sie waren im Krieg? An der russischen Front?« Der Arzt zeigte sich auf einmal interessiert.

»Nein, in Belgien. Ich wurde verletzt, und später im Lazarett sah ich einige Wunden und Narben, die von solchen Bajonetten herrührten.«

Kasraschwili hob den Kopf und sah aus, als wollte er etwas erzählen. Doch er schwieg. Stattdessen ging er zu Berinows Leiche und schlug das Tuch ganz zurück. Zwischen den Beinen des Toten lag genau ein solches Bajonett.

»Er hatte es in der Hand.«

Jetzt war Heller verblüfft. »Die Tatwaffe?«

Der Arzt nickte. »So brachten sie ihn.«

Heller nahm die Waffe vorsichtig mit den Fingerspitzen, betrachtete den Aufsetzverschluss, der vielfach mit einem Hanfstrick umwickelt worden war, um einen festen Griff für die Hand zu garantieren. Es sah aus, als ob diese Waffe schon lange auf diese Art und Weise benutzt worden war. Der Strick war schwarz und speckig.

»Wir dürfen also davon ausgehen, dass es sich um ein und denselben Täter handelt. Dass die Waffe russischen Ursprungs ist, dürfte jedoch nicht auf seine Herkunft schließen lassen. Ich denke, Waffen wie diese lassen sich in rauen Mengen finden. Aber täusche ich mich, ist dies ein älteres Modell? Ich glaube, die heutigen Bajonette sind kürzer.«

Kasraschwili deutete ein Achselzucken an.

»Ich frage mich, warum Cherin hinterrücks überfallen und mehrfach in den Rücken gestochen worden war, Berinow dagegen auf recht ungewöhnliche Weise durch den Hals. Immerhin ist dieses Ziel leicht zu verfehlen. Bei einem frontalen Angriff wäre es einfacher, in die Brust zu stechen.«

»Oder er war Linkshänder und stand hinter Berinow«, warf Kasraschwili ein. Es war ihm nicht anzusehen, ob er sich bloß lustig machte.

»Vermutlich wurde der Täter gestört oder überrascht und musste flüchten. Sonst hätte er die Tatwaffen nicht zurückgelassen und wahrscheinlich auch nicht das hier«, Heller deutete auf den Rucksack in der Ecke.

»Da ist der Kopf drin?« Kasraschwili klang erstaunt. Damit hatte er offensichtlich nicht gerechnet.

Heller betrachtete den Rucksack nachdenklich. Die Zeiten waren schlecht. Schlechter als je zuvor. Alles schien kaputt zu gehen. Wenn etwas funktionierte, kamen die Russen und nahmen es weg. Es gab kein Holz mehr zum Heizen, erst recht keine Kohle. Auf dem Land gab es genug Lebensmittel, doch die Leute versteckten sie. Die Stadtbevölkerung hungerte. Schwarzmärkte blühten an jeder Ecke. Die nichts zum Tauschen hatten und ehrlich bleiben wollten, mussten hungern. Die Befreier wollten das Volk bekehren, aßen ihm jedoch alles weg. Und wenn sie durch die Straßen marschierten, warfen die Menschen die Fensterläden zu und verrammelten die Türen. Das alles war absurd. Warum sollte es dann nicht auch so sein, dass ein Oberkommissar der Volkspolizei mit einem Kopf im Rucksack durch die Stadt lief?

»Wir haben in den letzten Monaten wieder verstärkt Raubmorde zu beklagen. Vor allem auf den Landstraßen und den Autobahnen werden Wagen überfallen, doch auch in den Randbezirken zur Heide gibt es Diebstahl und Raub. Wer allein in der Dunkelheit unterwegs ist, riskiert sein Leben. Möglich, dass ein und derselbe Täter die beiden überfiel«, sagte Heller. »Raubmord?«

Die Dresdner Heide war nicht weit, wer sich ein wenig auskannte, war in Minuten im Wald verschwunden. Kaum jemand wagte sich im Dunkeln aus dem Haus.

»Beide Offiziere hatten noch ihre Brieftaschen bei sich, Geld und Zigaretten«, bemerkte Kasraschwili trocken und ließ damit keinen Zweifel, dass er es nicht für Raubmord hielt.

»Ich will Rechtsmediziner Doktor Kassner veranlassen, die beiden Leichname zu untersuchen. Sind Sie damit einverstanden, wenn ich ihn hierherbestelle? Und haben Sie etwas dagegen, wenn ich einige Fotos mache?«, sagte Heller energisch.

»Nein, tun Sie das.« Der Arzt nahm seine Brille ab und polierte die Gläser an seinem Kittel. »Genosse Oberkommissar, unter uns, ich weiß nicht, was Generalleutnant Medvedev bezweckt, aber Sie werden sich bei Ihrer Arbeit nicht nur Freunde machen. Die Russen mögen es nicht, wenn man die Nase in ihre Angelegenheiten steckt.«

Wie Kasraschwili das gesagt hatte, beschäftigte Heller auf seinem ganzen Weg aus der Kaserne. Als fühlte der Arzt sich nicht dazugehörig, als sei er keiner von ihnen. Er passierte das bewachte Tor und grüßte die Wachsoldaten. Ein Motor heulte auf. Heller erschrak und blieb stehen. Ein russischer Geländewagen mit offenem Verdeck kam auf ihn zu und hielt genau neben ihm am Bordstein. Die lange Funkantenne wippte hin und her.

»Da ist ja mein Lieblingsfaschist.« Der Offizier auf dem Beifahrersitz lachte. Er war dick in Mantel, Schal, Handschuhe und Tschapka eingepackt, sein Gesicht war zwischen den Fellklappen kaum zu erkennen. Doch Heller sah sofort, um wen es sich handelte.

»Oberst Ovtscharov!«

»Sie kennen mich noch.« Ovtscharov klatschte in die behandschuhten Hände. Seine Nase war rot vor Kälte und sein Fahrer schniefte im Sekundentakt. »Ich sah Sie zufällig. Was tun Sie hier?«

Heller wusste, dass der Offizier log. Er hatte auf ihn gewartet. Vielleicht verfolgte er ihn sogar schon, seit er die Kommandantur verlassen hatte.

»Ich recherchiere im Fall Berinow.«

»Tatsächlich? Das tue ich auch. Sie wissen sicher, dass es sich hierbei um eine Angelegenheit der sowjetischen Streitkräfte handelt.«

»Das ist mir bewusst. Aber ich wurde heute Morgen zu diesem Fall gerufen, deshalb gehe ich ihm nach, bis das Verfahren von der deutschen Staatsanwaltschaft eingestellt wird«, antwortete Heller rasch. Auf die Schnelle wusste er nichts anderes zu erwidern. Er konnte sich schlecht auf Medvedev berufen.

»Es gibt in diesem Falle kein Verfahren«, sagte Ovtscharov und zeigte auf den Rucksack, den Heller bei sich trug. »Ist er das? Der Rucksack mit dem Kopf? Gibt es denn einen Beweis dafür, dass er Berinow gehörte oder dass er ihn mit sich führte?«

Heller schüttelte den Kopf.

»Nun, das dachte ich mir. Ich bin mir sicher, es hat mit diesem Fall nichts zu tun. Hat man nicht erst vor Kurzem Leichenteile gefunden? Ich sage Ihnen, ein Zufall, mehr nicht. Und wissen Sie, man kann den Männern nicht alles verbieten. Sie sind auch nur Menschen.«

Heller verstand nicht, was Ovtscharov damit sagen wollte. Doch er wollte nicht nachhaken. Die Situation war ihm unangenehm und er wollte weg. Außerdem fror er, Halsschmerzen kündigten sich an und noch immer drückte ihm der Magen. Die Wachposten hinter ihm mussten jedes Wort gehört haben. Was würden die sich denken, wenn sie ihn im scheinbaren Plauderton mit einem MWD-Offizier sprechen sahen? Die Methoden der Leute Ovtscharovs, die sich im Landgericht auf dem Münchner Platz und im ehemaligen Hotel Heidehof eingenistet hatten, nachdem die Kommandantur von dort ins Justizministerium umgezogen war, unterschieden sich kaum von denen der Gestapo. Konfiszierung, Verschleppung, Folter, Haft. Die Keller des Heidehofs galten als ein Ort, den man unbedingt meiden sollte. Viele der Inhaftierten, ob schuldig oder nicht, wurden ohne Gerichtsverfahren von da aus nach Bautzen gebracht.

»Ist Ihr Sohn denn schon zurück? Wie ich hörte, hatte er das Vergnügen, mehr als zwei Jahre die russische Gastfreundschaft zu genießen.«

»Er ist noch nicht da«, erwiderte Heller und zwang sich zur Zurückhaltung. Wieso kam er auf Klaus? Klaus hätte am gestrigen Tag ankommen sollen, aber Karin hatte mehrere Stunden umsonst am Neustädter Bahnhof gewartet. Ovtscharov war nicht zu durchschauen. Wusste er etwas über seinen Sohn? Verhinderte er vielleicht sogar seine Heimkehr? Nein, ermahnte sich Heller, das ist paranoid, bis vor ein paar Stunden hatte er nichts mit dem Geheimdienstmann zu tun gehabt.

Endlich erbarmte sich Ovtscharov und machte dem unguten Spiel ein Ende. »Nun, es war mir ein Vergnügen, Sie wiedergesehen zu haben. Hier, nehmen Sie. Als Zeichen der Freundschaft.« Ovtscharov langte hinter seinen Sitz, holte ein Päckchen, kaum mehr als ein Bündel zusammengewickeltes Packpapier, hervor und reichte es Heller.

»Was ist das?«, fragte Heller.

»Pajok! Do swidanja!« Ovtscharov gab seinem Fahrer den Befehl zur Abfahrt.

Heller blickte dem Auto nach und wog das Päckchen in der Hand. Es war erstaunlich schwer, aber er ging erst ein paar Schritte weg vom Tor, bevor er vorsichtig das Papier auseinanderfaltete. Er konnte kaum glauben, was er sah: ein großes Stück Fleisch, ein halbes Stück Butter, zwei Karotten und eine kleine Tüte Zucker.

Er hatte noch nicht oft solche Päckchen bekommen. Mit so etwas versuchten sich die sowjetischen Besatzer die Gunst und Zusammenarbeit bestimmter Leute zu erwirken. Pajok war das Zauberwort. Wer nach ihrem Gutdünken handelte, bekam Pajok, und das konnte überlebenswichtig sein. Wer viel Pajok bekam, konnte sich wiederum die Gunst anderer Leute erkaufen. Heller verschloss das Papier wieder, wusste aber nicht so recht, wohin mit dem Päckchen.

»Herr Oberkommissar!«, hörte er da eine Stimme rufen. Es

war Oldenbusch, der ihm über die Straße aus dem Ford zuwinkte.

Erleichtert überquerte Heller die Straße.

»Kommen Sie, Max. Ich mag hier nicht lang stehen«, drängte sein Assistent.

»Warum sind Sie so besorgt?«, fragte Heller und ließ sich auf den Beifahrersitz sinken.

»Warum? Gerade hat so ein Russe versucht, den Wagen zu konfiszieren. Mitten auf der Straße.«

Heller schnaubte. So etwas passierte leider häufig. Am hellichten Tag.

»Er wollte mich anhalten, mit einer Maschinenpistole im Anschlag. Ich habe einfach draufgehalten und gehofft, er schießt nicht.« Oldenbusch fuhr los, wendete und fuhr dann über die Radeberger Straße in Richtung Stadtzentrum. »War das nicht Einer vom MWD, mit dem Sie gesprochen haben?«

»Allerdings. Hat mich scheinbar erwartet, dort am Tor. Wir sollen uns aus der Sache raushalten, meinte er.«

»Das war zu erwarten. Ist mir auch lieber. Mit deren Streitereien will ich nichts zu tun haben. Bei denen ist doch auch keiner sicher. Selbst einer wie Medvedev kann von einem auf den anderen Tag verschwinden.«

»Ich weiß schon, Werner, aber was machen wir mit dem Kopf?«

»Das muss die Staatsanwaltschaft entscheiden. Wir jedenfalls haben keinen in den Akten, der einen Kopf vermissen würde.«

»Werner, ich wünschte, Sie wären nicht immer so sarkastisch, so etwas schlägt schnell in Zynismus um. Und Zyniker erwarten nichts Gutes mehr von der Welt. Lassen Sie uns bitte einen kleinen Umweg über den Bahnhof Neustadt machen.«

Oldenbusch seufzte. »Ich habe aber kaum noch Benzin im

Tank, und es ist längst nicht sicher, ob ich die nächsten Tage welches bekomme. Bleibt das Auto stehen, sind wir aufgeschmissen.«

Heller überlegte. Karin war sicherlich zum Bahnhof gefahren, außerdem wusste Klaus, wo sie wohnten. Er hatte den Krieg und das Lager überlebt, da würde er die letzten Kilometer auch allein bewältigen können. »Gut, fahren Sie uns zu Kassner. Danach ins Kriminalamt. Und die Bilder müssen zügig entwickelt werden.« Heller hob die Kamera an.

Eine Weile fuhren sie schweigend weiter, schließlich verlor Heller den Kampf gegen sein Gewissen und deutete auf das Päckchen auf seinem Schoß. Oldenbusch musste es sowieso längst bemerkt haben.

»Ovtscharov gab mir eine Extraration. Wollen Sie etwas abhaben?«

»Lassen Sie mal Chef, Sie brauchen es mehr als ich. Sie versorgen doch die ältere Dame noch mit, bei der Sie wohnen.«

»Sind Sie denn versorgt?«

»Ich bekomme wöchentlich ein Paket über die Kreisleitung.«

»Ein Russenpaket? Wofür?« Heller sah Oldenbusch fragend an.

Der schenkte ihm einen beinahe mitleidigen Blick. »Das erklärt sich in drei Worten. Sozialistische Einheitspartei Deutschlands.«

Oldenbusch bekam also Pajok, weil er in die SED eingetreten war. Vetternwirtschaft ist das, dachte Heller, nichts anderes. Wo sollte das noch hinführen. Schon jetzt, nach noch nicht einmal zwei Jahren, hatten die Leute genug von den Russen und diesem System der Begünstigungen.

»Genau genommen sind es vier Worte«, brummte er mürrisch.

6. Februar 1947, später Nachmittag

Sein Fuß machte Heller schmerzhaft zu schaffen, als er um halb sechs Uhr abends die letzten Meter auf dem schneeglatten Rißweg nach Hause lief. Entgegen Ovtscharovs Empfehlung hatte er angeordnet, am nächsten Tag mit den paar wenigen Kadaversuchhunden, die die Polizei noch hatte, nach dem zum Kopf zugehörigen Körper zu suchen. Ausgangspunkt sollte die Bautzner Straße auf Höhe der Jägerstraße sein, direkt gegenüber dem Fundort von Berinows Leichnam. Unabhängig vom Tod des russischen Majors betrachtete es Heller als seine Pflicht, der Sache mit dem Kopf nachzugehen. Dies konnte das MWD ihm nicht verbieten. Ein entsprechendes Ermittlungsverfahren gegen Unbekannt war von der Staatsanwaltschaft eingeleitet worden.

Die Heimfahrt in der Straßenbahn hatte eine halbe Ewigkeit gedauert. Von seinem tristen Büro im Keller des zerstörten Polizeipräsidiums, wo aus Platznot das Kriminalamt untergebracht war, musste er einen Umweg über die Augustusbrücke nehmen, da die Carolabrücke nach wie vor nicht nutzbar war. Die Waggons waren überfüllt, die Stimmung gedrückt. Einmal hatte die Bahn für zehn Minuten stehen bleiben müssen.

»Stromausfall!«, hatte der Schaffner gerufen.

Viele husteten, alle wirkten grau und verhärmt. Jeder trug Taschen, Rucksäcke, Koffer bei sich, immer für den Fall, etwas Ess- oder anderweitig Brauchbares zu finden. Aber nur zu oft kehrten sie mit leerem Gepäck wieder heim. Manchmal hatte jemand einzelne Briketts oder Kohlebrocken in den Manteltaschen stecken, andere trugen gebündeltes Reisig bei sich. Argwöhnisch sahen sich die meisten um, wichen den anderen aus, immer in der Angst, bestohlen zu werden.

Heller hatte die ganze Fahrt in der ruckelnden Bahn stehen müssen, seine Aktentasche mit dem wertvollen Inhalt beinahe ängstlich vor die Brust gepresst. Der Geruch des Fleisches war ihm in die Nase gestiegen, und auch die Umstehenden mussten es gerochen haben.

Mit dem Sonnenuntergang sank die Temperatur empfindlich, dabei hatte es selbst am Tag nicht mehr als minus sieben Grad gehabt. Trotz seines Schals, den er sich um Hals, Mund und Nase gewickelt hatte, fröstelte ihn. Als er das Gartentor von Frau Marquart erreicht hatte, zögerte er einen Moment. Nichts deutete darauf hin, dass Klaus zurück war. Niemand stand am Fenster, niemand kam ihm entgegen. Er durchquerte den kleinen Vorgarten mit langen Schritten, kündigte sich mit einem kurzen Klopfen an und schloss die Tür auf.

»Karin? Sieh mal, was ich habe!«

Karin kam eilig die Treppe herunter. Sie hatte ihren Mantel eng um sich geschlungen und ging auf die Zehenspitzen, um ihm einen flüchtigen Kuss zu geben.

»Da, schau.« Heller öffnete seine Aktentasche, doch seine Frau blickte nur flüchtig hinein.

»Max, Frau Marquart ist krank.«

»Was hat sie?«

»Hohes Fieber. Angina möglicherweise. Hoffentlich ist es keine Lungenentzündung. Ich kann ihr nur Tee geben.«

»Aber heute Morgen ging es ihr doch noch gut!«

»Aber jetzt ist sie krank, Max.«

»Ich kann jetzt niemanden mehr erreichen.«

»Und dieser Professor Ehlich im Klinikum? Mit dem hattest du doch zu tun.«

»Ich will es versuchen.« Max gab Karin die Tasche, die damit gleich in der Küche verschwand, und ging zum Telefon im Erdgeschossflur, das man ihm installiert hatte, als er vor einem Jahr wieder in den Polizeidienst aufgenommen worden war.

»Max, du hast ja Fleisch mitgebracht!« Karin kam ihm freudig entgegen, als er zehn Minuten später die Küche betrat.
»Ein Oberst vom Geheimdienst hat es mir gegeben.«
Karins Miene verfinsterte sich.
»Keine Sorge, ich hatte nur ein beiläufiges Gespräch mit ihm.« Heller senkte die Stimme. »Offenbar gibt es einen blutigen Zwist unter russischen Offizieren. Aus dem hätte er mich gern rausgehalten.«
»Der tote Russe vom Waldschlösschen?«
Heller war immer wieder erstaunt, wie schnell sich Gerüchte und Nachrichten verbreiteten.
»Ein bisschen unterhalb davon. Ja, der.«
»Und du hältst dich raus, ja?«
Heller nickte, aber Karin sah ihm prüfend in die Augen. »Lüg mich nicht an!«, ermahnte sie ihn. »Was ist mit Professor Ehlich?«
»Es hat keinen Zweck. Man wollte mich nicht durchstellen. Ehlich sei zurzeit nicht im Dienst. Wir sollen sie ins Krankenhaus bringen, sagte man mir nur.«
»Dann tun wir das.«
»Karin, hier geht es ihr besser. Von den Krankenhäusern gehen jeden Tag Fahrzeuge mit dreißig, vierzig Toten in die Krematorien. Ich habe vorhin mit Kassner gesprochen.« Es war nur ein kurzes Gespräch gewesen, Kassner hatte kaum Zeit gehabt.
»Und der? Kann der helfen?«
»Ich bitte dich, er ist Rechtsmediziner.«

»Wir müssen aber irgendwas tun!«, fuhr Karin auf.

»Wir machen Wickel und geben ihr Tee. Vielleicht erholt sie sich in der Nacht.«

»Und wenn sie stirbt?«

»Karin, es gibt nichts, rein gar nichts, was wir tun können.« Max nahm seine Frau in den Arm. Zuerst sträubte sie sich ein wenig, dann gab sie nach.

»Ich weiß, Max«, flüsterte sie an seiner Brust. »Wohin das nur führen soll.«

Kasraschwili. Heller fiel der sowjetische Arzt ein. Vielleicht konnte er dem etwas abbetteln, etwas Fieberstillendes wenigstens.

»Der Name Kasraschwili, sagt der dir etwas, Karin?«

Karin überlegte kurz. »Ja. Das Klavierkonzert.«

»Richtig.« Jetzt erinnerte sich auch Heller. Fünfzehn Jahre mochte das her sein oder mehr.

»Tariel Kasraschwili, der georgische Klaviervirtuose. Es war zuerst etwas gewöhnungsbedürftig, weißt du noch?«

Heller nickte und log damit ein wenig. Er wusste nicht einmal mehr, wo das Konzert stattgefunden hatte. »Ich habe heute einen Arzt namens Kasraschwili kennengelernt, einen Georgier. Ob sie verwandt sind?« Es war müßig darüber nachzudenken. Vielleicht war dieser Name in Georgien so geläufig wie Müller in Deutschland. Er ließ Karin los. »Vielleicht kann der mir helfen, morgen. Lass mich zu den Nachbarn gehen, vielleicht hat einer etwas Brühe übrig. Ich fürchte nur, es wird keiner etwas geben.«

»Nimm das mit.« Karin drückte ihm das kleine Päckchen Zucker in die Hand.

Heller nahm es widerwillig. Er wollte es nur ungern hergeben, ließ es sich aber nicht anmerken.

Von oben ertönte ein furchtbares Krächzen. Heller fuhr herum.

»Das macht sie immerzu«, erklärte Karin und hielt ihren Mann zurück, als er zur Treppe wollte. »Sie mag niemanden sehen, nur mich.«

Heller nahm seine Mütze und den Schal. »Gibt es Nachrichten von Klaus?«, fragte er, bevor er die Wohnungstür öffnete.

Karin kniff die Lippen zusammen und schüttelte den Kopf.

7. Februar 1947, früher Morgen

Heller schreckte aus dem Schlaf auf und brauchte einen Moment, um sich zu orientieren. Die Türklingel schrillte zum wiederholten Mal und jemand hämmerte an die Haustür. Schnell warf er die Bettdecke zur Seite, erschauderte vor der plötzlichen Kälte und fuhr in seine ausgetretenen Pantoffeln.

»Mach Licht. Ich bin sowieso wach«, murmelte Karin.

Heller knipste die Nachttischlampe an und sah auf seine Uhr. Es war halb vier Uhr morgens. Wieder klingelte es. Er stand auf und ging in den Flur und schaltete auch hier Licht an. Aus dem Nachbarzimmer war das schwere Keuchen von Frau Marquart zu hören. Wegen ihr hatte er vor Sorge kaum einschlafen können. Es war ihm nicht gelungen, Hilfe aufzutreiben. So blieb Karin nichts anderes übrig, als kalte Wickel zu machen und der kranken Frau die Stirn zu kühlen.

Gleich neben der Tür hing Hellers schwerer Mantel, den er wegen der anhaltenden Kälte auch im Haus trug. Jetzt warf er ihn sich über, rief »Ich komme doch schon!« und ging die Treppe runter. Noch einmal hämmerte es wild an der Tür. Den Gedanken, dass es Klaus sein könnte, hatte er nach dem zweiten Klingeln schon verworfen. Der hätte niemals solchen Lärm veranstaltet.

Bevor er die Haustür öffnete, griff er in die Manteltasche und umfasste seine Dienstpistole. Mit der linken Hand schloss er die Tür auf. Eisige Luft fuhr ihm um die Beine.

Im schwachen Licht der Gaslaterne zeichneten sich die Silhouetten zweier Uniformierter ab. An ihren Tschakos erkannte Heller sie als Volkspolizisten.

»Genosse Oberkommissar?«

»Ja?«

»Oberschutzmann Neubert. Sie werden dringend verlangt. Es hat einen Überfall gegeben, mit Handgranaten und Maschinengewehr«, erklärte einer der Männer.

»Gibt es Tote oder Verletzte?«

»Die Sache ist noch recht unübersichtlich. Sie sollten angerufen werden, doch es kam keine Verbindung zustande.«

»Ich zieh mir nur schnell etwas an.« Bevor er wieder die Treppe hochging, prüfte er sein Telefon. Tatsächlich war die Leitung tot. Mal gab es keinen Strom, mal kein Telefon, als würde jemand nach Gutdünken Hebel bedienen und Knöpfe drücken. Er schüttelte den Kopf.

Das Fahrzeug, mit dem die beiden Polizisten Heller abgeholt hatten, war ein von den Russen erbeuteter Opel Blitz mit Holzvergaser. Seine ursprüngliche Farbe war im typischen Grünbraun der Roten Armee überlackiert. Die Buchstaben POLIZEI hatte man mit einer Schablone auf die Türen und die Heckklappe gemalt. Die Pritsche des kleinen Lasters war mit einer Plane überdacht.

Das Fahrzeug hatte alle Mühe, die Steigung zur Bautzner Landstraße zu bewältigen. Kurz vor der Kreuzung starb der Motor ab. Es kostete den Fahrer mehrere Minuten, ihn wieder in Gang zu bringen. Sie hatten sich zu dritt in das Fahrerhäuschen gezwängt. Warm wollte es trotzdem nicht werden.

Fast bis zum Albertplatz, der jetzt Platz der Einheit hieß, ging die Fahrt, die gesamte Bautzner Straße entlang. Der Fahrer bog in die Alaunstraße ab und wurde von einer Polizeisperre aufgehalten, dann aber doch durchgelassen. Dort, wo bis zur Bombardierung das Lichtspielhaus ›Palasttheater‹ gestanden hatte, klaffte jetzt eine große Lücke. Der Boden war eingeebnet. In provisorischen Bretterbuden, die auf der Freifläche errichtet waren, hausten seit fast zwei Jahren Flüchtlinge.

An der Katharinenstraße, etwa hundert Meter vor der Kreuzung Louisenstraße, hielt der Laster. Heller stieg aus und sah sich um. Trotz der Kälte standen fast alle Fenster offen. Neugierig sahen die Bewohner zu, was unten auf der Straße vor sich ging. Rotarmisten mit Maschinenpistolen standen herum und rauchten. Deutsche Polizisten warteten neben einer Hauswand. Heller sprach sie an.

»Oberkommissar Heller, Kripo. Ich möchte einen Lagebericht!«

Einer der Männer ging auf ihn zu und grüßte offiziell. »Oberschutzmann Degner. Vor etwa einer Stunde hat es auf das Lokal Schwarzer Peter dort an der Kreuzung Alaun-/Louisenstraße einen Angriff gegeben. Der oder die Angreifer schossen mit Gewehren oder Maschinenpistolen, warfen eine oder mehrere Handgranaten und eine Brandflasche. Eine Streife war zuerst vor Ort, konnte aber keinen Angreifer mehr ausmachen. Dann trafen aus der Sowjetkaserne Soldaten ein, die das Gebäude besetzten. Es gab keine Gegenwehr, offenbar waren der oder die Attentäter entkommen. Vermutlich handelte es sich um einen reinen Akt der Zerstörung. Es entstand ein Brand im Lokal, der jetzt erst gelöscht werden konnte. Der anwesende Lokalbesitzer, Josef Gutmann, ist leicht verletzt. Die Etagen darüber sind unbewohnt, das Treppenhaus zugemauert. Angeblich gibt es Augenzeugen für den Anschlag.«

Was das hieß, erläuterte der Mann nicht weiter. Heller wusste jedoch, dass sich keiner freiwillig zu Aussage bereiterklären würde, solange die Soldaten der Roten Armee noch anwesend waren.

»Dieser Gutmann, wo ist der?«

»In seinem Lokal, im Hinterzimmer. Wird zurzeit behandelt.«

»Kann ich da hinein?«

Berger sah über die Schulter. Die Soldaten hatten Scheinwerfer aufgebaut, die das Haus beleuchteten, aus der Entfernung waren jedoch kaum Einzelheiten auszumachen. »Sie können es probieren. Die Genossen der Sowjetarmee haben vorhin alles abgeriegelt. Das Lokal gilt als beliebter Treffpunkt sowjetischer Offiziere.«

»Ich versuche es mal«, meinte Heller.

Keiner der Soldaten behelligte ihn, bis er vor dem Haus stand. Die Fenster des Lokals, dessen Eingang sich genau an der Hausecke befand, waren zerstört. Die Fensterläden waren abgerissen oder hingen aus den Angeln, über den beiden Fensteröffnungen auf der Louisenstraße zeichnete sich eine Rußfahne auf der Fassade ab, die bis hinauf in das dritte Stockwerk reichte. Zum Glück befand sich die Feuerwache Neustadt nur hundert Meter von dem Lokal entfernt, sonst wäre wohl das gesamte Haus abgebrannt. Feuerwehrleute waren dabei, Schläuche zusammenzurollen. Das Löschwasser gefror an der Fassade und verlieh dem grauen Putz einen seltsamen Glanz im Licht der Scheinwerfer. Ein Dieselgenerator tuckerte.

Jemand sprach Heller an. »Sie sind der Kriminalpolizist?«

»Oberkommissar Heller.«

»Brandmeister Steffens, ich führe die Brandwache. Das Feuer wurde im Erdgeschoss mithilfe eines Brandbeschleunigers gelegt, vermutlich eine Brandflasche. Ein Ausbreiten der Flammen auf die Nachbargebäude konnten wir verhindern, obwohl die Russen uns zuerst nicht löschen lassen wollten.«

»Weshalb?«

»Sie vermuteten wohl die Angreifer da drinnen. Aber sie konnten kaum eindringen, die Rauchentwicklung war zu stark. Vielleicht glaubten sie, es wäre ein Raubüberfall«, jetzt senkte Steffens die Stimme, »oder es wäre jemand von ihnen gewesen.«

Heller legte den Kopf in den Nacken. Das Haus schien ihm auf den ersten Blick durchaus noch bewohnbar, doch bestimmt täuschte ihn der äußere Eindruck der gut erhaltenen Fassade. Nicht umsonst würde man das Treppenhaus zugemauert haben. Anscheinend hatte das Haus kein richtiges Dach mehr. Es war in der Bombennacht wahrscheinlich ausgebrannt und bestand nur noch aus brüchigen Mauern. Solche Art von Kulissenarchitektur gab es in vielen Vierteln der Stadt.

»Es gibt keine weiteren Opfer?«

»Nur das Erdgeschoss wird genutzt. Sämtliche Aufgänge sind zugemauert. Wir waren mit Drehleitern oben, haben in die Fenster gesehen, es ist alles leer und offen bis zum Dach. Wenn Sie wollen, können Sie jetzt hineingehen.«

Heller betrat das Lokal durch die offene Tür an der Ecke. Drinnen hatten die Sowjetsoldaten einen Scheinwerfer auf den Boden gestellt. Der Brandgeruch war sehr stark. Die Wandverkleidung und Teile des Mobiliars waren verbrannt, Tische, Stühle, der hölzerne Boden, der aus Planken bestand, die breit gestreuten Sägespäne hatten ihr Übriges getan. Löschwasser tropfte von der Decke, stand, mit Asche vermischt, in grauen Pfützen auf dem Boden oder versickerte zwischen den Dielen. Es knackte leise, weil das Holz auskühlte. Schon gefror das Wasser. Heller hielt sich rechts und ging in Richtung der Theke, die vom Feuer verschont geblieben war. Eine Tür stand auf und Heller betrat den Raum, von dessen Decke Löschwasser tropfte. Er erkannte ein Urinal, nicht mehr als eine Fliesenwand, unter der eine drei Meter lange Dachrinne montiert war. Zwei Toilettenbecken standen an der anderen Wand, getrennt durch eine Bretterwand, aber es gab keine Türen. Als Toilettenpapier dienten Zeitungsblätter, die auf langen Nägeln aufgespießt und nun völlig durchweicht waren. Sogar ein Waschbecken gab es, und als Heller den Wasserhahn aufdrehte, registrierte er erstaunt fließendes Wasser. Der Gastraum war groß, langgezogen und düster. Heller versuchte, die Plätze zu zählen, doch er gab in dem Durcheinander schnell auf. Trotzdem stieg er über die umgeworfenen Tische und Stühle aller Größen und Ausführungen, um sich den Schaden und die örtlichen Gegebenheiten zu notieren. Er entdeckte auch ein Klavier, das durch Feuer und Wasser jedoch rettungslos verloren war.

Die Decke war behelfsmäßig mit Stütz- und Querbalken gegen Einsturz gesichert. Dieses Provisorium hatte immerhin schon mindestens zwei Jahre gehalten. Die Theke bestand aus grob gezimmerten Brettern. Mit Kreide waren das schlichte Angebot und die Preise an die Rückwand geschrieben. Die meisten Buchstaben waren verwaschen. Es würde nicht angeschrieben, ermahnte ein Hinweis in kräftigen Großbuchstaben. Vermutlich bedeuteten die kyrillischen Buchstaben darunter genau dasselbe. Bestimmt gab es unter der Hand noch andere Dinge, als auf der Kreidetafel angeboten wurden, die der Lokalbesitzer sich gut bezahlen ließ. Nicht in Reichsmark. Es gab bessere Währungen. Zigaretten zum Beispiel, aber auch Eier und Speck. Heller zählte fünf Einschusslöcher in der Wand.

Das Lokal hatte schweren Schaden erlitten, doch Heller vermutete, dass es nicht viele Tage brauchte, bis der Besitzer es wieder öffnen konnte. Es war keine Zeit für Schönheit und Ästhetik, alles musste einfach nur seinen Zweck erfüllen.

»Hallo«, rief Heller.

»Wer ist da?«, fragte jemand zurück.

Heller vermutete, dass die Stimme aus einem Raum hinter der Theke gekommen war. »Hier ist Kriminaloberkommissar Heller.«

»Hier hinten!«

Heller zwängte sich durch einen schmalen Durchgang neben der Theke in einen düsteren Gang. Nur aus einer offenen Tür drang schwaches Licht. Hier standen Holzkisten, leere Flaschen und Kartons, die sich teilweise bis zur Decke stapelten. Ein Vorhang hing von der Decke. Im Vorbeigehen warf Heller einen kurzen Blick dahinter, sah aber nur ein hölzernes Regal, in dem gestapelte Wäsche lag. Dann erreichte er eine kleine Schreibstube, die von einer Petroleumlampe beleuchtet wurde. Auf einem provisorischen Schreibtisch, nichts weiter als ein Brett auf zwei Böcken, lag haufenweise Papier, kleine Zettel, beschrieben mit kaum leserlicher Schrift. An der Wand hing ein kleines Kruzifix.

»Hallo?«, fragte Heller wieder.

»Hier!«

Jetzt betrat Heller den Raum, der kaum mehr als drei mal drei Meter maß. Hinter der Tür in einem Sessel saß ein Mann. Selbst im Sitzen erschien er sehr groß. Er trug eine abgewetzte Cordhose, einen dicken Pullover mit Rollkragen, an den Füßen hatte er Pantoffeln. Er wirkte sehr erschöpft, sein rechter Arm war verbunden und er trug einen Verband um den Kopf.

»Sie sind Josef Gutmann, der Besitzer?«

»Jawohl. Verzeihen Sie meine Unhöflichkeit, aber mir ist schwindelig, ich kann mich nicht erheben.«

»Hat es Sie denn schlimm erwischt? Ist der Arm gebrochen?«

»Ich weiß nicht, er hat stark geblutet und ich war halb bewusstlos. Hab irgendwas gegen den Kopf bekommen.«

»Warum sitzen Sie hier so allein?«

Gutmann hob die Schultern und musste das sofort mit starken Schmerzen büßen. Er zog scharf Luft durch die Zähne. »Ein Sanitäter von den Russen war da und hat mich verbunden. Erst war hier ein ganzes Dutzend Leute drin, jetzt sind die alle abgeschwirrt.«

»Sie wohnen hier?«, fragte Heller und deutete auf die Pantoffeln Gutmanns. Er schätzte den Mann auf Mitte vierzig.

»Ich muss. Ich muss doch den Laden bewachen.« Sein Blick wanderte nach links, wo ein großer Knüppel an der Wand lehnte.

»Geschieht oft etwas? Versucht man einzubrechen?«

»Jede Woche. Richtige Banden treiben sich hier rum. Kinder, sag ich Ihnen, Kinderbanden. Die sehen so harmlos aus, haben's aber faustdick hinter den Ohren. Die spionieren einen aus, damit sie wissen, wo sie einsteigen müssen.«

»Haben Sie noch andere Waffen? Schusswaffen?«, fragte Heller misstrauisch.

»Das ist streng verboten«, erwiderte Gutmann und beantwortete die Frage damit nicht. Heller machte sich eine Notiz.

»Sie schliefen, als der Überfall geschah?«

»Ja, hier.«

»Hier? Im Sessel?«

»Im Nebenraum habe ich ein Bett.«

»Haben Sie Frau und Kinder?«

Gutmann schüttelte nur den Kopf, erklärte nichts dazu.

»Sie schliefen also und wachten von den Schüssen auf. Der Explosion?«

»Es krachte und ich dachte zuerst gar nicht an eine Explosion. Ich meinte, etwas sei eingestürzt. Ich rannte in den Laden, da feuerten sie eine Salve ab, die ging über mich hinweg. Ich warf mich hin, es polterte und eine zweite Granate explodierte. Da traf mich was am Kopf und mir gingen die Lichter aus.«

Ein plötzliches Husten übermannte den Lokalbesitzer. Heller sah sich um, ob er dem Mann vielleicht ein Glas Wasser bringen konnte, doch der winkte kopfschüttelnd ab. Nach einer Weile beruhigte er sich.

»Hab wohl zu viel Rauch abbekommen«, krächzte er. »Hätte ich noch ein, zwei Minuten gelegen, wäre es wohl aus gewesen mit mir.«

»War es denn ein Raubüberfall? Wurden Sie bestohlen?«

»Nein, es ist alles noch da.«

Heller hob die Augenbrauen. »Das konnten Sie schon überprüfen?«

Für einen winzigen Augenblick zögerte Gutmann, und Heller sah es.

»Nein, aber das nehme ich zumindest an«, wich er aus.

»Haben Sie Wertsachen, die es sich lohnt zu stehlen? Ein Lager vielleicht?«

»Ich habe ein Lager.« Gutmann erhob sich nun plötzlich doch. »Lassen Sie uns nachsehen.«

Heller ließ den Mann an sich vorbeigehen und folgte ihm. In seinen Pantoffeln schlurfte Gutmann durch den schmalen Flur, vorbei an drei Türen bis zu einer vierten, die mit einem zusätzlichen Gitter gesichert war. Das massive Vorhängeschloss war intakt. Gutmann rüttelte zum Beweis noch einmal daran.

»Ist das Lager denn nur über diese Tür erreichbar?«, fragte Heller. »Es gibt kein Fenster auf der Rückseite?«

»Das ist vergittert. Da kommt niemand rein.«

Heller schwieg und sah dem Mann in die Augen.

Nun wurde Gutmann ungehalten. »Ich denke, Sie sind hier, um wegen des Überfalls zu ermitteln?«

»Das tue ich auch.«

»Wer etwas stehlen will, der wirft keine Granaten und schießt mit Maschinenpistolen.« Gutmann begann wieder zu husten. Aber er holte schließlich einen Schlüssel aus der Hosentasche und öffnete das Türgitter. Mit einem zweiten Schlüssel schloss er die eigentliche Tür auf. Drinnen zog er eine Taschenlampe aus einem Regal und gab sie Heller. Der leuchtete in das Lager.

Es war, wie er vermutet hatte. In den Regalen waren lauter Kostbarkeiten gestapelt. Konservendosen, Zwiebacktüten, Schnaps- und Weinflaschen, Schaumwein, sogar Champagner, dazu Gläser mit Gurken, Schokoladentafeln, Zucker- und Mehlsäcke. Es gab getrocknete Früchte, Schachteln mit Maggiwürfeln, Kaffee und Nudeln. Sogar Hartwürste hingen an Haken. Außerdem entdeckte er diverse Zigarettenpackungen und Streichholzschachteln.

Heller ließ den Schein der Taschenlampe durch den Raum wandern. Das rückwärtige Fenster des Lagers war unbeschädigt.

»Falls Sie etwas benötigen ...«, sagte Gutmann leise.

Heller schaltete die Taschenlampe aus und drückte sie Gutmann in die Hand. Als dieser sie nehmen wollte, hielt Heller sie noch für einen Moment fest. »Wie sollte ich das jetzt verstehen?«

»Nun, ich meine, in Notzeiten muss man sich helfen, wo man kann«, Gutmann versuchte es mit einem schiefen Lächeln.

»Darf ich die anderen Zimmer sehen?«, sagte Heller tonlos.

Gutmann nickte und schloss sein Lager wieder ab. Heller öffnete die nächste Tür und entdeckte einen weiteren kleinen Flur, der zu einer gut gesicherten Hintertür führte. Hinter den anderen Türen befanden sich der Schlafraum Gutmanns und eine primitive Küche, in der es nach altem Fett stank. Auf dem Herd standen schwarze Pfannen, daneben stapelte sich Geschirr. Es gab einen kleinen Tisch mit zwei Stühlen daran. Heller setzte sich und bedeutete Gutmann, es ihm gleichzutun.

»Einen Moment.« Der Lokalbesitzer verschwand, dann klirrte es leise. Mit zwei gefüllten Schnapsgläsern kehrte er zurück, stellte eines in die Mitte des Tisches und setzte sich. Das andere hob er an.

»Auf den Schreck«, sagte er.

Heller ignorierte die Aufforderung, legte sein Notizheft auf den Tisch und zückte einen kurzen Bleistift.

»Ach, Sie sind im Dienst, verstehe.« Gutmann kippte den Inhalt seines Glases mit Schwung hinter. Dann nahm er sich das zweite Glas und kippte es hinterher.

»Alles legal, bekomme ich von den Russen. Den Schnaps machen die selbst. Gegen Geld. Alles mit Quittung.«

»Mit den Kartoffeln könnte man Besseres anstellen.«

Gutmann runzelte die Stirn. »Kartoffeln?«

»Die Sowjets requirieren Kartoffeln für die Wodkaherstellung, nicht zu wenig übrigens.« Heller wurde aus Gutmann nicht schlau. Tat er nur, als machte ihm der Anschlag nichts aus, oder war er wirklich so abgebrüht? Immerhin hatte er nun innerhalb von wenigen Minuten zwei Bestechungsversuche unternommen, wenn man den Schnaps dazuzählte. Anders konnte Heller die Offerte vorhin im Lager nicht deuten. Dass er dann auch noch betonte, alles ginge seinen rechten Gang, machte ihn bloß noch verdächtiger.

»Können Sie sich denn vorstellen, aus welchem Grund dieser Überfall stattgefunden hat?«

Gutmann lachte auf. »Natürlich. Das waren Nazis.«

»Nazis?« Heller legte seinen Stift neben das Notizheft.

»Weil hier die Sowjets ein und aus gehen. Das ist den Leuten hier schon lang ein Dorn im Auge. Ich wurde schon manchmal beschimpft und der Laden beschmiert.«

»Das genügt, meinen Sie, um Handgranaten zu werfen?«

»Ich sage Ihnen, das sind Wehrwölfe.«

»Wehrwölfe?«

Gutmann beugte sich vor, und sein Schnapsatem wehte Heller ins Gesicht. »Organisierter Widerstand. Hier unter uns. Da draußen, überall! Die haben garantiert auch die Offiziere auf dem Gewissen.«

»Die sowjetischen Offiziere?« Was wusste dieser Mann wirklich?

Gutmann erkannte die unausgesprochene Frage in Hellers Gesicht. »Ich höre einiges. Ich kann Russisch, war im Russlandfeldzug, vier Jahre in der Etappe. Konnte mich rechtzeitig dünne machen, ehe es ganz den Bach runterging. Ich bin so etwas wie eine Vertrauensperson für die. Hab gehört, dass einer abgestochen wurde und gestern noch ein zweiter. Denen geht gerade der Arsch auf Grundeis, sag ich Ihnen. Die Stimmung kippt. Deshalb lassen die auch nichts laut werden.« Gutmann verschränkte die Arme vor der Brust und vergaß dabei völlig, dass er verletzt war.

»Rauchen Sie?«, fragte er plötzlich.

Heller schüttelte den Kopf. »Macht es Ihnen denn gar nichts aus? Sie hätten genauso gut tot sein können.«

Gutmann hatte sich seine Zigarette angezündet und wedelte das Streichholz aus. Er nahm einen tiefen Zug und stieß kopfschüttelnd den Rauch aus. »Ich hätte schon oft tot sein können. In Russland und hier im Februar fünfundvierzig. Es hat mich nicht erwischt, das genügt mir zu wissen.«

»Und Sie glauben nicht, dass die Angreifer es noch einmal versuchen?«

Gutmann tat den Gedanken mit einer Geste ab. »Die werden sich etwas anderes suchen. Wären ja dumm, hier gleich wieder anzutanzen.«

Heller nahm seinen Stift erneut zur Hand. »Lassen Sie uns

trotzdem noch einmal gemeinsam nachdenken. Das Haus, gehört es Ihnen?«

»Wurde mir zugewiesen. Vor anderthalb Jahren schon. Gehörte einem Parteigenossen, der sich abgesetzt hat.«

»Und Sie bekamen es einfach so?«

»Wie meinen Sie das? Ich habe meine Meldescheine ausgefüllt, mein Gewerbe angemeldet, Geschäftsräume beantragt, wie es sich gehört. Daraufhin hat man mir den Laden zugewiesen.«

»Sie hatten also keinen Konkurrenten?«

Gutmann verschluckte sich an dem Zigarettenrauch, hustete und wedelte mit der Hand vor seinem Gesicht. »Weiß ich doch nicht, ich konnte doch nicht in die Listen einsehen.«

»Und die Ausschanklizenzen?«

»Die habe ich auf demselben Wege bekommen. Ich war schon früher in der Gastwirtschaft tätig, habe alle Scheine gehabt. Vielleicht half ja ein wenig, dass ich in der KPD war.«

»Sie waren in der KPD? Vor dreiunddreißig?«

»Nein, nein, gleich nach dem Krieg bin ich eingetreten. Ich konnte nachweisen, dass ich einigen Leuten geholfen habe. Ich habe ihnen Unterschlupf gewährt, als die Gestapo hinter ihnen her war. Ein paar Juden habe ich auch zur Flucht verholfen. Deshalb haben die mich gern genommen. Und nun bin ich SED-Mitglied. Zugegeben, ich bin nie politisch gewesen. Aber manchmal muss man eben mit den Wölfen heulen. Darf ich Ihnen einen Kaffee anbieten?«

7. Februar 1947, Vormittag

Fast drei Stunden hatte Heller gebraucht, um eine halbwegs passable Liste von Zeugenaussagen zu Papier zu bringen, die kaum mehr war als eine Zusammenfassung aus zwanzig leicht voneinander abweichenden Versionen. Gegen drei Uhr in der Nacht hatte jemand Glas splittern hören und kurz darauf die Explosion einer Handgranate. Daraufhin soll eine Maschinenpistole mehrere Sekunden stoßweise gerattert haben. Danach habe es eine zweite Explosion gegeben. Die Leute, die es gewagt hatten, aus dem Fenster zu sehen, waren sich zumindest darin einig gewesen, dass es sich um eine einzelne Person gehandelt haben muss. Wahrscheinlich ein junger Mann. Er hatte nicht versucht in das Haus einzudringen. Das Ganze hatte nicht einmal eine Minute gedauert. Das Feuer jedoch hatte länger gebrannt. Flammen waren aus den vorderen Fenstern geschlagen, bis die Feuerwehr anrückte.

Nun gesellte Heller sich zu Oldenbusch, der seit zwei Stunden vor Ort war. Die Feuerwehr war abgerückt, weil ein Wiederaufflammen des Feuers ausgeschlossen worden war. Auch die Sowjetsoldaten waren fort. Kinder balgten sich um die letzten Kippen auf der Straße und wurden von einem Mann vertrieben, der die Zigarettenreste dann selbst aufsammelte.

»Haben Sie schon etwas herausfinden können, Werner?«, fragte Heller leise, angesichts der großen Menschenmenge, die sich auf der anderen Straßenseite angesammelt hatte. Die

Schutzmänner der Vopo hatten alle Hände voll zu tun, den Tatort abzuriegeln.

Oldenbusch wiegte den Kopf. »Mir ist so einiges nicht ganz klar. Der Attentäter scheint recht ungeübt an die Sache herangegangen zu sein. Ich habe bisher sechsundzwanzig Einschusslöcher gefunden, das deckt sich beinahe mit den achtundzwanzig Hülsen. Zwei Handgranaten wurden geworfen, beide russischer Bauart. Da bin ich mir ziemlich sicher. Hab die Splinte gefunden. Die Hülsen der Maschinenpistole deuten auf eine Waffe deutschen Ursprungs hin. Kaliber neun Millimeter. Ich denke, es läuft auf eine MPi 40 hinaus. Deren Magazine sind normalerweise mit zweiunddreißig Schuss gefüllt. Entweder fehlen mir noch vier Hülsen oder er hat nicht leergeschossen oder er hatte nur so viel. Wir haben drinnen Glassplitter gefunden, die wohl zur Brandflasche gehörten. Ich versuche die Teile zusammenzusetzen, um Rückschlüsse daraus ziehen zu können.«

Heller wollte gerade zu einer Antwort ansetzen, stutzte dann aber und berührte Oldenbusch am Ärmel. »Werner, drehen Sie sich mal um und schauen Sie die Alaunstraße hinauf. Würden Sie sagen, es ist die junge Frau, der Sie gestern wegen dem Rucksack mit dem Kopf nachgelaufen sind?«

Eine junge Frau schlenderte, scheinbar ziellos, zwischen den Passanten und Schaulustigen herum. Sie trug wieder den langen dicken Mantel, der sie ungewöhnlich füllig aussehen ließ, hatte ein Tuch um den Kopf gewickelt und vor der Stirn verknotet, wie es gerade Mode war. Ihre Stiefel, deren Nähte aufgeplatzt waren, hatte sie mit einem Strick umwickelt. Sie benahm sich wie eine Diebin, die ihre Beute in einer Tasche unter dem Mantel verbarg.

Oldenbusch legte den Kopf ein wenig schief und verzog dann das Gesicht. »Weiß nicht, solche wie die laufen viele herum. Soll ich ihr mal nachgehen?« Aber ihm war deutlich anzuhören, dass er eigentlich keinerlei Notwendigkeit darin sah.

Schon entfernte sich die Frau wieder von ihnen, immer wieder verdeckten Passanten die Sicht auf sie, und bestimmt würde sie in der enge Straße recht schnell merken, dass sie jemand verfolgte.

Heller winkte ab. Ihm war etwas anderes in den Sinn gekommen. »Gutmann meint, es könnte neu organisierter Widerstand gewesen sein. Wehrwölfe.«

»Wehrwölfe?« Oldenbusch verzog abschätzig den Mund. »Dummes Gewäsch. An den Einschusslöchern sieht man, dass der Schütze ungeübt war. Der Rückstoß hat ihn bei jeder Salve die Waffe verreißen lassen, deshalb gingen die meisten Schüsse in die Decke.«

»Russische Handgranaten und deutsche Maschinenpistole also?«

»Ich denke, beides wird noch in rauen Mengen vorhanden sein. Versteckt, oder einfach weggeworfen. Von der MPi müssen Millionen hergestellt worden sein.«

»Es wäre vorstellbar, dass ein Konkurrent Gutmann das Geschäft neidet. Ich konnte einen Blick in sein Lager werfen – das reinste Schlaraffenland, Werner.«

»Ich weiß, er hat Kaffee ausgeschenkt. Echten. Das hatte ich gar nicht erwartet. Bin beinahe aus den Latschen gekippt.«

»Und es scheint ihm nichts auszumachen, dass sein Lokal zerstört ist«, sinnierte Heller weiter.

»Der macht doch sein Hauptgeschäft nicht mit dem Laden. Der ist ein Schieber, der König vom Schwarzmarkt!«

»Dann ist er uns bei Razzien aber noch nie ins Netz gegangen. Dieses Gesicht und die Statur hätte ich bestimmt im Gedächtnis behalten. Und den Namen. Gutmann.«

Plötzlich hatte Oldenbusch etwas entdeckt, bückte sich

und klaubte eine weitere Hülse aus den Kopfsteinpflasterfugen. »Nummer neunundzwanzig«, verkündete er stolz. »Einer wie der geht nicht selbst auf den Markt, der hat da seine Leute. Vielleicht sprechen Sie mal Ihren jungen Freund darauf an. Sie wissen schon, den Einbeinigen.«

Heller wusste augenblicklich, wen er meinte. Heinz Seibling. Schnell schrieb er sich den Namen in sein Notizheft. Das war ein guter Gedanke. Heinz, ein Jugendfreund von Klaus, wohnte hier in der Gegend und hatte seine Augen und Ohren überall.

»Es stellt sich außerdem die Frage, ob der Angreifer Mordabsichten hatte. Vielleicht glaubte er, das Lokal um diese Uhrzeit verlassen zu können«, sagte Heller und schaute Oldenbusch nachdenklich an.

»Hätte er Mordabsichten gehabt, wäre er eingedrungen und hätte das Magazin auf Gutmann abgefeuert. Ich denke wie Sie, Max, der wollte nur erschrecken.«

»Dann hat er den Tod von Menschen wenigstens billigend in Kauf genommen.«

Oldenbusch blies die Backen auf. »Dies wäre dann aber ein juristisches Detail, eine Sache für den Staatsanwalt.«

Heller hatte schon verstanden, was Oldenbusch damit meinte. Er hatte noch viel zu tun, außerdem war es kalt. Er schlug sich den Mantelkragen hoch.

»Halten Sie mich auf dem Laufenden, Werner, ich will Doktor Kassner fragen, ob es Neuigkeiten bezüglich des abgetrennten Kopfes gibt.«

Heller brauchte fast eine Stunde, um ins Friedrichstädter Krankenhaus zu gelangen. Ein Fahrzeug hatte nicht zur Verfügung gestanden. Also war er wieder mit der Straßenbahn gefahren, doch genauso gut hätte er auch laufen können, so langsam waren sie vorangekommen.

Im Krankenhaus hatte er Doktor Kassner in der Pathologie nicht finden können und war von einer Stelle zur nächsten geschickt worden. Nachdem er drei verschiedene Häuser umsonst angelaufen hatte, war Heller zur Pathologie zurückgekehrt, um im Haus auf den Arzt zu warten.

Schließlich kam Kassner von irgendwo draußen herein und lief die Treppe hinauf.

»Suchen Sie schon lang nach mir?«

»Na ja ...«

Der Gerichtsmediziner war um die vierzig, hatte sein dunkles Haar nach hinten gekämmt und trug einen schmalen Schnauzbart, der ihn streng aussehen ließ, und eine Brille mit dickem schwarzem Gestell. Von seinem Einzug an die russische Front noch im Herbst vierundvierzig war er zwar wohlbehalten zurückgekommen, aber er hatte bei der Bombardierung Frau und Kind verloren. Er sprach nie darüber und ließ sich auch sonst nichts anmerken. Er gehörte zu den Menschen, die den Verlust klaglos ertrugen. Während andere hingegen noch Jahre danach ihrem Wohnzimmerbuffet nachweinten.

»Ich habe Ihnen einen Bericht ins Kriminalamt senden lassen.«

»Dort bin ich noch gar nicht gewesen«, musste Heller zugeben, »es ist allerhand los in der Stadt.« Und er ärgerte sich über sich selbst, dass er nicht einen kurzen Halt bei der Präsidiumsruine in der Schießgasse eingelegt hatte. Wenigstens hätte er mit einem der für die Polizei über die Stadt verteilten stationären Feldfernsprecher im Amt nachfragen können. Er hätte sich den ganzen Weg erspart.

»Wem sagen Sie das. Hab allein in den letzten drei Tagen vier Todesopfer durch Schussverletzungen und zwei durch Stichwunden auf den Tisch bekommen. Allesamt Raubdelikte. Die Leute schlagen sich buchstäblich die Schädel ein.

Wollen wir uns den Kopf anschauen, wenn Sie schon einmal da sind?«

»Natürlich.«

»Gut, kommen Sie.« Kassner lief raschen Schrittes über den langen Gang und Heller folgte ihm.

»Sind Sie an der Sache mit den Russen dran?«, fragte der Rechtsmediziner, während ihre Schritte an den Wänden widerhallten.

»Ist mir mehr oder weniger untersagt worden.« Von seinem Gespräch mit Medvedev musste Kassner nichts wissen.

»Das sind Zustände! Die Russen sind wirklich selbst schuld, wenn keiner sie mag. Misstrauen und Hunger überall. Neulich haben sie in Cossebaude einen Pferdewagen vollbeladen mit Kohl umgestürzt. Der sollte ein Geschäft beliefern. Der arme Kutscher musste zusehen, wie alle Umstehenden, wirklich alle, auch Mütterchen, Krüppel und Kinder, ihm den Kohl stahlen. Manche haben den Kohl sofort gegessen, roh, wie er war, mitten auf der Straße!« Der Arzt schüttelte unzufrieden den Kopf. »Überall macht sich Unwillen breit. Wir haben allein hier täglich zehn Typhustote, Tendenz steigend. Der Frost macht alles noch schlimmer. Die Leute fallen um wie die Fliegen.«

Heller musste sofort an die kranke Frau Marquart denken. »Sagen Sie, Doktor, wie zeigt sich Typhus? Fieber?«

»Ja, sprunghaft ansteigend, dafür aber langsamer Puls. Verstopfung, Bauchschmerz. Später kleine Flecken. Deshalb verwechselt man es oft mit Fleckfieber. Typhus hat seine Ursache in verschmutztem Wasser und man steckt sich oral oder über Fäkalien an. Fleckfieber wird von Läusen übertragen.«

Läuse hatten sie daheim, obwohl sie allerlei Pulver im Einsatz hatten. Und Wasser holten sie von der Pumpe an der nächsten Kreuzung, seit der Frost eine Leitung hatte platzen lassen. Toilettenpapier war knapp. Gegen Typhus waren sie geimpft, doch gegen Fleckfieber und andere Krankheiten waren sie wohl schutzlos.

»Heller, ist jemand krank bei Ihnen?«

Heller nickte, da hob Kassner schon abwehrend beide Hände.

»Typhus muss mit Penicillin behandelt werden. Und ehe Sie fragen, ich habe nichts, ganz und gar nichts! Ich kann Ihnen auch keinen Rat geben, wo sie welches bekommen könnten.«

Heller war enttäuscht, wollte sich das aber auf keinen Fall anmerken lassen. Endlich waren sie bei den Räumen angelangt, die Kassner zur provisorischen Rechtsmedizinischen Abteilung erkoren hatte. Der Doktor stieß die Tür auf, grüßte einen Kollegen, dem Heller zunickte, ohne ihn zu erkennen, da er einen Mundschutz trug. Heller sah sich um. Die Ärzte hier hatten viel zu tun. Auf mehreren Seziertischen lagen die Toten, und Heller nahm unwillkürlich den Schal vor das Gesicht. Doch Kassner hielt bereits einen Mundschutz für ihn bereit und half Heller ihn umzubinden.

»Den Kopf, bitte! Wir gehen hinter«, rief Kassner einer Assistentin zu.

»Diese Doppelbelastung wird mir langsam zu viel. Ich kann nicht länger für das Krankenhaus und die Polizei gleichzeitig arbeiten. Letztens haben sie mir einen Mann aus meiner Abteilung rausgenommen, weil ihn einer als Parteigenossen denunziert hat. So geht das auch nicht, Heller, viele waren gezwungenermaßen in der Partei. Wie ich und wie Sie vermutlich auch. Die kann man nicht alle einsperren. Überall fehlen dann die Leute.«

»Ich war in keiner Partei, noch nie.«

Kassner stutzte und sah Heller forschend an.

»Na, wie dem auch sei«, wechselte er dann rasch das

Thema. »Hauptsächlich sind wir damit beschäftigt die Seuchen zu katalogisieren. Es gibt viele Erfrierungsopfer und viele Organversagen aufgrund von Mangelernährung. Der Körper beginnt Muskeln abzubauen, wenn er keine Fettreserven mehr hat. So geschieht das auch mit den Herzmuskeln. Da ist es dann manchmal schnell zu Ende.«

Kassners Assistentin kam mit einem Rollwagen, auf dem der Kopf unter einem Tuch lag. Als sie wieder gegangen war, beugte sich Kassner vor.

»Haben Sie gehört? Auf der Autobahn Richtung Berlin wurden heute Nacht zwei Fahrzeuge überfallen. Alle Insassen getötet und ausgeraubt. Sieben Tote soll es gegeben haben. Ich sage Ihnen, es wird wieder Krieg geben, wenn die Russen die Menschen weiterhin so hungern lassen!«

Heller atmete tief ein. »Wir wollen aber nicht vergessen, wem wir das alles zu verdanken haben.«

Kassner nickte. »Dem Führer, diesem Halunken!«

Aber das war es nicht, was Heller hatte sagen wollen. Mittlerweile war Hitler für viele eine passable Ausrede. Hitler war schuld, sagten die Leute dann und musste nicht darüber nachdenken, welche Schuld sie selbst trugen. Hitler hat uns in den Abgrund getrieben, klagten sie, als ob ein Mensch allein für all das Elend verantwortlich sein könnte.

»Der Kopf!« Heller zeigte auf den Rollwagen. Kassner nahm das Tuch weg.

»Männlich, Alter geschätzt fünfzig, der Zustand der Zähne deutet darauf hin. Körperlich offenbar ganz gesund, keine Mangelerscheinungen. Todesursache unklar. Eine Vergiftung scheint nicht vorzuliegen, auch keine Strangulation, das Zungenbein ist noch intakt. Fakt ist, der Kopf ist erst längere Zeit nach dem Exitus abgetrennt worden. Die Leiche muss eine geraume Zeit auf dem Rücken gelegen haben, hier am Hinterkopf gibt es Druckstellen.« Kassner drehte den

Kopf um und nahm das schüttere Haar auseinander, damit Heller die dunklen Stellen sehen konnte, an denen sich das Blut unter der Haut gesammelt hatte.

»Es gibt hier im Gesicht zwei kleine Narben, die darauf hindeuten, dass der Mann im Krieg gewesen war. Sie sehen aus wie Splitterverletzungen. Der Mann könnte recht groß gewesen sein, nimmt man die Größe des Schädels zum Vergleich. Der Kopf wurde ohne großes Geschick vom Rumpf getrennt, als ob sich der Täter an verschiedenem Werkzeug ausprobiert hätte. Es gibt hier Anzeichen dafür, dass eine kleine scharfe Axt verwendet wurde. Außerdem hier, eindeutig Einschnitte von einem Messer. Schließlich wurde der Halswirbel erst mit einer Säge durchtrennt und schließlich durchgebrochen. Zeugt von einer gewissen Brutalität und Härte. Also im Geiste.« Kassner zeigte sich an die Stirn, um zu verdeutlichen, was er meinte.

»Und zwischen Tod und Abtrennen des Kopfes lag wie viel Zeit?«

»Mindestens ein Tag.«

»Gibt es Spuren von einem Bajonett? Einstiche?«

»Nein, keine. Sind Sie mit der Identifizierung vorangekommen?«

»Oldenbusch hat Fotos gemacht. Ich hoffe, wir finden eine Möglichkeit, sie zu veröffentlichen. In den Zeitungen vielleicht oder als öffentlicher Anschlag.«

Kassner deckte den Kopf zu und winkte ab. »Das erlaubt Ihnen der Niesbach nie. Der kuscht vor den Russen. Vorauseilender Gehorsam, sage ich da nur.«

»Ich traue ihm da ein wenig mehr Durchsetzungsvermögen zu«, sagte Heller. »Immerhin war er jahrelang in Moskau und sollte gelernt haben, mit den Sowjets umzugehen.«

Bisher hatte sich Herbert Niesbach als Chef der Kriminalpolizei sehr zurückgehalten. Der Umgang mit ihm fiel Heller nicht leicht. Er überlegte sich immer zweimal, wie er ein Anliegen vorbringen konnte, ohne seinen Vorgesetzten als Laien bloßzustellen. In einer Art Schnellkurs war dieser zum Polizeioffizier ernannt worden, wobei bei seiner Auswahl einzig die Parteizugehörigkeit und diverse politische Schulungen in Russland Ausschlag gegeben haben.

»Sie sollten Niesbach nicht als einen der Unseren betrachten, der gehört den Russen«, gab Kassner zu bedenken.

Unseren, wiederholte Heller in Gedanken. Kassner schien sich seiner Stellung recht sicher, dass er seine Meinung so laut herumposaunte.

»Dann will ich sehen, welcher Staatsanwalt den Fall leitet. Soll sich dieser darum bemühen. Es muss doch möglich sein, einen Toten zu identifizieren.«

Als Heller das Krankenhaus in Richtung Friedrichstraße verließ und sich der ausgebrannten Tabakfabrik Yenidze zuwandte, fiel ihm ein Geländewagen mit langer Antenne auf, der mit laufendem Motor auf der andere Straßenseite stand. Heller erkannte das Fahrzeug. Schon erhob sich der Mann auf dem Beifahrersitz und winkte ihm zu.

»Genosse! Idi suda!«, rief Ovtscharov freundlich und doch viel zu laut.

Heller sah nach links und rechts und überquerte dann die Straße vor einem Pferdefuhrwerk. Das Tier schnaubte weiße Dampfwolken aus, quälte sich mit dem Gewicht des überladenen Wagens.

»Man könnte meinen, Sie lauern mir auf«, begrüßte Heller den Geheimdienstchef deutlich ungehalten.

»Ich habe nach Ihnen gesucht, ja. Man sagte mir, ich könnte Sie hier finden. Wo wollen Sie hin, vielleicht haben wir denselben Weg?«

»In die Polizeidirektion.«

»Prächtig!« Ovtscharov rollte das R genüsslich. »Ich mag dieses Wort. Prrrächtig. Kommen Sie, ich bringe Sie hin.« Der Offizier stieg aus, damit Heller sich an seinem Sitz vorbei nach hinten quetschen konnte, dann setzte er sich wieder.

Heller machte sich zwischen Pappkartons und Kisten etwas Platz, schlug vorsorglich den Mantelkragen hoch und zog seine Mütze tief ins Gesicht und den Schal fester um den Hals. Der Fahrer wendete scharf und gab Gas. Ovtscharov drehte sich zu Heller um.

»Nach dem Überfall auf das Lokal, das bei den Offizieren so beliebt war, müssen wir davon ausgehen, dass es sich bei den Überfällen auf Berinow und Cherin um gezielte Anschläge auf Angehörige der Sowjetarmee handelte. Wir haben es mit einer organisierten Bande von Aufrührern zu tun. Dem sollten Sie nachgehen.«

Heller kniff die Augen gegen den eisigen Wind zusammen und musste sich immer wieder wegen der ruppigen Fahrweise an der Karosse festhalten. Er wollte widersprechen, denn ihm fielen einige plausible Motive ein, die den Attentäter bewegt haben könnten. Doch der Fahrtwind nahm ihm den Atem. Außerdem war Ovtscharov sowieso nicht der richtige Mann für eine derartige Erörterung. Stellte ihm Ovtscharov nach, nur um ihm das mitzuteilen? Er könnte ihn auch einfach nur anrufen oder ihn zu sich befehlen. War der Russe misstrauisch und wollte erfahren, worüber er in der SMAD mit Medvedev gesprochen hatte?

»Die Stimmung ist nicht gut in der Bevölkerung.«

Ob das eine Frage war oder eine Aussage, konnte Heller nicht erkennen. Er nickte, denn falsch war es so oder so nicht.

»Es sind harte Zeiten und in harten Zeiten heißt es, hart durchzugreifen. Die Leute müssen sehen, dass wir nicht zurückweichen und dass die deutsche Polizei und die Justiz Hand in Hand mit uns zusammenarbeiten. Die Nazis müssen ausgerottet, jegliches Aufflammen von Widerstand im Keime erstickt werden. Der Sozialismus in diesem Land ist ein zartes Pflänzchen, das gehegt und gepflegt werden muss. Sie sind noch nicht der SED beigetreten? Oberkommissar, ich bewundere Sie, wirklich. Sie sind ein sehr gerader Mann. Doch jeder muss einmal seinen Stolz überwinden und sich der Notwendigkeit fügen. Das Land braucht Männer wie Sie. Sie reden nicht viel, sondern sie handeln. Auf einen wie Sie schauen die Leute.«

»Es heißt geradlinig«, verbesserte Heller den Russen. Der Fahrer musste abbremsen, um die notdürftig geflickte Marienbrücke zu überqueren. Im Schritttempo fuhr er über Metallplatten und Holzplanken.

»Und es hat nichts mit Stolz zu tun. Ich glaube einfach nur, dass es nicht erforderlich ist, einer Partei zuzugehören, um seinen Dienst am Volk zu tun.«

Der Fahrer hatte es über die Brücke geschafft, bog rechts ab, gab wieder Vollgas und jagte am zerstörten Japanischen Palais vorbei in Richtung der Ministeriumsgebäude. Dort hielt er, und Ovtscharov ließ Heller aus dem Geländewagen steigen. Vorher griff er noch nach hinten in einen der Kartons und holte ein kleines Paket heraus.

»Es hat doch mit Stolz zu tun, Oberkommissar Heller. Mit falschem Stolz. Vielleicht glauben Sie, der Krieg ist zu Ende, doch das ist er nicht. Er hat gerade erst angefangen, und Sie sollten bald entscheiden, auf welcher Seite Sie stehen. Da, nehmen Sie.« Er drückte Heller das Paket in die Hände.

Heller nahm es und legte dem Russen, der wieder einsteigen wollte, kurz seine Hand auf den Arm. »Sagen Sie, haben Sie vielleicht Penicillin?«

Ovtscharov lachte und warf sich in seinen Sitz. »Lieber Genosse Oberkommissar. Sehe ich etwa aus wie ein Arzt? Do Swidanja!«

7. Februar 1947, Nachmittag

Niesbach, Leiter des Kriminalamtes, nahm ein Papier von seinem Schreibtisch, legte es nach links, dann wieder nach rechts. Er war ein schmaler Mann mit beginnender Glatze, der jünger wirkte, als er war. Er schob die Brille auf der Nase hoch und nahm dann das Papier wieder in die Hand. Heller sah höflich weg, bis sein Vorgesetzter sich endlich sortiert hatte.

»Sie wissen, ich bin kein Polizist«, begann Niesbach.

Wenigstens das hatte er seinem letzten Vorgesetzten voraus, dachte Heller, dass er es einsah.

»Bevor ich nach Russland ins Exil ging, habe ich Metzger gelernt, oder Fleischer, wie man hier sagt.«

»Fleischer?«, fragte Heller irritiert nach. Das war ja wohl ein schlechter Scherz. Sein Vorgesetzter im Dritten Reich, SS-Mann Klepp, war auch Fleischer gewesen.

»Ja. Wir sagen Metzger. Ich komme aus dem Rheinland.« Niesbach hatte das Papier wieder weggelegt, nickte versonnen und warf einen kurzen sehnsüchtigen Blick aus dem Fenster, hinunter auf den Carolaplatz. Dann riss er sich aus seinen Gedanken.

»Nun, ich verstehe mich auf meinem Posten mehr als Funktionär, als Bindeglied zwischen Partei und Polizei. Und, Genosse Oberkommissar, ich fürchte, Ihre Bitte muss ich Ihnen ausschlagen. Zumindest kann ich nicht ohne Weiteres genehmigen, dass wir in der Zeitung nach der Identität des Toten fahnden. Da muss ich mir selbst erst die Genehmigung von Polizeipräsident Opitz oder besser noch von der SMA besorgen. Das ist eine politische Sache, verstehen Sie?«

»Nein, ehrlich gesagt, nicht.« Heller wollte das nicht einsehen, außerdem war er es mittlerweile auch leid, immerzu erklären zu müssen, dass er kein Genosse war. Und dem Kommunisten mit seinem offenkundigen Selbstverständnis zu erklären, dass die Polizei unabhängig von jeder Partei sein sollte, erschien ihm als Zeitverschwendung.

»Die Lage ist nicht einfach. Die übrig gebliebenen Nazis streuen Gerüchte, wiegeln die Bevölkerung auf und sorgen für Unruhe. Da muss man genau überlegen, was man veröffentlicht. Im Prinzip ist alles politisch, Genosse Oberkommissar. Ich weiß, Sie halten mich nicht für einen von Ihnen.«

Niesbach hob die Hand, um Heller zu bremsen, der sich im Stuhl aufgerichtet hatte und etwas entgegnen wollte.

»Bevor Sie etwas sagen. Ich war in Spanien, wussten Sie das? Ich habe dort Leute sterben sehen, gute Leute, Freiheitskämpfer aller Nationen, von Faschisten ermordet. Und ich sah, was die deutschen Faschisten in Russland taten. Ich war in den KZs. Waren Sie mal in einem?«

Heller schüttelte knapp den Kopf.

»Ihr Beruf, Genosse Oberkommissar, ist es, Verbrechen aufzuklären. Und es ist lobenswert, mit welcher Strenge und Konsequenz Sie dabei vorgehen. Auch gegen sich selbst. Doch ich sehe ein höheres Ziel. Der Faschismus muss mit Strunk und Stiel ausgerottet werden. Faschismus darf es nie wieder geben. Ich sehe eine bessere Gesellschaft, einen sozialistischen Staat, mit freien, gleichen Menschen.«

Heller hatte während der letzten zwei Sätze schon an sich halten müssen. Als Niesbach eine kurze Pause machte, hakte er ein.

»Aber zu essen brauchen die Leute vor allem, sonst werden sie in deren Köpfe weder etwas hinein- noch etwas aus ihnen herausbekommen. Eine Gesellschaft verbessert man nicht von oben, durch Befehle und Plakate. Unten muss man anfangen und den Leuten eine Zukunft geben. Vertuschen bewirkt da genau das Gegenteil. Glauben Sie, die Leute wissen nichts von den toten Sowjetoffizieren? Meine Frau wusste es schon, ehe ich nach Hause kam, dabei war sie an diesem Tag gerade einmal bis zur Wasserpumpe gekommen.«

Niesbach nickte besänftigend. »Ich verstehe Sie, Heller, aber die Leute, von denen Sie sprechen, sind gestern noch diejenigen gewesen, die Hitler unterstützten oder zumindest duldeten.« Ehe er weiterreden konnte, klingelte sein Telefon. Niesbach nahm ab.

»Ja, sitzt hier … Durchaus … Ich schicke ihn runter.«

Niesbach legte auf und sah Heller beinahe triumphierend an, als fühlte er sich in seiner Meinung bestätigt. »Es gab einen Überfall auf eine ODF-Versammlung im Münchner Krug. Münchner Straße, Ecke Bienertstraße. Ein Fahrzeug wartet unten auf Sie.«

Die Fahrt mit dem dreiachsigen Russenlaster ging rasant durch die Straßen der in Trümmern liegenden Innenstadt. Heller schien es, als ob die geräumten Geh- und Fahrwege die Zerstörung der Stadt nur noch deutlicher zutage brachten, so wie ein Arzt erst nach der Säuberung einer Wunde das wahre Ausmaß der Verletzung erkannte. Die ordentlichen Wege beschnitten die Ruinen und ließen den Anschein erwecken, als hätten sich Pioniere diverse Wege durch eine lebensfeindliche Wüste gebahnt.

Trotzdem herrschte Leben in den Ruinen. Die Menschen machten sich zunutze, was noch so kaputt erschien. Aus alten Fallrohren, zu Kaminen umgebaut, stieg Rauch. Offene Fassaden waren mit Brettern und Decken abgedichtet. Obwohl es streng verboten war, stiegen Kinder durch die Ruinen, auf der Suche nach Brennholz. Und sie duckten sich, wenn der Laster mit aufgebauter, quäkender Sirene sich näherte. Straßenbahnen fuhren durch die Geisterkulisse. Frauen zogen Karren hinter sich her. Ziegel wurden geklopft und zur Wiederverwendung gestapelt. Riesige Plakate kündeten frohe sozialistische Botschaften, zeigten Marschall Stalin in Uniform mit geschwollener Brust und Bürstenbart, beinahe wie der Kaiser in alten Zeiten.

Vorbei an dem unseligen Gebäudekomplex am Münchner Platz, in dem zuerst die Schnellgerichte der Nazis und nun die geheime Behörde des MWD residierten, dröhnte der Laster bis ganz hinauf nach Plauen, zu dem großen Gasthof Münchner Krug.

Heller wusste nicht, was ihn erwartete. Aber in seiner tiefen Ledermanteltasche hatte er seine Dienstpistole dabei, eine Walther PP. Die Polizisten auf der überdachten Ladefläche waren ebenfalls mit Pistolen bewaffnet, andere Waffen gestanden die Sowjets ihnen nicht zu.

Sowjetische Soldaten sperrten die Straße, gaben sie für den Laster frei. Heller seufzte. Schon wieder bestimmten die Sowjets das Geschehen, als wollte man der deutschen Polizei nicht das geringste Bisschen Souveränität zugestehen.

Zu allem Übel erkannte Heller sofort Ovtscharov, der mit großem Gefolge aus dem Hotel kam. Eine Menschenmenge hatte sich auf dem Platz mit dem Straßenbahnknotenpunkt versammelt. Das waren alles Gäste der Veranstaltung. Sie unterhielten sich, doch große Aufregung schien nicht mehr zu herrschen. Sowjetische Soldaten und Volkspolizisten bückten sich vor dem Gebäude und sammelten Zettel auf.

Heller stieg aus und ging geradewegs auf den Geheimdienstchef zu.

Ovtscharov verteilte noch ein paar Befehle, bevor er sich

an Heller wandte. »Sind Sie damit einverstanden, dass ich Ihnen einen Lagebericht gebe?«

»Wenn Sie so freundlich wären.«

»Um vierzehn Uhr sollte die zweite Versammlung der Opfer des Faschismus beginnen. Die letzten Teilnehmer trafen gerade ein, da verlangte ein junger Mann Zutritt zu dem Gebäude. Da er sich nicht als ODF ausweisen konnte, wurde er von den Wachposten abgewiesen. Kurz darauf explodierte auf der anderen Seite des Gebäudes, und zwar hier auf der Münchner Straße, in einem Gästezimmer eine Handgranate, eine zweite unten auf der Straße. Als die Wachposten um die Ecke eilten, sahen sie noch, wie der junge Mann Flugblätter in die Luft warf, ehe er wegrannte.«

Ovtscharov winkte und ließ sich eines der Flugblätter reichen, das er an Heller weitergab. »Da die Explosionen bis zu meinem Büro zu hören waren, ließ ich ausrücken.«

Deutsche wehrt euch – Kampf dem Bolschewismuss las Heller. »Bolschewismus ist mit doppeltem S geschrieben.«

»Schon gesehen. Wir haben schon Hunderte von denen aufgelesen.« Ovtscharov trat näher an Heller heran. »Genosse, die Nazis sind unter uns! Jemand besitzt eine Druckmaschine, das ist streng verboten. Das ist schlimmer als Mord. Genosse Oberkommissar, dies sollte Ihre Aufgabe sein. Unsere! Meine und Ihre Behörde sollten Hand in Hand arbeiten. Und ich will, dass Sie mein Ansprechpartner sind, mein Verbindungsoffizier. Ich werde das veranlassen. Ich bin sicher, dass die beiden Anschläge und die Morde an den sowjetischen Offizieren von ein und derselben Gruppe verübt wurden.«

Heller nahm das Flugblatt und steckte es ein. »Gab es Tote oder Verletzte?«

»Der Angreifer verwechselte wohl die Fenster und die Granate traf ein leeres Zimmer. Die zweite Granate verfehlte, sie prallte an der Fassade ab.«

»Er verwechselte die Fenster? Dann musste er vor seiner eigenen Granate in Deckung gehen. Schließlich warf er die Flugblätter und rannte weg?«

Ovtscharov runzelte belustigt die Augenbrauen. »Sagen Sie, ist das ein Verhör? Trauen Sie meiner Aussage nicht? Die Wachsoldaten stehen da drüben, die können Sie befragen. Sie können doch Russisch?«

Heller schwieg. Der Russe machte sich lustig über ihn. Medvedev und Ovtscharov führten einen stillen Kampf gegeneinander, sie neideten sich die Kompetenzen und erhoben Machtansprüche. Und Heller stand genau zwischen den Fronten. Er musste schnellstmöglich zusehen, wie er sich da wieder herausmanövrierte.

»Kommen Sie, Heller, Sie müssen nicht bedrückt sein. Wir werden einen Dolmetscher finden. Ich kenne jemanden, der sehr gut Russisch spricht.«

Heller war kaum überrascht, als Constanze Weißhaupt auf ihn zukam. Die junge Frau umarmte ihn herzlich.

»Ist denn dein Klaus zurück?«, fragte sie Heller. »Wie geht es ihm?«

»Er ist schon zwei, nein, drei Tage überfällig«, erwiderte er. Nach Kriegsende hatte Constanze, die Halbjüdin war, fast ein Jahr unter seinem Dach gewohnt. In der Zeit war sie für Karin beinahe wie eine Tochter geworden. Jetzt hatten sie sich ein halbes Jahr schon nicht gesehen. Constanze hatte eine Anstellung im Büro der Organisation ›Opfer des Faschismus‹ bekommen und dazu eine eigene kleine Wohnung, beinahe ein Wunder in diesen Zeiten.

»Geht es allen gut? Ich wollte lange schon mal zu Besuch kommen, doch es ist immer so viel zu tun.«

»Karin und mir geht es gut. Aber Frau Marquart ist sehr krank. Ich fürchte, es ist Typhus.«

»Habt ihr sie in ein Krankenhaus gebracht?«

»Das würde ihr nicht helfen, Constanze.«

»Aber ihr steckt euch vielleicht noch an!«

Heller wusste das selbst. »Willst du mir erst berichten, was geschehen ist?«

»Viel gibt es nicht zu erzählen. Die Eröffnungsrede sollte gerade beginnen, da hörten wir einen Knall und wenige Sekunden später noch einen, unten auf der Straße. Jemand schrie ›Tod dem Bolschewismus‹. Zuerst gingen alle zu Boden, dann aber beruhigte sich die Lage wieder. Sowjetsoldaten kamen und sicherten das Gebäude. Dann hieß es, wir sollten es verlassen.«

»War es eine Person? Oder mehrere? Hast du sie gesehen?«

»Nein, schon beim ersten Knall habe ich mich hingeworfen. Das steckt eben einfach noch in uns drin, nicht wahr?«

Heller nickte nachdenklich. »Lass uns zu den beiden Wachsoldaten gehen.«

Das Gespräch mit den beiden Russen war wenig ergiebig. Sie beschrieben den Angreifer als jungen Deutschen, etwa achtzehn Jahre alt, eher jünger, mittelgroß, blond. Er hatte versucht, mit den anderen Teilnehmern durch die Tür zu schlüpfen, doch einer der Soldaten hatte ihn aufgehalten und nach seiner Einladung gefragt. Da er keine bei sich hatte, wurde er abgewiesen. Mehr hatten die beiden nicht berichten können. Sie konnten sich an kein Kleidungsstück entsinnen, das der Mann trug, sie wussten weder, ob der Mann Brillenträger war, noch, wie sein Haar geschnitten war. Sie waren sich nicht einmal sicher, ob er eine Tasche oder einen Rucksack bei sich hatte.

Heller notierte sich alles und blickte dann auf, als er ein ihm vertrautes Geräusch hörte. Oldenbuschs Dienstwagen. Der Motor des Ford sonderte seit einiger Zeit ein leises Klingeln ab, als ob bald etwas kaputtgehen würde.

»Werner, gehen Sie zuerst hinein, sichern Sie die Spuren in dem Zimmer im ersten Obergeschoss, ich habe einen Posten stationiert. Ich fürchte, sämtliche Spuren vor dem Haus sind zertreten«, begrüßte er seinen Assistenten.

»Max, du wirkst so nachdenklich«, sagte Constanze.

Heller zeigte ihr das Flugblatt. »Das stammt aus einer Druckmaschine. Es sollten aber eigentlich alle requiriert worden sein. Es ist unter Höchststrafe verboten, eine solche Maschine privat zu besitzen.«

»Nun, man kann anscheinend nicht jeden einzelnen Menschen kontrollieren.«

»Vor noch nicht einmal vier Stunden sprachen Ovtscharov und Niesbach unabhängig voneinander mit mir über nationalsozialistische Widerständler. Und jetzt passiert das hier. Ist das Zufall? Und sieh dir das an.« Heller deutete auf das letzte Wort auf dem Flugblatt. »›Bolschewismuss‹, mit einem doppelten S am Ende.«

Constanze besah sich stirnrunzelnd das Blatt. »Willst du damit sagen ...«, sie begann zu flüstern, »willst du damit sagen, das war fingiert? Bestätigt es nicht vielleicht das, was Ovtscharov und Niesbach meinen? Niesbach ist ein guter Mann!«

»Ich will gar nichts sagen, aber es passt einiges nicht zusammen. Wieso verwechselt der Täter das Fenster? Von außen ist doch eindeutig zu sehen, wo sich der große Saal befindet, er war beleuchtet. Und dann verfehlt er das Fenster mit der zweiten Granate? Aus wie viel Meter Entfernung? Fünf, sechs?«

»Er war bestimmt aufgeregt und ungeübt. Max, ich erlebe fast täglich versteckte und offene Angriffe auf Juden und Kommunisten. Ich meine, anonyme Briefe, Schmierereien an den Hauswänden, rote Farbe an den Fenstern. Autoreifen werden zerstochen. Scheiben eingeworfen. So viel von dem einstigen Nazigeist steckt noch in den Menschen. Leute wie ich können froh sein, dass die Sowjets hier sind. Es würde sofort einen neuen Faschismus geben, gäbe es sie nicht.«

»Chef!«, rief da Oldenbusch von oben.

Verärgert kniff Heller die Lippen zusammen, wie oft hatte er seinem Assistenten schon gesagt, dass er in der Öffentlichkeit auf eine korrekte Anrede achten sollte.

Oldenbusch räusperte sich. »Herr Oberkommissar!«, rief er dann.

Nun sah Heller hinauf.

»Das war eine deutsche Stielhandgranate. Ich will schnell sehen, ob ich unten auf der Straße noch Reste der anderen finde.«

»Bitte, tun Sie das.«

»Hat das etwas zu bedeuten?«, fragte Constanze.

»Nichts, vorerst.« Der Anschlag auf den Schwarzen Peter war mit russischen Granaten verübt worden. Doch beide Anschläge waren ähnlich ungeschickt ausgeführt.

»Hör mal, Max. Ich kann dir helfen. Komm in das Büro und lass dich als Opfer des Faschismus eintragen. Ich sage für dich aus. Ich weiß, du warst nie in einer Naziorganisation, du bist in der Beförderung übergangen worden und ich weiß, du hast einem Juden geholfen. Und du hast mir geholfen. Ich kann für dich aussagen.«

Heller hob die Hand. »Constanze, das kann ich nicht. Es wäre Heuchelei.«

»Ach was, Max, sei doch nicht engstirnig, du bekommst extra Brotmarken und einen Vorzugsschein auf dem Wohnungsamt. Wenn der Klaus kommt, wird es bald zu eng werden für euch. Und Möbel kannst du auch bekommen, ihr habt doch alles verloren.«

»Bitte, Constanze, hör auf. Es kommt mir falsch vor und es ist falsch.« Der Gedanke daran, von Nationalsozialisten beschlagnahmte Möbel zugewiesen zu bekommen, die vielleicht aus beschlagnahmten Judenhaushalten stammten, verursachte ihm Übelkeit.

»Du bist viel zu gut, Max. Und stur. Das mag manchmal eine gute Eigenschaft sein, doch manchmal eben auch nicht. Wenn du wenigstens der Partei beitreten würdest.«

»Das ist von Constanze?«, fragte Karin, als er am Abend nach Hause kam und sie das Pajok-Paket öffnete.

»Nein, wieder von Ovtscharov.« Heller wollte sich den Mantel ausziehen, doch es war kalt in der Küche, obwohl im Herd ein Feuer brannte. Deshalb ließ er ihn lieber an.

»Dieser Geheimdienstmann, was will er denn von dir?«

Heller hob die Schultern und ließ sie erschöpft wieder fallen.

»Schau nur, wieder Fleisch, Biskuit, Margarine und eine Büchse, was ist das? Kaviar!« Karin stellte die Sachen ab und sah kopfschüttelnd ihren Mann an. »Das ist doch der reinste Hohn! Woher haben die das nur? Manchmal scheint es mir, sie wollen uns verhungern lassen.«

»Karin!«, ermahnte Heller seine Frau.

Doch sie war wütend. »Nichts da, von wegen ›Karin‹. Kannst du es mir denn erklären, Max? Auf dem Land haben sie noch genug. Frag nur die Schaffraths und die Meyers von gegenüber, die kommen vom Land. Heute gaben sie mir zwei Eier für das ganze Zuckerpaket. Ich hab sie Frau Marquart in die Brühe gegeben und sie hat alles wieder ausgespuckt. Und die Russen? Du siehst es selbst, sie haben anscheinend genug. Wir bekommen nicht einmal mit Marke etwas. Ich habe heut zwei Stunden bei Wipplers angestanden in dieser Eiseskälte, und als ich dran war, hieß es ›Brot ist alle‹. Eine Stunde lang bin ich hin- und wieder zurückgelaufen. Ganz umsonst.«

»Aber dann sind es ja doch die Deutschen, du sagst es selbst. Jeder, der kann, bereichert sich. Jeder, der ein Freund der Russen ist, bekommt etwas und gibt nichts ab davon. Zwei Eier bekommst du von den Nachbarn, für ein halbes Pfund Zucker? Karin, das ist Wucher! Der, wegen dem ich heute aus dem Bett geholt wurde, hat ein Lager, da gehen dir die Augen über.«

Heller seufzte. Er wollte sich mit seiner Frau nicht streiten, nicht gerade jetzt, da die Marquart offenbar im Sterben lag und Klaus noch immer nicht daheim war. Bestimmt war Karin auch deshalb so echauffiert.

Heller stand auf und wollte seine Frau berühren, doch sie wich ihm mürrisch aus. »Und im Radio?«, rief sie. »Immer nur dieselben albernen Parolen. ›Wir müssen durchhalten!‹, ›Der Sozialismus wird siegen!‹, ›Diese Bahnstrecke ist wieder eröffnet und dort gibt es wieder Strom‹. Das ist doch nur Augenwischerei, genau wie bei den Nazis. Und die Plakate überall, Fortschritt, Sozialismus, Einigkeit, Stalin ist unser Held, Stalin rettet uns, Stalin unser Befreier! Sind das die Deutschen? Nein, das sind die Russen. Und warum verbieten sie die Zeitungen aus den Westsektoren, warum kommen keine Pakete an, warum ist Erwins letzter Brief sechs Monate alt? Wo ist Klaus, warum sagt uns niemand, wo er ist?«

Karin hatte sich in Rage geredet und schien es augenblicklich wieder zu bereuen. Erschöpft lehnte sie sich an ihren Mann. Heller schloss seine Arme um sie. Für einen Augenblick standen sie still da.

»Den Stuhl beim Telefon hab ich heute zerhackt, er verglüht gerade im Ofen. Wenn Frau Marquart das hört, wird sie böse sein. Sie mochte ihn sehr«, flüsterte Karin dann. Heller schwieg. Wieder standen sie still, aneinandergelehnt.

»Wie geht es Constanze?«, fragte Karin nach einer Weile.

»Gut, offenbar. Sie wollte ...« Heller verstummte wieder. Sein Magen knurrte plötzlich laut und vernehmlich und wollte gar nicht mehr aufhören.

»Was wollte sie?«, fragte Karin, löste sich von ihm und begann mit den Töpfen zu hantieren.

»Na, sie meinte, ich täte gut daran, in die Partei einzutreten.« Heller wollte seine Frau gar nicht erst in die Verlegenheit bringen, darüber nachzudenken, ob sie sich als Opfer des Faschismus ausgeben durften.

»Aber du tust es nicht«, sagte Karin leise, und Heller hörte den Vorwurf heraus.

Das Licht flackerte kurz. Eine Warnung der DREWAG. Verbraucht weniger Strom, hieß das, sonst schalten wir ab. Karin schaltete schnell die Glühlampe aus.

»Ich koche das Fleisch von gestern und mache einen Eintopf daraus, dieses hier heben wir für Klaus auf.«

Heller wachte in der Nacht auf, weil er fror. Das Federbett war ihm heruntergerutscht. Er zog es hoch und musste sich gedulden, ehe sein Körper die Decke wieder aufgewärmt hatte. Trotzdem schlief er nicht wieder ein. Der Wecker auf dem Nachttisch tickte störend laut. Heller zwang sich, die Augen geschlossen zu halten, doch alle Müdigkeit war verloren. Wo nur Klaus blieb? Seit seiner ersten Karte im Sommer fünfundvierzig hatten sie sich wegen ihm nicht mehr so viele Sorgen gemacht. Diese Informationslücke von nunmehr drei Tagen, in denen sie nicht wussten, was mit Klaus war, warum er noch nicht zu Hause war, diese Unsicherheit legte sich wie ein Gewicht auf seine Brust, wie eine unsichtbare Hand, die ihn zu Boden presste.

Und dass ihn alle so bedrängten wegen des Parteieintritts. Sie mussten doch wissen, dass das reine Heuchelei war. Wollten sie das denn, eine Gefolgschaft von Heuchlern? Hatten die Menschen denn nichts gelernt aus den zwölf Jahren Naziherrschaft? Viele NSDAP-Mitglieder waren seinerzeit nur in die Partei eingetreten, weil sie sich berufliche und private Vorteile erhofften oder weil sie fürchten mussten, sonst ihre Stellung zu verlieren. Es waren so viele gewesen, dass es zwischenzeitlich einen Aufnahmestopp gegeben hatte, weil selbst die Nazis nicht wussten, wer überzeugter Nationalsozialist war und wer nur ein Hypokrit. Heutzutage gaben sie alle an, nur unter Zwang eingetreten zu sein. Waren denn alle Heuchler gewesen? Und wie war es heute? Gab es auch Leute mit echter Überzeugung? Niesbach vielleicht. Er war ein Idealist und deshalb mochte Heller ihn. Nicht allein dafür, dass er Idealist war, sondern dafür, dass er sich eine bessere Welt wünschte für alle Menschen und nicht nur für ein Volk. Er hatte sein Leben eingesetzt für seine Ideale, hatte sogar seine Heimat verlassen, und er schien hinter dem zu stehen, was die Sowjets und die SED vorgab. Warum aber – weil er ihnen bedingungslos glaubte. Und das machte ihn blind für ihre Fehler.

Und Constanze. Sie war ein Opfer des Faschismus, doch sie war keine Kommunistin gewesen. War sie am Aufbau eines sozialistischen Staates interessiert? Suchte sie nur Schutz? Oder suchte sie auf diesem Weg auch Wiedergutmachung für das, was sie erlitten hatte?

Was sollte er von Medvedev und Ovtscharov halten? Musste er ihr Drängen als guten Rat verstehen, weil sie ihn mochten? Schätzten sie ihn wirklich so sehr, dass sie sich ihn als Vertrauten wünschten, als einen, mit dem sie offen sprechen konnten, weshalb er sich für die Öffentlichkeit legitimieren musste, indem er SEDler wurde? Oder brauchten sie ihn nur als Werkzeug für ihre eigenen Machtkämpfe? Wäre es nach Medvedev gegangen, hätte er an Niesbachs Stelle treten können. Ein solcher Posten war einmal sein Ziel gewesen, vor vielen Jahren. Die Nazis hatten seine Karriere verhindert. Jetzt wäre es nur recht und billig gewesen, wenn er sich seinen Vorteil holte. Aber vielleicht lag die Ursache seiner Verweigerung viel tiefer. Wollte er diesen Posten überhaupt noch? Diese stumpfsinnige Schreibtischarbeit und die ewigen Sitzungen. Administration. Agitation. Politisches Kalkül. Klüngel. War also seine Weigerung, den allgemeinen Anforderungen nachzukommen, nicht vielleicht eine Flucht vor der Verantwortung, vor dem drögen Dasein eines Schreibstubenpolizisten?

Plötzlich hörte Heller ein Geräusch. Frau Marquart. Sie stöhnte, keuchte, und ihre Lunge gab Geräusche von sich wie eine quietschende Pumpe. Dann gab es ein dumpfes Poltern. Heller drehte sich zu Karin, doch sie schlief tief und fest. Also war es an ihm, aufzustehen. Seufzend warf er das Federbett zur Seite, schlüpfte in die Pantoffeln und ging leise aus dem Zimmer.

»Frau Marquart?« Vorsichtig tastete er sich auf dem Gang zu ihrem Zimmer vor und öffnete die Tür. »Frau Marquart?«

Die Frau atmete schwer und gab ein furchteinflößendes Pfeifen von sich. Heller näherte sich zögernd ihrem Bett. Durch einen Spalt in der Gardine fiel das schwache Gaslicht der Straßenlaterne herein und ließ das Gesicht der kranken Frau wie eine Totenmaske erscheinen. Heller langte nach einem Tuch, das neben der Waschschüssel lag, befeuchtete es und wischte der Frau die schweißnasse Stirn ab.

Frau Marquart stöhnte auf und griff nach seiner Hand. »Herbert?«

»Nein, ich bin es, Max.«

»Ich werde sterben, nicht wahr?«, ächzte die Frau.

»Nein, Sie sterben nicht!«, erwiderte Heller mit fester Stimme.

Frau Marquart schwieg, keuchte, die offenen Augen zur

Decke gerichtet und wollte seine Hand nicht loslassen. Heller verharrte in seiner unbequemen Position und wollte ihr seine Hand nicht entziehen, auch wenn ihn langsam zu frieren begann und er krampfhaft versuchte, nicht über die infektiösen Ausdünstungen der Frau nachzudenken. Es wäre eine Katastrophe, wenn Karin oder er jetzt krank werden würden.

Als er glaubte, sie wäre wieder eingeschlafen, wollte er sich vorsichtig losmachen, doch sofort fasste Frau Marquart wieder nach.

»Ich kann nicht mehr«, jammerte sie. »Das habe ich nicht verdient. Ich will so nicht gehen, so erbärmlich.« Jetzt umklammerte sie mit beiden Händen Hellers Handgelenk und wollte sich hochziehen.

»Sie werden nicht sterben, Frau Marquart, wir bekommen Sie schon durch. Ich will sehen, was ich machen kann.« Mühsam löste Heller ihre Hände von seiner, drückte die Frau wieder zurück in das Kissen und berührte die Stirn der Kranken. Erschrocken fuhr er zurück, als er spürte, wie heiß sie war. Er benetzte die Stirn der Frau wieder mit Wasser.

»So viel haben wir durchgemacht«, presste Frau Marquart hervor. Dann bäumte sie sich plötzlich auf und hustete ihm unvermittelt ins Gesicht.

»Sprechen Sie nicht so viel. Ruhen Sie sich aus«, ermahnte Heller sie ungehalten. Er wollte sich über das Gesicht wischen, kam aber nicht dazu, weil er verhindern musste, dass die Kranke aus dem Bett stürzte.

Frau Marquart wollte unbedingt aufstehen und wehrte sich vehement gegen Heller. Fast kam es zu einem Gerangel.

»Ach, Herbert, Herbert, hilf mir doch«, schluchzte die Frau und krümmte sich wieder unter einem Hustenanfall.

Endlich kam Karin ins Zimmer, presste die Frau energisch an den Schultern ins Bett zurück. »Sie müssen still sein, Frau

Marquart! Ich mache Ihnen Tee, den trinken Sie und behalten ihn bitte bei sich.« Sie schaute ihren Mann von der Seite an. »Max, geh und wasch dich!«

Heller erhob sich dankbar. Im Rausgehen stieß sein Fuß gegen etwa Hartes und er bückte sich danach. Ein kalter Schreck fuhr ihm in die Glieder. Es war seine Pistole, die sonst immer im Mantel steckte. Rasch verließ er das Zimmer, ehe Karin das bemerken konnte.

Im Waschhaus schaltete er Licht an. Als er sein Gesicht im Spiegel sah, prallte er zurück. Es war über und über mit Blutspritzern besprenkelt.

8. Februar 1947, morgens

Oldenbusch klopfte und warf erst einen vorsichtigen Blick in Hellers Kellerbüro, bevor er eintrat.

»Manchmal geschehen noch kleine Wunder, Max. Die Bilder sind schon entwickelt. Gerade als ich gestern das Labor verlassen wollte, traf neue Entwicklerflüssigkeit ein. Ich hatte ein bisschen Rabatz gemacht und mich auf Medvedevs Befehl bezogen.«

Heller versuchte vergeblich, sich die Müdigkeit aus den Augen zu blinzeln und griff nach der Lichtbildmappe, schob sie ein wenig näher zur Schreibtischlampe. Da durch das kleine Oberlicht seines Kellerraumes nur sehr wenig Tageslicht fiel und für die Deckenleuchte keine Glühbirne aufzutreiben war, brannte diese Lampe dauerhaft. »Danke, Werner, aber strapazieren Sie den Namen bitte nicht allzu sehr.«

Heller öffnete die Mappe. Die Bilder, die Oldenbusch von den Tatorten gemacht hatte, wirkten scharf, die Fotos von den toten Offizieren Cherin und Berinow dagegen leicht verschwommen und unterbelichtet. Den Kopf hatte er so fotografiert, dass man ihn durchaus für ein ganz normales Porträt eines Menschen halten konnte. Damit war es tauglich, um als Fahndungsbild genutzt werden zu können.

»Man müsste das Bild unterhalb des Kinns beschneiden, dann sieht man gar nicht, dass er tot ist. Er blickt direkt in die Kamera.«

»Tun Sie das bitte, Werner, und wenn möglich, vervielfältigen Sie es.« Heller gab Oldenbusch die Mappe zurück. »Wissen Sie, ob Kassner schon Gelegenheit gefunden hat, sich der beiden Offiziere in der Sowjetkaserne anzunehmen?« Ein Kaffee täte ihm jetzt gut. Stattdessen trank er Tee, auf dem seltsame Schlieren glänzten und der schmeckte, als wäre er vom Vortag aufgewärmt.

»Soviel ich weiß, wollte er heute hinauffahren.« Oldenbusch setzte sich auf einen Stuhl gegenüber von Hellers Schreibtisch. »Ich habe das jetzt so verstanden, dass wir das Bild von dem Kopf nicht veröffentlichen dürfen.«

Heller nahm ein maschinenbeschriebenes Blatt und reichte es seinem Assistenten über den Tisch. Es war die offizielle Order, in Sachen organisierter Wehrwolfaktivitäten zu ermitteln und einen täglichen Statusbericht an die sowjetische Behörde MWD weiterzuleiten. Auf begründete Anfrage hin würden ihm Personal und Fahrgerät zugewiesen. Sämtliche Fahndungsaktivitäten, Razzien oder ähnliche Aktionen sollten vorher vom MWD genehmigt werden.

Das Schreiben war von Opitz und Medvedev gezeichnet.

»Wobei ich nicht einmal weiß, ob uns die Russen dies nicht genehmigen würden, oder ob Niesbach es nur einfach nicht wagt, zu fragen, weil er weiß, dass die nicht wollen. Sie sind die Sieger und fürchten, es würde so aussehen, als glitte ihnen die Situation aus der Hand«, gab er Oldenbusch zu verstehen. »Haben Sie einen Bericht für mich, bezüglich des Vorfalls im Münchner Krug?«

Der Kommissar nickte nur und war schon vertieft in das Schreiben.

Dann gab er Heller das Papier kommentarlos zurück. Nach einer kurzen Pause sagte er: »Dass wir das Bild nicht veröffentlichen dürfen, heißt ja nicht, dass wir damit nicht die Bevölkerung befragen können.«

Heller wedelte mit einer Hand, als wollte er eine lästige Fliege verjagen. »Können Sie sich bitte etwas weniger kompliziert ausdrücken, Werner. Ich hatte eine sehr schlechte Nacht. Aber ich verstehe, was Sie meinen, und Ihr gestriger Gedanke, mal meinen Freund Heinz Seibling aufzusuchen, ist gar nicht schlecht. Ich bräuchte nur etwas, um ihn …« Heller musste gar nicht weitersprechen, denn Oldenbusch hatte bereits mitgedacht und legte wortlos eine Schachtel Zigaretten auf den Tisch.

»Aus der Asservatenkammer. Mehr müssen Sie nicht wissen, Herr Oberkommissar. Es ist übrigens sicher, der Anschlag auf den Münchner Krug wurde mit zwei deutschen Stielhandgranaten begangen, der auf den Schwarzen Peter mit russischen. Es wurde nicht geschossen und es gab keine Brandflasche. Insofern unterscheiden sich die Anschläge. Doch beide wurden dilettantisch ausgeführt und vermutlich von jeweils nur einer Person.«

»Stellt sich die Frage, warum bei einem Anschlag Flugblätter geworfen wurden und bei dem anderen nicht. Und sollte es sich bei beiden Anschlägen um denselben Täter handeln, ist er dann für die Morde an den Sowjetoffizieren verantwortlich? Dieser Zusammenhang wäre mir nicht logisch.«

»Vielleicht müssen wir doch davon ausgehen, dass es sich um eine Gruppe handelt. Eine dilettantische vielleicht, aber doch um eine Gruppe.«

»Sind die Männer mit den Hunden noch unterwegs?«

»Gestern haben sie die nähere Umgebung des Leichenfundortes an der Bautzner Straße abgesucht, heute wollen sie das Suchgebiet erweitern. Es gibt allerdings nur zwei Leichenhunde und die dürfen maximal zwei Stunden arbeiten, weil die Spurensuche hohe Konzentration von den Tieren erfordert.«

»Hat die Analyse der Flugblätter etwas ergeben?«

»Die scheinen mithilfe einer schlichten Rotationsmaschine oder eines Vervielfältigers gemacht zu sein. Das Papier findet sich in jeder Behörde und jeder Schreibstube. Solche Geräte gab es zwar häufig, doch man sieht, dass jemand recht geschickt gearbeitet hat. Das legt die Vermutung nahe, dass er aus dem Fach kommt. Deshalb habe ich einen Auszug aus dem Gewerberegister aus dem Jahre neununddreißig. Eine Liste aller damals existenten Druckereien in Dresden. Ich fürchte, die alle abzuklappern ist ein ziemlicher Aufwand. Aber es wäre immerhin ein Anhaltspunkt.« Oldenbusch holte mit sichtlichem Stolz aus seiner Mappe ein Blatt hervor und gab es Heller.

Heller nahm das Blatt und überflog es. Dann trank er seinen Tee in einem Zug aus und erhob sich.

»Sehr gut. Lassen Sie uns doch gleich hier in der Nähe anfangen. Wie es scheint, gab es gleich in der näheren Umgebung einige Druckereien und vielleicht läuft uns dabei Heinz Seibling über den Weg. Holen Sie den Wagen.«

Oldenbusch schüttelte missmutig den Kopf. »Es ist kein Benzin aufzutreiben und ich will nicht auf dem letzten Tropfen fahren, sonst müssten wir womöglich den Wagen irgendwo stehen lassen.«

Heller griff nach dem Telefonhörer. »Dann will ich sehen, ob uns jemand auf die andere Elbseite bringen kann. Den Rest machen wir dann zu Fuß.«

8. Februar 1947, vormittags

Die Straßen der Dresdner Neustadt waren voller Menschen, die ihren Besorgungen nachgingen oder an Wasserpumpen anstanden, die mit offenem Feuer vor dem Einfrieren geschützt wurden. Auch an den Eingängen des Wohnungs- und Ernährungsamtes standen die Leute Schlange. Ein beständiger Strom bewegte sich in Richtung des Bahnhofes. Nach der Zerstörung der Dresdner Innenstadt hatte sich die gesamte Infrastruktur in die äußeren, weniger betroffenen Bezirke verlagert. Häuser wurden nach und nach instand gesetzt, Ziegel geputzt, Stromleitungen verlegt. Sowjetische Soldaten patrouillierten ebenso wie Schutzpolizisten. *Fensterpappen eingetroffen* warb ein Glasermeister auf Kreidetafeln, und sofort hatte sich auch vor seinem Geschäft eine lange Schlange gebildet. Wegen des anhaltenden Frosts waren die Schulen geschlossen. Kinder in geflickten und oft viel zu großen Schuhen trieben sich auf den Straßen herum, spielten in den Ruinen, und wenn es irgendwo etwas zu holen gab, griffen sie augenblicklich zu. Manche bettelten, zerlumpte kleine Gestalten, bei denen nicht zu erkennen war, ob es sich um Junge oder Mädchen handelte, die stumm, mit ausgestreckten Händen dastanden. Kaum jemand tat etwas hinein.

Andere legten Fallen für Tauben aus, obwohl es nur noch wenige gab. Auch Katzen sah man kaum noch. Vor den Anschlagtafeln sammelten sich die Leute, lasen stumm und schüttelten die Köpfe über die neuesten Verordnungen. Taschendiebe schoben sich durch das Gedränge. Jeder, der etwas auf dem Boden entdeckte, bückte sich, sei es nach einer weggeworfenen Zigarette, einer alten Zeitung oder einem Stückchen Kohle. Wer ein Fahrrad besaß, wachte über den wertvollen Besitz mit Argusaugen. Vor den Suppenküchen drängten sich die Leute in langen Schlangen, ebenso vor den Pumpen. Wenn ein Fahrzeug der Sowjetarmee sich näherte, wichen die Leute unmerklich zurück. *72 Betriebe wurden schon an das Volk zurückgegeben*, warben Plakate der SED um Wählergunst und Mitglieder.

Zwei Druckereien hatten Heller und Oldenbusch schon ausfindig gemacht. Eine davon in staatlicher Hand, unter der Leitung eines Altkommunisten, der unter den Nazis sechs Jahre in Dachau verbracht hatte. Er selbst hatte früher Flugblätter hergestellt und beschrieb Heller genau, nach welcher Maschine sie suchen mussten. Ein eher einfaches Gerät, das gut auf einem Tisch Platz fand und mit einer Handkurbel bedient wurde.

Die andere Druckerei befand sich in privater Hand, druckte in staatlichem Auftrag unter strenger Bewachung Meldescheine, Formulare, Bezugsscheine und Lebensmittelmarken. Der Betriebsleiter übergab Heller eine Liste mit den Namen und Adressen aller Beschäftigten.

Eine weitere Druckerei befand sich auf der Tannenstraße. Das Gelände war gesperrt und wirkte verwildert. Die Werkhalle stand offen, sämtliche Geräte waren entfernt. Zwischen den Fugen im Kopfsteinpflaster im Hof war schon Gras gewachsen. Büschelweise ragte es aus dem Schnee. Das Bürogebäude nebenan lag verwaist. *Druckerei Schlüter* stand in großen geschwungenen Lettern an der Fassade, *Drucksachen aller Art*.

Heller sah sich um. Direkt gegenüber der Druckerei befand sich ein Kohlehof, der von Soldaten bewacht wurde.

Heller und Oldenbusch überquerten die Straße, zeigten ihre Dienstausweise vor und wurden auf das Gelände vorgelassen, auf dem große Briketthaufen lagerten, die von Arbeitern in Jutesäcke geschaufelt wurden. Ein großer russischer Laster, ebenfalls mit einem Soldaten auf dem Beifahrersitz, fuhr gerade ein. Der Fahrer hupte Heller und Oldenbusch an, weil sie ihm nicht schnell genug aus dem Weg gingen. Als sie das kleine Büro des Verwalters betraten, sprang dieser erschrocken von seinem Stuhl auf. Der Mann war um die sechzig, untersetzt, mit kurz geschnittenem und gescheiteltem Haar.

»Sind Sie von der Polizei?«, fragte er, sichtlich erschüttert angesichts des überraschenden Besuches. Er wagte kaum, sich zu rühren.

Heller hob beruhigend die Hand. »Wir haben nur eine Frage bezüglich der Druckerei gegenüber.«

»Die ist geschlossen, seit dem Kriegsende. Die Besitzer sind enteignet. Es wurde alles von den Russen fortgeschafft.«

»Ist das schon lange her?«

»Letztes Jahr schon. Die haben alles ausgeräumt, haben sogar die Kabel von den Wänden gerissen und die Lampen mitgenommen.«

»Die Besitzer sind enteignet?«

»Schlüters, ja, das waren richtige Übernazis. Herr Schlüter und die Söhne sind im Krieg geblieben. Frau Schlüter führte das Unternehmen mit einem Gesellschafter, doch der ist auch weg, den haben die Russen mitgenommen. Die Schlüters besaßen noch ein Haus in der Nordstraße 20, aber ich weiß nicht, ob sie da noch wohnen. Weiß nicht mal, ob noch einer lebt von denen.«

»Gut.« Heller notierte sich alles. »Herr …?«

»Dienhagen, Armin.«

Heller notierte sich auch das und sah sich dann um. Es roch nach Kaffee, echtem Kaffee. Herr Dienhagen sah nicht aus, als müsste er Mangel leiden. Es lag auf der Hand, dass er sich mit der Kohle unter der Hand etwas dazuverdiente. Das waren die Deutschen, dachte Heller. Wer hat, der kann.

»Gut«, sagte er noch einmal bedeutungsvoll. »Schönen Tag noch.«

Die Nordstraße lag etwa zwanzig Fußminuten entfernt, und der Weg führte Heller und Oldenbusch direkt über den Alaunplatz, auf dem früher noch große Exerzierhallen gestanden hatten. Die waren nun zerstört und abgerissen, das Gelände lag brach. Eine Menge Menschen hatte sich hier versammelt. Aber keiner von ihnen stand ruhig, alle bewegten sich, und zwar immerzu. Sie liefen kreuz und quer, flüsterten sich Dinge zu, gaben sich etwas, ließen es flink in der Tasche verschwinden und holten anderes hervor.

Das war ein Schwarzmarkt, einer von vielen, doch dieser Platz eignete sich besonders gut. Von hier konnte man schnell nach allen Richtungen verschwinden, wenn es zu einer Razzia kam. Hier gab es keine Straßen, die schnell gesperrt werden konnten. Auch hier bereicherten sich die, die etwas besaßen, an denen, die es brauchten. Die Preise stiegen, für ein Brot musste man gute Schuhe hergeben, ein halbes Dutzend Eier kostete eine wertvolle Uhr, Fleisch unter Umständen den gesamten Familienschmuck. Geld war hier keine Währung. Die einzige feste Währung, die es gab, waren Zigaretten, und zwar ausschließlich amerikanische. Auch das waren die Deutschen. Heller verübelte es ihnen nicht, aber es schien ihm absurd, wie das selbst ernannte Herrenvolk sich nun gegenseitig beraubte.

Oldenbusch und er hielten sich abseits, um keine unnötige Unruhe zu verursachen, da sie doch offenbar auch ohne Uniform als Polizisten leicht zu erkennen waren.

Das Haus der Schlüters in der Nordstraße war nicht nur ein einfaches Haus, es war eine sehr große Jugendstilvilla mit mehreren Stockwerken, wie Heller sie hauptsächlich aus den Stadtteilen Striesen und Plauen kannte. Auf den ersten Blick war zu erkennen, dass Haus und Grundstück nicht nur von den Schlüters allein bewohnt wurden. Steif gefrorene Wäsche hing vor den Fenstern. Aus verschiedenen selbst gebauten Abzügen qualmte es. In der näheren Umgebung hatte es einige, zufällig gestreute Bombentreffer gegeben. Mehrere Häuser waren zerstört, so auch die Villa auf dem Nachbargrundstück der Schlüters. Das vorher vielleicht dreistöckige Gebäude war über der zweiten Etage in sich zusammengefallen. Man konnte noch Teile des Dachstuhls erkennen und eine ins Nichts laufende Wendeltreppe. Doch während die anderen betroffenen Gebäude in der Umgebung wiederaufgebaut wurden oder wenigstens geräumt waren, war dieses Grundstück völlig verwildert. Brombeerbüsche und Rhododendren bildeten ein undurchdringliches Dickicht, Hecken wucherten, die Ruine war mit Löwenzahn und jungen Birken bewachsen.

Doch Heller sah Qualm aufsteigen und hörte dann ein Klopfen. Eine alte Frau in einer Kittelschürze kam aus einer winzigen Tür aus dem Halbparterre und schleppte eine Kiste. Sie stellte sie neben einem Hackklotz ab, nahm sich einen Scheit und begann mit einer kleinen Axt Holz zu hacken.

»Zu wem möchten Sie?«, fragte eine herrische Frauenstimme aus dem ersten Obergeschoss der Schlüter-Villa.

»Zu Frau Schlüter«, rief Oldenbusch.

»Und wer sind Sie?«

»Kriminalpolizei«, erwiderte Oldenbusch, woraufhin die Frau das Fenster zuwarf.

Heller lachte empört auf und öffnete das Gartentor. Das

würde er sich nicht bieten lassen. Doch kaum standen sie vor der Haustür, da wurde sie ihnen von der Frau auch schon geöffnet.

»Können Sie sich ausweisen?«, fragte sie die beiden Männer. Sie war ungefähr in Hellers Alter, noch nicht ganz fünfzig, groß und blond. Ihre Haare hatte sie sauber hochgesteckt und ihre Kleidung erzählte von besseren Zeiten.

»Frau Schlüter, nehme ich an?«, fragte Heller und zeigte seinen Dienstausweis vor.

Nun änderte sich das unfreundliche Verhalten der Frau abrupt. »Oberkommissar Heller«, las sie. »Bitte verzeihen Sie meine Unhöflichkeit, aber heutzutage ist viel Gesindel unterwegs.«

»Wir haben einige Fragen bezüglich der Druckerei«, sagte Heller und ging nicht weiter auf die Äußerung der Frau ein.

»Wollen Sie bitte hinaufkommen? Hier im Haus muss niemand davon wissen.«

Heller und Oldenbusch folgten ihr über die geschwungene Treppe. Das eigentlich große, offene Haus war durch Bretterwände in verschiedene Bereiche abgetrennt, hinter denen reges Leben zu hören war. Kinder schrien, Mütter schimpften, jemand sang leise. Irgendwo im oberen Stockwerk schepperte es. Aus einem anderen Raum drangen schlesische Gesprächsfetzen. Ein Telefonapparat hing an der Wand auf dem Treppenabsatz.

Frau Schlüter öffnete eine Tür und ließ die Kriminalisten eintreten.

»Das ist mir nun geblieben«, seufzte sie, sank in einen Sessel und schlug die Beine übereinander. Die Polizisten blieben stehen. Der sehr große Raum war voller wertvoller Möbel. Ein Sofa und zwei Sessel standen um einen niedrigen Tisch, eine provisorische Küche befand sich an der Fensterwand.

Neben einer Glasvitrine stand ein schwarzes Klavier. Emil Ascherberg, las Heller.

»Ein Wohn- und ein Schlafraum. Sehen Sie dort, meine Küche. Ich habe sie mir aus den Resten meiner Küche im Erdgeschoss zusammenflicken lassen. Einen Herd musste ich mir bauen lassen, das hat mich zweihundert Mark gekostet. Sechs Familien sind mir ins Haus einquartiert worden. Sechs. Die machen alles dreckig und kaputt. Alles habe ich verloren! Mein Mann, meine Söhne, das Geschäft wurde mir weggenommen und dann das Haus. Und wir waren gute Leute, haben immer nur das Beste gewollt. Fünfzig Angestellte hatten wir, Lehrlinge, Drucker, Kraftfahrer, Buchhalter und nun das.«

»Die Druckerei wurde konfisziert?«

In den Augen der Frau flammte Wut auf. »Enteignet hat man mich, unrechtmäßig. Bestohlen hat man mich, nach Russland haben sie alles geschafft. Diese Barbaren, alle Maschinen haben sie zerstört mit ihren Hämmern und ihren ungelenken Händen. Unseren Vorarbeiter haben sie sogar gezwungen, mit nach Russland zu gehen.«

»Sagen Sie, ist Ihnen von der Druckerei nichts geblieben? Konnten Sie etwas beiseiteschaffen, hatten Sie Geräte zu Hause?«

»Herr Oberkommissar, beiseiteschaffen? Dafür hätten die mich aufgehängt. Nichts ist mir geblieben, buchstäblich nichts! Ich kann froh sein, dass sie mir nicht an den Leib gegangen sind.«

Oldenbusch mischte sich ein. »Auch nicht kleine handbetriebene Geräte. Einfache Vervielfältiger? Eine Greif Rekord vielleicht, eine Centrograph?«

Frau Schlüter beugte sich zu einem Beistelltisch, um nach der Zigarettenschachtel zu langen. Pall Mall las Heller. Die Schlüter nahm sich eine Zigarette, ohne den Männern eine anzubieten, und zündete sie sich an. Sichtlich erregt von der Erinnerung an ihren Verlust, nahm sie einen tiefen Zug.

»Wenn ich es Ihnen sage. Es ist alles weg. Selbst die Bleistifte, noch die letzte Büroklammer. Ich lebe von meinem Ersparten, und selbst darum fürchte ich, denn der Iwan streunt nachts durch die Straßen, und wenn man die Tür öffnet, kommt er herein und tut einem sonst was an. Genau davor hat der Adolf uns schützen wollen. Vor dem Iwan und dem Bolschewismus. Nur hat man ihn ja nicht gelassen!«

»Hat vielleicht einer Ihrer Angestellten ein solches Gerät beiseiteschaffen können? Kennen Sie jemanden, der so etwas herstellen könnte?« Heller gab seinem Assistenten ein Zeichen und der reichte Frau Schlüter eines der Flugblätter.

»Recht gute Arbeit«, konstatierte sie nach wenigen Sekunden und gab es Oldenbusch zurück, »es ist durchaus möglich, dass sich einer der Leute etwas angeeignet hat.«

»Hätten Sie jemand Bestimmten im Sinn?«

Frau Schlüter zog wieder an der Zigarette und schüttelte den Kopf.

»Könnten Sie uns eine Namensliste von den Angestellten geben?«

»Aus dem Gedächtnis vielleicht, ich habe keinerlei Unterlagen mehr. Aber ich kann nicht für die Vollständigkeit garantieren.«

»Wann glauben Sie, haben Sie die Liste fertig? In einer Stunde? Zwei?«

»Ha!« Frau Schlüter lachte auf. »Morgen. Kommen Sie morgen um diese Zeit wieder.«

»Heute Nachmittag komme ich vorbei«, bestimmte Heller.

Frau Schlüter nahm dies unkommentiert hin. Doch sie deutete mit den beiden Fingern, zwischen denen die Zigarette klemmte, auf das Flugblatt. »Suchen Sie den, der das gemacht hat? Der das Lokal in Brand gesetzt hat? Soll ich

Ihnen etwas sagen? Einen Orden müsste der bekommen. Diese dreckige, verhurte Spelunke, in der die Russen ein und aus gehen. Eine Schande für unser Land. Ein Bordell, ekelhaft. Betrieben von Deutschen. Dieses Land krankt, sage ich Ihnen ganz offen. Verräter überall. Vaterlandsverräter. Endlich wagt es jemand, sich gegen diesen Verrat zu erheben, gegen diese Schande. Und ist es nicht eine Schande für Sie, einen von der alten Schule, solche mutigen Leute für die Russen fangen zu müssen? Schlimme Zeiten sind das!«

Draußen atmete Heller befreit auf. »Wie kann man nur so selbstgerecht und uneinsichtig sein?«, fragte er Oldenbusch, während sie das Grundstück verließen.

»Genügend Elan hätte sie, um so etwas zu unterstützen, meinen Sie nicht, Chef?« Oldenbusch winkte mit dem Flugblatt.

»Ja, aber es beweist nichts. Wir müssten eine Hausdurchsuchung beantragen.«

»Aber mit unserem Besuch ist sie nun gewarnt und könnte Belastendes verschwinden lassen«, überlegte Oldenbusch laut. »Und im Haus hat sie bestimmt nichts, die ist schlau.«

Heller nahm ihn am Arm. »Lassen Sie uns aus ihrem Blickfeld verschwinden. Besorgen Sie uns Schutzmänner, die das Gebäude bewachen. Gibt es nicht einen Feldfernsprecher in der Nähe? Beim Alaunplatz gibt es ein Revier, sollten Sie keinen finden. Ich warte derweil hier. Und bitte, nennen Sie mich nicht Chef, so oft habe ich Ihnen das schon gesagt. Von wem haben Sie denn diese Unart?«

Nachdem Oldenbusch verschwunden war, schlenderte Heller noch ein kleines Stück weiter und blieb dann in Sichtweite der Schlüter-Villa stehen. Bestimmt gab es noch einen weiteren Ausgang. Er musste wachsam bleiben und hoffen, dass Frau Schlüter nicht so schnell reagieren würde. Heller rechnete sich aus, wie lange Oldenbusch wohl brauchen würde, um zurückzukehren. Er schätzte, dass er sich auf eine halbe Stunde Wartezeit einstellen musste. Bei der Villa blieb alles ruhig. Er trat von einem Fuß auf den anderen, sah sich nach etwas um, an dem er sein Auge festmachen konnte. Immer nur das Haus anzustarren, würde ihm die Zeit endlos vorkommen lassen, in dieser furchtbaren Kälte.

Noch immer hackte die alte Frau neben dem zerstörten Haus Holz. Heller machte noch zwei Schritte zur Seite, um die Alte sehen zu können, stellte sich auf die Zehenspitzen und reckte den Hals.

Gerade stellte sich die Frau ein viel zu großes Stück Holz auf den Hackklotz. Sie konnte es kaum anheben. Als es sicher stand, nahm sie die kleine Axt mit beiden Händen und schlug zu. Es war so ein schwacher Schlag, dass er Hellers Mitleid erregte. Die Axt konnte nur wenige Zentimeter ins Holz eingedrungen sein. Die Alte machte sie los, schlug erneut zu und verfehlte den Klotz. Unbeirrt holte sie noch einmal aus und schlug zu. Diesmal blieb ihre Axt stecken, und sosehr sie auch hebelte und zog, das Eisen wollte sich aus dem Holz nicht lösen.

Lange konnte Heller das nicht mehr mitansehen, wie die Frau sich abkämpfte. Er stellte sich vor, wie seine alte Mutter, wenn sie noch lebte, sich mit dem Holz mühen müsste. Heller warf wieder einen kurzen Blick zum Tor der Schlüters.

Mittlerweile versuchte die Alte die Axt samt dem Holz vom Hackklotz zu zerren, da stürzte der ganze Klotz um. Jetzt war es Heller genug. Er lief die zehn Meter zum Grundstückseingang und bahnte sich zwischen all den Büschen und dem Unkraut einen Weg.

»Warten Sie, ich helfe Ihnen!«, rief er der alten Frau zu, denn dort, wo sie stand, konnte sie ihn nicht sehen. Als Heller um die Hausecke bog, erwartete ihn die Frau mit der Axt in den Händen, das Holz hatte sich beim Sturz gelöst.

»Lassen Sie sich helfen«, bot Heller erneut an.

»Gehen Sie!«, rief die Alte aufgebracht und hielt die Axt halb schützend, halb drohend vor ihre Kittelschürze.

»Mein Name ist Heller. Ich bin von der Kriminalpolizei, ich habe gesehen ...«

»Gehen Sie! Das ist mein Grundstück!«

»Hören Sie, ich sehe doch, wie schwer das Holzhacken für Sie ist. Lassen Sie sich doch helfen. Ich möchte auch gar nichts dafür bekommen.«

»Sie sollen gehen, ich komme zurecht. Ich brauche keine Hilfe! Von niemandem!«, zeterte die Alte und drohte wieder mit der Axt.

»Also gut.« Heller kam sich beinahe albern vor. Was hatte er sich nur dabei gedacht? Die Frau glaubte ihm nicht. Warum auch? Er könnte sonst wer sein. Vielleicht hätte er seinen Ausweis zeigen sollen, aber vielleicht hätte sie damit gar nichts anfangen können.

»Dann schönen Tag noch, ich bitte um Verzeihung.« Heller deutete eine leichte Verbeugung an und ging auf die Straße zurück.

Ein älterer Mann mit Pudelmütze, der einen Handwagen zog, sah ihn aus dem Grundstück kommen und sprach ihn im Vorbeigehen an. »Das hat bei der keinen Zweck. Die lässt niemanden ins Haus.«

»Ihren Herrn Seibling haben wir ganz vergessen«, fiel es Oldenbusch ein. Nach zwanzig Minuten war er wieder zurück und hatte zwei Schutzmänner mitgebracht. Heller hatte ihnen befohlen unauffällig zu bleiben und nur zu beobachten, ob sich etwas tat. Sie sollten nur eingreifen, falls Frau Schlüter etwas aus dem Haus brachte.

Heller schüttelte den Kopf. »Ich hatte unterwegs schon nach ihm Ausschau gehalten.«

»Und nun? Zurück zum Hauptquartier? Wenn wir bis Mittag zurück sind, können wir heute noch einen Durchsuchungsbefehl bekommen. Oder Sie spannen die Russen vom MWD mit ein, aber dann wird es haarig für die Schlüter.«

Heller hob die Hand, um Oldenbuschs eifrigen Redefluss zu unterbinden. »Wir besuchen Kapitan Kasraschwili, oben auf der Carola-Allee, das sind keine zehn Minuten zu Fuß von hier. Erstens gibt es da ein Telefon. Zweitens besteht für Sie vielleicht die Möglichkeit, bessere Fotos von den beiden Toten zu machen. Das MWD werde ich bestenfalls informieren, aber ganz bestimmt keine Hausdurchsuchung durchführen lassen.«

»Kasraschwili. Ist das der Arzt? Klingt nicht russisch.«

»Er ist Georgier. Sehr penibel, was Sauberkeit betrifft. Streifen Sie sich die Füße ab und fassen Sie nichts an.«

Oldenbusch nickte. »Geht klar, Chef!« Dann sah er Hellers Blick. »Entschuldigung, Chef ... äh ... Max ...«

»Das ist ein albernes Modewort, Werner.«

»Es ist doch aber nicht despektierlich gemeint. Schließlich ist Kompaniechef eine ehrenvolle Position.«

»Trotzdem. Wie nur alle reden heutzutage. Abtauchen, entgleisen, Hirn einschalten, Schraube locker.« Heller schüttelte verständnislos den Kopf.

Stumm liefen sie die letzten Meter bis zur Kaserne. Am Tor zeigten sie ihre Ausweise vor und Heller verlangte Kasraschwili zu sprechen. Nach einem Telefonat des Wachhabenden wurden sie eingelassen.

Der junge Georgier schien nur mäßig interessiert an dem Besuch zu sein. Nachdem er sich mit hochgezogenen Augenbrauen Hellers Anliegen angehört hatte, befahl er einem seiner Männer, Oldenbusch zu den Toten zu begleiten. Er blieb mit Heller in seiner Schreibstube zurück, die ihm offenbar auch als Schlafzimmer diente.

»Wir treffen uns am Tor!«, rief Heller seinem Assistenten nach.

Kasraschwili runzelte die Stirn, als bereitete ihm der laute Ton Kopfschmerzen. Dann bot er Heller einen Stuhl an, ging zum Fenster und lehnte sich an die Fensterbank. »Ovtscharov war hier, hat sich erkundigt nach Ihren Erkenntnissen. Ich habe ihm gesagt, dass ich von Ihren Erkenntnissen nichts weiß.«

Heller nickte und schwieg. Er wollte nicht gleich mit der Tür ins Haus fallen.

»Wollten Sie nicht telefonieren?« Kasraschwili deutete zum Telefon auf seinem Schreibtisch. Es war ein sehr altes schwarzes Modell mit metallener Wählscheibe.

»Gleich, ich …«

»Ich kann auch hinausgehen, wenn Sie ungestört …«, beteuerte der Arzt und machte Anstalten, den Raum zu verlassen.

»Nein, warten Sie, darum geht es nicht. Verzeihen Sie meine Aufdringlichkeit, aber kennen Sie Tariel Kasraschwili, den Klaviervirtuosen?«

Der Georgier runzelte die Stirn.

»Meine Frau meinte sich zu erinnern, dass wir vor vielen Jahren bei einem Konzert von ihm gewesen waren.«

Kasraschwili war jetzt um seinen Tisch herumgegangen und hatte sich in den Lehnstuhl gesetzt. »Das ist mein Vater.«

Heller lachte auf. »Ihr Vater! Was für ein Zufall!«, platzte es aus ihm heraus. Doch schon fing er sich wieder, denn die Miene des Georgiers blieb unbewegt.

»Spielt er noch?«, versuchte Heller unverfänglich im Gespräch zu bleiben.

»Nein, er hat sich schon längst zurückgezogen.« Kasraschwili starrte eine geraume Zeit die Tischplatte an. Dann sah er auf. »Kennen Sie Rachmaninow?«

Heller horchte auf. »Rachmaninow! Genau, das war es. Ihr Vater hat Rachmaninow gespielt.«

»Wussten Sie, dass Rachmaninow die Winter 1906 bis 1908 mit seiner Familie in Dresden verbracht hat? Ich glaube, ihm gehört sogar ein Haus hier. Mein Vater ist ein glühender Verehrer von Rachmaninow. Er verteidigte ihn, wo er konnte, gegen alle Kritiker.«

»Und Sie, spielen Sie auch?«

Kasraschwili hob schicksalsergeben seine Hände. Zum ersten Mal konnte Heller eine Gemütsregung bei dem Mann erkennen. Ein Anflug von Bedauern huschte über das Gesicht des Georgiers.

»Der Krieg gab mir kaum Gelegenheit. Und hier habe ich ein Pianoforte, dem die Pedale fehlen und welches völlig verstimmt ist. Ab und an versuche ich mich daran, doch ...« Eine Geste der Resignation vollendete den Satz.

»Wären Sie Pianist geworden, wenn es keinen Krieg gegeben hätte?«, fragte Heller interessiert.

Jetzt zögerte Kasraschwili mit der Antwort und sein Gesicht verzog sich, als litte er unter plötzlichem Zahnschmerz. Heller war sich gar nicht sicher, ob der Georgier dies überhaupt bemerkte.

»Ich bin kein Mediziner, ich habe nur Medizin studiert, um mich so lang als möglich vor dem Kriegsdienst zu drücken. Ich konnte mir beim besten Willen nicht vorstellen, für die Russen von einer deutschen Granate zerfetzt zu werden. Zu Hause fühlten wir uns eher deutsch als russisch. Wir sprachen Deutsch und Französisch. Russen galten in unserem Haus als Barbaren. Und dann wurde ich Arzt, kam zur Front und musste mir zerfetzte Gliedmaßen ansehen und durchbohrte Leiber. Mich widert Schmutz an. Schmutz, Blut und Exkremente. Ich ertrage das einfach nicht. All diese Krankheiten, der Auswurf, die Ausscheidungen. Mich ekelt es vor den Menschen, und manchmal ekle ich mich selbst vor mir.«

Kasraschwili hatte sich ein wenig in Rage geredet. »Aber wenn ich spiele, dann ist das so klar, verstehen Sie? Ein schönes Spiel ist wie reines Wasser, wie ein Bachlauf in einem tiefen Wald.« Kasraschwilis Blick verlor sich. »Aber ob ich Pianist geworden wäre?« Er schüttelte den Kopf. »Vor drei Monaten hat man mich zum Kulturbeauftragten dieser Armee ernannt. Nun leite ich den Chor.« Seine Mundwinkel zuckten.

Heller hatte aufmerksam zugehört. Er wollte dem Arzt ein paar Sekunden Zeit zur Besinnung lassen, doch er musste unbedingt sein Anliegen loswerden. Bald würde Oldenbusch zurück sein. Sorgfältig überlegte er sich seine Worte.

»Sagen Sie, ich lebe bei einer älteren Frau im Haus. Sie ist krank und hat sehr hohes Fieber. Ich fürchte, es ist Fleckfieber. Sie wird sterben, wenn ich nicht bald etwas …«

Kasraschwili überraschte Heller, indem er blitzartig den Stuhl zurückschob und aufsprang.

»Falls Sie Medikamente brauchen, die kann ich Ihnen nicht einfach so geben!«, rief er ungehalten.

»Aber Sie haben welche?«, hakte Heller sofort nach.

»Die sind für die Angehörigen der Sowjetarmee. Ich kann sie nicht jedem geben, der mich danach fragt!« Kasraschwili rieb sich aufgebracht die Hände, als cremte er sie sich ein.

»Bitte setzen Sie sich wieder. Sie müssen sich nicht so aufregen. Ich habe nur gefragt und Sie haben geantwortet. Ich wollte nicht aufdringlich sein.« Heller streckte bittend die Hand aus.

Kasraschwili setzte sich nicht, doch er entspannte sich sichtlich.

»Ich kann nicht jedem abgeben. Nicht ohne ...« Weiter sagte er nichts.

Heller atmete innerlich durch. Es war wohl gar nicht so sehr seine Frage nach den Medikamenten gewesen, die den Arzt so aufgebracht hatte. Vielleicht hatte der Arzt es bereut, so viel von sich preisgegeben zu haben. Der Georgier wollte eine Gegenleistung. Eine leise Hoffnung also für Frau Marquart. Doch was konnte er ihm bieten?

»Könnte ich Sie vielleicht mit Zigaretten ...?«

»Ich rauche nicht. Stellen Sie sich einfach nur all diesen Teer in der Lunge vor. Haben Sie schon einmal die Lunge eines Rauchers gesehen?«

Darüber hatte sich Heller noch nie Gedanken gemacht.

»Ich habe alles. Essen, Wärme, Schnaps. Alles, was ein Mensch braucht.« Er ging zu einem Schrank, öffnete ihn und zog eine kleine Schublade auf. Er kehrte zum Schreibtisch zurück und legte zwei weiße Tabletten auf den Tisch vor Heller.

»Hier, nehmen Sie das. Sehen Sie es als Dankeschön für das angenehme Gespräch. Ich habe schon lang nicht mehr an Vater und die Musik gedacht. Jetzt können Sie Ihr Telefonat führen. Ich gehe zu Tisch.« Kasraschwili nickte und schlug die Hacken zusammen, dann eilte er aus seinem Zimmer.

Heller kam gar nicht dazu, sich zu verabschieden. Er nahm sich die beiden Tabletten vom Tisch, wusste aber nicht so recht, wohin mit ihnen. Schließlich wickelte er sie in ein Taschentuch und steckte sie in seine Mantelinnentasche. Es war nicht viel, dachte er, aber besser als nichts. Dann nahm er den Hörer ab und ließ sich mit der Staatsanwaltsbehörde verbinden.

»Waren Sie erfolgreich, Werner?«, fragte Heller seinen Assistenten, nachdem sie sich am Tor getroffen und die Kaserne verlassen hatten.

»Das wird Ihnen nicht gefallen, Max.«

Heller blieb stehen. »Die Leichen sind weg.«

Oldenbusch seufzte. »Ich kam mir etwas auf den Arm genommen vor. Der Sanitäter lief ganz eifrig kreuz und quer durch die Katakomben, dabei hatte ich die ganze Zeit das Gefühl, er wusste schon längst, dass wir nichts finden würden.«

Nach allem, was Heller über die Sowjets zu wissen glaubte, wunderte ihn das nicht. Sie versuchten reinen Tisch zu machen, im wahrsten Sinne des Wortes. In dieser Hinsicht arbeiteten die Sowjets sehr effektiv. Vielleicht hatte sogar Kasraschwili vom Verschwinden der Leichen gewusst und sich deshalb so schnell verabschiedet. Wer weiß, ob nicht er selbst sogar die Anordnung dazu gegeben hatte. Aber solche Spekulationen waren müßig. Heller hakte das Thema vorerst ab.

»Wussten Sie, dass ein neuer Oberstaatsanwalt kommen soll?«

Oldenbusch zog das Kinn hoch und schüttelte den Kopf. »So was geschieht doch alle Tage. Einer bekommt einen Posten, drei Monate später ist er wieder weg. Vielleicht ist es ja ganz gut, dass Sie nicht für eine Führungsposition kandidiert haben, Che... Max.«

Heller musste lächeln.

»Jedenfalls waren alle zu Mittag. Die Anfrage nach der Hausdurchsuchung kommt aber als dringlich auf den Tisch. Werner, gehen Sie auf das Revier. Wenn ein Fahrzeug zur Verfügung steht, können Sie sich ins Kriminalamt bringen lassen, oder Sie fahren mit der Bahn. Ich will nach meinem Freund Heinz suchen, ich glaube, ich weiß, wo ich ihn um die Zeit finden kann. Wenn ich das erledigt habe, suche ich mir ein Telefon und rufe Sie im Büro an. Bis dahin wissen wir bestimmt mehr über den Durchsuchungsbefehl. Vielleicht können Sie schon etwas koordinieren. Aber Vorsicht. Kein Überfallkommando, hören Sie Werner.«

»In Ordnung. Und das nächste Mal nehmen wir doch den Wagen.«

8. Februar 1947, Mittag

An der Kreuzung Görlitzer- und Louisenstraße staute sich der Verkehr. Eine Straßenbahn versuchte die Menschen von der Straße zu klingeln. Zwei öffentliche Suppenküchen gab es hier, in denen man für seine Marken und ein paar Reichsmark eine Mahlzeit bekommen konnte. Der Essensausgabebetrieb begann gegen elf, da hatten sich schon lange Schlangen gebildet. Kurz nach zwölf waren die Kübel und Töpfe meist schon leer. Im Laufe der Zeit hatte sich diese Kreuzung außerdem zu einem Ort der Informations- und Gerüchteweitergabe entwickelt. Den von den Sowjets gesteuerten Zeitungen traute man nicht. Hier kannte man sich.

Die sowjetische Kommandantur mochte solche Menschenansammlungen nicht. In ihrer Paranoia vermutete sie sofort eine Verschwörung und einen Aufstand. Um mögliche Unruhen im Keim zu ersticken, hatte sich die Führung der Volkspolizei mit den Sowjets darauf geeinigt, hier einige Polizisten abzustellen, die sich aber im Hintergrund halten sollten.

Für kleine Gauner wie Heinz Seibling, für neugierige Kinder, für arme Schlucker und Tagelöhner war dies hier der ideale Platz in der Stadt. Hier war immer etwas los. Es gab zu essen, zu reden, zu stehlen, und für Unterhaltung war gesorgt.

Heller näherte sich der Kreuzung vom Alaunplatz her, wo der Schwarzmarkt sich aufgelöst hatte, um in den Abendstunden noch einmal zu erblühen. Er wusste, dass es kaum möglich war, Heinz in diesem Gewimmel zu entdecken, doch vielleicht half ihm der Zufall, oder Heinz sah ihn. Bestimmt würde er dann auf ihn zukommen.

Heller stieg Essensgeruch in die Nase. Es roch nach Rübensuppe. Das erinnerte ihn an den furchtbaren Steckrübenwinter neunzehnhundertsiebzehn, als er, gerade von seiner Verwundung genesen, nach Dresden zurückgekehrt war. Für einige Monate hatten Mutter, Vater, er und Millionen andere sich buchstäblich nur von Steckrüben ernährt. Steckrübenbrot, Steckrübenauflauf, Steckrübensuppe und sogar Steckrübenmarmelade. Nun war es beinahe wieder so weit, und genau wie damals, als fast eine Million Menschen an Hunger starben, gab es genügend Leute, die Nahrungsmittel horteten wie Schätze. Und obwohl Heller damals glaubte, nie wieder eine Rübe anrühren zu können, verursachte ihm dieser Geruch doch Magenziehen.

Zu den Küchen vordringen zu wollen, war ein aussichtsloses Unterfangen. Aber er würde im Kriminalamt Essen bekommen, tröstete er sich, wenn es auch noch nicht absehbar war, wann das sein würde.

Heller zwängte sich durch die Menschenmassen und suchte nach Seibling. Als ihm ein Schuljunge vor die Beine lief, packte er ihn am Kragen.

»Hast du einen auf Krücken gesehen, einen Einbeinigen?«, fragte er.

Der Junge versuchte sich loszumachen und wehrte sich heftig.

»Hör zu, ich bin Polizist«, ermahnte ihn Heller.

Der Junge ergab sich. »Mein' Se den Clown? Der war vorhin da drüben!«

Heller ließ den Burschen los und folgte dem Fingerzeig, auch wenn dieser möglicherweise nur ein Mittel gewesen war, um freizukommen. Doch ein Clown zu sein, das passte zu Seibling.

Tatsächlich fand Heller den Beinamputierten. Auf seinen Krücken führte er einer kleinen Gruppe verwahrlost aussehender Kinder kleine Kunststücke, Balanceakte und Pirouetten vor. Noch immer trug er seinen nun völlig abgewetzten Mantel, den er schon fünfundvierzig getragen hatte. Auf dem Kopf trug er einen Zylinder. Mit Asche hatte er sich ein Clownsgesicht gemalt. Es war ein großer lachender Mund, beinahe wie das Fotonegativ eines Mohrengesichts schien die Aufmachung. Ein trauriger Clown, fand Heller. Eine Weile blieb er stehen und schaute ihm zu. Dann erkannte ihn Seibling.

»Husch, husch, packt euch!« Er holte mit einer Krücke aus und tat, als wollte er nach den Kindern schlagen, die darauf hysterisch lachten und davonstoben. Dann schwang er sich Heller entgegen.

»Lieber Herr Heller«, rief er, ehrlich erfreut.

»Was soll denn diese Maskerade?«, fragte Heller und klopfte dem jungen Mann die Schulter.

»Man tut, was man kann.« Seibling zwinkerte.

»Sie leben doch nicht davon, Sie mausen doch!« Heller sagte es wie im Scherz, doch er wusste, es war die volle Wahrheit.

»Was sagen Sie da? Da verkennen Sie mich aber. Ich bin ein ehrbarer Bürger. Aber Sie sind doch nicht nur zufällig hier, hab ich nicht recht?«

»Haben Sie mal ein ruhiges Plätzchen?« Heller deutete mit dem Blick nach unten, wo er aus seiner Manteltasche die Zigarettenschachtel aufblitzen und gleich wieder verschwinden ließ.

»Ruhig und warm, das reinste Paradies! Laufen wir ein bisschen? Es ist nicht weit.«

Heller nickte und folgte Seibling ein Stück die Louisenstraße entlang in Richtung der Martin-Luther-Straße. Auf halbem Weg sah Seibling sich noch einmal um, gab Heller dann ein Zeichen mit dem Kopf und bog in einen Hauseingang ab. Durch die Hauseinfahrt gelangten sie in einen Hinterhof und durch einen Mauerdurchbruch in einen zweiten. Zwischen zwei dicht stehenden Mauern zwängten sie sich einen Kellerabgang hinab. Seibling blieb vor einer unscheinbaren Klappe stehen, die mit einer Eisenstange verbarrikadiert war. Der junge Mann legte seine Krücken vor der Wand ab und tarnte sie mit ein wenig alter Teerpappe. Umständlich entfernte er die Stange und kroch schließlich in die quadratische Öffnung. Nachdem er eine elektrische Lampe angemacht hatte, winkte er Heller hinein.

»Ziehen Sie die Klappe ran.«

Entgegen Hellers Vermutung war der Raum dahinter wirklich warm und trotz seiner beengten unhygienischen Verhältnisse doch seltsam behaglich. Eine schmutzige Matratze diente als Nachtlager, auf dem ein Sammelsurium verschiedenster Decken lag. Heller, der den Kopf einziehen musste, um nicht gegen die Decke zu stoßen, und sich kaum bewegen konnte in dem Raum, nahm die Mütze ab, öffnete Schal und Mantel und sah sich um. Heinz Seibling hatte eine Menge Konservendosen gesammelt und vor allem allerlei Dinge, die in besseren Zeiten wahrscheinlich wertlos waren, sich jetzt aber dafür eigneten, gegen eine Mahlzeit eingetauscht zu werden. Ein kaputtes Schränkchen, einzelne Kinderschuhe, Stoffreste, abgetrennte Kabel, verbogene Nägel, Bilderrahmen, kaputte Kerzenständer, verbeulte Blechkisten, ein Wehrmachtshelm mit einer Art Henkel, den man als Topf verwenden konnte, Fahrradpedale und -sättel.

Seibling hüpfte behände zu seiner Matratze, ließ sich auf sie fallen und bot Heller den Platz auf einem niedrigen Schemel an. Heller setzte sich und betastete prüfend den kleinen selbst gezimmerten Tisch, der Heinz als Ess- und Basteltisch diente. Diverse Werkzeuge lagen herum, ein schmutziger Blechteller und benutztes Aluminiumbesteck, eine aufgeschnittene Büchse diente als Aschenbecher. Neben der Matratze bemerkte Heller einen Kübel mit Wasser, wozu auch immer er dienen sollte. Die Wärme kam von einem selbst gebauten elektrischen Ofen, der keinen halben Meter von der Matratze entfernt stand. Die handgewickelte Drahtspule in dem Blechkasten glühte rot.

Trotz seines erbärmlichen Lebens schien Seibling zufrieden und wohlgemut zu sein. Er lächelte Heller an und verstand dessen Blicke als Anerkennung.

»Hübsche Bude, was?«, fragte er mit gewissem Stolz.

»Sie sind nicht gemeldet, hab ich recht?«

»Herr Heller, wer mich braucht, findet mich. Ich muss mich nicht melden. Eine Wohnung sollte mir längst zugewiesen werden, aber immer wurde ich nur vertröstet. Ich hab ein Jahr lang in den Trümmern gelebt, in der Johannstadt, hab Holz gesammelt, trotzdem wär ich letzten Winter fast erfroren. Als man mich dann das zweite Mal überfallen hatte, dachte ich mir, kümmere dich Heinz, mach dein Ding alleene.«

»Ist denn keiner von Ihrer Familie übrig geblieben?«

Heinz winkte ab, als hätte Heller ihn nach seinem Erfolg bei der Zahlenlotterie gefragt. »Mein Bruder ist in Sizilien gefallen. Vater in Aachen. Zufall wohl, war eigentlich nur Kraftfahrer, ist auf eine deutsche Mine gefahren. Mutter und Schwester und meine Tante mit den Kindern hat's am dreizehnten Februar erwischt.« Seiblings Blick blieb fest, sein Lächeln verging nicht.

Heller nickte mit zusammengekniffenen Lippen. Seibling tat ihm leid. Seine Söhne lebten, und wenn sie heimkamen, würden sie von ihren Eltern empfangen werden. Doch Heinz hatte niemanden mehr, bekam keine Arbeit und somit keine

Wohnung, hatte weder Eltern noch Geschwister. Und jetzt hauste er in diesem Loch und lebte von der Hand in den Mund. Manchmal war die Ungerechtigkeit so unfassbar, dass Heller sich fragte, warum irgendjemand noch an einen Gott glauben konnte. Einem wie dem Seibling müsste man sich annehmen, dachte Heller, ihm irgendeine Aussicht geben und sei es nur auf eine tägliche Körperwäsche.

Heinz schien seine Gedanken lesen zu können. »Mir geht es ganz prima hier. Dahinter«, er zeigte auf die Wand hinter sich, »ist das Germania-Bad, dort hab ich auch die Elektrizität her, das ist noch vollkommen intakt. Man könnte es in Betrieb nehmen. Einfach freigeben, damit man sich waschen kann und den Abort benutzen. Das wäre doch eine sozialistische Tat, oder? Den Neubauern Land geben, da hab ich nix davon.« Heinz beugte sich vor und fasste Heller am Arm. »Das sagen Sie doch bestimmt niemandem, das mit dem Strom?«

Heller schüttelte den Kopf, und obwohl er sparsam mit den Zigaretten umgehen wollte, legte er Heinz die ganze Schachtel auf den Tisch.

»Heinz, können Sie mir ein wenig über den Schwarzen Peter erzählen?«

Seibling hob vielsagend die Augenbrauen. Er ließ die Schachtel liegen. »Gehört dem Gutmann. Das ist ein Sauhund, sag ich Ihnen, ein Haderlump!«

»Das ist nicht nur eine Kneipe, oder? Jemand sagte, es wäre ein Bordell?«

»Ja, das ist ein Puff. Aber nichts für unsereins. Dort gehen fast nur Russen hin. Ich hab ja ein paar Bekannte in der Sowjetarmee, aus den Mannschaften, die sagen, dort dürfen nur Offiziere rein. Und ein paar von uns, die sich gut mit den Russen halten.«

»Aber dazu braucht man Räumlichkeiten, die gibt es in

dem Lokal nicht. Nur ein Hinterzimmer und einen Lagerraum.«

»Also, das weiß ich nicht, ich war da nie drin. Aber der Wirt, der ist nicht geheuer. Der macht Geschäfte mit der obersten Riege. Der beliefert sogar die Russenkommandantur mit feinsten Marketenderwaren.«

»Denken Sie, der Anschlag auf das Lokal galt dem Bordellbetrieb? Davon gibt es doch aber noch andere. Haben Sie was gehört darüber?«

Heinz schüttelte nachdenklich den Kopf. »Nee, nee, da ist mehr los. Da gibt es mächtig Stunk. Vielleicht gibt's ja Streit unter den Luden. Streit um die Huren. Aber so nah bin ich da nicht dran. Mit dem Gutmann ist auch gar nicht zu spaßen, dem geht jeder aus dem Weg. Der hat einen Kerl, sag ich Ihnen, einen Totschläger, den einhändigen Franze, das sieht man dem an, der macht kurzen Prozess. Der ist im Kriege gewesen. Die Leute sagen, bei der SS, in Serbien wohl, aber nichts Genaueres weiß man nicht. Hat eine Hand verloren. Manche sagen, er hätte sie sich selbst abgehackt.«

Heller nickte geduldig. Hier vermischten sich mal wieder Fakten mit Legenden. Dann fiel Heinz etwas ein. Er griff hinter die Matratze und zerrte etwas hervor. Es war ein kleines Einweckglas mit eingemachten Erdbeeren. »Das hab ich vom Pfarrer der Luther-Kirche. Der verteilt jeden Sonntag Essen und Decken an Kinder und Invaliden. Das ist ein guter Mann, sozialistischer als die SED. Von der hab ich nämlich noch nie etwas bekommen. Der könnte reich sein, wenn er all das verkaufen würde. Ich hab die mir für einen besonderen Anlass aufgehoben. Möchten Sie?«

»Ach, Heinz, lassen Sie nur.« Erdbeeren hatte Heller seit fast drei Jahren nicht gegessen.

Seibling aber ließ sich nicht beirren. Er öffnete den Bügel und zog an der Gummilasche. Der Deckel sprang auf. Heinz hielt seine Nase über das Glas, sog genüsslich den Duft ein. Dann kippte er die Hälfte des Inhaltes auf den Blechteller und schob ihn Heller entgegen. Der zögerte einen Moment. Heinz verstand sofort, zog den Teller zurück und reichte Heller das Glas.

»Da müssen Sie aber mit den Fingern fischen.«

Heller schnaubte ein leises Lachen, griff in seine Manteltasche und zauberte seinen eigenen Löffel hervor. Jeder hatte heutzutage Besteck dabei. Gemeinsam löffelten sie eine Zeitlang. Heller versuchte, sich nichts anmerken zu lassen, doch die unglaubliche Süße und das betörende Aroma versetzten ihn beinahe in Ekstase. So viel Zucker, dachte er, in einem Glas Erdbeeren. Er überlegte einen Moment, ob es möglich wäre, Karin etwas mitzubringen, doch bestimmt würde Heinz das Glas behalten wollen. Und Karin würde garantiert mit der Marquart teilen wollen und dann blieben ihr bloß noch vier, fünf Erdbeeren. Nein, Karin würde ihn schelten, warum er sie nicht selbst gegessen hatte, sie wusste, dass er sich für sie zurückhielt.

Heinz schlürfte den Saft vom Teller und leckte diesen schließlich noch ab. »Ich hab über den toten Russen nachgedacht. Man müsste herausfinden, ob es einer war, der auch den Puff besuchte. Und es soll ja noch einen gegeben haben, einen Toten. Und wenn der auch in dem Puff war, dann ist er vielleicht dem Gutmann in die Quere gekommen. Vielleicht wollten sie ihm Huren ausspannen. Das machen die Russen manchmal, nehmen sich eine ganz privat, halten die eine Weile aus. Daraufhin hat Gutmann die Kerle beseitigen lassen. Von seinem Schläger vielleicht. Und weil die Russen nicht offiziell an den Gutmann rankommen, weil er ja mit den oberen Kreisen verkehrt, haben sie es so versucht.«

Ein guter Gedanke, doch dazu schien Heller der Anschlag zu dilettantisch. Und es passte auch nicht zu dem Anschlag auf den Münchner Krug. Und welche Rolle spielte Ovtscharov dabei? Wusste er von dem Bordell? War er vielleicht sogar selbst Gast dort und wusste er von dem Streit?

»Sagen Sie, Heinz, Sie könnten nicht mal Ihre Ohren aufsperren?«

»Oh, nein, lieber Herr Heller. Das dürfen Sie nicht von mir verlangen. Das ist mir zu heikel. Bei dem Gutmann mische ich mich nicht ein. Der Einhändige macht mich kalt und dann finden Sie mich morgens am Straßenrand und haben ein ganz furchtbar schlechtes Gewissen. Das kann ich Ihnen nicht zumuten. Vielleicht hat ja das eine mit dem anderen gar nichts zu tun, vielleicht ist es einfach nur ein Streit unter den Russen, ich hab ja nur spekuliert.«

»Also gut, Heinz.« Heller fand zwar, dass seine Ausbeute an Information für eine ganze Schachtel Zigaretten recht mager war, doch er wollte den jungen Mann auf keinen Fall in eine missliche Lage bringen. Er wollte schon aufstehen, da fiel ihm noch ein, dass er Seibling das Foto mit dem abgetrennten Kopf zeigen wollte.

»Heinz, nur eines noch, kennen Sie diesen Mann?« Er reichte ihm das zurechtgeschnittene Lichtbild.

Seibling betrachtete es und gab es Heller gleich wieder zurück. »Na, das ist er doch.«

»Wer?«

»Gutmanns Schläger. Der einhändige Franze.«

8. Februar 1947, früher Nachmittag

Der Schutzmann, den Heller auf dem Weg zu Gutmanns Lokal für sich akquiriert hatte, hämmerte mit der Faust an die Tür vom Schwarzen Peter. Er lauschte und Heller forderte ihn mit kurzem Nicken auf, noch einmal zu klopfen. Wieder lauschte er an der Tür.

»Da ist jemand drin«, flüsterte er Heller zu.

»Dann klopfen Sie noch mal.«

Noch einmal hämmerte der Polizist. »Polizei, aufmachen!«

Endlich näherten sich von innen Schritte.

»Was ist denn los?«, blaffte eine Männerstimme. »Hab zu tun.«

»Heller hier, Kriminalpolizei! Öffnen Sie bitte.«

»Ja, warten Sie, ich bin gerade indisponiert.« Die Schritte entfernten sich.

»Das macht mir nichts aus. Öffnen Sie! Herr Gutmann?«

»Soll ich öffnen?«, fragte der Uniformierte.

Heller schüttelte den Kopf. Trotzdem ärgerte er sich. Wer weiß, was Gutmann gerade beiseiteräumte.

Es dauerte eine Weile, ehe der Kneipier zurückkam. Man hörte mehrere Riegel und Schlösser schnappen, bevor sich die Tür endlich öffnete.

»Halten Sie Stellung«, befahl Heller dem Polizisten, um sich dann etwas ungehalten und direkt an Gutmann zu wenden. »Was hat es denn so lang gedauert?«

»Ich war in Unterhosen«, entschuldigte sich der Mann. Er hatte keinen Verband mehr um den Kopf, auch sein Arm schien schnell geheilt zu sein. Nur an der Stirn zeichnete sich eine Schramme ab. Sein Haar hatte Gutmann nach hinten gekämmt. Es glänzte pomadig, und tiefe Geheimratsecken zeichneten sich am Haaransatz ab. Er trug eine dunkelblaue Anzughose, ein weißes Hemd und eine dunkelblaue Weste, aus deren Uhrentasche eine goldene Kette hing. Noch immer war der Brandgeruch in dem Lokal dominierend, doch es hatten sich bereits wieder andere Gerüche untergemischt. Kaffee, Schnaps, heißes Fett. »Was verschafft mir denn das Vergnügen?«

»Wenn Sie sich bitte setzen.« Heller zeigte auf den ersten Tisch. Gutmann setzte sich ergeben, Heller nahm sich den Stuhl ihm gegenüber und betrachtete ihn erst etwas skeptisch. Doch anscheinend war das erhaltene Mobiliar schon gereinigt worden und das Lokal wieder betriebsbereit.

»Kennen Sie diesen Mann?«, fragte er, nahm Schreibblock und Bleistift und legte das Foto vor Gutmann auf den Tisch.

Gutmann brauchte nicht eine Sekunde. »Das ist der Franz. Da brauche ich den ja nicht mehr zu suchen. Wann haben Sie ihn denn einkassiert?«

»Wer ist das?«

»Franz Swoboda. Er ist bei mir angestellt. Seit drei Tagen ist er nicht mehr zur Arbeit erschienen. Passt gar nicht zu dem. Dachte mir schon, dass etwas nicht stimmt. Was hat er getan?«

Heller ging nicht auf Gutmanns Frage ein. »Welcher Art Arbeit geht er bei Ihnen nach?«

»Och, alles Mögliche, Warenannahme, sauber machen, Schnee schippen im Winter, heizen, ein bisschen aufpassen, bestenfalls jemanden aus dem Laden komplimentieren. Er bekommt zwei Mark die Stunde.«

»Woher kennen Sie sich?«

Gutmann blies die Backen auf, ließ die Luft stoßweise entweichen. »Weiß nicht. Das ist lang her. Ich glaube, der hat bei mir einfach nach Arbeit gefragt. Im Herbst fünfundvierzig oder so.«

»Das ist nicht lange her, nur anderthalb Jahre. Sie kannten sich nicht vorher?«

»Nein. Sagen Sie, hat er sich etwas zuschulden kommen lassen? Haben die Russen ihn eingesammelt? Ich meine, die Genossen der Sowjetarmee.«

»Hätten die denn einen Grund dazu?«

»Ach, na ja, Sie wissen schon. Brauchen die denn einen Grund?«

Heller klopfte mit dem Bleistift auf die Tischplatte. Gutmann schien nicht zu wissen, dass Swoboda tot war. Oder er war nur besonders gewieft. Ob er ihm von dem Kopf im Rucksack erzählen sollte, allein nur, um Gutmanns Reaktion zu beobachten? Heller entschied sich dagegen. Gutmann sollte sich selbst verraten, falls er etwas wusste. Wenn er nicht informiert war, sollte es auch so bleiben.

»Dieser Herr Swoboda gilt als recht gewalttätig.«

Gutmann winkte ab. »Ach was«, versuchte er abzuwiegeln. »Er hat nur seine Arbeit gemacht. In dem Geschäft macht man sich wenig Freunde. Manchmal wollen welche in die Kneipe, die hier nicht erwünscht sind. Die schmeißt er raus. Da ist er nicht zimperlich.«

»Wo wohnt er?«

»Hat eine kleine Bude in der Pulsnitzer. Aber da war ich schon, hab ihn ja gesucht. Da ist er nicht. Er scheint seit Tagen nicht daheim gewesen zu sein, sagen die Leute.«

»Es heißt, Sie betreiben hier ein Bordell. Für die Sowjets.«

»Also ...«, Gutmann erhob sich unvermittelt, ging zur Tür und sah nach, ob sie wirklich geschlossen war, dann setzte er sich wieder hin. »Also, Sie bewegen sich hier auf dünnem Eis, Herr Oberkommissar.«

»Wie soll ich denn das verstehen?« Heller richtete sich auf.

»Ich meine es nur gut mit Ihnen. Erstens: Eigentlich dachte ich, Sie wussten schon davon. Glauben Sie, die Russen kommen nur hierher, um zu trinken? Das können sie auch in ihren Kasinos. Zweitens: Ich tue hier gar nichts dazu, außer diese Kneipe zu betreiben. Nichts anderes. Ich weiß nicht, was da nebenan vor sich geht, und will es auch gar nicht wissen. Und drittens, lieber Genosse: Sowjets tun so etwas nicht, verstehen Sie? Deshalb interessieren sich die oben, in der Partei, und auch bei den Sowjets nicht dafür, weil es nicht sein kann. Verstehen Sie das? Sie werden mit einer solchen Geschichte nicht auf offene Ohren bei den Sowjets stoßen, weil es so was gar nicht gibt.«

Heller überlegte kurz. Ob Medvedev davon wusste? Ob er ihn darüber informieren sollte? Immerhin wollte der wissen, was vor sich ging.

»Nebenan sagten Sie? Kann ich die Räume sehen?«, fragte Heller.

Gutmann sah ihn mit versteinerter Miene an. »Da gibt es nichts zu sehen. Lassen Sie das, ich meine es nur gut mit Ihnen!«

Heller tippte wieder mit dem Bleistift auf die Tischplatte. Diese Worte waren ernst zu nehmen. Ovtscharov hatte ihm schon zweimal aufgelauert. Nun war er ihm sogar einen täglichen Bericht schuldig. Keine Frage, dass es für Ovtscharov ein Leichtes wäre, ihn dauerhaft beschatten zu lassen. Vielleicht hatte gerade jetzt jemand beobachtet, wie er hineingegangen war.

»Gut, lassen wir das.« Heller hatte eine Entscheidung getroffen und erhob sich.

Gutmann atmete sichtlich erleichtert aus. »Sagen Sie, wissen Sie, wann Franz wieder rauskommt? Oder muss ich mich nach jemand anderem umsehen?«

»Das kann ich Ihnen nicht sagen, weil ich es nicht weiß. Guten Tag!«

Heller verließ die Kneipe, entließ den Polizisten, der wie befohlen gewartet hatte, blieb einen Moment stehen und wandte sich dann nach rechts. Im Spaziertempo schlenderte er die Louisenstraße hinauf zum Nachbarhaus, betrachtete die geschlossenen Läden der Erdgeschossfenster und klopfte schließlich an der Haustür. Durch eine kleine Scheibe konnte er in den Hausflur blicken und drückte auf die Klinke, doch die Tür war verschlossen. Heller trat ein Stück zurück und sah nach oben. Auch in diesem Haus schien nur das Erdgeschoss bewohnt, die Fenster darüber waren allesamt vernagelt.

»Entschuldigen Sie, wohnt hier jemand?«, sprach Heller einen älteren Passanten an.

»Da haben nur ein paar Frauen gewohnt, Sie wissen schon!« Der Mann zwinkerte. »Drei oder vier, das wechselte manchmal. Aber seit gestern sind die wohl alle fort. Haben sich dünnegemacht.«

Heller nutzte die Nähe des nächsten Reviers in der Katharinenstraße, um zu telefonieren.

Mit einigen Verzögerungen bekam er endlich Oldenbusch ans Telefon. Zweimal wurde die Verbindung unterbrochen.

»Gibt es schon Neuigkeiten wegen des Durchsuchungsbefehls?« Heller lauschte unbewegt.

»Welche Sachverhalte gibt es denn da zu prüfen? ... Wie heißt der Staatsanwalt? ... Speidel? Detlev Speidel etwa?« Hellers Lippen entfuhr ein scharfes Zischen. »Morgen früh? Vormittags? Dann soll das Haus aber rund um die Uhr bewacht werden. Bei größeren Aktivitäten soll eingegriffen werden. So viel Spielraum muss sein! Versuchen Sie das durchzusetzen. Falls Speidel dem nicht zustimmt, werde ich intervenieren. Werner, hören Sie, dann will ich der Frau Schlüter noch mal einen Besuch abstatten. Das hatte ich sowieso angekündigt, wegen der Liste. Ich habe außerdem das Gefühl, sie öffnet sich mir ein wenig, wenn ich allein komme. Sie müssen etwas recherchieren, Werner. Franz Swoboda heißt der Tote, dessen Kopf im Rucksack war. Er war Rausschmeißer im Schwarzen Peter. Ich buchstabiere: Siegfried, Wilhelm, Otto, Bruno, Otto, Dora, Anton. Franz. Gutmann weiß nicht, dass er tot ist, oder er tut nur so. Finden Sie etwas heraus über den Mann. Sie dürfen die Aufgabe auch gern delegieren. Ich denke, man wird dazu die Meldestellen befragen und nach Angehörigen suchen müssen. Er war wohl sehr verrufen in der Gegend, galt als gefährlich. Wir machen heute normalen Dienstschluss. Morgen werde ich früh im Büro sein, um die Hausdurchsuchung zu koordinieren. Schönen Feierabend, Werner.«

Heller legte auf und musste sich einen Augenblick besinnen. Detlev Speidel! Das war nicht zu fassen. Noch als er das Revier in Richtung Pulsnitzer Straße verließ, war Heller aufgebracht.

Die Wohnung Swobodas war leicht zu finden, die Pulsnitzer war nur eine kleine schmale Straße neben einem Friedhof. Den Einhändigen kannte hier jeder. Heller musste nur einmal nachfragen und ein sofortiger Fingerzeig war die Antwort. Bis ganz unter das Dach stieg Heller, ehe er vor einer Tür stand, die bestenfalls die Tür zu einer Abstellkammer zu sein schien, schmal, niedrig und mit Klinke versehen. Heller überlegte nicht lang. Das war kein unerlaubtes Eindringen, Gefahr lag im Verzug, dazu brauchte er keinen Durchsuchungsbefehl. Vorsichtig drückte er die Klinke runter. Die Tür war nicht verschlossen. Anscheinend hatten die Leute hier so viel Respekt vor dem Einhändigen, dass er es sich leisten konnte, die Tür offen zu lassen.

Heller streifte sich die Schuhe ab und betrat die Kammer. Durch zwei schmale Fenster fiel spärliches Licht. In der Ecke erkannte er einen Stahlofen, das Bett stand unter der Dachschräge, ein Schrank neben der Tür. Vor dem kleinen Tisch, auf dem ordentlich ein Deckchen lag, standen zwei Stühle, akkurat im rechten Winkel zueinander. Eine Anrichte ersetzte die Küche. Alles schien fast klinisch rein zu sein, der Holzboden war blank, es stand nichts Unnötiges herum. Ein Paar Schuhe glänzten neben dem Ofen. Das Bettzeug militärisch gerichtet, mit scharfen Kanten, ohne jede Falte. Der gesamte Raum roch nach Ajax. Auf einer Ablage über dem winzigen Waschbecken waren Zahnbürste, Pulver, Seife, Kamm, Rasierer in Reih und Glied angeordnet. Heller öffnete den Schrank. Auch hier hatte alles seine Ordnung, die Wäsche war perfekt gefaltet, daneben lagen diverse Papiere auf einem Stapel, darunter auch eine Fotomappe. Heller durchsuchte die Papiere und fand lückenlos alles, was das Dasein eines Menschen in diesem Lande legitimierte. Dann zog er die Fotomappe heraus, schlug die erste Seite auf und betrachtete die Bilder. Langsam ging er zum Tisch. Er musste sich setzen.

Was Heller auf den Fotos sah, verursachte ihm ein Gefühl, das mehr war als nur eine unangenehme Übelkeit. Es war, als hätte sich sein Magen mit schwarzem Gift gefüllt, welches sich langsam in seinem gesamten Körper verteilte. Das Album war voller Fotografien gehenkter, erschossener und geköpfter Menschen. Es war nicht zu erkennen, wo diese Hinrichtungen stattgefunden hatten, er vermutete in Serbien, weil Heinz das gesagt hatte. Swoboda selbst war auf keinem der Bilder zu sehen, wohl weil er selbst der Fotograf gewesen war. Doch Heller erkannte Männer in den Uniformen der Waffen-SS. Manche posierten neben den Toten, neben Erhängten, die vielleicht noch mit dem Tode rangen, andere standen beiläufig daneben, manche grinsten, einige sahen gleichgültig in die Kamera. Heller blickte in die Gesichter toter Männer, Frauen, Greise und Jugendliche, die fast noch Kinder waren. Und er konnte Gruben erkennen, vor denen Menschen aufgereiht standen, die Gewehrläufe schon auf sie gerichtet. Wären dies nur einige wenige Aufnahmen gewesen, unter Bildern von Kameraden, Landschaften, Orten, Heller hätte sie als mehr oder weniger sensationsgierige Erinnerungsbilder an eine außergewöhnliche, aber vergangene Zeit abgetan. Doch das hier war anders, das war krank. Swobodas Reinlichkeit und sein Ordnungssinn standen im völligen Gegensatz zu dieser menschenverachtenden, grausamen Bildersammlung. Es brauchte nicht viel, damit ein Mensch jeglichen Anstand verlor. Zwar war Swoboda tot und hatte vielleicht eine Art gerechte Strafe bekommen. Doch er war nur einer von vielen. Und Hellers Aufgabe war es nun, den Mörder dieses Soziopaten zu finden.

Heller verließ die Dachkammer und zog sich wieder die Schuhe an, krampfhaft bemüht, an anderes zu denken. Er musste versuchen Medvedev zu erreichen. Ob dies wieder so leicht möglich sein würde, wusste er nicht. Aber vielleicht würde Medvedev selbst auch ein Interesse an einem Gespräch haben.

Medvedev konnte oder wollte Heller nicht empfangen. Es hieß an der Wache, der Kommandant sei nicht im Haus. Heller hatte diesen Weg also umsonst gemacht. Sein rechter Fuß schmerzte, und vom Knöchel stiegen die Schmerzen bis hinauf zum Knie. Diese schreckliche Kälte! Wenn die Temperatur wenigstens auf null Grad ansteigen würde. Diese andauernden Minustemperaturen im zweistelligen Bereich fraßen Wille, Kraft und buchstäblich Menschenleben. Ein wenig hatte Heller darauf spekuliert, sich im Gebäude der SMAD aufwärmen zu können, und ein wenig hatte er auch gehofft, von Medvedev noch einmal zum Essen eingeladen zu werden. Dieses Mal hatte er sich vorgenommen, keine Hemmungen zu haben, egal, was die Sowjets von ihm dachten und ob es ihm wieder Magenschmerzen bereiten würde.

Enttäuscht kehrte er jetzt um und lief zum Platz der Einheit, um mit der Linie 11 zur Nordstraße zu fahren. Er wollte Frau Schlüter noch einen Besuch abstatten.

Kurz bevor die Hospitalstraße auf den Platz der Einheit traf, musste Heller erst einige Autos passieren lassen, ehe er die Straße überqueren konnte. Ein schwarzer Mercedes bremste heftig ab und hupte laut. Heller sah sich nach dem Wagen um, bei dem sich eine der hinteren Türen öffnete. »Wollten Sie zu mir, Herr Oberkommissar?«, rief eine Männerstimme.

Heller erkannte Medvedev sofort, nickte.

Der Russe winkte Heller zu sich, rutschte auf die andere Seite der Rückbank und ließ Heller einsteigen. Dem Fahrer gab er einen knappen Befehl, woraufhin dieser ausstieg. »Sie müssen anrufen! Gibt es Entwicklungen?«

Heller berichtete dem Russen ohne Umschweife. »Der Kopf gehört einem Deutschen namens Franz Swoboda. Er ist noch nicht hundertprozentig identifiziert, aber es scheint ziemlich sicher. Der arbeitete in der Kneipe, die überfallen worden war. In dieser verkehren anscheinend nur Offiziere der Sowjetarmee und ...«

»... es ist ein Bordell«, beendete Medvedev den Satz. »Das sind Ihre Neuigkeiten?«

Heller schwieg und das schien Medvedev auszureichen als Antwort. Er schnaubte unzufrieden und verschränkte die Arme vor der Brust. Heller suchte vergeblich nach Worten, mit denen er die Spannung zwischen sich und dem Generalleutnant lösen konnte. Plötzlich drehte Medvedev sich wieder zu ihm.

»Ich gebe Ihnen einen Rat, Herr Oberkommissar. Ich weiß, Sie sind älter als ich und es gehört sich nicht, Ältere zu belehren. Doch ich rate Ihnen, dieses Thema auf sich beruhen zu lassen. Die Männer tun, was sie tun müssen. Man kann es verbieten, man kann sie bestrafen, aber sie tun es trotzdem, und irgendwann stellt man fest, man kann nicht alle bestrafen. Und was sollen sie schon machen, so weit von der Heimat, ohne ihre Frauen? Konzentrieren Sie sich auf diese andere Sache, damit Ovtscharov zufrieden ist.«

Heller schaute den Russen irritiert von der Seite an. »Aber haben Sie nicht angedeutet, dass unter den Offizieren eine Fehde herrscht? Vielleicht hat es etwas mit diesem Bordell zu tun. Ich müsste wissen, ob Berinow und Cherin dort gewesen sind, ob sie das Etablissement regelmäßig besucht haben. Wollten Sie nicht, dass ich dem nachgehe?«

Medvedev lachte auf. Sein Mienenspiel wechselte zwischen Belustigung und Ärger. »Heller, Sie wissen aber auch nie, wann es genug ist. Ja, das habe ich gesagt. Tun Sie das, aber lassen Sie das Bordell außen vor.«

8. Februar 1947,
Nachmittag

Heller war vollkommen durchgefroren, als er die Villa der Schlüters erreichte. Es hatte wieder einen Stromausfall gegeben, und nach zehn Minuten in der stehenden Straßenbahn hatte er beschlossen, die letzten beiden Haltestellen zu laufen. Um ein wenig abzukürzen, lief er die Radeberger Straße hinauf.

Vor der Villa nahm er einen der Polizisten beiseite und zeigte ihm seinen Ausweis.

»Hat es Bewegungen gegeben?«

»Einige Leute sind aus dem Haus gegangen, doch sie trugen immer nur leere Taschen bei sich. Keine Kartons, keine schweren Gegenstände«, erklärte der Polizist. Auch er fror, obwohl er warm angezogen war. Seine Nase war rot, er konnte kaum sprechen.

»War Frau Schlüter dabei?«

»Der Beschreibung zufolge ja. Sie ist seit etwa einer Stunde weg.«

Heller sah auf die Uhr. Vier Uhr. Zwar waren die Tage nicht mehr so kurz, doch düster waren sie allemal. Der Himmel zeigte sich in einheitlichem Grau, im Osten zog es dunkel auf. Er würde also wieder im Dunkeln heimkommen. Und heute hatte er weder etwas dabei noch hatte er selbst etwas gegessen, sah man von Heinz Seiblings Erdbeeren ab. Und die kamen ihm beinahe schon wie ein verblasster Traum vor.

»Sie sind nicht sicher, dass es Frau Schlüter war?«

»Ich hatte nur diese Beschreibung. Etwa fünfzig, blonde Haare, elitäres Aussehen.«

Heller klopfte energisch gegen die Haustür. Von drinnen hörte er Stimmen und Schritte. Ein Mann öffnete.

»Zu Frau Schlüter, bitte«, bat Heller, ohne sich vorzustellen.

»Die ist nicht da. Sie macht Besorgungen.« Der Mann wollte die Tür schließen, doch Heller reagierte schnell.

»Bitte, ich habe einen Termin mit ihr, sie muss eigentlich jeden Moment zurück sein. Ich bin vom Finanzamt. Klein, mein Name. Würden Sie mich im Haus warten lassen?«

Der Mann zögerte kurz und wusste mit dieser Situation nicht umzugehen.

»Ich warte vor ihrer Wohnungstür. Wenn sie in zehn Minuten nicht da ist, gehe ich wieder. Bitte! Es ist sehr kalt draußen.«

Der Mann verlor den Kampf mit seinem Gewissen. »Na gut«, meinte er und ließ Heller ein.

»Danke, ich kenne den Weg.« Heller nickte freundlich, schob sich rasch an dem Mann vorbei und eilte die Treppe hinauf. Er wartete vor Frau Schlüters provisorischer Tür, bis der Mann, den Geräuschen zufolge, in seine Wohnung zurückgegangen war.

Dann klopfte Heller an die Tür.

»Frau Schlüter?«, rief er halblaut und lauschte. Dann bückte er sich und warf einen Blick durch das Schlüsselloch. Es schien wirklich niemand da zu sein. Einen Moment spielte er mit dem Gedanken, einfach in die Wohnung einzudringen. Doch dann lief er leise die Treppe hinunter zur Kellertür.

Sie war nicht verschlossen. Heller öffnete sie und warf einen Blick in den dunklen schmalen Treppenabstieg. Im

Treppenhaus brannte kein Licht und draußen dämmerte es längst. Heller konnte gerade die ersten vier, fünf Stufen erkennen, dann verlor sich alles im Dunkel.

Er zögerte. Er hatte keine Angst vor der Dunkelheit, er fürchtete keine Geister, glaubte an keine Dämonen, doch er wusste, wenn er in diese Finsternis hinuntersteigen würde, dann würde etwas mit ihm geschehen. Dann würde er Geräusche hören, die längst verklungen waren, Dinge sehen, die es nicht mehr gab, dann würde er Feuer riechen, verbranntes Fleisch, verschmorte Haare. Schon fasste die Dunkelheit nach ihm, wollte sich anschleichen und hinunterzerren. Heller zog die Schultern hoch und erschauderte. Er wollte sich bewegen, doch er konnte es nicht. Er war wie erstarrt.

Ein Geräusch hinter ihm ließ ihn herumfahren. Hinter der nahe gelegenen Wohnungstür hörte man Geräusche. »Pass gut auf dich auf«, sagte eine Stimme. »Geh nicht durch die Ruinen.«

Heller wollte auf keinen Fall entdeckt werden. Kurzentschlossen schlüpfte er durch die Kellertür und schloss sie so leise wie möglich hinter sich. Der Kellerabgang umfing ihn mit absoluter Dunkelheit. Im Hausflur hörte man jetzt ein Geräusch. Heller presste sich an die modrig riechende Wand, atmete flach und suchte mit den Händen nach dem Türschloss. Doch es war verschwunden, es hatte sich zu Stein verwandelt. Er war eingemauert.

Heller zwang sich ruhig zu atmen, doch es war, als drückten die Wände gegen Brust und Rücken, als versuchten sie ihn zu zerquetschen. Heller griff blind um sich, ertastete kühle Wände, mürben Putz, hörte leise den Sand zu Boden rieseln. Das hältst du jetzt aus, ermahnte er sich, du bist schon durch ganz andere Höllen gegangen.

Mit dem Fuß tastete Heller nach der Treppenkante, ließ

ihn langsam auf die nächste Stufe gleiten, während er sich mit dem Rücken an die Wand presste, vorsichtig, als fürchtete er, da wäre keine Stufe mehr, sondern ein endlos tiefer Abgrund.

So ging er wie in Zeitlupe die zehn Stufen hinunter und fühlte sich erleichtert, als er auf festem Boden stand. Endlich sah er einen schwachen Lichtschein. Irgendwo gab es ein kleines Kellerfenster oder sogar eine Tür, die vielleicht nach draußen führte. An diesem Licht orientierte sich Heller. Im Halbdunkel bemerkte er alte Möbel, Körbe und Pappkartons. Alles war verstaubt und mit einer dicken Schicht heruntergefallenem Putz bedeckt. Im nächsten Raum befand sich das schmale Fenster, durch welches das Licht sickerte. Auch hier war alles verstaubt, eine alte Werkbank, das Holz verzogen und schimmlig. Doch im nächsten Gangabschnitt fand Heller plötzlich Spuren im Staub, Fußspuren, feuchte Abdrücke, als wäre erst kürzlich jemand hier gewesen. Er zog seine Pistole aus dem Mantel und folgte den Spuren, bis er vor einer Tür stand. Heller fasste an die Türklinke, fühlte, wie kalt sie war. Hier ging es hinaus, wahrscheinlich in den Garten, der hinter dem Haus lag. Heller öffnete sie einen Spalt und sah hinaus. Der Schnee war festgetreten, sogar Asche war gestreut. Anscheinend wurde die Tür häufig genutzt. Heller schloss die Tür zuerst wieder, überlegte es sich dann aber anders und öffnete sie weit. Jetzt hatte er genug Licht, um sich im Keller besser zu orientieren und den feuchten Abdrücken zu folgen, die zu einem Kellerabteil führten. Er zog die mit Pappe vernagelte Gittertür auf und sah sofort, dass in dem kleinen Raum dahinter erst kürzlich geräumt worden war. Ganz eindeutig fehlten Kisten oder Kartons, deren Umrisse sich im Staub abzeichneten. Das hölzerne Regal an der Wand war leergeräumt. Auf dem Boden standen noch ein paar Kisten, darunter eine Munitionskiste, ein blecherner Werkzeugkasten und einige Kartons. In einem Karton fand Heller Papier. Er nahm sich ein paar Blätter heraus, faltete sie und steckte sie in die Mantelinnentasche. Die anderen Kartons enthielten Werkzeug, Rohrschellen und Türgarnituren. Die Munitionskiste war leer. Heller steckte die Pistole weg, bückte sich und roch hinein. Wie vermutet roch es nach Metall und Waffenöl, doch das musste noch nichts bedeuten. Solche Kisten fand man zu Tausenden in den Haushalten, als Hocker, als Tisch, als Feuerholz. Die anderen Kisten enthielten alte ›Stürmer‹-Zeitschriften, einen Stapel Ausgaben der Kriegsbücherei der deutschen Jugend und anderes nationalsozialistisches Propagandamaterial.

Heller haderte mit sich, dass er nicht auf eine sofortige Durchsuchung des Hauses gedrungen hatte. Nun hatte Frau Schlüter offenbar doch veranlasst, belastendes Material aus dem Haus zu schaffen, obwohl zwei Polizisten das Haus bewachten. Der Weg hinten durch den Garten über die dicht bewachsenen Nachbargrundstücke konnte von den Schupos nicht eingesehen werden, oder sie waren unaufmerksam geworden. Nun galt es, wenigstens den Rest sicherzustellen, bevor der auch noch entfernt wurde. Heller kauerte sich hin, um auch noch die Werkzeugkiste zu öffnen.

Noch bevor er dazukam, sich über die vier Handgranaten in der Kiste Gedanken zu machen, wurde er abgelenkt. Ihm war, als hätte sich für einen Augenblick der Eingang verdunkelt. Schnell richtete Heller sich auf, nahm wieder seine Pistole und schaute sich um. Nichts regte sich. Er machte einen lautlosen Schritt zur Seite und noch einen, um auch in den Gang sehen zu können. Dieser schien leer und unverändert. Heller huschte zur Tür und blieb abwartend stehen. Wenn wirklich jemand auf ihn lauerte, konnte er sich durchaus im Gang befinden. Mit zwei schnellen Schritten sprang er vor, sicherte rechts und links, aber er war allein im Keller.

Mit der Pistole im Anschlag schlich er bis zur Treppe und wieder zurück. Langsam entspannte er sich. Offenbar hatte er sich wirklich getäuscht. Vielleicht war nur eine Katze an dem Fenster vorbeigehuscht. Heller ließ den Arm mit der Pistole sinken, steckte sie jedoch noch nicht weg. Er würde jetzt einen der beiden Schutzmänner als Wachposten vor die Kellertür abordnen und den anderen zum Revier laufen lassen, um Verstärkung zu holen. Oldenbusch würde bestimmt längst Feierabend gemacht haben. Also musste sich die Spurensicherung auf morgen verschieben. Jemand anderen wollte Heller damit nicht betrauen. Die meisten Leute bei der Kripo waren neu, angelernt und unerfahren. Schon deshalb hatte er darauf bestanden, Oldenbusch nicht nur als Spurensicherer, sondern auch in Funktion seines Assistenten als Kriminalist zu behalten.

Als Heller durch die Kellertür in den Garten ging, stand er plötzlich einem jungen Mann gegenüber, der ihn erschrocken anblickte. Er war noch sehr jung, gerade erst an der Schwelle zum Erwachsensein, doch sehr groß. Er trug eine dunkelblaue Jacke und unter seiner Pudelmütze schaute blondes Haar hervor. Eine Sekunde brauchten beide, um sich zu besinnen, dann wirbelte der Junge herum und rannte davon. Heller griff noch nach ihm, verfehlte ihn aber knapp. Quer über den verschneiten Rasen wetzte der Junge Richtung Büsche.

»Halt, Polizei, ich schieße!«, rief Heller, rannte dem Jungen noch ein Stück nach. Dann hob er die Pistole und schoss zweimal.

Der Junge stürzte zu Boden, vor Schreck, nicht weil er getroffen war. Heller hatte weit über ihn in die Luft gezielt.

»Hierher! Polizei!«, rief Heller noch lauter, damit die Schutzpolizisten ihn hörten, sich an seiner Stimme orientieren konnten. Der Junge war schon wieder aufgesprungen, rutschte, stolperte, doch schaffte es bis zu dem Dickicht am Rand des Grundstücks.

»Stehen bleiben!« Heller schoss noch einmal. Doch der Flüchtige ließ sich nicht mehr beeindrucken, brach durch Geäst und Gestrüpp und verschwand aus Hellers Blick. Auf dem Gehweg neben dem Haus tauchte einer der Polizisten auf.

»Da, die Straße entlang, er flüchtet in diese Richtung!«, befahl Heller, rannte bis zu der Stelle, wo der Junge verschwunden war. Dort zögerte er, weil er nicht von einem Gegenangriff aus der Deckung überrascht werden wollte. Doch der Junge war fort. Heller zwängte sich nun selbst durch die dichten Büsche, stolperte auf der anderen Seite über breit gestreuten Schutt hinter dem Haus der Alten, folgte den Spuren im Schnee, die sich nach wenigen Metern wieder im Dickicht verloren. Der Junge hatte sich noch weiter von der Straße entfernt, konnte beinahe in jede Richtung verschwunden sein. Auf einmal tauchte die alte Frau in ihrer Schürze wieder auf.

»Was suchen Sie schon wieder hier?«, fauchte sie Heller an und hielt etwas in der Hand, das eine Eisenstange, aber auch ein Gewehr sein konnte. »Haben Sie geschossen?«

»Ich bin Polizist! Ein Junge ist hier durch, kam vom Haus der Schlüters!«

»Hab keinen gesehen.«

»Er ist da ins Unterholz. Wo kann er hin sein?«

»Das weiß ich nicht, ich habe ihn nicht gesehen.«

Heller presste die Lippen zusammen. Es hatte keinen Zweck mehr, den Jungen zu verfolgen. Bestimmt kannte er sich hier gut aus. Es hätte zehn Polizisten gebraucht, ihn einzukesseln. Er näherte sich der Frau und identifizierte den Gegenstand in ihrer Hand als eine Stange.

»Wissen Sie, wer das war?«

»Polizist sind Sie, sagen Sie? Was hat er denn angestellt?«

Heller war aufgebracht. Er mochte keine Gegenfragen, egal von wem sie gestellt wurden. Außerdem ärgerte er sich, dass er den Flüchtenden hatte entkommen lassen. Vielleicht hätte er tiefer zielen sollen. Auf die Beine. Hatte er zu viel Rücksicht genommen?

»Oberkommissar Heller von der Kriminalpolizei. Kennen Sie den Jungen, haben Sie ihn schon einmal gesehen? Recht groß und blond, vielleicht vierzehn, höchstens sechzehn Jahre. Er wollte ins Haus der Schlüters.« Heller sah nach drüben, von wo ihn aus den Fenstern Dutzende Augenpaare beobachteten.

»Der Friedel wird's gewesen sein.«

»Friedel?«

»Von der Schlüter der Sohn.«

»Es hieß, die Söhne sind gefallen.«

»Zwei, ja, die älteren. Der Friedel sollte zum Volkssturm, doch da war es schon vorbei.«

»Lebt er hier? Bei seiner Mutter?«

»Natürlich, ja!«

»Wissen Sie denn, ob er …«

»Ich weiß nichts!«, fuhr die Alte ihm über den Mund. »Ich lebe hier, ich kümmere mich nur um mich selbst, Sie sehen ja.«

»Jetzt werden Sie nicht vorlaut!«, donnerte Heller die Frau an. »Lassen Sie mich wenigstens die Frage ausformulieren!«

Im Gesicht der Alten regte sich Widerstand, ihre Augenwinkel zuckten. Dann besann sie sich. Sie nickte, wie im Selbstgespräch vertieft. Dann stellte sie die Stange an die Hauswand.

»Sie müssen verzeihen, Herr Oberkommissar.« Das klang schon deutlich entgegenkommender. »Hier treibt sich allerhand Volk herum. Das kleinste Stück Brot ist nicht mehr sicher. Ich kenne die Schlüters nur vom Sehen. Sie waren immer sehr von oben herab. Haben uns einmal angezeigt, weil wir nicht ausreichend beflaggt hatten zu Hitlers Ehrentag. Als unser Haus getroffen wurde, da taten sie nichts, um uns zu helfen. Man hat sie wohl enteignet, das geschah ihnen recht. Juden haben die zwangsbeschäftigt und russische Gefangene. Denen ging es nicht gut bei den Schlüters, sag ich ihnen. Hab manchmal welche gesehen, die den Garten pflegen mussten. Einer soll sogar erschossen worden sein, weil er Äpfel vom Baum gestohlen hatte.«

»Sie sagten ›uns‹? Lebt noch jemand hier?«

»Nein, nur ich. Mein Mann starb April fünfundvierzig an seinen Verletzungen. Die Leute, die zur Miete wohnten, sind alle nach dem Westen.«

»Seitdem leben Sie allein hier?«

»Ich komme zurecht, besser als manch anderer. Ich kann mich noch bewegen, und manchmal geben die Leute mir etwas.«

»Und Sie haben also nicht beobachtet, wann und wie oft Friedel das Haus verlässt?«

Die Alte schüttelte bestimmt den Kopf.

»Ihren Name, bitte.« Heller nahm sein Notizbuch hervor.

»Dähne, Sigrid.«

»Genosse Oberkommissar!«, rief es da von der Straße.

Heller klappte sein Buch zu. »Vielen Dank, Frau Dähne, und verzeihen Sie die Störung.«

»Weg, spurlos!«, erklärte der abgehetzte Schupo Heller auf dem Gehsteig vor dem Haus der Dähne.

»Ihr Kollege?«

»Ist hintenherum, hat versucht, über die Jägerstraße den Weg abzuschneiden. Er wollte pfeifen, wenn er ihn sieht. Aber hier gibt es so viele Verstecke und Wege zwischen den Häusern, das hat gar keinen Zweck.«

8. Februar 1947, Abend

Es wurde schon dunkel, ehe der angeforderte Wagen mit vier weiteren Polizisten anrückte. Die Gaslaternen blieben aus. Da der Keller unten gesichert war, stellte Heller einen Wachposten vor der Wohnung der Schlüters ab. Die drei anderen postierte er an verschiedenen Stellen draußen und wies sie an, Frau Schlüter festzuhalten, da akute Flucht- und Verdunklungsgefahr bestand. Er musste annehmen, dass sie von Friedels Waffenlager im Keller wusste. Pflichtgemäß hatte Heller Ovtscharovs Behörde benachrichtigt. Jeden Moment konnten Männer vom MWD auftauchen. Heller hoffte, dass Frau Schlüter bis dahin schon zurück war, sofern sie überhaupt beabsichtigte wieder nach Hause zu kommen.

Mit zunehmender Dunkelheit sank die Temperatur wieder und wurde Heller schier unerträglich, mehr noch, weil er an diesem Tag kaum gegessen hatte. Ihm war schon schwindlig vor Hunger und Kälte, trotzdem stellte er sich selbst in der Prießnitzstraße auf, um in einer Einfahrt in Sichtweite seiner uniformierten Kollegen zu warten. Das wäre nicht unbedingt nötig gewesen. Doch die Männer sollten sehen, dass sie nicht allein in der Kälte stehen mussten. Respekt, wusste Heller, erlangte man sich nicht mit herrischem Auftreten, sondern mit seinem Handeln und mit Konsequenz. Nichts war ihnen im Kriege neunzehnfünfzehn verhasster gewesen, als wenn die Generäle auf ihren Pferden die Reihen aufgestellter Soldaten abritten. Satt, mit blankgewichsten Stiefeln, blitzsauberen Uniformen, polierten Pickelhauben und glänzenden Epauletten. Und es gab keinen, der nicht schon einmal daran gedacht hätte, einen dieser Fasanen mit dem Bajonett vom Pferd zu stoßen.

Je nachdem, ob Frau Schlüter zu Fuß aus der Neustadt kam oder mit der Bahn, würde sie wahrscheinlich die Prießnitzstraße oder die Nordstraße entlanglaufen. Heller hoffte, dass sie keinen Widerstand leistete.

Doch ehe er sich Gedanken darüber machen konnte, hörte er, wie sich gedämpfte Schritte über den festgetretenen Schnee näherten. Heller wich noch ein wenig zurück, ließ die Frau näher kommen und wartete, bis sie ihn passierte, ohne ihn zu bemerken. Sie trug zwei prall gefüllte Taschen und ächzte vor Anstrengung. Heller trat hinter sie.

»Frau Schlüter?«

Die Frau schrie auf und fuhr herum.

»Sind Sie das, Herr Oberkommissar?«

»Ich muss Sie bitten, mit mir auf das Revier zu kommen.«

»Sie wollen mich festnehmen?«, fragte Frau Schlüter spitz. Es schien nicht überraschend für sie, eher hörte es sich an, als wäre sie angewidert.

Heller trat näher. »Ich bitte Sie, mir ohne Umstände zum Wagen zu folgen. Dann lasse ich Sie auf das Revier bringen. Dort werden Sie vernommen.«

»Zu welchem Sachverhalt, bitte schön?«

»Frau Schlüter, jeden Moment können hier Soldaten vom sowjetischen Ministerium des Inneren auftauchen. Die werden Sie nicht bitten.«

Frau Schlüter schüttelte den Kopf und verzog ihren Mund zu einer abschätzigen Miene. »So ist das also. Ein Russenfreund sind Sie.«

»Wollen Sie nun mitkommen?« Heller griff nach der Trillerpfeife, die er sich hatte geben lassen.

»Wann ist es bei Ihnen denn passiert, dass aus einem gestandenen Nationalisten, einem Mann des Reiches, einer geworden ist, der den Russen in den Hintern kriecht?«

»Frau Schlüter, ich fordere Sie ein letztes Mal auf! Sie können Ihre Taschen mitnehmen.« Heller zeigte ihr die Trillerpfeife.

»Sehen Sie sich doch um. Verhungern lassen die uns. Sie selber huren herum. Schänden unsere Kinder. Schänden unser Reich. Zerstören und stehlen.« Es sah nicht aus, als wollte sie ihm folgen. Heller nahm die Pfeife in den Mund und alarmierte die uniformierten Kollegen.

»Eines Tages werden solche Leute wie Sie als Vaterlandsverräter verurteilt. Mein Mann und meine Söhne starben, damit Bücklinge wie Sie von den Almosen der Russen leben können.«

Die Polizisten kamen angerannt. Mit einem Nicken erlaubte ihnen Heller, sich der Frau anzunehmen. Zwei Mann fassten sie an den Ellbogen. Der dritte nahm ihr die Taschen ab. Heller warf einen Blick hinein. Sie waren voller Kartoffeln.

»Sie werden schon sehen. Es wird wieder Krieg geben und dann werde ich mir merken, auf welcher Seite Sie standen. Dann werden Sie Ihr Fähnlein nicht mehr mit dem Wind drehen können«, fauchte Frau Schlüter. Die Polizisten zogen sie zum Wagen, während sich ringsum die Fenster öffneten.

»Sie können nicht jeden verhaften!«, schrie Frau Schlüter über die Schulter, verlor ihren Hut dabei und die blonden Haare lösten sich.

»Es gibt noch viele von uns. Gestandene Deutsche. Richtige Deutsche!«

Ovtscharov hatte es sich nicht nehmen lassen, selbst im Haus von Frau Schlüter zu erscheinen. Heller nahm ihn in Empfang.

»Prächtig«, lobte Ovtscharov, nachdem Heller ihm die Sachlage erklärt hatte. »Geben wir also eine Fahndung aus nach dem Jungen. Friedel. Friedel Schlüter.«

»Herr Oberst, ich muss Sie bitten. Der Junge ist nur verdächtig. Dass wir im Keller Granaten gefunden haben, beweist noch gar nichts. Die Spurensicherung muss Indizien zuerst sichern, Fingerabdrücke, Schuhabdrücke. Wir müssen herausfinden, wohin die restlichen Beweismittel verbracht worden sind. Es gibt keinerlei Verbindung zu den Morden an Berinow und Cherin. Andere Methoden, andere Tatwaffe. Selbst die Tatsache, dass der Junge weglief, muss nicht zwangsläufig etwas bedeuten. Jeder läuft heutzutage weg.«

Ovtscharov lächelte milde und klopfte ihm an den Oberarm. »Keine Sorge, Genosse Oberkommissar. Wir schießen ihn schon nicht gleich tot.«

Heller hoffte inständig, dass niemand diese beinahe kameradschaftliche Geste beobachtet hatte. »Und es ist erforderlich, dass ich seine Mutter vernehme. Heute noch. Ich habe Sie deshalb ins nächste Revier bringen lassen.«

»Lieber Genosse, warum so besorgt? Ich nehme Ihnen die Frau nicht weg. Aber wissen Sie, es ist spät. Lassen Sie die Frau dort übernachten. Morgen können Sie sie vernehmen.«

Heller wusste, dass er sich jetzt damit zufriedengeben sollte. Er tat es aber nicht. »Ich muss Scheinwerfer kommen lassen, wir müssen die Spur des Jungen verfolgen, herausfinden, was er aus dem Keller geholt und wo er es hingebracht hat. Die Wohnung muss verplombt werden, damit die Spurensicherung ...«

Der MWD-Mann hob Einhalt gebietend die Hand. »Halt, Herr Oberkommissar, ein bisschen Arbeit müssen Sie mir auch lassen. Ich werde eine genaue Untersuchung veranlassen. Aber wissen Sie, ich bin erstaunt. Über Sie. Gut, sehr gute Arbeit. Sie werden dem Ruf gerecht, der Ihnen vorauseilt.«

»Aha, und der wäre?«

Ovtscharov zählte an den Fingern ab. »Energisch, zielstrebig, schnell, geradelinig, findet immer, was er finden will.«

Das war nicht das, was Heller hören wollte, zumindest nicht Letzteres. »Es heißt geradlinig«, erklärte er müde.

»Gerad...linig«, sprach Ovtscharov nach und nahm die Verbesserung gelassen hin. »Nun, ich werde Sie ausdrücklich loben für Ihre Arbeit.« Plötzlich wurde er ernst. »Genosse, werden Sie nicht weich. Kein falsches Mitleid. Wir müssen an dem Jungen ein Exempel statuieren, wir müssen jede Reaktion im Keim ersticken!«

»Wenn er schuldig ist.« Heller sah dem Russen in die Augen. »Ich bitte Sie. Handeln Sie nicht vorschnell, fangen Sie ihn lebend, auch in Ihrem Interesse. Wenn er verantwortlich ist, dann war er vielleicht nicht allein.« Es war müßig dem Russen zu erklären, dass der Junge mit nichts anderem aufgewachsen war als mit nationalsozialistischer Propaganda. Dass er nur gelernt hatte, dem Deutschen Reich zu dienen und Hitler zu folgen. Dass er eigentlich ein Opfer war, wie alle anderen Kinder auch. Vielmehr lag bei seiner Mutter die Schuld, weil sie ihn nicht eines Besseren belehrt hatte.

Ovtscharov pfiff laut und winkte seinen Fahrer heran, der ein Paket bei sich trug, das vor den Augen aller Anwesenden Heller überreicht wurde. Es war erstaunlich leicht.

»Hier nehmen Sie. Leider ist es nichts Essbares, doch ich denke, Sie werden damit umgehen können.«

Das war pure Berechnung und Heller wusste genau, was es bedeutete. Das hieß: Du bist mein Mann, nein, besser noch, du bist mein Hündchen. Du machst Männchen, wenn ich es befehle. Doch er sah sich gezwungen, das Spiel mitzuspielen. Er konnte die Annahme nicht verweigern, ohne den Russen zu brüskieren und ohne ein schlechtes Gewissen gegenüber Karin und Frau Marquart zu haben. Also behielt er das Paket und klemmte es sich unter den Arm. Dabei hallten ihm die giftigen Worte der Schlüter noch in den Ohren.

8. Februar 1947, Nacht

Es war schon Nacht, als Heller heimkam. Die Straßenbahnen waren nicht mehr gefahren und der Weg die Bautzner Straße hinauf hatte sich endlos hingezogen. Die dunklen Passagen, immer bergan, vorbei am Schloss Albrechtsberg, dem Lingnerpark und der Mordgrundbrücke, hatte er vorsichtshalber mit der Pistole in der Hand hinter sich gebracht. Auf der anderen Straßenseite drohte dunkel das unübersichtliche Waldgebiet der Dresdner Heide. Er musste jederzeit damit rechnen, überfallen, beraubt, ja, sogar getötet zu werden. Wieder und wieder hatte Heller sich umgedreht, weil er Geräusche vernommen hatte. Ein leises Knacken, den Pfiff einer Maus, den Ruf eines Käuzchens. Einmal war ein unbeleuchtetes Auto an ihm vorbeigerast und er hatte sich an eine Mauer gepresst. Die gnadenlose Kälte war allgegenwärtig, in seinen Zehen, seinen Beinen, den Fingern und den Ohren. Manchmal kam es ihm vor, als hätte dieser Planet sich von seiner Sonne losgesagt, hätte sich gelöst von ihr und taumelte nun der eisigen Todeskälte des tiefsten Universums entgegen. Unvorstellbar, dass es irgendwo auf der anderen Seite dieser Erdkugel Hitze geben sollte. Hier schien es, als würde alles gefrieren, nach und nach, als gäbe es niemals mehr einen Frühling, wärmende Sonnenstrahlen, knospende Bäume. Hier gab es kein Leben mehr, nur Hunger und bittere Erstarrung. Und bis zum Schluss kämpften die Menschen und bekriegten sich um die letzten Ressourcen.

Heller erschauderte und er ärgerte sich über sich selbst,

dass er die hasserfüllten Worte der Schlüter nicht mehr aus dem Kopf bekam. Leute wie sie wollten einfach nicht verstehen, wer dieses Land in den Untergang getrieben hatte. Sie sahen nicht, dass es auch sie selbst gewesen waren. Und sie waren ja nicht verschwunden, im Gegenteil, sie tauchten plötzlich alle wieder auf und bekleideten hohe Ämter und wichtige Posten. Speidel war so einer. NSDAP-Mitglied seit vierunddreißig und nun rehabilitiert. Jetzt durfte er Staatsanwalt sein. Das waren die Leute, denen die Schlüter Vorwürfe machen sollte.

Heller war kein Freund der Russen. Er wollte immer nur seine Arbeit machen, für Recht und Gerechtigkeit sorgen. Nichts lag ihm ferner, als um Almosen zu bitten. Und doch trug er jetzt dieses Paket unter seinem Arm. An die zehn Schachteln Zigaretten mussten das sein. In der Tauschzentrale waren sie Lebensmittel für mehrere Wochen wert. Absurd. Und absurder noch, dass andere ihr Essen dafür hergaben.

Es war schon sehr spät, als Heller in den Rißweg einbog. Im Küchenfenster brannte noch Licht. Wahrscheinlich wartete Karin auf ihn. Hellers Magen knurrte. Das Hungergefühl war unerträglich und allgegenwärtig. Mittlerweile drehten sich seine Gedanken fast nur noch ums Essen. Er fantasierte von Marmeladenbroten und Setzeiern, von Obstkuchen und Schweinebraten. Hoffentlich gab es noch etwas von dem Eintopf. Oder wenigstens Mehlsuppe.

Heller öffnete das Gartentor, durchquerte den Vorgarten und holte mit starren Fingern den Schlüssel hervor. Aber er ließ sich nicht ins Schloss stecken, ein Schlüssel steckte von innen.

Heller klopfte erst sacht, dann ein wenig energischer, bis sich eilige Schritte von innen näherten.

»Wer ist da?«, fragte Karin.

»Ich bin es, Max!«

Hastig drehte Karin den Schlüssel zweimal und öffnete die Tür.

»Entschuldige, Karin, dass es so spät ...« Heller erschrak beim Anblick seiner Frau und verstummte. Ihre Augen waren gerötet, die Lider geschwollen, eine Haarsträhne hatte sich gelöst, in einer Hand hielt sie ein feuchtes Taschentuch.

»Was ist geschehen? Ist sie gestorben?«

Karin schüttelte nur den Kopf. Wortlos packte sie ihn am Mantelärmel, gab ihm keine Gelegenheit, die Schuhe abzustreifen, sondern zerrte ihn regelrecht durch den Flur und in die Küche hinein.

»Max, schau nur, wer ...«, brachte sie hervor, dann presste sie sich die Faust vor den Mund. Kraftlos lösten sich ihre Finger von seinem Mantel.

Heller erstarrte.

Am Esstisch saß ein Mann, der ihn mit großen, tief in ihren Höhlen versunkenen Augen ansah und sich dann langsam mit schweren und steifen Gliedern erhob. Sein Alter war schwer zu schätzen, vielleicht zwanzig oder auch fünfzig. Er sah abgerissen aus, in zerlumpten Kleidern, mit hohlen Wangen, ausgehungert, das Haar kurz geschoren. Unschlüssig blickte er Heller an, sein Mund verzog sich zu einem unglücklichen Lächeln. Ein Lächeln, das Heller nur allzu gut kannte.

Mit einem dumpfen Geräusch fiel das Zigarettenpaket auf den Boden.

»Klaus!« Heller stieß den Tisch beiseite, der zwischen ihm und dieser erbarmungswürdigen Gestalt stand, und schloss seinen Sohn in die Arme. Er umklammerte den jungen Mann und presste sein Gesicht in dessen Halsbeuge. »Um Himmels willen, Klaus!«

Er hatte ihn nicht gleich erkannt. Seinen eigenen Sohn. Er

hatte ihn angestarrt wie einen Fremden. Das würde er sich nie verzeihen.

»Klaus!« Er musste es aussprechen. Doch selbst wenn er den Namen noch tausendmal sagte, er konnte es nicht wiedergutmachen.

Und plötzlich sah sich Heller selbst wieder vor dreißig Jahren, als er nach zwei Jahren Krieg und Lazarett nach Hause zurückkehrte und sich seiner Mutter in den Weg stellen musste, weil sie sonst an ihm vorbeigelaufen wäre. Untröstlich war sie darüber gewesen, ihr ganzes Leben lang, und hatte ihn deshalb um Verzeihung gebeten, wieder und wieder, noch auf dem Sterbebett. Jetzt konnte er sie verstehen.

Klaus stank entsetzlich, nach Entlausungsmittel, nach Moder, nach Schweiß und Dreck. Doch Heller war das egal. Gierig sog er diesen Geruch ein. Es war sein Sohn, der heimgekehrt war. Klaus lehnte sich an seinen Vater, als hätte er jede Kraft verloren, und seine Schultern bebten. Heller fuhr ihm über das Stoppelhaar, klopfte ihm den Rücken, wie er es bei ihm früher schon gemacht hatte, wenn sein Junge traurig gewesen war über ein verlorenes Fußballspiel oder eine schlechte Note in der Schule.

Jetzt stand Karin neben ihnen und sah fast flehend ihren Mann an. Heller löste seinen Sohn sanft von seiner Schulter und überließ ihn Karin, die ihn schluchzend in den Arm nahm, sein Gesicht umfasste, ihn küsste, auf die Wangen, die Stirn und die Nase, und die nun selbst nach Halt suchte.

Heller bückte sich nach dem Zigarettenpaket, hob es auf und legte es auf den Tisch. Dann schob er diesen wieder gerade. Unschlüssig stand er da, bis ihm etwas einfiel und er ins Wohnzimmer ging, wo er tief unten in Frau Marquarts Vitrine eine Flasche Korn versteckt hatte.

Er trug sie in die Küche, nahm drei Gläser und schenkte

ein. Klaus hatte seine Mutter auf einen Stuhl gesetzt, doch sie wollte ihn nicht loslassen und hielt unablässig seine Hand. Deshalb zog er sich auch einen Stuhl heran, und nun saßen sie zu dritt am Tisch, vor sich die Gläser, und sie hatten immer noch kein Wort gesprochen.

Heller musste an sich halten, denn er sah wieder sich und seine Eltern, damals, stumm, um Fassung und um Worte ringend. Denn es schien kein Wort zu geben, das diesen Moment, diese Stille, durchbrechen konnte. Und doch musste gesprochen werden, und damals war es sein Vater gewesen, der das Glas erhoben hatte.

»Zum Wohle!«, sagte Max Heller jetzt und hob sein Glas.

Klaus sah aus, als wollte er jeden Moment am Tisch einschlafen. Er hatte keine zehn Minuten vor seinem Vater an der Tür gestanden. Sie waren aufgehalten worden, die Lokomotive war ausgefallen, in Russland schon. Zwei Tage hatten sie in einer Scheune übernachtet, ehe die Fahrt weiterging, und sie hatten keine Möglichkeit gehabt, daheim Bescheid zu geben. In Dresden hatte sich Klaus zuerst nicht zurechtgefunden. Jemand hatte ihm den Weg gezeigt, doch da die Bahnen nicht mehr fuhren, musste er zu Fuß gehen.

Klaus' Gefangennahme erschien im Nachhinein wie ein Wunder. Genauso gut hätte er tot sein können. Eine Sekunde der Willkür hatte entschieden. Die Russen hatten ihre kleine Infanterieeinheit umstellt und ihnen keine Wahl gelassen. Dabei war es zum Streit gekommen, was mit den Gefangenen geschehen sollte. Ein Offizier entschied schließlich, sie am Leben zu lassen. Es war der 24. Juni 1944, und es sollte danach einige Momente geben, in denen sich Klaus wünschte, der Russe hätte sich anders entschieden.

All seine Habseligkeiten befanden sich in einem hölzernen Koffer und einem selbst genähten großen Beutel, der wie ein

Rucksack getragen wurde. Über das Lager hatte Klaus nicht sprechen wollen. Vielleicht später. Über die Russen kam kein böses Wort über seine Lippen. Er hatte sogar Leberwurst mitgebracht. Fette russische Leberwurst. Die hatte er sich aufgespart für zu Hause.

Später lag Heller im Bett und lauschte in die Dunkelheit. Klaus schlief unten im kalten Wohnzimmer auf dem Sofa. Frau Marquart hatte zuerst die Tablette verweigern wollen, glühte aber vor Hitze und hatte schließlich nachgegeben. Nun schlief sie das erste Mal seit drei Nächten fest und ruhig. Karin war in der Sekunde eingeschlafen, da ihr Kopf das Kissen berührte. Nur in Hellers Kopf wollte keine Ruhe einkehren.

Nun fehlte nur noch Erwin, dachte er. Sie wussten, dass er längst entlassen war und irgendwo bei Köln lebte. Er hatte sogar eine Anstellung gefunden und wollte irgendwann studieren. Am liebsten natürlich in Dresden, daheim. Doch die Angst vor den Russen ließ ihn nicht heimkehren.

Unter dem dicken Daunenbett zog langsam die Wärme in Hellers Glieder. Endlich, nach so vielen Jahren, war eine Last von ihm gefallen. Er wollte dankbar sein, doch er wusste nicht, wem. So viele kannte er, deren Söhne im Feld geblieben waren. So viele hatte er gekannt, die im Februar fünfundvierzig ihr Leben verloren hatten. Dankbarkeit war fehl am Platz. Es war lediglich einem glücklichen Zufall zu verdanken, dass sie noch lebten. Und doch, er wusste es selbst am besten: Es gab für alles einen Preis. In den Augen seines Sohnes hatte er gesehen, dass dieser ihn schon bezahlt hatte.

Heller legte sich auf die Seite und starrte die leuchtenden Zeiger des Weckers an, der tickte und die Sekunden abzählte, als tröpfelte das Leben aus einem Wasserhahn. Heller drehte sich wieder zurück.

Klaus war schon immer ein nachdenklicher Junge gewesen. Mit Niederlagen konnte er schlecht umgehen. Dabei wollte er immer alles richtig und gut machen und suchte die Schuld erst einmal bei sich, wenn etwas nicht klappte. Er konnte nicht verstehen, wenn andere ihm Prügel androhten, nur weil er ihnen Dinge erklären wollte. Oft hatte er ihn angetroffen, in die Ferne starrend, tief in Gedanken versunken.

Das war es, was Heller nicht schlafen ließ. Er musste wissen, wie hoch der Preis war, den Klaus bezahlt hatte.

Heller stand leise auf, um Karin nicht zu wecken, und ging ins Wohnzimmer. Sein Sohn war nicht da. Doch dann sah er, dass er sich vor das Sofa auf den Boden gelegt hatte. Klaus war anscheinend auch noch wach, denn er hob sofort den Kopf. »Vater? Kannst du nicht schlafen?«

»Ebenso wenig wie du, nehme ich an.«

Klaus hatte sich erhoben, eine Jacke übergezogen und stand jetzt dicht vor Heller. So standen Vater und Sohn eine Weile im Dunkeln und schwiegen. Klaus sprach zuerst.

»Was ist geschehen? Was ist mit der Stadt geschehen?«

Heller wollte antworten, doch er brachte plötzlich keinen Ton heraus. Mit der Rückkehr seines Sohnes hatte sich in ihm eine Tür geöffnet, die er zwei Jahre zuvor fest verschlossen hatte. Aber plötzlich schossen wieder Glutfontänen in den Himmel, Metall und Glas schmolz, Feuerwalzen rollten über die Straßen, Mauern barsten und darüber lag dieses ohrenbetäubende Brüllen, wie von einem riesigen verwundeten Tier.

Ihm wurde schwindlig und er musste sich an Frau Marquarts rundem Tisch festhalten, den sie noch nie benutzt hatten. Dann setzte er sich auf einen der guten Polsterstühle.

Klaus wollte sich zu seinem Vater setzen, doch er ging noch mal in die Küche und kam mit der Schnapsflasche und zwei Gläsern zurück. Stumm schenkte er ein, stumm tranken sie beide ihr Glas leer.

Wieder wollte Heller ansetzen, doch wieder schnürte es ihm die Kehle zu.

Klaus saß mit gesenktem Kopf da und flüsterte kaum hörbar. »Ich hatte das von Dresden gehört. In Gefangenschaft. Ich wollte, ich konnte es nicht glauben. Ich habe es nicht geglaubt.« Er fuhr sich mit einer raschen Bewegung über seinen stoppeligen Kopf. »Ich betete, dass ihr überlebt habt. Ich bete sonst nie. Wie ein Heuchler komme ich mir vor.«

Heller schüttelte nur den Kopf und strich mit den Händen immer wieder über die Tischdecke. Klaus beugte sich vor und legte seine Hände auf die seines Vaters. Sie waren rau und schwielig.

»Die Leutholdts?«, fragte er.

Heller schüttelte den Kopf.

»Frau Porschke? Frau Zinsendorfer?«

Heller wollte seinem Sohn die Hände entziehen, doch der hielt sie fest.

»Sie sind tot, Klaus«, flüsterte Heller.

»Frau Zinsendorfer war immer nett zu uns gewesen. Seltsam zwar, aber nett, sie gab uns oft Schokolade.«

»Ich weiß, Klaus.«

»Die Müllers, die Kaluweits? Henkels? Und deren Mädchen?«

Heller wiegte sich hin und her.

»Die alte Müller, Eschweinlers? Und die Zwillinge? Reichs? Dein Freund Armin?«

»Sie sind tot. Alle«, wiederholte Heller.

»Die Missbachs? Und Trude? Vom Schreiner die Tochter?«

»Klaus, bitte!« Heller sah seinen Sohn gequält an. Ein unendlicher Schmerz ergriff ihn und ließ sein Herz krampfen. Es war, als wäre es gestern erst geschehen. Und so war es doch eigentlich auch. Es hatte so viel zu tun gegeben. Es gab keine Sekunde der Besinnung. Da war niemand, mit dem man darüber sprechen konnte. Nur Davongekommene, Überlebende, die selbst genug Verlust erlitten hatten und glaubten, die Wunden durch Schweigen heilen zu können. Keiner wollte zurückschauen, niemand wollte nachdenken. Erst jetzt, hier, mit seinem Sohn, überrollte die Erinnerung an diese Nacht Heller mit voller Wucht.

Klaus zog seine Hände zurück. Er goss noch einmal Korn nach.

»Wie habt ihr überlebt?« Klaus sprach mit Bedacht, als müsste er jedes einzelne Wort aus seinem Mund zwingen.

»Ich war nicht daheim. Ich musste …« Heller versagte die Stimme. Es war doch völlig egal, was er durchgemacht hatte. Es war schlimm genug, dass er in dieser Nacht nicht bei Karin gewesen war. »Deine Mutter hat es allein schaffen müssen …« Er sah sie wieder vor sich stehen, wie ein Trugbild, in ihrer halb verbrannten Strickjacke, in Hausschuhen, inmitten dieser zerstörten Welt. Wie sie seinen Namen sagte, einmal, zweimal, als glaubte sie selbst nicht, was sie sah.

Klaus legte die Hand auf Hellers Arm. »Es ist gut, Vater. Ihr lebt, und das ist, was zählt.«

Wieder versanken beide Männer in Schweigen.

»Heinz Seibling, der lebt noch!«, rief Heller, gerade, als das Schweigen drohte, zu lang zu werden. »Ein Bein fehlt ihm. Du kennst ihn doch, oder?«

Klaus nickte, doch Heller konnte nicht in seinem Gesicht lesen, dafür war es zu dunkel. Wieder schwiegen sie und starrten auf die seltsamen Schattenmuster der Gardinen.

»Nun, man muss wohl versuchen, nicht länger darüber nachzudenken.« Heller verstummte. Was redete er denn da? Natürlich war es unmöglich, nicht darüber nachzudenken.

Klaus erwiderte nichts.

Wie musste es sein für ihn, fragte Heller sich. Jeder, den er gekannt hatte, war tot oder verschollen, sein Zuhause gab es nicht mehr, nichts, was ihm je gehört hatte, kein Stück Kleidung, kein Schulheft, keine Zeichnung, kein Foto, kein Spielzeug, kein Buch.

Doch das allein war es nicht. Heller kannte Klaus gut genug. Klaus hing nicht an materiellen Dingen. Sein beharrliches Nachfragen hatte noch einen anderen Grund. Das, was geschehen war, musste ihm so entsetzlich und unwirklich vorkommen, dass er sich vergewissern wollte, dass der Mann ihm gegenüber wirklich sein Vater und der Ort, an dem er sich befand, wirklich seine Stadt, seine Heimat war und nicht bloß ein Fiebertraum.

Heller rutschte etwas näher an seinen Sohn heran, damit er ihn berühren konnte.

Darauf hatte Klaus offenbar gewartet. Er packte Hellers Hand und sah ihn an. »Vater, ich habe Dinge gesehen …«, hauchte er fast lautlos.

Heller wartete.

»Ich habe gesehen, wie Menschen …« Klaus verstummte für einen Moment, aber er sah seinen Vater an, ohne den Blick zu senken, fast Stirn an Stirn. » … wie Menschen Dinge taten …«

Heller nickte. Er wusste, welche Dinge Menschen taten. Und wie sie andere zwingen konnten, Dinge zu tun.

»Ich musste …« Klaus sprach nicht weiter.

Heller klopfte ihm sacht auf die Schulter. »Du musstest das tun, Klaus, du hattest es deiner Mutter versprochen. Du hast versprochen, wieder heimzukommen. Dieses Versprechen hast du gehalten.« Als er seine Hand wegnehmen wollte, griff Klaus wieder nach ihr.

»Aber auch im Krieg sollte es doch Regeln geben, nicht wahr? Auch da sollte man nicht wahllos töten dürfen. So ist es doch?«

»So ist es.«

Klaus nickte und ließ die Hand seines Vaters wieder los. Heller sah seinem Sohn in die Augen. Suchte. Suchte nach dem kleinen, nachdenklichen Jungen.

»Klaus, was ist los?«, fragte er schließlich. »Hast du etwas getan? Musstest du etwas tun?«

Er wollte es nicht wissen, aber es war seine Pflicht zu fragen.

Klaus nickte wieder. »Im Lager. Im Januar fünfundvierzig. Da hab ich zwei verzinkt«, flüsterte er. »Die waren wie normale Landser gekleidet, aber ich kannte sie. Die waren von der SS.«

Heller schwieg geduldig. Klaus suchte nach Worten.

»Ich habe sie der Lagerleitung gemeldet. Die haben sie noch am selben Tag rausgeholt und erschossen.«

Heller atmete durch. Klaus musste gewusst haben, dass so etwas passieren würde, wenn er sie verriet. Aber er würde auch nicht ohne Grund so gehandelt haben.

»Wurdest du gezwungen, sie zu verpfeifen, oder hast du dir einen Vorteil erhofft?« Irgendwie mussten sie darüber sprechen, Heller ahnte, wie sein Sohn damit haderte.

Klaus antwortete lange Zeit nicht. Dann endlich schüttelte er den Kopf. »Nein. Niemand hat mich dazu aufgefordert. Als wir in das Lager kamen, sind wir alle verhört worden. Die beiden Männer kamen erst später dazu. Aber ich erkannte sie. Ich hatte sie gesehen, in Witebsk, sie und viele andere. Vater, ich habe gesehen, was sie getan haben und bin es melden gegangen. Ich wollte nichts dafür! Das musst du mir glauben.« Klaus schaute Heller fast verzweifelt an.

»Aber zwei Tage später gaben mir die Russen eine Stelle in der Lagerküche und ich wurde zu einem Lehrgang empfohlen. Du kannst dir vorstellen, was dann geschah. Für die anderen war ich ein Verräter. Und ich bin es doch auch. Ich hätte es auch lassen können, nicht wahr, Vater? Es hat keinem mehr genutzt. Die beiden sind jetzt tot. Sie mussten bestraft werden, aber es waren doch auch Söhne von Müttern!« Klaus' Stimme wollte kippen.

Heller schüttelte energisch den Kopf. »Du wirst wissen, warum du so gehandelt hast«, sagte er. Er wusste, Klaus ertrug keine Ungerechtigkeit. Erwin hätte die beiden nicht verraten. Allein dass Klaus sich selbst als Verräter bezeichnete, zeigte den schier unlösbaren Konflikt, in dem er sich befand.

»Das waren Verbrecher, Vater!«, rief Klaus und ließ seinen Kopf kraftlos gegen Hellers Schulter sinken. »Das waren Mörder. Keine Soldaten, richtige Mörder!«

Heller war klar, dass solche Leute kaum eine gerechte Strafe bekommen würden. Und Klaus wusste das auch. Die Vorstellung, dass die Mörder ungestraft weiterleben sollten, hatte er nicht ertragen können. »Du hast richtig gehandelt, Klaus«, sagte Heller ruhig und streichelte unbeholfen die Hand seines Sohnes. »Unter diesen Umständen hast du richtig gehandelt.«

Klaus schluchzte leise. »Sie haben sie aus der Baracke geholt und geprügelt, halb totgeprügelt, und dann haben sie sie einfach erschossen. Keine Stunde, nachdem ich ihre Namen genannt hatte.«

Auch das war ein Preis, den Klaus zahlen musste. Und er zahlte einen weitaus höheren Preis als die beiden Männer, die jetzt tot waren. »Es ist niemals leicht. Es ist niemals einfach«, sagte Heller.

Klaus richtete sich auf und wischte mit dem Ärmel über sein Gesicht. »Erzähl es Mutter nicht, bitte.«

Heller nickte. »Es bleibt unter uns.«

Klaus hatte sich wieder aufgerichtet und schien noch etwas auf dem Herzen zu haben. Er räusperte sich. »Ich habe mich zum Polizeidienst gemeldet. Deshalb durfte ich heim.«

Heller war überrascht. Damit hatte er nicht gerechnet. Er wollte etwas erwidern, entschloss sich dann aber, es nicht zu tun.

»Gut«, meinte er dann. »Gut. Lass uns schlafen gehen.«

9. Februar 1947,
morgens

Staatsanwalt Speidel war sichtlich erbost. Mit einer schroffen Handbewegung hatte er Heller bedeutet, Platz zu nehmen. Heller kam der Aufforderung nur ungern nach. Es ging ihm nicht gut. Er hatte nur wenig geschlafen, kaum drei Stunden, und der ungewohnte Schnaps hatte sein Übriges getan. Jetzt machte sich ein schleichender Schmerz unter seiner Schädeldecke breit, pulsierte, zog sich zusammen, breitete sich wieder aus. Die Kälte war Heller heute unerträglicher denn je gewesen. Klaus war da anderes gewohnt. Er war heute Morgen nur in einer Jacke zur Pumpe gelaufen, um für Karin Wasser zu holen.

In Hellers Tasche befanden sich zwei Brote, dick mit russischer Leberwurst bestrichen. Er konnte an kaum etwas anderes denken.

Speidel ließ sich Zeit, schrieb etwas, stempelte in aller Ruhe diverse Papiere ab. Heller spielte dieses kindische Spiel mit. Er wusste, Speidel hatte ihn nicht zum Vergnügen bestellt. Aber er würde dem Staatsanwalt auch kein Vergnügen bereiten wollen.

Speidel sah endlich auf und blickte streng durch seine Drahtgestellbrille auf sein Gegenüber. Er war glatt rasiert, sein Hitlerbärtchen, welches ihn ein Jahrzehnt lang geschmückt hatte, war verschwunden, und er trug das Haar jetzt etwas länger als früher, aber sauber gescheitelt.

»Genosse Oberkommissar, soll ich es als einen persönlichen Affront auffassen, dass Sie ohne einen genehmigten

Durchsuchungsbefehl in das Haus der Familie Schlüter eingedrungen sind?«

»Es war Gefahr im Verzug. Ich kam, wie mit Frau Schlüter ausgemacht, am Nachmittag, um mir von ihr eine Liste ihrer ehemaligen Angestellten abzuholen. Ich sah eine verdächtige Bewegung im Garten und ging dem nach. Offensichtlich war etwas aus dem Keller entfernt worden und ich entschied mich für ein sofortiges Handeln. Ich verschaffte mir Zugang in den Keller und stellte Beweismaterial sicher. Als ich dabei einen jungen Mann überraschte, musste ich davon ausgehen, dass es sich um Friedel Schlüter handelte. Als er floh, nahm ich die Verfolgung auf.«

»Sie haben auf ihn geschossen!«

»Ich habe Warnschüsse in die Luft abgegeben.«

»Die Schutzpolizisten vor Ort legten mir die Situation anders dar. Sie hätten sich nach dem Verbleib von Frau Schlüter erkundigt und seien durch die Vordertür in das Haus eingedrungen.«

Heller zwang sich innerlich zur Ruhe. Auf keinen Fall wollte er seine Anspannung zeigen. Er schlug die Beine übereinander und verschränkte seine Arme. »Ich klopfte und ein Hausbewohner öffnete mir die Tür. Es war kalt, ich wollte drinnen auf Frau Schlüter warten.«

»Sind Sie daraufhin in die Wohnung der Schlüters eingedrungen?« Speidel sah ihn über die Brille hinweg an.

»Nein, ich hatte ja keinen Durchsuchungsbefehl.«

»Sie stellten also Beweismaterial im Keller sicher, dann informierten Sie zuerst Ovtscharov vom MWD. Warum? Sollte nicht zuerst die Staatsanwaltschaft informiert werden?«

»Ich hatte ausdrücklichen Befehl, genau so zu handeln. Der Befehl ist von der SMA und von Opitz unterschrieben.«

Das wollte Speidel offenbar nicht hören. »Und dann lassen

Sie zu, dass unsere sowjetischen Freunde die Wohnung der Schlüter plündern?«

»Nun, darauf hatte ich keinerlei Einfluss.«

»Wie dem auch sei, Genosse Oberkommissar, ich unterstelle Ihnen, dass Sie hier Ihre persönliche Fehde mit den Nationalsozialisten auf dem Rücken dieser Familie austragen. Sicherlich ist Ihnen bewusst, was diese Fahndung nach Friedel Schlüter für den Jungen bedeutet. Entweder wird er auf der Flucht erschossen oder er kommt ins Lager.«

Heller knirschte mit den Zähnen vor Wut. Trotzdem beherrschte er sich. »Herr Staatsanwalt, erstens trage ich ...«

Aber Speidel fiel ihm sofort ins Wort. »Mir scheint, Ihr Sinn für Verhältnismäßigkeit und Recht müsste mal ein wenig aufgefrischt ...«

In diesem Moment fuhr Heller auf. »Unterstehen Sie sich, mir über den Mund zu fahren. Und unterstehen Sie sich, mir zu unterstellen, ich hätte keinen Sinn für Gerechtigkeit. Wenn hier jemand sein Rechtsempfinden prüfen sollte, dann sind Sie das!«, donnerte er.

Staatsanwalt Speidel lehnte sich demonstrativ auf seinem Stuhl zurück und gab sich gelassen, doch unter seinem linken Auge zuckte ein Nerv. »Mäßigen Sie sich, Heller. Meine Weste ist rein, ich habe mir nichts vorzuwerfen. Mein Fall ist geprüft, ich bin rehabilitiert. Ich war nur in der Partei, um meinen Broterwerb zu sichern.«

Als wäre dies das Stichwort gewesen, schoss Heller nach vorn, stützte sich mit der Faust auf Speidels Schreibtisch und streckte ihm den Zeigefinger entgegen. Speidel, der in seinem Stuhl schon so weit zurückgewichen war, dass ihm kein Spielraum mehr blieb, schielte nach ihm wie nach einem Waffenlauf. Heller sah keine Veranlassung mehr, an sich zu halten. Mit Speidel musste er Klartext reden.

»Sie können von Glück sprechen, dass Sie ein gutes Zeugnis ausgestellt bekommen haben. Sie waren ein Nazi der ersten Stunde. Und Sie haben unzählige Ermittlungsverfahren geleitet gegen Widerständler und Wehrkraftzersetzer. Allesamt sind sie hingerichtet worden!«

»Das war mein Beruf und so waren die Gesetze. Ich habe sie nicht gemacht, sondern lediglich angewandt. Und blasen Sie sich bloß nicht so auf! Auch Sie müssen irgendwie Ihre Weste reingewaschen haben.« Speidels Kopf war inzwischen hochrot geworden.

Heller hieb mit der Faust auf den Tisch. »Verdammt noch mal, wie oft muss ich das denn noch sagen? Ich bin in keiner Partei gewesen, weder als Mitläufer noch als Nationalsozialist!«

Da bemerkte er, dass Speidels Blick an ihm vorbeiging. Er drehte sich um und sah Speidels Sekretärin in der Tür stehen. Erst jetzt wurde ihm bewusst, in welche Rage er sich hineingeredet hatte und dass es so aussehen musste, als wollte er auf den Staatsanwalt losgehen. Augenblicklich besann er sich, stellte sich aufrecht und zog seinen Mantel straff. Schweigend sah er der Sekretärin in die Augen, bis sie sich auf einen Wink Speidels wieder zurückzog.

»Ich könnte Ihnen eine Dienstaufsichtsbeschwerde anhängen«, drohte Speidel leise.

»Tun Sie das.« Was für ein schwacher Versuch von dem Mann, sein Gesicht zu wahren, dachte Heller.

»Und ich könnte Ihnen den Fall entziehen. Beide Fälle.«

»Herr Staatsanwalt, Sie würden mir damit einen Gefallen tun.« Heller wusste, dass das albern war, Speidels Drohung und seine Erwiderung, doch offenbar war das die einzige Möglichkeit, Speidel beizukommen. »Besprechen Sie das gerne mit Generalleutnant Igor Medvedev.«

Es war ihm zuwider, mit dem Namen des Kommandanten hausieren zu gehen. Schließlich war er es, der nicht nach der

Pfeife der Sowjets tanzen wollte. Und wie schnell verlor heutzutage einer seinen Posten, selbst einer wie Medvedev. Dann stand er da, ohne Beziehung, ganz ohne Rückendeckung, den Gegnern Medvedevs ausgeliefert, und verlor bestenfalls nur die Stellung.

»Zu Ihrer Information, Herr Staatsanwalt: Wenn ich Frau Schlüter befragt habe, werde ich im Umfeld des Schwarzen Peter Zeugenbefragungen durchführen. Der abgetrennte Kopf gehörte übrigens Franz Swoboda, einem Kriegsversehrten, der für Josef Gutmann arbeitete. Ich nehme aber an, Kommissar Oldenbusch hat Sie darüber schon informiert. Einen guten Tag!«

Als hätte der Generalleutnant gewusst, dass Heller sich im Präsidium aufhielt, verlangte Medvedev telefonisch unverzüglich nach ihm, kaum dass er in der Schießgasse angekommen war. Niesbachs Sekretärin fing Heller auf dem Gang ab, um ihm dies mitzuteilen. Er sollte ihn in dessen Büro in der Kommandantur aufsuchen. Heller nahm es zur Kenntnis, ging jedoch trotzdem erst einmal in sein Büro, wo Oldenbusch schon auf ihn wartete. Wieder auf die andere Elbseite zu fahren, würde ihn eine halbe Stunde oder mehr kosten, da kam es auf einige wenige Minuten nicht an.

Er erhob sich von seinem Stuhl, als sein Vorgesetzter den Raum betrat.

»'n Morgen, Chef, war ja ganz nett was los bei Ihnen. Haben Sie mich absichtlich heimgeschickt, damit Sie den ganzen Spaß alleine haben?«

Heller sah darüber hinweg, schon wieder als Chef tituliert zu werden. Er musste sich erst einmal hinsetzen. Die Auseinandersetzung mit Speidel hatte ihm zugesetzt. Er brauchte einen Augenblick, sich zu sammeln, versuchte auf andere Gedanken zu kommen, trommelte mit den Fingern auf der

Tischplatte. Das dunkle Zimmer, kaum größer als eine Gefängniszelle und genauso wenig komfortabel, half ihm dabei kaum. Dann aber huschte ein Lächeln über sein Gesicht, er sah Oldenbusch an.

»Stellen Sie sich vor, Werner, mein Klaus ist wieder da!«

Mit drei schnellen Schritten war Oldenbusch bei Heller und packte seine rechte Hand, um sie kräftig zu schütteln. »Gratulation. Ist er heil und gesund?«

Heller nickte. »Ja, aber er ist sehr nachdenklich.«

Oldenbusch winkte ab. »Das gibt sich, ich sag es Ihnen!«

Woher wollte er das wissen?, dachte sich Heller. Aber so war Oldenbusch eben, immer frisch von der Leber weg.

»Wie ich hörte, haben Sie der Schlüter aufgelauert?«, wechselte Oldenbusch bereits wieder das Thema. Heller war ganz froh darüber. Auch er fühlte sich auf der professionellen Ebene sicherer.

»Sie nehmen sich dann ein paar Leute und fahren hin. Der Keller muss spurentechnisch erfasst werden, und die Wohnung, auch wenn die Sowjets sie schon durchsucht haben. Ich will Fingerabdrücke von allen Hausbewohnern. Das sind viele, aber ich brauche sie zum Abgleich. Und gibt es Neues über Swoboda?«

»Recherche ist im Gange, ich soll heute Informationen bekommen.«

Heller nickte und erhob sich wieder. »Eigentlich wollte ich zu Frau Schlüter, doch Medvedev will mich sprechen. Ich komme später zu Ihnen in die Nordstraße.«

Der Kommandant empfing Heller mit Kaffee und Kuchen. Es war nur ein schlichter Rührkuchen, doch er war überzogen mit einer Schokoladenglasur, was heutzutage einer Sensation gleichkam. Medvedev hatte auf seinem Schreibtisch anrichten lassen und winkte Heller energisch heran.

»Nur keine Zurückhaltung, Heller. Bedienen Sie sich.«

»Vielen Dank.« Heller war unsicher. Er wartete, bis Medvedev sich ein Stück Kuchen genommen hatte.

»Zucker, Sahne?« Der Generalleutnant deutete auf die Zuckerdose und die kleine Kanne. Schon fühlte Heller sich vorgeführt, doch anscheinend dachte Medvedev sich nichts dabei, ihm im Überfluss das anzubieten, was den meisten Menschen fehlte.

»Was sagen Sie zu dem Fall mit der Frau und ihrem Sohn?«, fragte der Kommandant ohne Umschweife.

»Es ist noch nichts geklärt. Kaum dass die Indizien sichergestellt sind. Die Handgranaten haben dieselbe Bauweise wie die vom Anschlag auf den Münchner Krug. Deutsche Stielhandgranate 43. Stiel aus Vollholz, nicht hohl wie bei der Neununddreißiger.«

Medvedev steckte sich ein halbes Stück Kuchen in den Mund, kaute, wurde aber des krümeligen Teiges nicht Herr, schlürfte geräuschvoll einen Schluck Kaffee dazu.

»Ich will Ihre Meinung hören, Heller«, sagte er, nachdem er hinuntergeschluckt hatte.

Heller löste seinen Blick von dem verlockenden Kuchenteller und seufzte. »Dieser Friedel ist ein verblendeter kleiner Bursche, der glaubt, für eine gute Sache zu stehen. Mit solchen Kindern werden wir uns noch jahrelang herumplagen müssen. Seine Mutter war und ist eine überzeugte Nationalsozialistin. Aber meiner Meinung nach hat sie ihn nicht wissentlich unterstützt, wenn er überhaupt der Attentäter ist.«

»Mit den beiden toten Offizieren ist er nicht in Verbindung zu bringen?«

Heller irritierte Medvedevs fragender Tonfall. »Wenn Sie mich so direkt fragen: mit hoher Wahrscheinlichkeit nicht.«

»Welche Erklärung haben Sie dann für die Sachen, die gefunden worden sind?« Der Kommandant nahm sich noch ein Stück von dem Kuchen und knabberte sorgfältig mit den Zähnen zuerst die Schokoladenglasur ab.

Heller, der keine Ahnung hatte, wovon Medvedev sprach, zögerte keine Sekunde. »Es wird sich für alles eine Erklärung finden, wenn ich nur lang genug daran arbeiten darf.«

»Wie meinen Sie das?«

»Ich meine, dass ich gerade mit dem neuen alten Staatsanwalt aneinandergeraten bin.«

Medvedev legte das angebissene Kuchenstück auf seinen Teller. Für ein paar Augenblicke sah er Heller in die Augen. »Sie reden von Speidel.« Nun klopfte sich der Russe die Hände ab, legte die Ellbogen auf seine Armlehnen. »Ich will offen sein, Herr Oberkommissar, ginge es nach einigen von uns, müsste man viel radikaler bei der Entnazifizierung vorgehen. Dann fänden Sie niemanden im Amt, der eine NS-Vergangenheit besitzt. Doch die Umstände erfordern einige Kompromisse, mit denen auch Sie leben müssen. Wir brauchen fähige Leute, sonst wird es noch Jahrzehnte dauern, ehe die Deutschen sich wieder selbst verwalten können.«

Heller wollte etwas erwidern, doch der Generalleutnant hob die Hand.

»Und ehe Sie sich zu sehr darüber echauffieren, besinnen Sie sich lieber. Denn die Radikalen unter uns hätten auch vor einem wie Ihnen keinen Halt gemacht. Speidel ist ein guter Mann, gut in seinem Beruf. Er ist zuerst fünfundvierzig der SPD und dann der SED beigetreten. Er zeichnet sich stets als guter Genosse aus. Heller, ich sehe Ihnen Ihren Ärger an, doch mit Männern wie Speidel werden Sie leben müssen.« Medvedev hielt kurz inne. »Ich werde ihn zur Mäßigung auffordern.« Dann nahm er das Kuchenstück wieder in die Hand und tunkte es in seinen Kaffee. Aufgeweicht zerfiel das Stück zwischen seinen Fingern, das meiste davon in die

Tasse. Medvedev verzog das Gesicht und begann, mit einem kleinen Löffel nach den Krümeln zu fischen.

Gequält schüttelte Heller den Kopf. »Nein, bitte. Bitte lassen Sie mich das allein regeln.«

Medvedev nickte zufrieden. »Sehen Sie, genau das habe ich von Ihnen erwartet. Nun nehmen Sie sich endlich vom Kuchen. Sie können es in die Zeitung einschlagen.« Er schob Heller eine Ausgabe der ›Sächsischen Zeitung‹ zu. *Einigkeit und Fortschritt,* las Heller. *Wieder zwei Fabriken in den Händen des Volkes. Gemeinsam nach vorne schauen.* Wie er diese immer gleichen SED-Parolen verachtete. Dann aber bediente er sich am Kuchen, packte vier Stück ein, erhob sich und verließ den Kommandanten mit militärischem Gruß.

9. Februar 1947,
Vormittag

Heller stand vor der Wohnungstür der Schlüters und klopfte. »Werner?«

»Moment!«, rief Oldenbusch von drinnen, bevor er die Tür öffnete. »Kommen Sie rein, Chef, aber bleiben Sie da vorne stehen.« Oldenbusch stand am Fenster. »Ich will das nur schnell beenden, dann muss ich Ihnen etwas zeigen.« Heller tat, wie ihm geheißen war. Was er sah, schien leider jedem Klischee über die Russen zu entsprechen. Sie hatten gewütet. Mit einer Hausdurchsuchung hatte das nichts gemein. Die Schränke standen offen, Schubladen waren herausgezerrt, Türen weggerissen. Papiere lagen auf dem Boden verstreut, ebenso Wäsche und Geschirr. Das Sofa war aufgeschnitten.

»Fingerabdrücke habe ich genug, um einen Spezialisten ein ganzes Jahr lang zu beschäftigen, dabei haben wir nicht einmal einen«, erklärte Oldenbusch. Er kehrte mit einer kleinen Folie in der Hand zurück und klebte sie sorgfältig auf eine Karteikarte.

»Was davon verwertbar ist, kann ich nicht sagen. Sie sehen ja, wie die Russen gearbeitet haben. Ich hoffe, ich kann wenigstens einige Abdrücke mit denen aus dem Keller vergleichen, hauptsächlich mit denen auf der Werkzeugkiste, in der sich die Granaten befanden. Aus dem Haus haben wir vor allem die Fingerabdrücke der Frauen und Kinder. Die Männer sind allesamt erst am Abend zurück.« Oldenbusch legte seinen Pinsel und den Rußpulverbehälter weg.

Doch das war Heller jetzt alles nicht wichtig. »Werner,

Frau Schlüter ist nicht mehr auf dem Revier, auf das ich sie gestern gebracht habe. Es heißt, die Sowjets haben sie mitgenommen. Kurz bevor ich kam. Keiner weiß, wohin genau. Und beim MWD gibt man mir keine Auskunft. Was haben wir hier gefunden?«

»Sie wissen das noch gar nicht? Kommen Sie, Max, es wird Ihnen nicht gefallen.«

Heller folgte seinem Assistenten hinunter in den Keller. Er grüßte die Kollegen vor Ort, deren Namen er sich noch nicht hatte einprägen können. Die meisten von ihnen waren erst seit kurzer Zeit im Dienst und hatten einen Schnellkurs in Kriminalistik erhalten. Oldenbusch durchquerte den gesamten Keller, um dann durch die Kellertür in den Garten zu gehen. Dort war eine Plane ausgebreitet, auf der Pappkartons und Kisten standen.

»Die Kollegen sind seit Dienstbeginn hier. Sie haben die MWD-Leute abgelöst. Sie sind bei Tageslichteinbruch den Spuren des Jungen gefolgt und haben im übernächsten Grundstück, da hinüber zu Löbauer, das alles in einem Hohlraum unter einem Schutthaufen versteckt gefunden. Hier die Druckwalze, die selbst gefertigte Matrize, einige Flugblätter, auch missglückte Versuche. Sie stammen nach erster Überprüfung aus diesem Gerät und stimmen auch mit denen vom Tatort Münchner Krug überein. In dieser Tasche ist ein Hirschfänger, einige Abzeichen der Hitlerjugend, ein Wimpel, Fotos. Und dies hier.« Oldenbusch kniete sich hin, nahm eine alte Arzttasche, klappte den Maulbügelverschluss auf und ließ Heller einen Blick hineinwerfen.

Heller sah eine Axt mit fleckiger Schneide, eine Stichsäge, ein Fleischerhaumesser und einen Wetzstahl. Er ging in die Hocke. »Ich nehme an, das ist kein Rost?«

Oldenbusch langte mit seinen behandschuhten Händen in

die Tasche, holte die Axt hervor und deutete auf Verkrustungen. »Das erklärt sich im nächsten Moment.« Er legte das Werkzeug beiseite und griff noch einmal in die Tasche. Er nahm etwas heraus, das in Zeitungspapier eingeschlagen war. Er legte es ab und faltete das Papier auf. Heller zuckte leicht zusammen. Vor ihm lagen zwei Hände, eine rechte und eine linke, abgetrennt am Handgelenk. Er seufzte schicksalsergeben.

»Warum so bedrückt? Immerhin haben wir wohl nun zu dem Kopf die Hände gefunden«, sagte Oldenbusch aufmunternd.

»Nein, Werner, wir haben ein weiteres Opfer. Nicht umsonst nennt man Swoboda den Einhändigen.«

»Das ist einleuchtend«, brummte Oldenbusch, dessen Laune sich augenblicklich verschlechtert hatte, wohl weil er sich über sich selbst ärgerte.

Heller betrachtete die Hände genauer. Es waren Männerhände, kräftig, mit kurzen Fingern, gepflegt und mit sauberen Nägeln. Am rechten Ringfinger befand sich ein schmaler goldener Ehering.

»Können Sie den abnehmen?«

»Schon versucht, aber die Hand ist steif gefroren, die muss erst aufgetaut werden.«

Noch einmal beugte Heller sich vor, dieses Mal, um die Zeitung näher zu betrachten, in die die Hände eingewickelt gewesen waren. Er bog eine Ecke vom Papier hoch. Es war ein schon vergilbtes Blatt vom ›Stürmer‹.

»Davon lag ein Stapel im Kellerabteil«, kommentierte sein Assistent.

»Und das haben wir gefunden? Die Kripo, nicht die vom MWD?«, fragte Heller.

»Wir. Genau genommen Wolpert. Gerade, vor einer Stunde etwa.«

»Aber vom MWD war noch jemand hier?«

»Ja. Sie haben Fotoaufnahmen gemacht und sind dann abgerückt.«

»Und von denen ist keiner auf die Idee gekommen, den Spuren über das Grundstück zu folgen? Immerhin hatte ich Ovtscharov gestern die Lage eindeutig geschildert.«

»Worauf wollen Sie eigentlich hinaus, Max? Nein, die waren in der Wohnung und haben dort alles auf den Kopf gestellt. Über Nacht haben sie eine Wache aufgestellt und haben die Leute aus dem Haus befragt. Die sind alle noch ganz verschüchtert.«

»Werner, diese Tasche muss unverzüglich ins Labor und spurentechnisch gesichert werden. Der Ehering ist möglicherweise graviert, das könnte uns helfen, das Opfer zu identifizieren. Das hat oberste Priorität. Sie machen das persönlich!«

Langsam ging Heller, den Blick immer auf den Boden gerichtet, quer über das Rasenstück und folgte dem Trampelpfad bis ins Dickicht am Randes des Grundstücks. Er duckte sich unter den tief hängenden Ästen einer Tanne und stakte mit großen Schritten über wirres Wurzelwerk. Dann war er bei dem alten Bretterzaun angelangt, der das Grundstück zum dahinterliegenden abgrenzte. Einige Latten waren herausgebrochen und wieder musste sich Heller bücken, um durch die Öffnung zu klettern. Der Junge hatte ganze Arbeit geleistet, staunte Heller angesichts der Kisten und Kartons, die er aus dem Keller in das provisorische Versteck gebracht hatte. Und dies mehr oder weniger unter den Augen der beiden Polizisten, die genau das eigentlich hätten verhindern sollen.

Das Nachbargrundstück war noch mehr verwildert und das Haus unbewohnbar. Doch Heller schnitt das Grundstück nur. Die Spur führte über abschüssiges Gelände nach links zum angrenzenden Grundstück. Hier war ein ganzes Zaunfeld eingedrückt. Heller stieg darüber hinweg und befand sich nun in einem kleinen Buchenwäldchen. Das alte Laub unter dem Schnee fühlte sich an wie weicher Teppich. Obwohl er versuchte, immer nur neben dem Pfad zu laufen, wusste Heller, dass es kaum möglich sein würde, noch verwertbare Spuren zu finden. Zwar schien eindeutig, dass Friedel die Indizien beiseitegeschafft hatte, schließlich hatte er ihn selbst gesehen. Doch das musste er ihm erst mal beweisen. Nun hatten aber außer Friedel auch die eigenen, unerfahrenen Kollegen diesen Pfad benutzt, um das Material sicherzustellen, und waren dabei äußerst unprofessionell vorgegangen.

Heller schabte sich gedankenverloren mit den Fingern über das Kinn. Zeit für eine neue Rasur, überlegte er, aber ohne Rasierschaum und mit abgenutzten Klingen alles andere als ein Vergnügen. Er starrte in den Schnee. Welchen Grund sollte Friedel gehabt haben, einem Mann die Hände und einem anderen möglicherweise den Kopf abzuschneiden? Hatte er überhaupt den Mumm dazu? Heller kannte den Jungen nicht, aber es war ein großer Unterschied, ob man ein, zwei Handgranaten warf, um dann fortzulaufen, oder ob man einen Menschen, egal ob lebendig oder tot, verstümmelte. Und wo befanden sich die Körper? Hatte das andere Opfer auch einen Bezug zum Schwarzen Peter?

Das alles galt es herauszufinden. Ebenso musste er eruieren, warum die Russen keine Scheinwerfer bereitgestellt hatten. So hatten die Kisten die ganze Nacht über unbewacht dagestanden, und jeder hätte die Arzttasche mit ihrem schrecklichen Inhalt dort abstellen können.

Heller war weitergegangen, um der Spur zu folgen, durchquerte das kleine Wäldchen, sah links ein völlig unbeschädigtes Gebäude, aus dessen Schornstein es schwarz qualmte, und rechts eine Villa, deren Fenster mit Holz vernagelt waren. Vor einer eingestürzten Garage machte er Halt. Die Seitenwände waren nach innen gebrochen, nur die Rückwand stand noch. Hier endeten die Spuren. Heller langte nach einem Stück Teerpappe und bog es nach oben. Darunter befand sich ein Hohlraum. Hier hatte Friedel die Kisten abgestellt, doch es schien kein sicheres Versteck. Die Häuser in Sichtweite waren bewohnt, auf der Suche nach Brennholz wäre früher oder später jemand auf diese Garage gestoßen. Eher sah es aus, als hätte dies hier nur als Zwischenlager dienen sollen. Doch wohin hatte der Junge gewollt? Hatte er einen Handwagen, um alles auf einmal fortzuschaffen?

Heller machte sich die Mühe und kletterte in den Hohlraum hinein. Drinnen roch es stark nach Marder. Federn und winzige Knochen lagen auf dem Boden. Aus seiner Manteltasche holte Heller eine Taschenlampe. Ihr Licht war nur noch schwach, die Batterie hatte in der Kälte gelitten. Trotzdem leuchtete er den Boden ab und stutzte, als etwas das Licht reflektierte. Heller kniete sich in den Schutt und erkannte eine Spritze, die zwischen Ziegelbrocken lag. Mit den Fingerspitzen nahm er sie vorsichtig auf, berührte dabei nur die metallene Düse, um eventuelle Spuren an der Kanüle, am Zylinder und am Kolben nicht zu verwischen. Mit seinem Fund in der Hand kroch er ans Tageslicht.

Es war eine medizinische Spritze, die Injektionsnadel war eindeutig benutzt. Im Glaszylinder befand sich noch ein winziger Rest gefrorene Flüssigkeit. Berinow hatte ein frisches Injektionsmal an seinem Oberarm gehabt, erinnerte er sich, doch ob dieses von einer Tuberkuloseimpfung stammte, hatte Kasraschwili nicht sagen können. Ob das eine russische Spritze war oder ein deutsches Modell?

Ein seltsames Gefühl breitete sich auf einmal in ihm aus.

Er sah auf, drehte sich langsam um sich selbst, betrachtete die Gebäude und suchte zwischen den Bäumen nach jemandem, der ihn vielleicht beobachtete.

Dann horchte er auf. Es war, als näherte sich das Quäken einer Polizeisirene. Mit der Spritze zwischen Daumen und Zeigefinger kehrte er zur Villa der Schlüters zurück.

»Genosse Wolpert!«, rief er, weil das der einzige Name war, den er sich hatte merken können.

Ein großer hagerer Mann kam aus dem Keller und musste sogar den Kopf ein wenig einziehen, um nicht gegen den Türstock zu stoßen. »Ja?«, fragte er, ohne zu grüßen.

»Ich nehme an, Oldenbusch ist schon weg?«

Wolpert schüttelte den Kopf. »Der ist wohl noch oben.«

Heller verzog den Mund. Das war nicht das, was er vorhin mit unverzüglich gemeint hatte, auch wenn es ihm in diesem Falle zupasskam.

»Werner, das hier habe ich in der eingefallenen Garage gefunden.« Heller überreichte Oldenbusch die Spritze. Die Polizeisirene war jetzt verstummt.

»Ich möchte gern erfahren, wer diese Spritze benutzt und ob es ein gängiges Modell ist. Der Inhalt muss geprüft werden. Unverzüglich!« Heller betonte das letzte Wort besonders.

Oldenbusch wollte den Wink mit dem Zaunpfahl offenbar nicht verstehen oder interpretierte ihn anders. In aller Ruhe betrachtete er die Spritze und hielt sie dazu ins Fensterlicht. »Keinerlei Spuren.« Dann schraubte er die Kanüle ab und roch an der Düse. Schließlich versuchte er den Kolben herauszuziehen, scheiterte aber, da der Rest vom Inhalt noch immer gefroren war. Er nahm die Spritze in die hohle Hand und hauchte in die Öffnung.

»Die Spritze wurde entweder gereinigt oder jemand benutzte sie nur mit Handschuhen. Bei dieser Kälte liegt Letzteres nahe.«

Heller haderte mit Oldenbuschs Art und Weise, dieses wichtige Indiz zu behandeln. Doch er wollte Oldenbusch vertrauen, wenn dieser sagte, es wären keine Spuren an der Spritze gewesen, und schluckte seinen Einwand hinunter. »Der gesamte Pfad ist zertrampelt«, merkte er stattdessen an.

Oldenbusch nickte wissend, dann versuchte er es mit einem traurigen Lächeln und versöhnlichem Ton. »Wir müssen uns offenbar entscheiden zwischen Laien und Altnazis. Man will sich gar nicht vorstellen, wo diese Leute überall anzutreffen sind. Beim Bau, in der Verwaltung, in den Kraft- und Wasserwerken.«

Er roch noch einmal an der Öffnung der Spritze und bewegte den Glaszylinder hin und her. Ein öliger Tropfen lief am Glas entlang.

»Ich werde das noch genau prüfen, aber ich behaupte mal, dass das Evipan ist.«

»Evipan, das ist ein Betäubungsmittel!«

»Ja, Schlafspritze nennt man das landläufig. Soviel ich weiß, ist das eine Kurzbetäubung. Wird in der Chirurgie verwendet. Auch im Feld. Als ich fünfundvierzig im Lazarett lag, wurde es oft benutzt. Der Patient verliert schnell das Bewusstsein. Danach leidet er noch längere Zeit an Sinnesstörungen, Schwindel und auch an Übelkeit. Bei häufigem Gebrauch kann es wohl Abhängigkeit verursachen.«

Heller zog einen Handschuh aus und massierte sich mit Daumen und Zeigefinger den Nasenrücken. Er musste seine Gedanken sortieren. Dabei half ihm nicht, dass sich erneut eine Polizeisirene bemerkbar machte.

»Ich muss den Gutmann sprechen und die Schlüter. Ich weiß nur nicht, wen von beiden zuerst. Und wir müssen

Friedel finden. Unbedingt, und zwar vor den Russen! Wo brachte man die Männer um? Hier im Haus anscheinend nicht. So sah es zumindest auf der ersten Blick aus. Warum waren die Hände in der Tasche? Und warum war der Kopf in einem Rucksack? Was sollte mit ihm geschehen?«

Oldenbusch sah zum Fenster. Draußen kam die Sirene wieder näher. »Vielleicht sollte er eine Trophäe sein?«

»Warum ist Berinow dann umgebracht worden? Und warum ließ der Täter den Rucksack zurück?«

»Berinow war vielleicht nur ein Mitwisser, der beseitigt wurde. Vielleicht hat der Gutmann doch damit zu tun.«

Die Sirene verstummte, ein Polizeiwagen hatte direkt vor dem Grundstück gehalten. Ein Uniformierter sprang aus dem Kleinlaster und lief eilig zur Haustür. Die wollten offensichtlich zu ihm, schlussfolgerte Heller und ging zur Wohnungstür.

»Genosse Oberkommissar? Herr Heller?«, rief es von unten.

»Hier oben«, antwortete Heller laut.

»Aber was hat das Ganze dann mit dem Jungen von der Schlüter zu tun?« Oldenbusch hob theatralisch die Schultern. »Das müsste man ihn selbst fragen oder denjenigen, der ihm die Arzttasche untergeschoben hat.«

Der Uniformierte war die Treppe hinaufgerannt, stand nun an der Tür und grüßte militärisch. »Ein Leichenfund! Sie sollen dringend kommen.«

»Sind denn alle anderen Kollegen unabkömmlich?«, fragte Heller empört.

»Es handelt sich um eine junge Frau. Genosse Niesbach meinte, das fällt in Ihren Zuständigkeitsbereich. Sie wurde im Hinterhof vom Schwarzen Peter gefunden.«

Heller merkte sofort auf. »Also gut. Werner, Sie bringen uns dahin, dann fahren Sie zum Labor. Sorgen Sie dafür, dass sich sofort jemand darum kümmert!« Ein lautes Dröhnen auf der Straße ließ ihn noch einmal einen Blick aus dem Fenster werfen. Zwei große Armeelaster der Sowjetarmee waren die Straße hinaufgekommen und hielten direkt vor dem Haus. Der Fahrer des Polizeikleinlasters sah sich gezwungen, seinen Parkplatz aufzugeben.

Oldenbusch stöhnte. »Die Russen kommen, um die Wohnung auszuräumen.«

Heller schüttelte nur den Kopf.

9. Februar 1947, Mittag

Wieder hatte sich eine große Menschenmenge angesammelt. Oldenbusch hupte sich auf der Alaunstraße, keine fünfzig Meter von Gutmanns Kneipe entfernt, durch die Leute, die nur unwillig den Platz freigaben. Als Schutzpolizisten endlich das Auto und seine Insassen erkannten, trieben sie die Leute auseinander, damit der Ford vorfahren konnte.

»Genosse Oberkommissar«, grüßte einer, als Heller ausstieg. »Wir müssen noch ein Stück die Straße hinauf, da ist ein Durchgang. Der Leichenfundort ist im Hinterhof.«

Heller nickte und bedeutete Oldenbusch, dass er sich entfernen konnte, um seine Aufträge zu erledigen. »Gehen wir«, sagte er dann zu dem Schupo.

Heller folgte ihm ein Stück die Alaunstraße hinauf bis zu einem Hausdurchgang. Durch diesen erreichten sie ein offenes Areal, das etwa die Größe eines Fußballfeldes hatte. Mehrere Hinterhäuser waren von Bombentreffern vollkommen zerstört worden. Sie bildeten eine Trümmerlandschaft, die offensichtlich schon längere Zeit als Abenteuerspielplatz für Kinder diente. Sie hatten sich dort Buden gebaut. Wimpel aus Stoffresten flatterten träge. Von zwei Häusern waren die Stützmauern stehen geblieben, zerstörte Treppen ragten wie Skelettreste in den Himmel.

Heller wunderte sich über das Brachland, welches er hinter den noch intakten Häusern zur Straßenseite hin nicht vermutet hätte, und folgte dem Uniformierten auf das Schuttgelände. Über ausgetrampelte Pfade erreichten sie einen großen steil abfallenden Krater, an dessen Boden sich Wasser gestaut hatte und gefroren war. Doch auch hier hatte sich jemand bereits einen Weg gebahnt. Über von Hand gegrabenen Stufen gelangten Heller und der Polizist einige Meter hinunter. Dort sahen sie eine Öffnung, die anscheinend in einen ehemaligen Keller führte.

Heller zögerte kurz, doch nur wenige Meter weiter erspähte er einen Lichtschein und riss sich zusammen. Er wollte sich keine Blöße geben. Sie durchquerten den kurzen Gang, und Heller staunte nicht schlecht, als es nun über eine Treppe zuerst auf die Erdgeschossebene, schließlich sogar noch zwei Etagen weiter hinaufging. Der letzte Abschnitt der Treppe war akut einsturzgefährdet. Die Stufen hingen nur noch an ein paar rostigen Armierungseisen. Risse zogen sich quer durch das Podest. Der Polizist war stehen geblieben und zeigte auf einen Schutthaufen auf der obersten Etage.

»Dort liegt das Opfer. Unter dem Schutt. Jemand hat sie in Stoff eingewickelt. Gardinen oder so etwas Ähnliches. Dann hat man Steine und Holz darübergelegt. Kinder haben sie beim Spielen gefunden.«

»Wer versteckt denn eine Leiche an einem Ort, wo ganz offensichtlich Kinder spielen? Sie musste ja zwangsläufig gefunden werden«, fragte Heller.

»Aber hier oben?« Der Polizist deutete auf die fast schon freischwebenden Teile des zweiten Geschosses. »Das ist doch lebensgefährlich. Da geht doch kein Kind hin!«

Für Heller war das kein Argument. »Aber genau das finden Kinder doch interessant. Gefahr ist keine Abschreckung. Warum spielen sie denn sonst auch mit Blindgängern und Munition? War schon jemand hier oben?«

»Ich«, erklärte der Uniformierte. »Aber mit Verlaub, ich will da nicht noch einmal raufsteigen. Das bewegt sich unter den Füßen.«

Heller stieg noch eine Stufe höher. Der Mann hatte recht, es war absolut unverantwortlich, auf dem brüchigen Boden herumzulaufen. »Aber irgendwie muss die Leiche da weg.«

»Da muss die Feuerwehr mit der Drehleiter ran.«

»Gehen Sie und organisieren das«, befahl Heller. Er wartete, bis der Mann verschwunden war, und ließ seinen Blick über das Gelände schweifen. Überall waren Menschen in den Fenstern und Hofeinfahrten, und bestimmt waren zuerst alle Kinder angelaufen gekommen, um sich die Leiche anzusehen, ehe der Fund der Polizei gemeldet worden war. Oldenbusch hatte er weggeschickt, zur Spurensicherung müsste er wahrscheinlich über die Polizisten vor Ort verfügen, die allesamt, so wie Klaus, aus dem Militär rekrutiert und im Polizeidienst völlig unerfahren waren. Heller überlegte kurz und machte dann einen großen Schritt über die letzten beiden maroden Stufen hinweg auf das Podest. Nun stand er völlig frei, hatte keine Wand mehr, um sich abzustützen. Tatsächlich spürte er, wie der Boden unter seinen Füßen sacht auf- und abschwang. Mit kleinen Schritten bewegte er sich vorwärts. Hier oben pfiff ein eisiger Wind und ließ seine Augen tränen. Er blinzelte und betrachtete skeptisch einen Abschnitt des Bodens vor sich, der sich bereits abgesenkt hatte. Er musste darum herumlaufen, auch wenn ihn das gefährlich nah an den Rand der Platte brachte. Stürzte er hier ab, würde er unweigerlich zehn, zwölf Meter tief fallen und im Geröll aufschlagen. Karin durfte niemals etwas von dieser Aktion erfahren, sie musste denken, er wäre verrückt geworden.

Endlich hatte er die Stelle erreicht, an der die Leiche lag. Alles war so grau und verstaubt, dass er auf den ersten Blick gar nichts erkennen konnte. Nur an einer Stelle ragte ein nackter Fuß aus dem Schutt. Heller machte sich an die Arbeit. Er zog Holzreste heraus und legte sie beiseite, trug

Stein für Stein ab und rollte einige größere Ziegelbrocken von dem Schotterberg. Einer geriet ihm außer Kontrolle und stürzte ab.

»Wahrschau!«, rief Heller ihm hinterher, hörte, wie der Brocken aufschlug und noch weiterrollte. Endlich konnte er das Bündel Stoff freilegen, aus dem der Fuß herausschaute. Es war ein sehr schmaler Fuß. Heller befürchtete das Schlimmste. Da er sich nicht anders zu helfen wusste, fasste er den Stoff mit beiden Händen und zerrte an dem Bündel. Dabei kam der restliche Steinhaufen ins Rutschen und stürzte auf der anderen Seite ebenfalls in die Tiefe. Eine Staubwolke stieg auf und wurde vom Wind abgetrieben.

Und schon hatte Heller das nächste Problem. Er hatte kein Messer und keine Schere dabei, um das Bündel zu öffnen, er wollte die Leiche aber auch nicht einfach herausrollen.

»Herr Oberkommissar?«, rief der Polizist von unten. »Es kann sich noch hinziehen mit der Feuerwehr. Die Drehleiter wird nicht ohne Weiteres hier reingebracht werden können.«

»Kommen Sie hoch«, rief Heller. Es dauerte etwas, bis der Kopf des Polizisten erschien. Erstaunt beobachtete er Heller.

»Sie können da bleiben, aber nehmen Sie mir das an der Treppe ab, dann tragen wir es gemeinsam hinunter.« Heller bückte sich, nahm das Kopfende des großen Bündels und zerrte es zur Treppe. Dabei musste er aufpassen, um nicht in ein Loch oder eine besonders marode Stelle zu treten. Der Polizist kam nun doch ganz hinauf, packte das Fußende, und ohne noch mehr Worte zu verlieren, schleppten die Männer das Bündel die gesamte Treppe hinunter, durch den Keller und wieder den Krater hinauf.

Schwer atmend legten sie ihre Last auf ebenem Boden ab.

»Helfen Sie mir.« Heller suchte nach einem Stoffende, fand es und wickelte es ab, indem er es Runde um Runde unter dem toten Körper herauszog.

»Verdammte Schweinerei«, murmelte der Schupo, als der steif gefrorene Körper vor ihnen lag.

Heller, der kniete, nickte nur stumm. Es war eine Frau, eigentlich fast noch ein Kind, vierzehn, höchstens fünfzehn Jahre alt. Augen und Mund standen offen, die Hände und Arme waren mit einem langen Strick gefesselt, der mehrmals um den Körper gewickelt war. Sie trug nur ein kurzes Kleid und eine Unterhose. Der Fuß, der aus dem Schutt geragt hatte, war nackt, der andere war mit Socke und Schuh bekleidet.

Heller atmete mehrmals tief durch, dann beugte er sich über die Tote. Nach erster augenscheinlicher Untersuchung konnte er keine Todesursache ausmachen. Man sah weder Wunden noch Würgemale. Doch die Gesichtszüge der Toten deuteten darauf hin, dass sie einige Qual erlitten haben musste, ihre Augäpfel waren verdreht, nur das Weiße war noch zu sehen, die Zunge quoll aus dem Mund.

»Drehen wir sie auf die Seite«, befahl Heller. Der Polizist half ihm und Heller untersuchte auch den Rücken der Toten. Auch hier war nichts Außergewöhnliches zu erkennen. Das lange Haar der Toten war hart und steif und klebte am Schädel. Auf dem Hinterkopf war es zu einer seltsam flachen Form erstarrt.

»Das muss nass gewesen sein und ist dann eingefroren. Erst später wurde sie mit Stoff eingewickelt.«

»Ob sie ertränkt wurde?«

Heller überlegte kurz und holte schließlich ein Taschentuch aus seinem Mantel, drehte es zu einer Spitze und wischte damit einmal durch ein Nasenloch der Toten. Der Stoffzipfel färbte sich schwarz. Heller stand auf und klopfte sich den Mantel ab.

»Lassen Sie die Leiche in das Friedrichstädter Krankenhaus bringen, in die Pathologie zu Doktor Kassner. Besorgen

Sie eine Trage. Sie haben doch einen Laster draußen?« Der Polizist nickte und ging. Heller war eingefallen, dass Kassner die beiden toten Russen untersucht haben müsste. Den Bericht dazu hatte er noch nicht erhalten. Doch bestimmt lag er heute auf seinem Schreibtisch. Kassner war sehr zuverlässig.

Heller wartete mit hochgezogenen Schultern und den Händen in den Manteltaschen, bis die Polizisten kamen und die Tote auf ein langes Brett hoben, das sie mangels einer Trage benutzten. So kletterten sie den Pfad entlang aus dem Schutt heraus durch die Hauseinfahrt auf die Straße. Das war kein einfaches Unterfangen und bedurfte an einigen Stellen der Hilfe von vier Männern. Heller folgte ihnen mit einigem Abstand und sah dabei zu Gutmanns Kneipe, dem kleinen vergitterten Fenster seines Lagers und den größeren ebenfalls vergitterten Fenstern seiner Hinterzimmer.

Als die Polizisten durch die Hauseinfahrt auf die Alaunstraße gelangten, drängelte sich bereits eine Gruppe Neugieriger vor. Besonders die Kinder starrten sich die Augen aus dem Kopf.

»Kennt jemand das Mädchen?«, fragte Heller laut. »Weiß jemand, wie sie heißt, wo sie wohnte?«

»Die ist nicht von hier«, erwiderte ein Mann.

»Doch, gesehen habe ich die schon«, widersprach ein Junge von etwa zehn Jahren.

»Und wo?«, fragte Heller.

»Hier so, in der Gegend. Machte Besorgungen. Holte Wasser.«

»Aber wo sie wohnte, weißt du nicht? Vielleicht in den Trümmern hier?«

Der Junge schüttelte schnell den Kopf. »Ne, da wohnt niemand.«

»Aber wo brachte sie denn das Wasser hin?«

»Weiß nicht, vielleicht war sie es ja doch nicht.«

»Das ist doch eine von den Gutmann seinen«, meinte jemand.

»Wer hat das gesagt?«, fragte Heller. Ein Mann löste sich aus der Gruppe. Er wirkte alt und grau, trug einen zerschlissenen Mantel und einen dicken Schal, den er sich anstelle einer Mütze um Kopf und Hals gewickelt hatte.

»Wohnen Sie hier?«

»Da, in der Louisenstraße, bei dem Galvanisierer. Unterm Dach ist da 'ne Kammer, hab auch einen kleinen Ofen drin.«

»Was hat die Tote mit dem Gutmann zu tun?«

»Die gehört zu dem.«

Heller überlegte, wie er seine Fragen noch vereinfachen konnte. »Wohnte sie da? Hatte sie ein Zimmer im Nebenhaus?«

»Nee, die hat wohl bei dem gewohnt.«

»Bei Gutmann? In der Kneipe?«

»Ich denke doch, ja. Hab sie nie aus dem Nebenhaus kommen sehen.«

»Seine Tochter ist es aber nicht? Könnte ja auch sein, oder?«

Der Mann sah Heller fragend an. Die anderen Leute waren zur Seite getreten.

»Sie wissen das nicht?«

»Nein, woher auch, der hat da auch noch andere Mädchen manchmal. Die Leute reden ja so.«

Ja, die Leute, dachte Heller bitter, die Leute, das ist er doch selbst. »Was reden denn die Leute? Dass es ein Bordell ist?«

»Dass da auch so Mädchen arbeiten, junge Dinger. Sie wissen schon, um durchzukommen.«

Heller ahnte nun, was der Mann sagen wollte. Er nahm ihn am Arm. »Ihren Namen und ihr Alter brauche ich.«

»Koch, Fritz, Jahrgang neunzehnzwo.«

Erstaunt sah Heller auf, der Mann war jünger als er. »Waren Sie Soldat?«

»Nee, bin im Zuchthaus gewesen.«

»Politisch?«

»Nee, nee, nicht politisch.«

Heller gab auf, nachzufragen, es gab Wichtigeres. »Sie denken also, dass die Mädchen beim Gutmann arbeiten, als Prostituierte?«

»Nutten, ja! Aber nu nich mehr.«

»Jetzt nicht mehr? Warum?«

»Seit der Franze weg is.«

»Der Franze. Franz Swoboda? Der Einhändige?«

»Der hat se wohl zusammengehalten. Seit der weg ist, sind keine mehr da, alle abgehauen.«

»Und das können Sie aus ihrem Fenster beobachten?«

»Kann ich. Ja.«

»Aber den Anschlag haben Sie natürlich nicht gesehen.« Heller war sicher, dass dieser Mann nicht in den Zeugenlisten auftauchen würde.

»Das hat der Gutmann doch selbst gemacht. Oder der Franze, weil, die waren doch im Streit.«

»Streit?«

»Ja, sagen die Leute. Aber der Franze, der macht keine halben Sachen, der macht kurzen Prozess. Vielleicht hat er dem deshalb die Bude angezündet.«

»Kennen Sie den Swoboda?« Fritz Koch sah Heller verwundert an. »Den Franze«, konkretisierte Heller. Er sah den Polizisten nach, die bei ihrem Laster angelangt waren. Sie legten das Brett mit der Toten auf dem Straßenpflaster ab.

»Natürlich kenn ich den, der war in Serbien, da hat er auch die Hand verloren. Abgequetscht irgendwie. Da musste er zurück in die Heimat. Die waren da nich zimperlich.«

»Nun, ein einhändiger Soldat nutzt nicht viel.«

»Nee, wo der war, da waren sie nicht zimperlich. Da haben sie ganz schnell kurzen Prozess gemacht. Abgeknallt und aufgehängt. Hat er erzählt, wenn er einen in der Krone hatte. Und manchmal war der ...« Koch tippte sich mit dem Finger an die Stirn.

»Was?«, fragte Heller nach, denn Fritz Koch machte selbst nicht unbedingt einen klaren Eindruck.

»Na, verrückt, wütend, hat gezuckt, konnte kaum sprechen, richtig meschugge war der, sag ich Ihnen. Deshalb sind ihm die Leute lieber aus dem Weg gegangen.«

»Gut«, unterbrach Heller. »Warten Sie hier.«

»Moment!«, rief er und rannte zu dem Laster, weil ein Mann im schwarzen Anzug sich gerade über die Tote beugte und drauf und dran war, ihr ins Gesicht zu fassen.

»Hören Sie auf!« Heller griff nach der Hand des Mannes. »Sie dürfen so was nicht zulassen!«, fuhr er den danebenstehenden Uniformierten an.

»Das ist der Pfarrer«, erklärte einer der Polizisten. »Von der Luther-Kirche.«

»Niemand fasst die Leiche an.«

Als Heller dem Pfarrer ins Gesicht sah, war er überrascht, einen sehr jungen Mann vor sich zu haben. Er trug tatsächlich ein Kollar. »Sie dürfen die Leiche nicht berühren. Wir müssen sie erst untersuchen«, erklärte Heller leise.

Der Pfarrer sah ihn mit glasigen Augen an und machte nicht den Eindruck, als hätte er verstanden, was Heller gesagt hatte. Er fror erbärmlich in seinem schlichten Priestergewand, das für diese Kälte viel zu dünn war. Nicht einmal eine Mütze hatte er auf.

»Kannten Sie das Mädchen?«, fragte Heller.

Der Pfarrer kniff die Lippen zusammen und schüttelte den Kopf.

»Sind Sie zufällig hier?«

Der junge Mann wischte sich über Mund und Kinn. »Mir wurde von einem Toten berichtet, der gefunden worden war. Ich wollte sehen, ob ich was tun kann.«

»Sie können nichts tun.«

»Für ihr Seelenheil könnte ich beten«, erwiderte der Pfarrer leise, blieb jedoch unbewegt stehen.

Heller wartete einige Augenblicke. »Sie kannten sie nicht? Und bestimmt wissen Sie auch nicht, ob sie Eltern hatte oder wo sie wohnte?«, fragte er dann.

Der Pfarrer sah Heller mit einem verzweifelten und hilflosen Blick an. »Ich sagte doch schon: Ich weiß nichts. Aber ich weiß, dass es keine guten Zeiten sind. Keine guten Zeiten.« Unvermittelt drehte er sich um und ging weg. Respektvoll teilte sich die Menge.

Heller gab ein Zeichen, beobachtete dann, wie die Schupos die Tote auf den Laster verluden und abfuhren. Nur noch zwei Polizisten blieben zurück und begannen, die Zuschauer auseinanderzutreiben. Er sah sich nach Fritz Koch um, der warten sollte, doch er konnte den Mann nirgends mehr sehen. Er lief ein Stück in Richtung des kleinen Galvanisierungsbetriebes an der gegenüberliegenden Ecke, doch der Zeuge blieb verschwunden. Wenigstens hatte sich Heller dessen Wohnort notiert. Er warf noch einmal einen Blick auf den Schwarzen Peter. Das Lokal war verrammelt. Er betrachtete die schwarz verrußte Hauswand und die schwarzen Eiszapfen an den Fenstersimsen. Gutmann sollte unbedingt vernommen werden. Doch angesichts der guten Beziehung, die der Wirt zu den Besatzern pflegte, und angesichts der schlechten Beziehung, die er selbst zum Staatsanwalt hatte, war fraglich, ob Gutmann überhaupt vorgeladen werden würde, geschweige denn dem Untersuchungsrichter vorgeführt. Schon eine Durchsuchungsgenehmigung zu bekommen, schien aussichtslos. Wenn es stimmte, was Fritz

Koch sagte, wurde in dem Lokal nicht nur Prostitution betrieben, sondern auch Minderjährige missbraucht. Das würde heikel werden, den Sowjets beizubringen, dachte sich Heller. Bedeutete es doch, dass auch sowjetische Offiziere daran maßgeblich beteiligt waren. Niesbach würde ihm hierbei nicht weiterhelfen, das war klar. Wahrscheinlich würde er die Angelegenheit einfach nur zu den Akten legen und aussitzen. Wenn er also an Gutmann herankommen wollte, musste er es anders anstellen. Am besten über den Fall des toten Swoboda.

Heller sah auf seine Uhr, die bestätigte, was sein Magen ihm schon längst sagte. Es war weit nach Mittag und er hatte Hunger. Die nächste Suppenküche war nicht weit weg und Marken hatte er einstecken. Trotzdem ging er vorher zu Gutmanns Kneipe und hämmerte mit der Faust an die geschlossene Tür.

»Herr Gutmann?«, rief er. »Heller hier, Kripo!« Er bekam keine Antwort und hörte kein Geräusch von drinnen. Er ließ es gut sein und ging die Görlitzer Straße hinunter, wo die öffentlichen Küchen eingerichtet waren.

Nach kurzem Fußmarsch die leichte Steigung der Louisenstraße hinauf, musste er jedoch einsehen, dass er schon wieder zu spät war. Es gab nichts mehr zu essen für ihn.

Er sah sich nach Heinz Seibling um, entdeckte ihn aber nicht. So ging er weiter, folgte dem geheimen Weg und stand schließlich, durch Hauseingänge und über Hinterhöfe hinweg, vor dem Versteck des Einbeinigen. Der Eingang war offen. Heller blieb in einigen Metern Abstand davor stehen.

»Heinz?«, rief er verhalten. Er wollte ihm wenigstens die Möglichkeit geben, etwas zu verstecken, falls es etwas zu verstecken gab.

»Herr Heller!« Seibling schaute mit erfreuter Miene aus dem Loch heraus. »Kommen Sie.«

Heller kam näher und hockte sich vor den Eingang. Heute würde er da nicht hineinkriechen. »Was wissen Sie denn noch über Gutmanns Kneipe? Wissen Sie etwas über die Mädchen?«

Augenblicklich verwandelte sich Seiblings Lächeln in eine Leidensmiene. »Warum müssen Sie mich immer mit so etwas belästigen, Herr Heller. Gibt es denn nichts Gutes?«

»Doch, doch, natürlich. Klaus ist wieder da!«

Heinz' Miene hellte sich wieder auf. »Prächtig! Ist er ganz heil, ja?«

Heller nickte.

»Richten Sie ihm schöne Grüße aus.«

»Das mache ich gerne. Aber, Heinz, das ist wichtig. Was ist mit den Mädchen? Erzählt man sich hier etwas davon?«

»Bitte, lieber Herr Oberkommissar. Ich will da in nichts hineingezogen werden.«

»Und dieser Swoboda, was wissen Sie noch über ihn?«

»Nichts, nichts, von dem weiß ich nichts.«

Seibling zog sich zurück und tat geschäftig, als suchte er etwas.

»Heinz, von dem müssen Sie nichts mehr befürchten. Der ist tot.«

Seibling horchte auf und kam zum Eingang zurückgekrochen. »Tot? Richtig tot?«

»So tot, wie es nur geht ohne Kopf. Heinz, bestimmt haben Sie von der Toten gehört. Das Mädchen, keine zweihundert Meter von hier wurde sie gefunden. Heute Morgen erst. Jemand sagte, die gehörte zu Gutmann. Die war noch nicht mal fünfzehn.«

Heinz Seibling zögerte. Heller sah ihm seinen Gewissenskonflikt an. Gequält verzog er das Gesicht. »Ja, man sagt, der hat da was laufen. Der sammelt die Mädchen ein, päppelt sie und dann arbeiten sie für ihn. Aber, Herr Oberkommissar, das ist nichts für Sie. Das machen die untereinander aus. Das sehen Sie doch, die bringen sich gegenseitig um.«

»Streit hat es gegeben, habe ich gehört. Zwischen Gutmann und Swoboda.« Heller blieb hartnäckig.

Endlich streckte Heinz seinen Kopf aus dem Loch, sah die Hauswände hinauf, die den Hinterhof umschlossen, und winkte dann Heller noch ein Stück näher zu sich.

»Eigentlich waren die wie Kumpels, ganz dicke. Aber der Swoboda, der war verrückt. Der war manchmal wie besoffen, nur noch schlimmer irgendwie. Es heißt, der hat die Mädchen manchmal verdroschen und dabei soll eine abgeschmiert sein.«

»Abgeschmiert?«, wiederholte Heller vorwurfsvoll.

Seibling verstand den Vorwurf nicht, nickte nur. »Darüber haben die beiden wohl gestritten. Aber das habe ich nur gehört.«

»Der Gutmann hatte wohl keine Angst vor dem Swoboda?«

Seibling zuckte mit den Achseln. »Anscheinend nicht. Der hat ihm ja Unterkunft und Essen gegeben.«

»Und wann soll das gewesen sein, dass der Swoboda eine totgeschlagen hat?«

»Kürzlich erst«, sagte Seibling.

»Kürzlich?« Das tote Mädchen hatte nicht ausgesehen, als ob es erschlagen worden war. Aber es genügt manchmal nur ein einziger Schlag, um einen Menschen zu töten. Ein unglücklicher Sturz. Vielleicht war ihr Genick gebrochen. Kassner würde es herausfinden. Und warum hatte Heinz ihm diese Information gestern vorenthalten?

Seibling hob bedauernd die Hände. »Mehr weiß ich nicht. Ehrlich. Kopf ab, sagten Sie? Das hat er sich wohl verdient, das Schwein.«

Viel schlauer war Heller nicht, als er wieder auf der Louisenstraße stand, und auch nicht satter. Er musste zu Niesbach, besser noch zu Speidel, ob er nun wollte oder nicht. Gutmann musste sich das tote Mädchen ansehen. Von seiner Reaktion darauf erhoffte Heller sich einiges. Der Staatsanwalt war eigentlich gezwungen, dementsprechend zu handeln. Am besten noch heute. Heller wandte sich also nach links, um erneut das Revier in der Katharinenstraße aufzusuchen.

An der Kreuzung zur Görlitzer schob er sich durch das Gedränge. Einer Eingebung folgend stellte er sich kurzerhand an die Ausgabe einer der Volksküchen. Er zückte eine Marke aus seiner Geldbörse.

»Gibt's noch was?«, fragte er aufs Geratewohl die Küchenfrau, die mit Schürze über ihrer dicken Jacke an der Ausgabe stand.

»Gerstensuppe und een Brotkanten. Eene Brotmarke und fünf Mark fuffzich.«

Heller schob ihr Geld und Marke zu, doch die Frau streckte abwartend die Hand aus.

»Hamse keene Schüssel?«, fragte sie. »Oder een Topp?«

Heller hob bedauernd die Hände.

»Warten Se ma.« Die Frau ging nach hinten und kam nach wenigen Augenblicken mit einem gut gefüllten Porzellanteller und einem Stück Brot wieder.

»Danke, einen Löffel habe ich selbst.«

»Aber Sie müssen hier essen, damit Se mir nich mit'm Teller wegloofen.«

Die Suppe schmeckte fad, die Gerstenkörner waren aufgequollen und machten aus der Suppe einen Brei. Salz fehlte, Pfeffer auch, und so ziemlich alles, was ein Essen schmackhaft machte. Doch etwas Gutes hatte sie dann doch. Sie füllte den Magen auf eine angenehme schwere Art und Weise, die hoffen ließ, dass das Gefühl eine Weile anhalten würde.

Heller war noch nicht ganz fertig mit essen, da bemerkte er aus dem Augenwinkel eine Bewegung. Es war ein kleines Kind, etwa vier Jahre alt, dick eingepackt in eine viel zu große Jacke, die an den Ärmeln mit Draht geflickt war. Der Kopf war mit etwas bedeckt, das wie eine selbst gemachte Mütze aussah. Offenbar war das Gebilde aus einem Sofakissenbezug geschnitten, mit Watte gefüllt und ungeschickt zusammengenäht worden. Nur das kleine Gesicht schaute heraus, völlig verdreckt und rotzverschmiert. Es war nicht zu erkennen, ob es sich um ein Mädchen oder einen Jungen handelte. Mit großen Augen blickte es Heller von unten herauf an.

Heller sah sich um, weil er wissen wollte, zu wem das Kind gehörte. Aber er konnte niemanden entdecken.

»Wo ist denn deine Mutter?«, fragte Heller.

Das Kind starrte ihn an und sagte keinen Ton. Nur sein Mund bewegte sich, die Zungenspitze erschien und verschwand wieder.

»Ist sie nicht hier?«, versuchte Heller er noch einmal.

»Reden Se nich mit denen, die klau'n Ihnen die Mütze vom Kopp!«, mahnte die Küchenfrau. Heller schenkte ihr keine Beachtung.

»Was ist, hast du Hunger?«, fragte Heller das Kind.

Das Kind nickte fast unmerklich. Heller warf einen Blick auf seinen Teller und focht einen kurzen Kampf mit seinem Gewissen aus. Dann nahm er den Teller mit der restlichen Suppe, bückte sich zu dem Kind und hielt ihn ihm hin. Es zögerte keine Sekunde, nahm sich den Löffel und aß den Suppenrest in wenigen Sekunden auf. Dabei schien es gar nicht zu kauen, sondern schluckte einfach runter, was es in den Mund bekam.

»Magst du das auch?«, fragte Heller, hielt dem Kind den Rest seines Brotkanten hin.

Es griff zu, und ehe Heller noch irgendetwas sagen konnte, lief es davon, huschte blitzschnell zwischen den Beinen der Leute hindurch und war bereits aus Hellers Blickfeld verschwunden.

Heller richtete sich auf und gab der Küchenfrau den Teller zurück. »Mein Löffel«, bemerkte er auf einmal ganz erstaunt.

»Hab's Ihnen ja gesaacht!«

9. Februar 1947, früher Nachmittag

Erstaunt und doch seltsam befriedigt verließ Heller das Polizeirevier in der Katharinenstraße. Er hatte Kaffee bekommen, natürlich nur Ersatz, mit Süßstoff statt Zucker. Doch das Getränk schwappte nun in seinem Bauch und verbreitete angenehme Wärme.

Viel angenehmer aber noch war das Gefühl in seinem Kopf. Sein Telefonat mit Speidel war völlig anders verlaufen, als er es vermutet hatte. Er hatte sich auf einen harten Kampf eingestellt, auf Drohungen und Vorwürfe und zynische Reaktionen.

Und dann war der Staatsanwalt äußerst zuvorkommend gewesen und freundlich. Auf dem falschen Fuße hätten sie sich erwischt, meinte er. Noch am selben Tage wollte er Gutmann zur Vernehmung ins Präsidium bringen lassen und auch eine Hausdurchsuchung anordnen. Bestimmt hatte Medvedev dabei seine Hände im Spiel, überlegte Heller, oder vielleicht doch nicht? Aber er wollte sich diesen kleinen Sieg nicht verderben und dachte nicht weiter darüber nach.

Heller schob den Mantelärmel zurück und sah auf die Uhr. Es würde seine Zeit brauchen, bis alle Formulare unterschrieben und die Aktion organisiert war. Um sie nicht sinnlos verstreichen zu lassen, würde er sich in der Nähe vom Schwarzen Peter positionieren und das Lokal beobachten. Er war sicher, dass Gutmann sich in seinem Lokal verschanzt hielt. Würde dieser seine Kneipe in der nächsten Zeit verlassen, könnte er ihm folgen. Außerdem würde dies vermuten lassen, dass es einen Informanten in Polizeikreisen gab. Oder bei der Justiz.

Heller stellte sich auf dem Grundstück des Galvanisierungsbetriebes hinter den Bretterzaun und suchte sich einen Platz zwischen allerlei menschlichen Hinterlassenschaften. Mit den Händen tief in den Manteltaschen beobachtete er das gegenüberliegende Gebäude.

Nach wenigen Minuten öffnete sich ein Fenster über ihm.

»Hau ab da, du alte Sau!«, rief eine erboste Männerstimme.

»Polizei«, erwiderte Heller energisch.

»Ach so, ich mein ja nur, ständig macht hier jemand sein Geschäft, Zustände sind das ...«

Heller unterbrach ihn. »Schließen Sie das Fenster. Sie stören eine Polizeiaktion!«

Es dauerte beinahe eine Stunde. Heller trat auf der Stelle und versuchte, seine Füße in Bewegung zu halten. Längst war die Wärme des Ersatzkaffees verschwunden und auch der Effekt der Gerstensuppe hatte sich verloren. Endlich hörte Heller sich nähernde Motorengeräusche. Aus dem anliegenden Revier kamen Polizisten gelaufen. Heller ging auf die Straße, um die Schupos abzufangen, und wies ihnen ihre Posten im Hinterhof und an den möglichen Seitenausgängen an beiden Straßen zu.

Auf einem heranfahrenden Laster saßen sechs weitere Polizisten, einer mit einer Ramme. Oldenbusch sprang vom Beifahrersitz und zog sofort zwei Zettel aus seiner Aktentasche.

»An den Werkzeugen ist Blut, von zwei verschiedenen Personen«, berichtete er Heller in aller Eile. »Kassner versucht die Blutgruppen zu bestimmen, dann könnten wir wenigstens die von Swoboda absichern. Der Ring trägt die Inschrift *Rosmarie 16.08.1931*. Ich habe schon veranlasst, dass bei den Standesämtern und Kirchenregistern überprüft wird, wer an diesem Tag heiratete. Kassner hat auch das Mädchen untersucht. Eindeutiger Fall von Erstickung. Die Lunge voller Rauchgase. Außerdem syphilitisch, sagt Kassner, im Sekundärstadium.«

»Menschenskinder!«, entfuhr es Heller plötzlich. »Löschwasser! Die Haare waren wegen des Löschwassers gefroren. Sie muss in Gutmanns Haus gewesen sein! Wusste Speidel davon? Hatte er Kassners Bericht?«

Oldenbusch hob theatralisch die Augenbrauen und schüttelte den Kopf.

Heller war enttäuscht. Hatte sich Medvedev also wirklich eingemischt und es war gar nicht sein Verdienst, dass Speidel so zurückgerudert war? Er musste sich zusammenreißen.

»Los, Sie vier da mitkommen«, befahl er den Polizisten. »Die anderen verteilen sich. Möglicherweise ist mit Gegenwehr zu rechnen.« Mit raschem Blick hatte Heller festgestellt, dass sich schon wieder Schaulustige versammelt hatten.

Er überquerte die Straße und hämmerte an die Tür vom Schwarzen Peter.

»Kriminalpolizei!«, rief er. »Hausdurchsuchung!« Er presste sein Ohr an die Tür und lauschte.

»Herr Gutmann, öffnen Sie, sonst lasse ich die Tür aufbrechen!«, rief er noch einmal. Er zählte bis zehn, dann zog er sich von der Tür zurück. »Aufbrechen!«, befahl er dem Mann mit der Ramme.

Der Polizist wollte gerade mit dem schweren Eisen ausholen, da ertönte Gutmanns Stimme. »Ich komme ja schon!«

Von drinnen war ein Rumoren zu hören, dann öffnete sich die Tür. Ein schon angekleideter Gutmann stand vor ihnen und bedachte Heller mit einem abschätzigen Blick. »Das werden Sie noch bereuen«, fuhr Gutmann ihn an. »Bitter bereuen! Ich habe Sie gewarnt. Wo soll ich einsteigen?«, fragte er unwirsch und wollte sich an Heller vorbeidrängen.

Doch der hielt den Kneipenwirt am Arm fest. »Reden Sie doch keinen Unsinn!«, sagte Heller. »Es ist mir völlig gleich, wer mich wovor warnt.«

Dann bahnte er sich an Gutmann vorbei den Weg in die Kneipe.

»Hier riecht es verbrannt«, stellte er sofort fest.

Oldenbusch rümpfte die Nase. »Der hat was abgefackelt.«

Heller beeilte sich, dem Brandgeruch zu folgen bis in Gutmanns Kammer, wo er auf dem Boden ein kleines, halb verbranntes, noch schwelendes Buch entdeckte. Schnell kniete er sich hin, klappte es zu und erstickte die letzten Glutreste mit seinem Mantelaufschlag.

Als Oldenbusch das Zimmer betrat, reichte er ihm das Buch. »Stellen Sie das sicher, Werner. Irgendwo hier müssen sich weitere Räume befinden, die will ich finden. Notfalls lassen wir die Mauer im Treppenhaus aufbrechen.«

Heller ging zurück in den Gang, sah sich um und lüftete einen schweren Vorhang, der ein in eine Nische eingelassenes Regal verdeckte. Er rüttelte an dem Regal, in dem Wischtücher und andere Wäsche lagen, und stellte dabei fest, wie leicht es sich bewegen ließ. Ohne große Anstrengung zog er es aus der Nische und legte eine Holzwand frei, die nichts anderes war als eine Tür, die in den zugemauerten Teil des Treppenhauses führte.

Heller schnalzte ärgerlich mit der Zunge. Das hätte ihm schon eher auffallen müssen. Er trat durch die Öffnung und sah sich im schwachen Tageslicht um, das von weit oben durch das offene Dach gelangte.

Der Weg nach draußen zur Alaunstraße war durch die neue gemauerte Wand versperrt, der Keller schien verschüttet, jedoch der Weg nach oben war frei und er war benutzt worden. Auf jeder dritten Stufe stand eine Kerze, und die vielen Wachstropfen deuteten darauf hin, dass hier schon viele Kerzen gebrannt hatten. Im Staub zeichneten sich Fußabdrücke und Schleifspuren ab. Heller stieg die Treppe hinauf in das erste Obergeschoss. Hier war es bitterkalt. Der Boden war mit Lachen gefrorenen Löschwassers bedeckt, die Wände waren schwarz von Ruß. Von der Decke hingen schwarze Eiszapfen. Es stank noch immer nach Rauch. Heller betrat die offene Wohnung. An der ersten Tür, auf der Hofseite der Wohnung, blieb er stehen. Hinter sich hörte er Geräusche, erkannte Oldenbusch an seinem Schnaufen, welches ihn bei jeder körperlichen Anstrengung begleitete. Mühsam zwängte er sich am Regal vorbei durch den schmalen Gang und die Türöffnung, folgte seinem Vorgesetzten die Treppe hinauf.

»Hierher.« Heller wartete auf Oldenbusch, deutete dann auf eine offene Tür. Dahinter befand sich ein enger, fensterloser Raum. Ein kleiner Ofen war zu erkennen, ein Bett und ein niedriges Regal, auf dem eine Waschschüssel stand. Alles war mit einer dicken Rußschicht bedeckt.

»Sehen Sie nur Chef«, flüsterte Oldenbusch und zog mit einer Fingerkuppe die Tür ganz auf. An deren verrußten Innenseite waren deutliche Spuren von Fingern und Händen zu erkennen, die von Brusthöhe bis ganz nach unten verliefen. Das Mädchen muss noch am Boden liegend verzweifelt versucht haben, die Tür zu öffnen oder wenigstens auf sich aufmerksam zu machen. Im gefrorenen Löschwasser konnte man erkennen, wo sie gelegen hatte. Ein Schuh und die Socke hingen noch immer im Eis fest. Heller klappte die Tür zurück und warf einen Blick auf deren Gangseite. Der Schlüssel steckte von außen im Schloss.

Heller wischte sich über das Gesicht und zwang sich, seine Wut zu zähmen. Am liebsten wäre er hinausgestürmt, um diesem Mistkerl die Faust ins Gesicht zu schlagen. Während er nach dem Brand mit Gutmann hier unten gesessen hatte und dieser das verletzte Opfer mimte, hatte sie hier oben gelegen und mit dem Tod gerungen.

»Gibt es noch mehr Zimmer?«, presste Heller mit rauer Stimme hervor. Oldenbusch ging über den Flur, stützte sich dabei an den Wänden ab, um nicht auszurutschen auf dem Eis. »Zwei, aber sie sind leer.«

Heller nickte und atmete tief durch. Das Mädchen könnte noch leben, wenn Gutmann hinaufgegangen wäre und aufgeschlossen hätte.

Erschüttert blickten die beiden Männer nun auf den gespenstischen Abdruck des Mädchenkörpers auf dem Boden. Man erkannte deutlich ihre Waden, den faltigen Stoff ihres Kleides, die Arme und sogar noch ein paar Haarsträhnen, die im Eis festgefroren waren. Es war beinahe, als würde sie leibhaftig noch hier liegen.

»Die Feuerwehrleute hätten nachsehen müssen«, sagte Oldenbusch leise.

»Das konnten sie nicht ahnen, das Treppenhaus ist zugemauert«, verteidigte Heller die Feuerwehrmänner fast automatisch, doch er hatte denselben Gedanken gehabt. Sie hätten sich nicht darauf verlassen dürfen, sondern nachsehen müssen. Aus Prinzip. Er handelte immer aus Prinzip. Doch auch er musste sich einen Vorwurf machen, sich ermahnen nicht nachlässig zu werden. Das Haus hätte noch am ersten Tag komplett durchsucht werden müssen. Er versuchte seine Gedanken zu ordnen.

»Jetzt müssen wir uns auf Fleißarbeit einstellen, Werner. Ich will die Aussagen aller Anwohner. Ich will wissen, wer die Mädchen gesehen hat, wie viele hier arbeiteten, wie viele sowjetische Offiziere hier einkehrten.«

Oldenbusch nickte zwar zustimmend, widersprach aber

auch gleich. »Keinen Mucks werden die machen, die haben bestimmt alle Angst.«

»Fritz Koch, ein Saufbold, der drüben in dem Galvanisierungsbetrieb wohnt, der erzählt bestimmt etwas. Man muss die Leute eben ein wenig anfüttern. Die platzen doch regelrecht vor Neugier und Mitteilungsdrang. Und aus dem ganzen Gerede müssen wir die richtigen Schlüsse ziehen.«

Heller warf noch mal einen Blick in die Kammer, die dem Mädchen zur Todesfalle geworden war. Nachdenklich kaute er an seiner Unterlippe.

»Chef?«, fragte Oldenbusch nach einigen Sekunden.

Heller sah auf. »Wann hören Sie endlich auf, mich so zu nennen, Werner? Wenn das Mädchen Syphilis hatte, wie Kassner sagt, könnten sich die Freier angesteckt haben. Vielleicht hilft uns das weiter.«

»Das heißt, ich muss doch wieder die Russen befragen.«

»Ja, Werner, und das wird denen nicht gefallen. Aber wir wollen Sowjets sagen. Nicht alle sind Russen.«

Im Gastraum setzte sich Heller an einen der Tische und studierte im Schein einer Petroleumlampe das Buch, das Gutmann versucht hatte zu verbrennen. Mehr als zwei Drittel der Seiten waren komplett verbrannt, der Rest angekohlt und braun. Gutmann hatte nur mit Bleistift geschrieben. Und Heller konnte nur ein paar Zahlen erkennen, viel mehr nicht. Vielleicht war das Gutmanns geheimer Quittungsblock, diente ihm als Kontrolle über Ausgaben und Einnahmen, die dann am Finanzamt vorbeigeschmuggelt wurden? Viele Zahlen, die noch lesbar waren, lagen im einstelligen Bereich. Vielleicht bestellte Schnäpse oder Suppen. Andere Beträge waren höher. Gutmann hatte Quersummen gebildet und diese dann auf einer Extraseite summiert. Ab und zu war das Datum noch zu erkennen. Eine Seite erregte Hellers besondere Aufmerksamkeit. Aber genau in dem Augenblick kam Oldenbusch und zeigte ihm etwas.

»Hier, das habe ich gerade in Gutmanns Schreibtisch gefunden. Und das auch.« Er stellte eine kleine braune Flasche und eine blecherne Tabakkiste mit Spritzen und Kanülen auf den Tisch.

Heller sah sich den Inhalt der Kiste genau an, konnte jedoch nicht sicher sagen, ob es die gleichen Spritzen waren, die er in der Arzttasche gefunden hatte. »Und das?« Er zeigte auf die kleine Flasche. Oldenbusch hob sie an und ließ Heller die Flüssigkeit im Licht der Petroleumlampe betrachten.

»Ich vermute, das ist Evitan oder ein ähnliches Präparat. Der Wirkstoff sollte derselbe sein. Hexo-irgendwas. Kassner wird das genau wissen. Hexobarbital, jetzt weiß ich es. Aber schauen Sie mal die Etiketten an.«

Er zeigte auf die kyrillischen Buchstaben. »Und da drin ist noch mehr. Penicillin, wenn mich nicht alles täuscht, Gold wert, sage ich Ihnen. Ebenfalls russisch beschriftet. Ich kann mir nicht vorstellen, dass das Zeug auf legalem Wege in Gutmanns Bestand wechselte. Wenn man wüsste, wer Zugang zu solcherart ...«

Heller hatte den Finger gehoben, um Oldenbuschs Redefluss zu unterbrechen. »Warten Sie mal, Werner.«

Er ließ seinen Finger über die aufgeschlagene Seite von Gutmanns verkohltem Notizbuch wandern und fuhr die Reihe der lesbaren Buchstaben ab.

...ow
...nko
...in
...mann
...da
...ier
...nov

…ili

Bei den letzten drei Buchstaben blieb er hängen.

Als Heller auf die Straße trat, überraschte ihn einmal mehr die Kälte. Dabei war es schon in der Gastwirtschaft kalt gewesen. Er sah auf die Uhr, es war nachmittags um halb drei. Heller sah die Straße entlang, auf der reger Betrieb herrschte. Unter all den Fußgängern fiel ihm ein Kind auf. Anscheinend war es ein kleiner Junge, sofern man das unter der dicken Vermummung aus Mantel, Schal und Mütze erkennen konnte. Der Junge ging langsam, mit den Händen in den Manteltaschen, und sah sich dabei um. Heller schätzte ihn auf sechs Jahre, mit einem schmalen Gesicht und einem schwarzen Bluterguss unter einem Auge. Erst als der Junge nahe herangekommen war, sah Heller, dass er eine der typischen Sowjetmützen trug, eine Fellmütze mit Ohrenklappen, die man auch über dem Kopf zusammenbinden konnte. Sie sah recht neu aus, nur der rote Stern war entfernt worden. Heller stellte sich dem Jungen in den Weg.

»He, du, sag mir mal, wo du die Mütze herhast?«, fragte er und wollte das Kind am Arm festhalten. Doch der Bursche wich ihm geschickt aus und rannte gleich weg. Aus seiner Manteltasche fiel dabei etwas leise klirrend auf die Straße. Der Junge bremste ab und wollte zurücklaufen, um es aufzuheben. Als er aber Heller sah, der ihm ein paar Schritte nachgelaufen war, entschied er sich anders und stürzte davon. Heller hob den Gegenstand auf. Es war ein kleines Messer. Eigentlich war es nur eine schmale, kurze Klinge, deren Heft in ein geschnitztes Holz getrieben und mit Draht befestigt war. Doch erstaunt registrierte Heller die Schärfe der Schneide. Diebe schnitten mit solcherart Messern im Gedränge Taschen und Jacken auf. Er schüttelte den Kopf, dieser Junge war noch nicht einmal im Schulalter gewesen.

Dann steckte er das Messer ein und wollte noch einmal Richtung Kneipe gehen, als sein Blick plötzlich an einer Person hängen blieb, die er wiederzuerkennen glaubte. Es war das Mädchen mit dem wie ausgestopft aussehenden Mantel. Ohne ihn bemerkt zu haben, musste sie an ihm vorbeigegangen sein und lief nun mit seltsam kurzen Schritten die Louisenstraße hinauf. Sie wirkte erschöpft. Schon waren einige Passanten zwischen ihnen. Heller war einen Moment hin- und hergerissen.

»Werner«, rief er über die Straße. »Werner!« Doch Oldenbusch war noch im Schwarzen Peter und konnte ihn nicht hören.

»Sie da! Genosse!« Heller winkte einem Schupo und sah sich immer wieder nach dem Mädchen um, das nun fast bei der Kreuzung angelangt war.

Der Uniformierte reagierte zwar, missverstand jedoch Hellers Winken und ging in die Kneipe hinein. Heller schnaubte verärgert und lief dann dem Mädchen nach, ehe er es ganz aus den Augen verlor.

Das Mädchen ging scheinbar ziellos zuerst die Kamenzer Straße hinauf, dann die Schönfelder Straße wieder hinunter und bog schließlich in die Prießnitzstraße ab, folgte dieser eine Weile, um dann rechts in den Bischofsweg und gleich darauf links in die Forststraße abzubiegen. Heller folgte ihr auf ihrem Zickzackkurs und ließ gut fünfzig Meter Abstand dabei. Einmal bückte er sich und richtete seinen Schnürsenkel, als das Mädchen sich umsah.

Sie war jetzt in der Nordstraße angekommen und Heller holte ein wenig auf. Er drückte sich zwischen die Bäume am Straßenrand, da hier weniger Menschen unterwegs waren, zwischen denen er untertauchen konnte. Das Mädchen blieb in Sichtweite der Schlütervilla stehen, ging dann selbst auch hinter einem der Bäume in Deckung und beobachtete das Haus. Dann kam sie wieder hervor, überquerte raschen Schrittes die Straße und drückte sich in das wuchernde Gebüsch am Grundstück der alten Frau Dähne. Von dort aus behielt sie die Villa weiterhin im Blick. Noch immer waren Rotarmisten da, standen gelangweilt herum, rauchten, verbrannten irgendetwas auf dem Grundstück. Einige Zivilisten standen bei ihnen und hatten offenbar etwas zu essen bekommen.

Heller zog es vor, in seinem Versteck zu bleiben. Er wartete eine Weile und wagte dann einen vorsichtigen Blick. Das Mädchen war weg. Enttäuscht stand er jetzt genau vor dem Grundstück. Da hörte er ein Geräusch. Schnell duckte er sich und lugte durch die dichten Zweige der blattlosen Hecke auf die Ruine, in der die alte Frau Dähne hauste. Kurz darauf sah er das Mädchen aus einem Kellerloch des zerfallenen Hauses kriechen. Umständlich schob sie sich seitlich hinaus, stützte dabei mit einer Hand ihren aufgeblähten Bauch oder was immer sich an Diebesgut unter dem Mantel befand. Einen Moment fragte sich Heller, ob er sie zur Rede stellen sollte, entschied sich jedoch dafür, sie weiter zu beobachten.

Das Mädchen huschte wieder auf den Gehweg und lief jetzt zielstrebig weiter. Heller nahm die Verfolgung in angemessenem Abstand wieder auf, hatte aber keine Idee, wohin ihr Weg sie führte. Wahrscheinlich lebte sie in einem der alten baufälligen Häuser am Rande der Neustadt. Doch das Mädchen marschierte immer weiter, bog zu Hellers Überraschung plötzlich in den Prießnitzgrund ab, folgte dem Prießnitzbach und lief geradewegs hinein in die Dresdner Heide.

Jetzt ließ sich Heller zurückfallen. Sie waren zwar nicht die Einzigen, die hier unterwegs waren, aber die meisten Leute kamen ihnen aus dem Wald entgegen, schwer beladen mit Reisig und Holz. Zwischen den Bäumen wurde es düster, es gab nur wenig Schnee hier, dafür viel schwarzes glänzendes Laub. Von der Carola-Allee her hörte man das Dröhnen der Russenlaster, doch gerade dieses Geräusch verstärkte noch Hellers Eindruck, als befände er sich mitten in der Wildnis. Der stellenweise sehr breite Bach gluckste und gurgelte, seine Ränder waren vereist und an seinen weiten flachen Biegungen war er zugefroren.

Das Mädchen lief nun zügig voran. Man merkte, dass sie sich auskannte. Heller dagegen fühlte sich unsicher. Er war seit Jahren nicht mehr in der Heide gewesen. Rechts oberhalb von ihnen mussten sich die Kasernen und der Militärfriedhof befinden. Die Fahrzeuggeräusche waren mittlerweile kaum mehr als ein fernes Rauschen. Stattdessen knackten Äste unter seinen Füßen, gefrorenes Laub knirschte. Heller ließ sich noch weiter zurückfallen und bald waren sie allein in dem Wald. Wieder sah er auf die Uhr. Es war gerade mal drei, doch es kam ihm vor, als wären zwei Stunden vergangen, seitdem er die Verfolgung aufgenommen hatte. Doch bald würde die Sonne untergehen. Jetzt hatte er das Mädchen doch aus den Augen verloren und beeilte sich, aufzuschließen. Ungeduldig versuchte er, ihre Spur wiederzufinden. Da sah er sie wieder. Sie war gerade dabei, den Bach zu überqueren, und sprang geschickt von Stein zu Stein, als hätte sie es an dieser Stelle schon sehr oft getan. Heller wartete eine Weile, bis sie zwischen den Bäumen verschwunden war, dann folgte er ihr.

Am schwarzen Ufer der Prießnitz hielt er inne und betrachtete den starren Schlamm, das eisklare Wasser und die glänzenden Steine, die, kaum größer als Pflastersteine, aus dem Wasser ragten. Wo das Mädchen behände hinübergesprungen war, musste er jeden Schritt abwägen und hoffen, dass sein kaputter Fuß ihn nicht im Stich ließ. Dann wagte er den ersten Sprung und sprang gleich weiter, denn er merkte, dass er sonst die Balance verlieren würde. Nach fünf gelungenen Sprüngen landete er glücklich im hohen Waldgras. Er lief sofort weiter den Hang hinauf, denn er glaubte, das Mädchen über der Kuppe der Anhöhe verschwinden zu sehen. Er musste aufpassen, denn es bestand doch immerhin die Möglichkeit, dass sie ihn mittlerweile bemerkt hatte und ihm auflauerte.

Doch das Mädchen lief, ohne sich nur einmal umzusehen, immer noch tiefer in die Heide hinein. Irgendwo, wusste Heller, gab es ein Moor. Wollte sie dahin? Oder zur Heidemühle? Hatten sie den Kannenhenkelweg schon passiert? Heller wusste nicht mehr, wo er war. Es würde bald finster sein, und sich bei diesen Temperaturen im Wald zu verirren, konnte tödliche Konsequenzen haben. Doch er musste weiter, und offenbar wusste das Mädchen, wohin es ging.

Zwei Lichtungen überquerten sie noch, tauchten dann ein in einen düsteren Tannenforst, in dem Heller schützend seine Arme vor das Gesicht halten musste. Kaum war dieser durchquert, roch Heller Feuer. Aus einer Senke stieg ein schmaler Rauchstreifen auf. Sofort ging Heller in Deckung, versteckte sich hinter einer umgestürzten Buche und presste sich an das tote Holz. Er beobachtete, wie das Mädchen den Hang hinabkletterte. Ganz unten bewegte sich etwas. Erst hatte er es für einen kleinen Hügel gehalten oder einen Fels. Dann erkannte er, dass es ein Zelt war, getarnt mit Zweigen und Laub. Ein kleines Kind ging dem Mädchen entgegen. Noch ein weiteres Kind kam und wurde von dem Mädchen begrüßt. Dann holte es etwas aus seinem Mantel und verteilte es.

Heller schlich geduckt näher. Langsam hangelte er sich den Hang hinunter und näherte sich vorsichtig dem primitiven Unterschlupf. Noch hatte ihn niemand bemerkt. Bis auf zehn Meter kam er heran, ehe er registrierte, dass in der

Senke noch mehr solcher Behausungen standen. In den Hügel war, von oben nicht sichtbar, ein Unterstand gegraben, mit Hölzern abgesichert und mit Decken verhängt. Heller versuchte nun nicht mehr, sich zu verstecken, sondern lief direkt auf das Lager zu. Schon hatten ihn die kleinen Kinder entdeckt. Stumm starrten sie ihn an, bis er auf zehn Meter heran war. Da hob eines die Hand, ohne ihn aus dem Blick zu lassen, und machte das große Mädchen auf ihn aufmerksam. Das drehte sich um und sah Heller ins Gesicht.

Er erschrak beinahe, so verdreckt, verwildert und abgerissen sah sie aus der Nähe aus. Sowohl sie wie auch die kleinen Kinder befanden sich in erbärmlichem Zustand, unterernährt, verfroren und mit laufenden Nasen.

»Was hast du unter dem Mantel?«, fragte Heller leise. Dann spürte er einen Stoß im Rücken.

»Die Hände hoch!«, rief eine junge Stimme.

Heller hob die Hände hoch über den Kopf. »Ich bin nicht allein hier«, sagte er rasch, ohne zu wissen, mit wem er sprach.

»Was heißt das?«, fragte die jugendliche Stimme.

»Russen sind im Wald. Wenn du schießt, hören sie das und kommen her. Da kannst du sicher sein.«

»Ich kann Sie erstechen!«, erwiderte die Stimme mit herausforderndem Ton. Vor einem der Zelteingänge bewegte sich die Decke und ein etwa zehnjähriger Junge kam heraus. Er trug eine Maschinenpistole, die er exakt auf Heller richtete.

»Man würde nach mir suchen. Und ich will nichts von euch.« Heller sprach deutlich und leise und vermied eine schnelle Bewegung. Ganz vorsichtig drehte er sich mit erhobenen Händen um.

Vor ihm stand ein großer Bursche von vielleicht sechzehn Jahren. Er hatte eine abgewetzte Wehrmachtsuniform an, die an Armen und Beinen mit Watte ausgestopft war. Er trug einen Helm der Wehrmacht und hatte sogar Stiefel vom Heer. Auch er war mit einer deutschen Maschinenpistole bewaffnet. An seiner Unterlippe blühte ein kleines Ekzem und einer der unteren Schneidezähne fehlte ihm. Auf seiner Brust erkannte Heller mehrere Auszeichnungen. Ein Eisernes Kreuz und zwei russische Orden. An seinem Koppel hing ein schweres Messer, und auf seinem Rücken, stellte Heller mit Erstaunen fest, trug er einen Bogen und einen Köcher mit Pfeilen.

»Darf ich den Bogen mal sehen?«, fragte Heller. »Hast du den gebaut?«

»Die Hände tun oben blei'm!«, ermahnte das bewaffnete Kind hinter ihm.

Folgsam hielt Heller die Hände über dem Kopf.

»Lass ihn nicht aus den Augen, Johann«, sagte der Größere. »Wer sind Sie?«

»Mein Name ist Max. Max Heller. Ich bin von der Polizei. Ich war einem Dieb auf der Spur und habe mich hierher verirrt. Und du, wie heißt du?«

»Sie sind der Fanny nachgelaufen!«

»Tu doch meinen Namen nich sagen!«, schimpfte das Mädchen empört. Jetzt erst sah Heller, dass sie eine Schuppenflechte hatte, die ihr vom Hals über die Schläfe bis unter das Kopfhaar wuchs.

Heller sah sich um. Aus den anderen Behausungen waren noch mehr Kinder gekrochen und kamen langsam näher. Heller schätzte sie auf ein Dutzend, vielleicht sogar noch mehr. Die meisten schienen kaum vier Jahre alt zu sein, ein paar wenige waren im Schulalter. Allesamt sahen sie verhärmt und hungrig aus. Sie starrten vor Dreck und hatten schwarze Zähne und verstopfte Nasen. Sie trugen die wildesten Kleidungsstücke, zusammengenäht aus alter Kleidung, Uniformstücken, Gardinen und Bettbezügen. Aber alle hatten sie Waffen bei sich, Messer und sogar Pistolen, aber auch Speere und Lanzen. Teilnahmslos, fast apathisch sahen sie ihn an. Heller fühlte ein Brennen in sich hochsteigen, das durch seinen Rachen bis in seine Augen kroch. Er wagte nicht zu blinzeln.

»Was trägst du unter dem Mantel?«, fragte er wieder das große Mädchen mit belegter Stimme.

»Zeig ihm das nicht!«, befahl der Junge.

»Das tut doch egal sein, außerdem muss ich ihn füttern.« Fanny knöpfte ihren Mantel auf, entblößte ein Bündel, das vor ihren Bauch gebunden war, löste einen Knoten und wickelte ein langes Tuch ab. Ein winziger, magerer Säugling kam zum Vorschein. Er war notdürftig in eine Decke eingewickelt, sein kleiner Kopf war hochrot und sein Mund verzog sich zu einem leisen, schwächlichen Wimmern.

Intuitiv nahm Heller seine Hände runter und streckte sie nach dem Säugling aus.

»Du darfst es nicht so tragen«, sagte er zu dem Mädchen. »So bekommt es kaum Luft, siehst du?«

»Pfoten weg!«, mahnte der Große.

»Schon gut. Ich will nur helfen«, sagte Heller unbeirrt und nahm das Baby. Es war leicht wie eine Feder und roch, als hätte es seit Tagen dieselbe Windel an. Seine Augen und die Nase waren verklebt. Heller atmete tief durch.

Er musste einfach nachfragen. Nicht selten wurden Säuglinge von ihren Müttern irgendwo bei den Krankenhäusern abgelegt, weil sie nicht wussten, wie sie sich und das Kind ernähren sollten. Hatte sie eines gefunden und mitgenommen? »Wo hast du es her?«, fragte er. »Es ist kein Spielzeug, weißt du. Das ist ein kleiner Mensch.«

»Meins ist das!«, rief Fanny entrüstet. »Hab's selbst bekommen, da im Zelt. Das kam aus mir raus, von ganz allein. Vor vier Tagen. Die hier ham das alle gesehn. Stimmt's?« Sie sah sich um, und die anwesenden Kinder nickten stumm.

»Du hast es hier bekommen? Im Zelt? Ganz ohne Hilfe?« Das kleine Etwas in seinen Armen bebte, oder waren es seine Hände, die zitterten?

»War nicht das erste Mal. Einmal hat schon eine eins gekriegt. Die hat aber geschrien, ich nicht! Hab ich geschrien?« Fanny sah sich fragend um. Die Kinder schüttelten die Köpfe.

»Siehste, kein Piep hab ich gemacht.«

Heller nickte. Sein Herz zog sich zusammen, er konnte den Anblick der verwahrlosten Kinder kaum ertragen. Vorsichtig gab er Fanny das Kind zurück. »Wo ist sie denn, die andere?«

»Da hinten.« Fanny und die anderen Kinder zeigten hinter sich. Heller schaute in die angezeigte Richtung und dachte, sie deuteten auf einen der zugehängten Unterstände, doch dann erkannte er einen kleinen Erdhügel, in dem ein kleines, aus Ästen geknotetes Kreuz steckte. »Die mussten wir vergraben. Die arme Margi.«

»Arme Margi«, flüsterten die Kinder.

Heller verstummte. Er fühlte sich so hilflos angesichts dieser unbeschreiblichen Armut und Trostlosigkeit. Doch im selben Moment wusste er, dass das Mitleid, das ihn übermannen wollte, niemandem nutzen würde. Im Gegenteil, er musste wachsam bleiben. Noch war er in Gefahr. Die Kinder lebten nicht ohne Grund hier im Geheimen. In ihren Augen war er immer noch ein Eindringling und eine Gefahr von außen. Er wandte sich noch einmal an Fanny.

»Du musst ihm regelmäßig zu trinken geben und ihn gut waschen, mit warmem Wasser, hörst du? Und immer schön warm einpacken. Den Po musst du ganz sauber und trocken halten. Jeden Tag, hast du mich verstanden? Hast du Puder?«

Fanny schüttelte den Kopf.

»Und wenn du es nimmst, musst du immer eine Hand unter seinen Kopf schieben. Es ist noch zu schwach, um ihn allein zu halten. Siehst du? So!« Heller zeigte Fanny, wie sie das Baby tragen sollte.

Da ertönte ein Geräusch, es klang wie das Piepen eines müden kleinen Vogels. Der große Junge mit der Maschinenpistole horchte auf. »Noch jemand kommt«, flüsterte er.

»Geh nachsehen«, sagte Fanny und deutete mit dem Kinn auf Heller. »Ich und Johann tun auf ihn aufpassen.«

Der Junge zögerte noch eine Sekunde, dann huschte er davon und kletterte beinahe lautlos den Hang hinauf.

Endlich konnte Heller sich ein wenig entspannen. Von dem Jungen schien im Augenblick die größte Gefahr auszugehen.

»Wie alt bist du?«, fragte er Fanny, die sich auf einen Holzklotz gesetzt hatte, ungeniert ihre Bluse öffnete, um ihre Brust freizumachen und das Kind zu stillen. Ihre Brust war noch kaum ausgebildet und die Brustwarze schien entzündet zu sein. Heller hielt es kaum aus, zu sehen, wie hilflos und gierig das Baby mit dem Kopf zu wackeln begann, als Fanny es anlegte, und doch kaum die Kraft besaß, zu saugen.

»Vierzehn, glaub ich. Ich weiß das nich so genau. Is Februar?«

Heller nickte. »Der neunte.«

»Dann fünfzehn.«

»Und deine Eltern?«

»Meine Mutter is im Keller geblie'm und Vater ist im Kriege weggekomm'. Erst bin ich im Heim gewesen, aber als die Russen gekomm' sin, bin ich abgehaun.«

Heller hatte das schon geahnt, trotzdem war jedes der scheinbar emotionslos geäußerten Worte ein Stoß ins Herz. »Und ihr hier seid alle Waisen?«

Fanny sah ihn mit großen Augen an.

»Ich meine, ihr habt alle keine Eltern mehr?«

»Nu, von die meisten sind se tot. Und dem da seine, dem Alfons seine, die sin abgehauen ohne ihm.« Fanny deutete auf einen Sieben- oder Achtjährigen, der in der linken Hand eine Lanze umklammert hielt, die aus einem Stab mit aufgepflanztem Bajonett bestand. Der rechte Arm des Jungen fehlte.

»Ein paar von die hab ich mitgenommen aus'm Heim, die andern ham wir gefunden und vor die Russen gerettet. Und jetzt ham' die wieder Eltern. Ich bin doch jetzt die Mutti und der Jörg ist ihr Vati.«

»Warum seid ihr nicht in der Stadt? Es gibt Häuser, in denen man euch hilft. Da sind gute Menschen, ich weiß das.«

»In der Stadt sind die Russen. Und außerdem will uns sowieso niemand ham. Alle schlagen uns nur oder tun uns wegjagen. Waren Se ma in so 'nem Heim? Da kriegste auf die Gusche gehaun, und zu fressen kriegste nischt, und dann wirste nach Russland mitgenomm', als der ihre Sklaven. Nee, da sin wer lieber hier. Uns geht's gut hier, stimmt's?« Fanny sah sich erneut um und erntete zustimmendes Nicken.

Heller warf einen Blick auf das armselige Kindergrüppchen. »Ich glaube das nicht. Es gibt gute Heime, da habt ihr es warm, ein richtiges Bett und bekommt Essen dreimal am Tag. Niemand schlägt euch. Und die Russen sind gar nicht so schlimm. Die haben keine Sklaven, das müsst ihr mir glauben.«

Fanny schüttelte ernst den Kopf. »Die Russen, die tun Kinder fressen, das hat auch wer gesehen! Stimmt's?« Wieder nickten die Kinder.

»Nein, das ist nicht wahr«, widersprach Heller.

»Sie sagen das nur, weil die Russen Ihnen Essen gebn, stimmt's? Soll'n Se uns etwa rauslocken aus'm Wald?«

»Fanny«, sagte Heller leise. »So ist doch dein Name, oder?« Sie nickte ernst.

»Fanny, als man den toten Russen vor drei Tagen am Elbhang fand, da warst du doch auch da. Du wolltest den Rucksack haben. Wusstest du, was da drin war?«

Fanny zögerte einen Moment, dann schüttelte sie den Kopf. »Ich hab den nur gesehn und wollt'n ham.«

»Und bei der Kneipe vom Gutmann habe ich dich auch zweimal gesehen, beim Schwarzen Peter.«

Fanny verzog den Mund und kratzte sich an ihrem Schorf. »Nee, nee, den kenn ich gar nich.«

Heller hob das Kinn. »Der große Kerl, wie heißt der? Jörg?«

»Der ist unser Anführer, seitdem der Walter totgeschossen wurde. Vor eim Jahr. Armer Walter.«

»Armer Walter«, flüsterten die Kinder im Chor und es klang wie das Amen in der Kirche.

»Und ihr jagt Tiere? Und bettelt und stehlt in der Stadt?«

»Wir klauen nix, wir tun nur nehm', was wir brauchen. Und der Jörg geht auf die Jagd, zusammen mit dem Heinrich. Heinrich ist ein guter Bogenschießer und auch Anschleicher. Guter Heinrich, stimmt's?«

»Guter Heinrich«, antworteten die Kinder.

Heller sah in ihre dreckigen kleinen Gesichter und das Bild seines Sohnes schob sich wieder vor seine Augen. Wie Klaus in der Küche gestanden hatte, mit einem verzweifelten Lächeln, weil sein Vater ihn nicht gleich erkannt hatte. Diese Kinder hier fristeten ihr Dasein im Wald, keine Stunde Fußmarsch von der Zivilisation entfernt, allein gelassen, elternlos, unerwünscht. Er wischte seine Gedanken wieder weg und zwang sich, seinen Verstand einzuschalten. »Darf ich mich umsehen?«, fragte er Fanny. »Ich lauf auch nicht weg.«

Fanny hob die Schultern, nahm den Säugling von der Brust

und wollte ihn in einen schmutzigen alten Kinderwagen legen, der keine Räder mehr hatte.

»Nein, warte«, schaltete sich Heller ein. »Leg ihn dir an die Schulter, so, und dann klopfst du ihm sachte den Rücken, bis er ein Bäuerchen macht. Verstehst du mich? Bis er rülpst.« Er half ihr dabei und führte ihr vor, wie sie klopfen musste. Als der Säugling leise aufstieß, kicherte sie kindlich und die anderen Kinder kicherten mit.

»Wenn er kein Bäuerchen macht, bekommt er Bauchweh, oder er kann im Schlaf erbrechen und daran ersticken.«

Fanny sah ihn einen Augenblick nachdenklich an. Dann hellte sich ihr Gesicht auf. »Sie mein', wenn der kotzt.«

Heller nickte zustimmend. Dann stand er auf und ging in Richtung der Behausungen.

Ein Pulk von Kindern folgte ihm. Die Kleinen sahen zu ihm auf, betrachteten ihn mit ängstlicher Neugier und einer gewissen Bewunderung. Wenn er sich hinhockte, um in die Zelte zu sehen, taten sie es ihm nach. Besonders die Kleinsten drängten sich an ihn und beobachteten jede seiner Bewegung. Ihr penetranter Gestank ließ ihm die Tränen in die Augen schießen. Wahrscheinlich hatten sie sich seit den letzten warmen Herbsttagen nicht mehr gewaschen, geschweige denn, dass sie aus ihrer Kleidung gekommen waren. Auf ihren Köpfen wimmelte es nur so von Läusen, manchmal liefen sie ihnen quer übers Gesicht. Alle Kinder hatten irgendeine Art von Hautausschlag und juckten und kratzten sich unablässig. Ein kleines Mädchen stand abseits und hielt einen kleinen Ast im Arm, der, mit etwas Stoff umwickelt, nun seine Puppe war.

Auch in den Zelten stank es erbärmlich. Schmutzige Decken und Kissen bedeckten den Boden, Konservendosen stapelten sich, alte Puppen und kaputte Spielzeugautos lagen neben allerlei Diebesgut, Draht, Batterien und Pappen. In alten Töpfen und anderen Behältern fand Heller Kastanien, Eicheln und Bucheckern, in einer Holzkiste gefrorene oder getrocknete Eidechsen. In einem anderen Zelt lagen zwei Kinder völlig reglos und offensichtlich schwer krank unter ihren Decken. Heller tastete nach ihren Köpfen, sie waren glühend heiß. Ein Mädchen kühlte sie mit einem Lumpen, den sie mit kaltem Bachwasser tränkte. In dem aus dem Hang ausgegrabenen Unterstand, beinahe schon eine Höhle, entdeckte Heller Munitionskisten mit deutschen Karabinern, russischen Gewehren und auch Handgranaten deutscher und russischer Bauart. Vor den Unterkünften brannten mehrere kleine Feuer. An primitiven Gestellen hingen schwarze Töpfe. Heller nahm einen großen Löffel und rührte in einem herum. Es war anscheinend eine Suppe. Kleine Fetzen von weißem Fleisch und ein wenig Grün schwammen darin herum. Vorsichtig roch er daran. Das Essgeschirr bestand aus einzelnen Tellern, ein paar aufgesägten Stahlhelmen und alten Blechbüchsen. An einem schmalen Wasserlauf verrichteten die Kinder ihre Notdurft. Heller versuchte unter den Kindern jenes zu entdecken, dem er von seiner Gerstensuppe abgegeben hatte. Er redete sich ein, dass ihm das ein kleiner Trost wäre, wenn er wüsste, dass dieses Kind wenigstens in dieser Notgemeinschaft lebte und nicht als ein einsames, verlorenes Geschöpf durch die Stadt streifen musste. Er entdeckte es nicht.

Fanny stand auf einmal dicht hinter Heller. Er hatte sie nicht kommen hören. »Der Jörg sagt, irgendwann tun die Deutschen wieder kämpfen und die Russen vertreiben. Er sagt, unsere Soldaten sind gar nicht besiegt. Die ruhen sich nur aus und tun neue Waffen bauen. Er sagt, unter der Erde, da baut der Adolf eine Geheimwaffe, die macht alle Russen mit einem Schlag tot. Er sagt, man muss sich immer wehren. Er sagt, wenn uns die Russen entdecken, schießen sie uns tot.«

»Und zieht der Jörg manchmal in den Kampf?«, fragte er sie.

»Geht ma weg da!«, befahl Fanny den Kindern um sich herum. Die gehorchten sofort und verschwanden wortlos in den Zelten. Dann kniff sie die Lippen zusammen und legte fast mädchenhaft kokett den Kopf schief. »Wollen Sie mich aushorchen, oder?«

»Nein, es interessiert mich nur«, beschwichtigte Heller. »Ist er denn ein guter Vater für dein Kind, der Jörg?«

Fanny sah sich schnell um und kam dann noch näher an Heller ran.

»Der ist doch gar nicht der Vater von dem Kleinen da, der denkt das nur. Aber der weiß doch gar nicht, wie das geht«, zischte sie ihm zu und kicherte. »Der glaubt, das kommt vom Küssen.« Sie zog Heller an der Schulter zu sich hinunter. »Das ist ein Russenkind«, raunte sie Heller ins Ohr.

»Gehst du manchmal zu den Russen? Geben sie dir etwas dafür? Oder haben sie dich gezwungen?«

»Nee, gezwungen nich, das würd ich mir nich gefallen lassen. Den würd ich totmachen, der das versucht!«

»Also gehst du manchmal hin?«, insistierte Heller.

»Manchmal ja, aber verraten Se das dem Jörg nich. Der sagt, er würde dem die Kehle aufschlitzen, der mir was tut.«

Heller atmete tief ein. Er hätte gern mehr gewusst, doch er durfte nicht zu viel riskieren. Fanny schien zwar von eher schlichtem Gemüt zu sein, doch sie war eine Kämpferin, die es geschafft hatte, fast zwei Jahre ohne fremde Hilfe zu überleben und sogar ein Kind zu gebären. Wusste der Junge wirklich nicht, wie man Kinder bekam? Das war kaum vorstellbar.

»Und ist denn der Jörg nachts manchmal weg?«, fragte er betont beiläufig.

»Der ist oft weg.« Fanny schürzte die Lippen und kniff

misstrauisch die Augen zusammen. »Sie tun mich doch aushorchen!«

»Fanny, hör mir bitte zu. Dein Junge ist krank. Er muss zu einem Arzt.«

»Der ist nicht krank. Der hat kein Fieber!«

Heller nahm Fanny beim Arm und schaute ihr fest in die Augen. »Sag, läuft es bei dir da unten aus, zwischen den Beinen?«

Fanny wandte sich mit angewidertem Blick von ihm weg.

»Läuft es, hast du Ausfluss da unten? Weiß und schleimig?«, hakte Heller nach.

»Manchmal vielleicht, ein bisschen. Aber das ist nicht schlimm, stimmt's?«

»Fanny, das nennt man Gonorrhoe. Tripper. Und dein Junge hat das in den Augen.«

»Nee, stimmt nich, oder?« Sie lachte ungläubig.

»Fanny, ich bin Polizist. Mir kannst du glauben. Und sag, kennst du den Franze? Den Einhändigen?«

Fanny wich noch weiter zurück. »Am besten Sie gehen jetzt schnell, bevor der Jörg wiederkommt. Bei dem weiß man nie, was er tut. Wenn der wütend ist, dann sollten Se nicht mehr hier sein.«

Heller nickte. »Also gut. Aber ich werde wiederkommen. Ich bringe euch etwas zu essen mit, ja? Was noch? Was braucht ihr?«

Fanny hob fragend die Schultern.

9. Februar 1947, Abend

Im letzten Licht des Tages suchte sich Heller den Weg zurück aus dem unübersichtlichen Waldgebiet. Er konnte sich zwar auf seinen guten Orientierungssinn verlassen, war dann aber spürbar erleichtert, als er den Prießnitzbach endlich erreichte. Er folgte dessen Verlauf und fand sich wenige Minuten später auf dem Bischofsweg wieder.

Es war schon vollkommen finster, als er gegen neunzehn Uhr das Revier in der Katharinenstraße erreichte. Dort ließ er sich telefonisch mit dem Präsidium verbinden und nahm anerkennend zur Kenntnis, dass Oldenbusch seinen Dienst noch nicht beendet hatte. Dieser holte ihn keine zwanzig Minuten später mit dem Ford ab.

»Wo sind Sie denn gewesen?«, fragte Oldenbusch seinen Vorgesetzten. »Bei Kasraschwili?«

»Werner, ich bin dem Mädchen gefolgt, das uns den Rucksack mit Swobodas Kopf streitig machen wollte. Stellen Sie sich vor, in der Heide lebt eine Gruppe Kinder unter der Führung eines Burschen namens Jörg. Das sind teilweise kleine Kinder, verwaist, krank, erbarmungswürdig.«

»Sie sind ja ganz aufgewühlt, Max!«

»Werner, verstehen Sie mich nicht? Kleine Kinder. Im Wald. Bei dieser Eiseskälte. Ohne Mutter und Vater. Allein, auf sich gestellt. Die können nicht einmal richtig sprechen.«

»Dann müssen wir sie da rausholen. Da muss das Jugendamt ran.«

Heller berührte Oldenbuschs Unterarm, doch dieser hielt den Blick auf die Straße gerichtet.

»So einfach ist das nicht, Werner, die haben Waffen. Maschinenpistolen, Handgranaten, Pistolen, Messer. Der Junge, der Anführer, ist schätzungsweise sechzehn. Der glaubt noch an die Nazipropaganda, verleiht sich selbst Orden und glaubt an die Geheimwaffe und an einen neuen Krieg. Und dann das Mädchen, sie heißt übrigens Fanny. Ich weiß nicht, ob ich ihr trauen kann. Sie hat ein Kind, von einem Russen, wie sie sagt. Ich glaube, sie stellt sich dümmer, als sie ist.«

Oldenbusch bog langsam auf die Königsbrücker Straße ab, denn Schlaglöcher gab es unzählige, und Reifen waren Mangelware. »Es besteht also der Verdacht, die Kinder im Wald könnten etwas mit dem Anschlag zu tun haben?«

Heller streckte seine Beine aus, soweit es ging. Sein Knöchel schmerzte von dem langen Fußmarsch über unwegsames Gelände.

»Wir können das nur vermuten. Erinnern Sie sich an den Schreibfehler auf dem Flugblatt? Bolschewismuss – mit doppeltem s. Die Gruppe lebt seit dem Kriegsende in ihrem Waldversteck. Eine Schule haben sie schon lange nicht mehr, wenn überhaupt jemals, von innen gesehen. Die beiden Jugendlichen sprechen ein furchtbares Deutsch. Allerdings frage ich mich, wie sie die Flugblätter hergestellt haben sollen. Einen Vervielfältiger habe ich in dem armseligen Lager nicht ausmachen können. Mit den toten Sowjetoffizieren könnten sie allerdings auch etwas zu tun haben. Wie gesagt, das ist nur eine Vermutung. Ich bin mir jedoch sicher, dass diese Fanny den Swoboda kannte.«

»Sie wollen es also noch nicht an die große Glocke hängen? Die Sache mit den Kindern im Wald?«

»Nein, vorerst nicht. Bis ich mehr weiß. Morgen will ich wieder dahin. Ich will versuchen, mir ihr Vertrauen zu erkaufen. Mit Essen. Ich weiß nur nicht, woher ich das nehmen soll. Und zu Kasraschwili wollte ich eigentlich auch. Und die Schlüter muss verhört werden. Und Gutmann.« Fahrig fuhr sich Heller über das Kinn. »Ich weiß gar nicht, was ich zuerst machen soll.«

Achtsam lenkte Oldenbusch das Auto um das nächste Schlagloch herum. Er wirkte unerschütterlich ruhig. »Ich schlage vor, eines nach dem anderen. Die Schlüter sitzt im Gefängnis am Münchner Platz. Gutmann in U-Haft im Präsidium. Kassner hat einen Bericht gesendet, und ich habe mir erlaubt, ihn mitzubringen.« Oldenbusch beugte sich vor und tippte auf eine Mappe, die auf dem Armaturenbrett lag.

Heller öffnete sie und überflog Doktor Kassners Berichte. Bei Berinow waren keine nachweisbaren Geschlechtskrankheiten zu erkennen, wobei Kassner betonte, dass Syphilis sich in ganz frühem Stadium nur schwer erkennen ließe. Bei Cherin gab es den Verdacht, dass er mit Gonorrhoe infiziert war, was im jetzigen Zustand der Leiche jedoch nicht eindeutig nachzuweisen war. Es mussten noch Abstriche gemacht werden. Außerdem lag der Abschlussbericht über Swobodas Kopf bei und der Obduktionsbericht des toten Mädchens. Bei ihr war als einzige Todesursache Rauchvergiftung nachgewiesen worden.

Heller las schweigend im vorbeihuschenden Licht der Gaslaternen, hielt das Papier gegen das Seitenfenster gerichtet. Er fragte sich, ob an dem Gerede über ein weiteres Opfer Swobodas etwas dran war, ob wirklich irgendwo noch ein Mädchen begraben lag. Dieser Gutmann wusste etwas, das war klar. Er war zweifellos ein harter Gegner und würde nicht so schnell klein beigeben. Wahrscheinlich sollte er sich den Kneipenwirt heute noch einmal vornehmen. Sei es nur, um sich nicht vorwerfen zu müssen, es nicht getan zu haben.

Heller ließ die Mappe in seinen Schoß sinken. Er war müde und erschöpft und sehnte sich nach Karin und Klaus. Er musste unbedingt mit seiner Frau sprechen, um sich ein wenig die Last von der Seele zu reden. Karin würde ihn verstehen. Werner hatte keine Kinder und er hatte dieses Elend im Wald heute nicht gesehen. Für ihn war es nicht schwer, die Sache abzuhaken. Doch Heller bekam die Bilder der verwahrlosten Kinder nicht aus dem Kopf, es war wie ein Druck auf der Brust, der ihm das Atmen schwer machte.

»Wegen der abgetrennten Hände: Das Standesamt hat sich umgehend wegen dem Ehering zurückgemeldet«, meldete sich Oldenbusch wieder zu Wort. »Am 16.08.1931 heirateten Rosmarie, geborene Schuster, und Armin Weiler. Dieser Weiler arbeitet als Abteilungsleiter in der Buchhaltung eines staatlichen Lebensmittelbetriebs. Jetzt dürfen Sie raten, Chef.«

»Werner!«, stöhnte Heller entnervt.

»Armin Weiler war früher Buchhalter in der Druckerei Schlüter.«

Gutmann hatte im Verhörraum eine ganze Weile warten müssen und empfing Heller mit einem recht mitleidigen Lächeln. Man hatte ihm die Handschellen abgenommen und er lümmelte scheinbar entspannt auf dem Stuhl, seine Beine weit unter den Tisch geschoben. Heller zog seinen Mantel aus, hängte ihn über die Stuhllehne und setzte sich dem Kneipenwirt wortlos gegenüber. Oldenbusch setzte sich neben ihn. Er hatte die strenge Order, nichts zu sagen, selbst wenn Gutmann ihn ansprechen sollte. Nun sah er Gutmann an, wollte ihn das erste Wort haben lassen. »Sie machen hier wirklich einen Fehler«, sagte Gutmann mit herablassender Freundlichkeit. »Ich habe Sie gewarnt davor. Es mag Ihnen sinnvoll erscheinen, mich festzunehmen, aber vielen wird das nicht gefallen. Es geht hier also nicht um mich, was auch immer Sie sich von mir erhoffen. Um mich mache ich mir keine Sorgen. Es geht hier um Sie, um Ihre Zukunft. Sie bestimmen in diesem Moment über Ihre Zukunft, verstehen Sie das?«

Mehr hatte er von dem Kneipier nicht erwartet. Heller verzog keine Miene. »Dieses Mädchen, das heute Morgen im Hof hinter Ihrem Etablissement gefunden wurde … Wer ist sie, wie alt ist sie, woher kam sie?«, fragte er.

»Ich habe die nicht umgebracht. Die ist erstickt, bei dem Feuer. Und beinahe wäre ich ja selbst erstickt. Ich musste die nur raushaben aus meinem Haus. Ich ahnte ja, dass Sie wiederkommen würden. Ich wollte Ihnen Ärger ersparen, verstehen Sie! Weil ich ja wusste, dass Sie der Sache nachgehen und damit auf keine offenen Ohren stoßen würden, vor allem nicht bei den Russen. Ich wollte das Mädchen dort oben zwischenlagern und später in der Nacht beseitigen. Für Sie wollte ich das tun, Genosse Heller. Aber diese Kinder, sage ich Ihnen, die sind eine Plage. Die schnüffeln überall herum. Aber ich habe sie nicht umgebracht.«

Oldenbusch schrieb unablässig mit.

»Wären Sie so freundlich, meine Fragen zu beantworten«, sagte Heller tonlos und gab sich keine Mühe, seine Müdigkeit zu verbergen.

»Ich weiß doch nicht, wer sie war. Sie hatte einen schlesischen Akzent und nannte sich Eva. Die lief mir irgendwann zu. Ich gab ihr Essen und Obdach, aber sie wusste, dass sie dafür etwas tun musste. Nichts ist umsonst.«

»Wie alt sie war, will ich wissen.«

»Weiß ich nicht. Sie sagte achtzehn, zwanzig vielleicht.«

Gutmann sah ihm dreist ins Gesicht. Heller zeigte keine Regung.

»Seit wann war sie bei Ihnen?«

»Seit ein paar Monaten.«

»Es gab noch mehr Mädchen. Wechseln Sie sie aus?«

»Es gibt immer mal wieder eine Neue.«

»Wann hat das angefangen? War das Ihre Idee, oder wurde es an Sie herangetragen?«

»Es gab schon immer Frauen, die hier gearbeitet haben. Die liefen einfach so in der Gegend herum, wurden von den Russen aufgegabelt. Die wurden schon auch mal vergewaltigt oder die Sittenpolizei hat sie inhaftiert. Das war noch fünfundvierzig. Ich habe das Ganze dann ein wenig organisiert. Ich gab ihnen Zimmer, sie bezahlten mir dafür Miete. Mit ihren Geschäften hatte ich nichts zu tun. Und wenn eine wegging, kam eine neue. Ich habe sie anfangs immer nach dem Alter gefragt. Alle haben sie achtzehn gesagt. Papiere hatten die meisten nicht dabei, wie soll ich das prüfen? Ich musste denen vertrauen. So kam eben eines zum anderen. Und was weiß ich denn, wie alt die heutzutage aussehen. Sie zahlen mir die Miete, und was die da oben treiben, ist mir egal.«

»Woher wissen die Frauen, dass sie zu Ihnen kommen sollen?«

»Das spricht sich herum. Die SMA weiß das. Das ist es ja, was ich Ihnen versuche zu sagen, Herr Heller. Die wollen keinen Eklat. Nach dem Überfall sagte man mir, ich sollte mich darum kümmern, dass die Öffentlichkeit nichts davon erfährt. Es wird auch nichts an die Öffentlichkeit gelangen. Was denken Sie, warum die Sowjets schneller da waren als die Polizei?«

Heller hatte sich auf seinem Stuhl mit verschränkten Armen zurückgelehnt. Gutmann glaubte sich wirklich sehr sicher. »Es ist schon viel mehr an die Öffentlichkeit gelangt, als Sie vermuten, Herr Gutmann. Die Leute in der Nachbarschaft sind weder taub noch blind. Major Wadim Berinow und Oberst Vassili Cherin, waren das Freier?«

»Weiß ich nicht, kann sein. Wie gesagt, darum kümmere ich mich nicht.«

»Wir wissen, dass die beiden Stammkunden bei Ihnen waren. Wir konnten das aus den Überresten Ihres Notizbuches schließen.« Das war eine Lüge, aber einen Versuch war es wert, dachte sich Heller.

»Selbst wenn, wollen Sie behaupten, ich hätte die Sowjets umgelegt? Ich war immer in meiner Kneipe, dafür gibt's Zeugen!«

»Wollen Sie die Freier als Zeugen anführen oder die minderjährigen Prostituierten?« Heller sah Gutmann an und verzog weiter keine Miene.

»Es gibt andere Zeugen. Ich habe ein sicheres Alibi.«

»Für welche Tage?«

»Für alle Tage! Außerdem glaube ich Ihnen kein Wort. Sie wissen gar nichts. Sie tappen im Dunkeln. Sie haben nicht einmal einen wirklichen Grund, mich hier festzuhalten. Ich hatte noch keine Gelegenheit, einen Anwalt zu sprechen.« Gutmann wurde jetzt ungehalten, was Heller verwunderte. Hatte der Mann denn wirklich geglaubt, er müsste nur ein paar Drohungen ausstoßen und würde dann von ihnen in Ruhe gelassen? Unbeirrt setzte Heller die Befragung fort.

»Wir wissen außerdem, dass Sie illegal Arzneipräparate und Medikamente von Kapitan Lado Kasraschwili beziehen.«

Gutmann zuckte mit den Achseln und zeigte wieder eine verschlossene Miene. »Keine Ahnung, wer das sein soll.«

»Sagt Ihnen der Name Armin Weiler etwas?«

»Ja, den kenne ich. Aus seinem Betrieb beziehe ich Kartoffeln und Mehl. Manchmal trinkt er was in meiner Kneipe.« Gutmann grinste schief.

»Wir wissen, dass Sie mit Ihrem Hausmeister Franz Swoboda aneinandergeraten sind.«

Jetzt fuhr Gutmann empört auf. »Na und? Ist das verboten? Darf man sich nicht streiten? Kein Grund, mich hier festzuhalten!«

»Swoboda ist tot, Herr Gutmann. Wir haben seinen Kopf gefunden, recht brutal vom Rumpf abgetrennt. Aufgrund von Zeugenaussagen besteht dringender Tatverdacht des Mordes gegen Sie.«

»Das könnte Ihnen so passen«, zischte Gutmann, doch seine Miene verriet, dass er unruhig wurde. »Wer sollen denn diese Zeugen sein?«

»Das können wir aus ermittlungstechnischen Gründen nicht sagen. Aber es gibt Zeugen aus Ihrer nächsten Umgebung und aus Kreisen der Sowjets.«

Gutmann gab ein abschätziges Lachen von sich, doch seine Finger begannen nervös auf der Tischplatte zu trommeln. Dann lehnte er sich kopfschüttelnd zurück, schürzte die Lippen und verschränkte die Arme vor der Brust.

Heller war noch nicht fertig. Etwas Munition hatte er sich noch aufgespart.

»Im Bericht des Gerichtsmediziners, der Swobodas Kopf untersucht hat, ist die Rede von einer Medikamentenabhängigkeit. Man fand in Swobodas Blut eine erhöhte Konzentration eines Barbiturats, vermutlich Hexobarbital. Dies ist ein Narkotikum, welches mit einer Spritze injiziert wird. In ihrem Büro fanden wir eine erhebliche Menge Evitan und diverse Spritzen. Es besteht also die Möglichkeit, dass Sie Swoboda mit einer Injektion betäubten, töteten und ihm dann den Kopf abtrennten.«

Heller schwieg jetzt, um seine Worte wirken zu lassen. Unbeweglich sah er Gutmann an. Jetzt kam es drauf an, wie überzeugend er seine Lüge vorgebracht hatte. Mehr konnte er im Augenblick nicht sagen, ohne zu riskieren, dass der Bluff aufflog. Heller presste sein Knie mahnend gegen Oldenbuschs Bein, als er spürte, dass dieser langsam nervös wurde.

»Das könnte denen so passen«, flüsterte Gutmann vor sich hin und stierte auf die Tischplatte. Sein Mienenspiel verriet, was sich gerade in ihm abspielte, das gesamte Spektrum zwischen Hass, Wut, Gleichmut und Zweifel. Auf einmal schien er eine Entscheidung getroffen zu haben. Er beugte sich nach vorn und tippte mit dem Zeigefinger mehrmals auf den Tisch.

»Also gut. Das könnte denen so passen. Der Franze war ein ganz harter Hund. Der war bei der SS in Serbien. Ich weiß nicht genau, was passiert ist, aber er hat im Kampf seine Hand verloren. Er war wohl eingeklemmt gewesen nach einer Explosion und hat sich die Pfote selbst abgehackt, mit 'nem Feldspaten. Hat er mir erzählt. Ein bisschen irre war der schon. Bei mir hat er sauber gemacht, gekehrt und für Ordnung gesorgt. Das hat funktioniert.«

»Wusste er von den Mädchen?«

»Klar, er hat denen doch die Bude geheizt und Wasser gebracht.«

»Hat er sich vergriffen an ihnen?«

Gutmann zögerte keine Sekunde. »Das kann schon sein, aber die haben mir nichts gesagt davon.«

»Es heißt, er hätte eine von ihnen umgebracht?«

»Wann?«

Darauf ging Heller nicht ein. »Stimmt das?«

»Ich weiß nicht, manchmal hauen die einfach ab und sind von einem Tag auf den anderen verschwunden. Da überlege ich mir doch nicht, warum.«

»Wie sollen sie abhauen können, wenn sie eingeschlossen sind? So, wie das erstickte Mädchen oben in Ihrem Haus.

Können Sie mir das erklären? Haben Sie sie gefangen gehalten?«

»Das war doch nur zu ihrem Schutz! Damit nicht einfach irgendwer zu ihr gehen kann. Hören Sie, Heller, ich war bewusstlos, ich war verletzt und durcheinander, und ich hatte Angst vor den Sowjets. Deshalb habe ich von der da oben nichts gesagt. Ich ahnte doch nicht, dass die da gleich verreckt.«

Heller hob die Hand. »Können Sie uns eine Liste machen mit den Namen Ihrer Gäste?«

»Nein! Sie verstehen das immer noch nicht. Ich mache keine Liste, genauso gut könnte ich mein Todesurteil unterschreiben.«

»Aber Sie hatten eine Liste. Die haben Sie versucht zu verbrennen!«

»Nein ... Ja ...« Gutmann wand sich und fuchtelte mit den Händen herum. »Herrgott. Der Franze, der hat sich mit dem einen angelegt. Das war so eine Art Privatfeind von dem.«

»Wer, Cherin?«

»Was weiß ich, wie der hieß. Vassili sagten alle zu ihm. Erst haben sie zusammen gesoffen und dann ist der Franze ausfällig geworden. Russenschwein, hat er gesagt, Scheiß Iwan, und so was wie den hätte er dutzendfach umgelegt und solche Sachen. Ich glaube, der Cherin hatte dem Franze nachgeschnüffelt. Ich glaube auch, dass der Cherin was mit einer hatte.«

»Er hatte was mit einer? Mit wem? Mit einem der Mädchen?«

»Ja, manchmal verlieben sich die Freier.«

»Cherin war also einer von denen, die zu den Mädchen gingen? Und er war in eine verliebt? War es die, die Swoboda möglicherweise umgebracht hat?«

Gutmann hob verzweifelt die Hände. »Ich weiß nicht, was war. Ich war ja nicht dabei, verdammt noch mal!«

»Cherin schnüffelte also Swoboda nach?«

Gutmann nickte und hob gleichzeitig die Schultern dabei.

»Swoboda bringt ihn dafür um?«

»Kann sein.«

»Und Berinow geht los und sucht seinen Freund?«

»Ja, Vassili und Wadim waren Freunde. Die kamen meistens zusammen. Vielleicht hat der den Swoboda betäubt und den Kopf abgesäbelt. Dieser Georgier verkauft doch sein Zeug an jeden, warum nicht auch an Berinow.«

»Und Berinow läuft mit einem Rucksack durch die Gegend, in dem sich Swobodas Kopf befindet? Warum?«

»Weiß ich doch nicht, vielleicht will er ihn einlegen, damit er ihn anstarren kann.« Gutmann zeigte sich zufrieden über seinen Scherz.

Heller nickte. »Klingt gar nicht mal so unlogisch. Die Frage ist nur …«

»Ja, was denn noch?« Gutmann sah Heller ungeduldig an.

»Wer hat dann Berinow umgebracht?«

»Woher haben Sie das denn gewusst, Chef, das mit dem Hexobarbital?«, fragte Oldenbusch. Dank einer unerwartet eingetroffenen Benzinzuweisung hatte er sich unaufgefordert angeboten, seinen Vorgesetzten nach Hause zu fahren. Nun fuhren sie die Bautzner Straße hinauf, und die Scheinwerfer des Ford waren die einzige Lichtquelle weit und breit.

Heller seufzte. Heute war er zu müde, um sich gegen diese Bezeichnung zu wehren. »Dieses Evitan wurde schon im Ersten Krieg verwendet. Ich wurde damit auch schon sediert, nach meiner Verwundung. Wenn man es oft bekommt, wird man süchtig, das haben Sie selbst gesagt. Der Entzug ist sehr unangenehm. Das äußert sich in Reizbarkeit, Zittern,

Verlust der Feinmotorik und des Sprachvermögens. Im äußersten Fall kommt es zu einem Delirium tremens. Das würde zu dem wenigen passen, was ich von Swoboda gehört habe. In Kassners Bericht steht allerdings nichts davon. Ich weiß gar nicht, ob der Stoff in geronnenem Blut noch nachweisbar wäre.«

»Gutmann haben Sie damit jedenfalls ordentlich zugesetzt. Und tatsächlich hat dieser Kasraschwili seine Finger mit im Spiel.«

»Vielleicht verkauft er auch nur. Ich will zusehen, dass ich ihn morgen besuche.«

»Wollen Sie nicht besser auch die Sowjets informieren?«

»Werner, ich kann kaum noch denken. Ich muss jetzt nach Hause und schlafen. Morgen will ich zuerst Frau Schlüter sprechen. Es muss einen Grund geben, warum wir die Arzttasche bei seinen Sachen gefunden haben. Und welche Verbindung haben die Schlüters zu Weiler, einzig, dass er mal bei ihnen angestellt war? Das will ich herausfinden. Danach sehen wir weiter.«

Heller fuhr sich mit den Händen über sein müdes Gesicht. Langsam fuhren sie die letzte Steigung der Straße hinauf und lauschten dabei besorgt dem ungesunden Klingeln im Motor.

»Halten Sie hier, Werner. Ich steige aus. Morgen früh um sieben ...«

»Ich hole Sie hier ab, Chef, um sechs, ja?«

Heller griff zum Türöffner und nickte nur müde.

»Warten Sie noch kurz.« Oldenbusch kramte in seiner Manteltasche und holte eine braune Papiertüte heraus. Heller sah prüfend hinein und entdeckte ein paar weiße Tabletten darin.

»Sie sagten doch, Ihre Frau Marquart sei krank.«

»Wo haben Sie das her? Etwa aus Gutmanns Büro?«

»Soll er womöglich Geschäfte damit machen?«

»Aber Werner, das ist nicht richtig. Sie können doch nicht …«

»Es ist auch nicht richtig, wenn jemand sterben muss, weil er keine Medikamente bekommt, obwohl es doch welche gibt.«

9. Februar 1947, später Abend

Karin atmete erleichtert auf, als Heller endlich nach Hause kam. Sie eilte ihm aus der Küche entgegen. Obwohl sie ihrem Mann die Erschöpfung und Müdigkeit ansah, konnte sie ihre Verärgerung nicht zurückhalten.

»Es ist schon wieder so spät geworden heute, Max. So geht das doch nicht weiter! Wir müssen uns dringend um Kohlen kümmern. Du musst morgen auf das Kohleamt gehen. Wir haben zwar Scheine, bekommen aber nichts dafür. Andere stehen jeden Tag stundenlang an. Aber du bist nie da. Wegen deiner Arbeit.« Sie sah ihn vorwurfsvoll an.

Heller öffnete seinen Mantel, behielt ihn aber an. Er schwieg.

Karin wusste, was das bedeutete. »Max, um unser Leben müssen wir uns auch kümmern. Egal, was sonst geschieht.«

Max nickte, strich seiner Frau kurz über den Arm und ging dann zu seinem Sohn, der am Küchentisch saß und aus einem Säckchen Körner die restliche Spreu klaubte. In väterlicher Geste legte Heller seinem Sohn die Hand an die Wange, als ihm bewusst wurde, wie seltsam diese Berührung dem erwachsenen Mann vorkommen musste. Doch Klaus wich nicht aus, bis Max seine Hand zurücknahm.

»Geht es euch gut?«, fragte Heller.

Klaus rückte ein wenig zur Seite, damit sein Vater sich neben ihn setzen konnte. »Ich habe mich heute anmelden müssen. Ich habe auch Lebensmittelkarten bekommen, vorerst eine Arbeiterkarte. In der Garnison werde ich dann verpflegt. In einer Woche soll die Ausbildung beginnen. Bis dahin helfe ich Mutter. Mit deiner Karte habe ich ein wenig Fett, Mehl und Gerste bekommen können. Und ich war hinten ihm Garten. Wenn wir den alten Kirschbaum umsägen, haben wir Holz für einen Monat.«

»Dann haben wir keine Kirschen im Sommer«, widersprach Max. Was Frau Marquart dazu sagen würde, die diesen Baum über alles liebte, wagte er sich nicht auszumalen.

»Wir haben eine Einladung bekommen«, sagte Karin und reichte Heller einen Umschlag.

Heller nahm den Brief aus dem bereits geöffneten Kuvert. Die Sowjetische Militäradministration lud zu einem Kulturabend ein. Es war markenfreies Essen angekündigt, und neben einigen Rednern vom Kulturbund sollte es Gesangsbeiträge und Klaviermusik von Prokofjew und Debussy geben. Unterzeichnet war das Schreiben nicht, aber Heller war sich sicher, dass er diesen Abend Medvedev zu verdanken hatte. Heller warf einen Blick auf das Datum. »Das ist schon übermorgen.«

»Ich habe nichts anzuziehen«, sagte Karin leise. Heller wusste, dass sie nicht eitel war. Es war ganz einfach eine Feststellung, die auf ihn genauso zutraf. Vielleicht konnte er sich wenigstens aus dem Kleiderfundus des verstorbenen Herrn Marquart bedienen, auch wenn ihm fast alle Hosen und Hemden ein wenig zu klein sein würden.

»Ist alles gut mit dir?«, fragte Karin. Heller nickte wortlos. Vor Klaus wollte er heute Abend nichts erzählen. Dann fielen ihm die Tabletten ein. Er fischte sie aus dem Mantel und gab sie seiner Frau, die nicht nur die Papiertüte, sondern seine ganze Hand nahm. »Max, was ist das?«

Heller versuchte, seiner Frau ein Zeichen mit den Augen zu geben. Aber Klaus hatte es schon bemerkt und war aufgestanden. »Ich werde mal nach Frau Marquart sehen.«

»Nein, Klaus, bleib bitte«, bestimmte Karin. »Gib die Gerste ins Wasser, sie wird eine Weile quellen müssen. Ich geh nachsehen. Heute war das Fieber nicht mehr so hoch.« Karin ging nach oben.

Heller sah seinen Sohn an. »Ich will dir nichts verheimlichen, Klaus. Ich bin es nur noch nicht anders gewöhnt. Unter den Nationalsozialisten konnten wir vor euch Kindern kein ehrliches Wort sprechen, aus Angst, ihr könntet uns versehentlich verraten.«

Klaus kam vom Herd zurück. »Ich habe euch immer gehört. Auch das, was du Mutter von der Gestapo erzählt hast. Ich wusste, für wen ich in den Krieg zog.« Heller senkte seinen Kopf. Was war das für eine Zumutung für seine Söhne gewesen, dachte er sich, all das gehört zu haben und zu wissen, dass man mit niemandem darüber sprechen durfte.

Klaus setzte sich neben seinen Vater. Er schien aufgebracht, mühsam beherrscht. »Wie die Leute reden! Überall, auf den Ämtern, in den Warteschlangen, auf der Straße«, sagte er unvermittelt. »Da steckt noch so viel Nazitum in den Köpfen. Sie tuscheln über die Juden, die würden nun zurückkommen und alles aufkaufen, aber über die Russen reden sie auch und über den Verrat an Hitler. Die glauben, Göring wäre Schuld an allem Elend, und Goebbels. Die haben doch alle nichts verstanden, gar nichts!« Klaus ließ die geballte Faust auf die Tischplatte fallen.

Heller nickte zustimmend und suchte nach geeigneten Worten. Doch alles, was ihm einfiel, klang nach Ausflüchten und Entschuldigungen. Jeder versuchte doch immer nur für sich das Beste herauszuholen und dabei nicht aufzufallen. Es gab nur wenige, die den offenen Widerstand wagten, dagegen viele, die es übertrieben, Denunzianten, Nutznießer, Mörder. »Nicht alle sind so«, sagte er endlich, um wenigstens etwas zu sagen. Ein kleiner Trost, wenn man schon der Wahrheit ins Gesicht sehen musste.

Aber Klaus ließ sich nicht beruhigen. »Ist es denn so schwer, das zu verstehen? Kapieren die denn nicht, woher all das Elend kommt, wer es verursacht? Alle jammern sie nur.«

Nicht alle, wollte Heller sagen, doch Karin war zurückgekommen. Sie hatte die letzten Worte gehört.

»Aber die Sowjets machen es ungeschickt«, mischte sie sich ein. »Sie haben ja zu essen, aber sie geben nichts davon ab, sie lassen uns hungern. Und sie nehmen uns alles weg, Fahrräder, Autos, Maschinen, ganze Fabriken. Sie müssen sich nicht wundern, wenn die Leute aufgebracht sind.«

Klaus sah zu seiner Mutter auf. »Du hast nicht gesehen, was in Russland passiert ist!«

»Und täglich werden noch Leute verhaftet.«

»Ja, weil es noch immer genügend Nazis gibt, die tun, als wäre nichts geschehen.«

Heller bemerkte, wie sein Sohn sich anspannte. Karin setzte sich jetzt zu ihnen an den Tisch.

»Aber was ist, wenn sie uns irgendwann alles weggenommen haben, wenn alle verhaftet sind?«

Klaus fuhr hoch. »Mutter, du warst nicht da! Du kannst froh sein, dass sie uns am Leben lassen. Sie hätten allen Grund, unser gesamtes Volk auszumerzen. Ich habe diese Bestien gesehen, deutsche Bestien. Ich habe gesehen, was sie getan haben …«

»Klaus!«, ermahnte Heller seinen Sohn.

»Und die waren nicht nur dort, diese Bestien, die waren auch hier, in der Heimat, im eigenen Land. Hast du nicht von dem Lager am Hellerberg gewusst? Hat Vater dir nichts von den Folterzellen der Gestapo erzählt? Stell dich nicht dumm, Mutter!«

Klaus war aufgesprungen und aus der Küche gestürmt, doch im Flur besann er sich. Er stieß einen erstickten Laut aus und schien förmlich in sich zusammenzufallen. Heller sah seine Frau an, die steif vor Entsetzen auf dem Küchenstuhl saß. Er fühlte sich so hilflos wie noch nie. Auch wenn er ahnte, was Klaus gesehen und durchgemacht hatte, musste er ihm trotzdem klarmachen, dass wenigstens sie als Familie zusammenhalten mussten. Er hatte sich erhoben und stand unschlüssig am Küchentisch.

»Klaus«, sagte er leise.

Reumütig kehrte Klaus in die Küche zurück und legte seiner Mutter die Hand in den Nacken. Dann beugte er sich zu ihr hinunter, um sie verlegen zu drücken. »Bitte entschuldige«, sagte er leise.

Karin nickte und wischte sich die Tränen aus den Augen. »Es ist schon gut. Aber versprich mir, nie wieder so mit mir zu sprechen.«

»Max, was hast du?«, flüsterte Karin, als sie endlich spätnachts ins Bett gegangen waren. Heller, der eine ganze Weile zur Decke gestarrt hatte, drehte sich ein wenig zu ihr. Es brauchte immer eine Zeit, bis das Federbett sich erwärmte. So lange rieb er die kalten Füße aneinander und bereute, keine Socken angezogen zu haben. Trotz der Kälte im Waschhaus hatte er sich noch gewaschen, von Kopf bis Fuß, auch die Haare. All seine Überwindungskraft hatte es gekostet. Und doch hatte er es als Luxus empfunden.

Nun tickte laut der Wecker neben ihm, Frau Marquarts rasselnder Atmen war durch die Wand zu hören und Klaus schlief unten auf dem Sofa. Draußen ging ein Wind, der die Zweige des alten Kirschbaums an das Fenster klopfen ließ. Bei seinem letzten Blick aufs Thermometer hatte es minus siebzehn Grad angezeigt.

»Ich war heute in der Heide und habe dort eine Gruppe Kinder entdeckt«, begann Heller nach längerem Zögern.

»Kinder?«

»Kriegswaisen. Sie werden von einem jungen Burschen und einem Mädchen angeführt. Er vielleicht sechzehn, sie gerade fünfzehn. Die meisten sind krank und völlig verlaust. Sie wohnen in Zelten und improvisierten Hütten aus Zweigen und Laub. Aber du wirst es nicht glauben, sie sind alle bewaffnet – auch die kleinen Kinder – und fest entschlossen, sich nicht ins Heim bringen zu lassen.«

Es blieb eine Weile still neben Heller.

»Kannst du etwas für sie tun?«, fragte Karin schließlich.

»Ohne sowjetische Hilfe kann ich nichts machen. Ich habe keine Mittel zur Verfügung.«

»Und du kannst es ihnen nicht sagen?«

»Kann ich nicht«, sagte Heller, und diese Aussage genügte Karin, nicht weiter zu fragen. Jetzt schwiegen sie beide.

»Sind es viele kleine Kinder?«, fragte Karin dann.

»Zehn, oder mehr. Die jüngsten sind vielleicht drei.«

»Drei Jahre erst? Um Gottes willen.«

»Und das Mädchen, Fanny heißt sie, hat ein Kind entbunden, ein Russenkind.«

Karin fuhr hoch. »Sie hat ein Kind, ein Baby?«

»Ja, sie hat es erst vor ein paar Tagen geboren, ganz allein, in einem Zelt dort. Ein winziges mageres Ding.«

»Was sagtest du? Sie ist fünfzehn?«

»Höchstens. Sie weiß es selbst nicht genau.«

»Max, hol sie her!«

»Bitte?« Heller drehte Karin das Gesicht zu.

»Du sollst sie herholen. Sie hat ein Neugeborenes. Ein Baby!« Karin klang entschlossen und sehr klar.

»Karin, ich weiß nicht, ob ich ihr trauen kann. Vielleicht raubt sie uns aus, wenn wir sie ins Haus lassen.«

»Untersteh dich, Max, solche Gedanken zu haben«, flüsterte Karin aufgebracht. »Du gehst da morgen hin und bringst sie mit. Alles andere wird sich finden.«

»Aber hast du nicht selbst gesagt, wir müssen uns auch um uns selbst kümmern?«, versuchte Heller noch einmal zaghaft dagegenzusetzen.

»Aber ein Baby, Max, erst ein paar Tage alt. Willst du es verantworten, wenn es stirbt?«

Heller musste an den Erdhügel mit dem Kreuz denken. »Nein«, sagte er.

»Du bringst sie her, versprich es.«

»Ja, Karin, ich mache das. Morgen gehe ich wieder hin.«

Wo sollten sie das Mädchen und das Baby unterbringen, dachte er sich, was sollten sie essen? Konnte er ihr trauen? Das war überhaupt die entscheidende Frage, und die Antwort wusste er schon: Er konnte ihr nicht trauen. Doch er konnte sie auch nicht mit dem Säugling im Wald lassen.

Heller hatte sich wieder auf den Rücken gelegt und starrte die Decke an. Der Wecker auf dem Nachttisch tickte. Frau Marquart atmete ruhiger. Seine Füße waren noch immer kalt.

»Max«, sagte Karin und ihre warme Hand schob sich unter der Decke zu ihm. »Max, komm. Komm zu mir.«

10. Februar 1947, früher Morgen

Oldenbusch war sehr pünktlich am nächsten Morgen und wartete mit dem Auto bereits vor Hellers Haustür. Nach einer kurzen Begrüßung schwiegen die beiden Männer, bis sie das ehemalige Landgerichtsgebäude am Münchner Platz erreicht hatten. Ein sowjetischer Militärposten ließ sie durch das Tor passieren, damit sie den Wagen im Innenhof abstellen konnten. Nach einer beinahe halbstündigen Eingangsprozedur saßen sie Frau Schlüter endlich in einer kleinen Verhörzelle gegenüber.

Die Frau trug dieselbe Kleidung wie bei ihrer Verhaftung zwei Tage zuvor. Ihr Gesicht war grau, ihr Haar zwar straff zurückgebunden, doch sichtbar ungekämmt, und ihre Hände zitterten. Heller gab Oldenbusch ein Zeichen, der ihr daraufhin eine Zigarette anbot. Sie griff dankbar zu, ließ sie sich anzünden und nahm einen tiefen Zug. Dann wischte sie sich mit dem Daumen derselben Hand über die Augenwinkel.

»Was haben Sie mir nur angetan«, sagte sie leise und kraftlos.

»Sie hätten sich einiges ersparen können, hätten Sie uns gleich von Ihrem Sohn erzählt«, sagte Heller.

»Ja, wofür denn? Damit die Russen ihn verhaften und verschleppen? Ich kann nur hoffen, dass der Junge schlau genug ist und abgehauen ist. Ich habe sowieso schon alles verloren. Jetzt ist mir alles egal, alles!« Die Schlüter nahm einen weiteren tiefen Zug.

»Lassen Sie uns konstruktiv sein, Frau Schlüter. Es ist nicht alles verloren. Selbst Friedel nicht. Sie müssen mit uns kooperieren. Wir müssen herausfinden, ob und für welche Taten er verantwortlich ist. Wenn wir Friedel finden, wenn er durch unsere Anklage vor ein deutsches Gericht kommt, können wir mildernde Umstände anführen. Ihr Sohn ist noch jung. Er wird ein, zwei Jahre Zuchthaus bekommen, nicht mehr. Aber immer vorausgesetzt, Sie kooperieren.«

Die Frau sah zu dem winzigen Fenster ihrer Zelle. »Deutsches Gericht? Dass ich nicht lache. Es gibt kein Deutschland mehr. Eine russische Kolonie werden wir, mehr nicht. Ein versklavtes Volk.«

»Frau Schlüter, es geht um Ihren Sohn. Wenn wir seine Unschuld nicht beweisen können, werden die Sowjets ihm alles Mögliche anhängen. Die Anschläge und die Morde an Swoboda, an zwei sowjetischen Offizieren und möglicherweise auch an Armin Weiler.«

Sichtlich entsetzt schaute die Frau Heller jetzt an. »Mord?«

»Ja, Mord. Vor einem deutschen Gericht bekäme er fünfzehn Jahre Zuchthaus dafür, wie alt ist er? Fünfzehn, sechzehn? Was die Sowjets mit ihm tun, kann keiner sagen. Vielleicht bringen sie ihn nach Bautzen oder nach Sibirien. Das weiß keiner.«

»Aber er hat niemanden umgebracht!«

»Sagen Sie uns, was Sie wissen. Ist er für den Anschlag auf das OdF-Treffen im Münchner Krug verantwortlich? Wir haben Handgranaten des gleichen Typs und Flugblätter bei den Sachen gefunden, die er aus Ihrem Keller fortschaffen wollte. Würde er das Wort Bolschewismus mit doppeltem s am Ende schreiben?«

Frau Schlüter zog noch einmal an der Zigarette. »Er war so begeistert von dem Anschlag auf diese Russenkneipe. Endlich tut jemand was, hat er gesagt.«

»Rieten Sie ihm denn nicht ab davon?«

Frau Schlüter schwieg, dann schlug sie die Augen nieder. »Was hätte das schon genutzt, er hätte es ja doch getan. Irgendwas hätte er unternommen. Aber er wollte nicht töten, das weiß ich genau. Er hat die Granaten absichtlich danebengeworfen.«

Daran hatte Heller seine Zweifel, aber er schwieg dazu. »Wo hatte er die her?«

»Keine Ahnung. Ich wusste nicht einmal, dass er sie besaß.«

»Und für den Anschlag auf den Schwarzen Peter ist er nicht verantwortlich?«

»Er war daheim und hat auf dem Sofa geschlafen. Ich kann es beschwören. Und er hat auch keine Russen umgebracht. Friedel ist kein Mörder.«

»Sie kennen Armin Weiler?«

»Er war bei uns in der Buchhaltung angestellt.«

»In einer Tasche, die wir in Friedels Versteck gefunden haben, lag blutiges Werkzeug und die Hände von Weiler. Abgesägt!«

Frau Schlüter riss die Augen auf und schüttelte dann heftig den Kopf. »Nein, nein, nein! Hören Sie auf! Das glaube ich nicht, das sind doch alles Lügen! Da will ihm jemand etwas unterschieben.«

»Er ist völlig von der Nazipropaganda durchdrungen. Sie selbst sind eine überzeugte Nationalsozialistin, noch immer. Sie haben Juden zwangsbeschäftigt und Sie haben Leute aus der Nachbarschaft angezeigt, weil sie nicht richtig beflaggt hätten.«

»Das hat Ihnen doch die Dähne weisgemacht!«, fuhr die Schlüter auf. »Die Alte ist doch selbst nicht sauber. Verrückt ist die! Wer weiß, was bei der vor sich geht. Ein paarmal hab ich junge Mädchen bei der hineingehen sehen. Würde mich nicht wundern, wenn die dem Schwein die Nutten beschafft.«

Heller hatte sich eigentlich vorgenommen, das lamentierende Gerede der Frau zu ignorieren, doch an diesem Punkt wurde er hellhörig. »Wie kommen Sie zu dieser Annahme?«

»Zu der Russenkneipe gehört doch dieser Einhändige, der Stummelfranze, wie er genannt wird. Den kennen alle in der Gegend. Der ging früher bei der Dähne ein und aus. Und dass dort etwas nicht mit rechten Dingen zugeht, weiß auch jeder. Würde mich nicht wundern, wenn der Stummelfranze die Kneipe abgefackelt hat. Oder die Russen waren das, um etwas zu vertuschen. Und jetzt brauchen sie einen, der dafür herhalten muss.«

»Bei Frau Dähne haben Sie Mädchen hineingehen sehen? Was für Mädchen?«

»Irgendwelche. Dahergelaufene. Dreckige kleine Schlampen. Die wohnen im Wald oder was weiß ich wo und klauen wie die Elstern. Die tun alles für eine Mahlzeit.«

Heller sah kurz zu Oldenbusch und warf einen Blick auf dessen Notizen. Dann gab er seinem Assistenten einen leichten Stoß, woraufhin dieser noch einmal die Zigaretten hervorholte und Frau Schlüter eine anbot. Die Frau bediente sich, ohne sich zu bedanken, und ließ sie sich wieder anzünden.

»Wo ist Friedel?«, begann Heller noch einmal.

»Weiß ich nicht.«

»Frau Schlüter, Sie müssen mir vertrauen. Sagen Sie es mir!«

Die Frau beugte sich vor. »Ich weiß es nicht«, sagte sie betont langsam.

Jetzt beugte sich auch Heller vor und blickte der Frau in die Augen. »Nur wir können Ihrem Sohn helfen. Seine einzige Rettung ist es, wenn wir ihn finden. Denken Sie nach, wo könnte er sein? Hat er ein Versteck? Haben Sie Verwandte in der Stadt? Oder versteckt er sich im Wald?«

Oldenbusch merkte auf. »Vielleicht kennt er die Kinder?«, raunte er Heller zu.

Aber Heller ignorierte die Äußerung. »Frau Schlüter, es geht um Ihren Sohn. Er muss essen, er muss schlafen. Vielleicht braucht er Sie und kommt zurück. Dann läuft er einem der Polizisten in die Arme, die um das Haus postiert sind. Vielleicht schleicht er sich im Dunkeln an und wird von einem Rotarmisten erschossen. Es kann alles Mögliche sein, und früher oder später wird etwas geschehen.«

Frau Schlüter hatte Hellers Rede verfolgt, ohne eine Regung zu zeigen. Nun betrachtete sie die halb aufgerauchte Zigarette, als würde ihr jetzt erst bewusst, was sie tat, verzog den Mund zu einem bitteren Lächeln und drückte sie auf der Tischplatte aus. »Wir werden sehen.«

»Können Sie Ihre Gedanken nicht für sich behalten, bis wir alleine sind?«, fuhr Heller Oldenbusch nach dem Verhör an.

»Entschuldigen Sie, der Gedanke kam mir plötzlich und schon hatte ich ihn ausgesprochen.«

Die beiden Männer schritten nebeneinander den langen Gang hinunter, vorbei an den Zellen, in denen noch vor zwei Jahren Menschen auf ihre Aburteilung gewartet hatten, weil sie angeblich Juden versteckt, Wehrkraftzersetzung betrieben, spioniert, sich defätistisch geäußert oder sich auf sonst eine Art und Weise dem Dritten Reich gegenüber schädlich verhalten hatten. Nun saßen hier wieder Menschen hinter Schloss und Riegel. Bestimmt waren unter ihnen viele wirkliche NS-Verbrecher, doch manche waren auch einfach nur denunziert worden und hatten kaum die Möglichkeit, sich gegen die scheinbar willkürlich arbeitende sowjetische Entnazifizierungsmaschinerie zu wehren.

»Die Schlüter ist aber auch wirklich hartnäckig«, versuchte Oldenbusch im Auto die gedrückte Stimmung zu moderieren, während er den Wagen startete. Der Motor wollte beim ersten Versuch nicht anspringen.

»Sie traut uns nicht. Und vielleicht weiß sie es wirklich nicht«, gab Heller zu bedenken. Er hatte sich wieder etwas beruhigt und war froh, dass Oldenbusch nicht beleidigt war.

»Und die Sache mit der Frau Dähne, müssen wir der nachgehen?«

»Ansehen werde ich mir die Frau in jedem Fall.« Heller überlegte und ging seine Aufgabenliste für den heutigen Tag durch. »Ich muss heute unbedingt noch einmal in den Wald zu dem geheimen Lager. Mit Gutmann müssen wir noch einmal reden und zu Kasraschwili wollte ich auch. Und ich darf nicht vergessen, auf das Kohleamt zu gehen.« Heller zögerte kurz und fasste dann einen Entschluss. »Warten Sie hier, Werner«, befahl er und stieg wieder aus.

»Mir wurde schon von Ihrer Art berichtet, sich Gehör zu verschaffen.« Ovtscharov goss sich Tee in die Tasse.

»Nun, da ich hier war, dachte ich, es wäre einen Versuch wert.« Heller ertappte sich dabei, wie er auf die Tasse starrte, und zwang sich, woanders hinzusehen.

Ovtscharovs Büro war bei weitem nicht so groß und beeindruckend wie Medvedevs. Es war eine normale Schreibstube, mit Aktenschränken und Stahlregalen voller Ordner, einer gelbgrauen Gardine vor dem Fenster und einem Porträt von Stalin an der Wand, dessen Lippen ein väterliches Lächeln umspielte. Es roch nach kaltem Rauch. Die rote Fahne hinter Ovtscharov war der einzige Farbtupfer in dem tristen Gesamtbild.

Der Russe rührte seinen Tee um, nahm sich dann eine Zigarette und zündete sie an.

»Also, was wollen Sie? Bericht erstatten? Eine starke Frau, diese Frau Schliter.«

»Frau Schlüter, ja, das musste ich auch feststellen.«

Ovtscharov lächelte. »Bewundernswert, ihr Stolz und ihre Härte gegen sich selbst. Das gefällt mir, wissen Sie, Genosse Oberkommissar.«

»Ich kann mit dem Begriff Stolz nichts mehr anfangen. Stolz verursacht nur Leid.«

Ovtscharov wollte erst widersprechen, dachte dann darüber nach und deutete dann mit dem Zeigefinger anerkennend auf Heller. »Was wollen Sie? Ich habe von der Schliter nichts erfahren können.«

»Ich möchte etwas anderes von Ihnen.«

Ovtscharov setzte sich gerade hin und sah Heller mit belustigter Aufmerksamkeit in die Augen.

»Ich muss mir ein Bild über den Umgang der ermordeten Offiziere Cherin und Berinow machen. Ich muss wissen, mit wem sie befreundet waren. Ich muss wissen, wann und wie oft sie den Schwarzen Peter besuchten, wer noch bei ihnen war. Außerdem muss ich Sie bitten, mir einen Bericht über Kapitan Kasraschwilis Verhalten, seinen Umgang, seine Gepflogenheiten zukommen zu lassen. Ich bitte Sie, dabei mit aller Vorsicht und Diplomatie vorzugehen.«

»Sie bitten darum? Haben Sie Kasraschwili etwas vorzuwerfen? Und warum so zögerlich?«

»Sein Name tauchte im Zusammenhang mit meinen Ermittlungen mehrmals auf. Es besteht ein gewisser Verdacht, dass er mit Medikamenten aus sowjetischen Beständen Geschäfte betreibt.«

Ovtscharov schien nicht überrascht zu sein. »Kasraschwili hat sich schon des Öfteren in Schwierigkeiten gebracht. Er ist wegen nachlässigen Verhaltens schon zweimal degradiert worden. Aber der Verdacht, dass aufgrund seiner Fehldiagnosen und falscher Behandlung mehrere russische Offiziere ums Leben gekommen sind, konnte nicht bestätigt werden. Allerdings scheinen ihn die Belange der Sowjetunion nur sehr mäßig zu interessieren.«

Heller hatte jetzt fast das Gefühl, den Georgier in dieser Hinsicht in Schutz nehmen zu müssen. »Er ist wohl eher Musiker, kein Arzt aus Leidenschaft, noch weniger ein Soldat.« Unzufrieden mit seiner eigenen Wortwahl sprach Heller nicht weiter. Nur nicht die Sache noch verschlimmern.

»Nun, keiner von uns tut, was er tun möchte. Der Krieg hat aus uns allen Soldaten gemacht.«

Heller versuchte es noch einmal. »Wussten Sie, dass Kasraschwilis Vater ein berühmter Konzertpianist ist?«

»War. Er ist tot. Er wurde 38 bei einer Säuberungsaktion erschossen, die von Marschall Stalin befohlen worden war.« Ovtscharov ließ seine Worte ein wenig wirken, blies dabei den Zigarettenrauch durch einen Mundwinkel und aschte auf die Untertasse.

»Und, Genosse Oberkommissar, haben Sie sonst noch Informationen? Da Sie nun schon einmal da sind.«

Heller räusperte sich und suchte nach einer guten Formulierung für seinen nächsten Gedanken. »Haben Sie schon einmal in Betracht gezogen, dass der Anschlag auf den Schwarzen Peter eine Verdunklungstat war, ein Versuch, etwas zu vertuschen? Und zwar von einem Angehörigen der sowjetischen Streitkräfte. Laut Gutmanns Aussage gab es einen Streit zwischen Berinow, Cherin und einem gewissen Franz Swoboda.«

»Stummelfranze«, Ovtscharov nahm eine Akte von einem Stapel auf seinem Schreibtisch. »Vassili Cherin äußerte einmal einem meiner Männer gegenüber, dieser Swoboda sei ein Kriegsverbrecher, wollte danach aber nicht weiter darauf eingehen. Das war vor etwa zehn Tagen. So viel war herauszubekommen, dass Swoboda in einem gewissen Abhängigkeitsverhältnis zu Gutmann stand und für diesen die Dreckarbeit verrichtete. Er gilt als unberechenbar und extrem gewalttätig. Anderen Aussagen zufolge muss Cherin im angetrunkenen Zustand diesem Swoboda angedroht haben, ihn nach Sibirien zu bringen. Weiter konnten wir der Sache nicht nachgehen, denn Cherin wurde tot gefunden.«

Heller war erstaunt. »Dies hört sich an, als betrieben Sie schon seit einiger Zeit Nachforschungen?«

»Natürlich, wenn ein Angehöriger unserer Streitkräfte umgebracht wird. Unser erster Verdacht fiel natürlich auf Gutmann. Doch der hat ein sicheres Alibi für die Nacht, in der Berinow starb. Er hat Freunde in gewissen Kreisen, gegen die vorzugehen selbst mir unmöglich ist.«

»Sie meinen in hohen militärischen Kreisen?«

Ovtscharov antwortete nicht und sah Heller nur starr an.

»Sie wissen, was in dieser Kneipe vor sich ging, auch wenn es scheinbar nur einen kleinen Teil der Besucherschaft betrifft?«

Ovtscharov blieb stumm, doch sein Verhalten war Heller Antwort genug.

»Sie wollen und müssen um jeden Preis einen Eklat vermeiden?«

Ovtscharov sog an seiner Zigarette und ließ den letzten Rest Tabak verglühen. Heller hatte das Gefühl, der Mann wollte ihm etwas sagen, traute jedoch seiner eigenen Behörde nicht.

»Ich gebe Ihnen unsere Untersuchungsakten, auch die Akte Kasraschwilis. Es ist jedoch wichtig, Genosse Heller, dass Sie nicht die eine mit der anderen Sache vermischen und gleichsam allen Hinweisen nachgehen«, meinte Ovtscharov schließlich.

»Was hätten Sie getan, wäre Berinow nicht tot aufgefunden worden und wäre ich nicht zufällig an diesen Fall geraten?«

»Sie sind nicht zufällig an den Fall geraten, Heller. Auf Wiedersehen.«

10. Februar 1947, Vormittag

Staatsanwalt Speidel fuhr sich mit der Hand sachte am Scheitel entlang, während er in den russischen Unterlagen blätterte. Heller beobachtete ihn. Er wusste nicht, ob Speidel mit dem Material etwas anfangen konnte. Jedenfalls sah es nicht so aus, als würde Speidel es nur überfliegen. Nach einigen Minuten sah er auf und kaute nachdenklich auf seiner Unterlippe. Heller wartete ab.

»Sie verfügen über erstaunliche Quellen«, begann Speidel vorsichtig. »Es ist Ihnen klar, dass wir uns beide auf vermintem Gelände bewegen?«

Heller schwieg.

»Nach Ihrer Theorie haben also Cherin und Berinow Gutmanns Kneipe regelmäßig besucht. Irgendwann ist Cherin mit Swoboda in Streit geraten. Swoboda hat Cherin verfolgt und erstochen. Daraufhin hat Berinow diesen Swoboda umgebracht, hat ihm den Kopf abgetrennt, um sein Rachegefühl zu befriedigen. Daraufhin hätte Gutmann Berinow umgebracht, um Swoboda zu rächen?«

»Keine Theorie, nur ein mögliches Szenario. Gutmann könnte genauso beide umgebracht haben. Vielleicht hatte er sogar einen Auftrag dazu. Allerdings passt Armin Weiler nicht in dieses Szenario, oder er spielt eine Rolle, die wir noch nicht kennen. Noch haben wir ja nicht einmal seinen Leichnam, nur die Hände.«

»Lassen wir den Weiler zuerst außen vor. Wie sollte Gutmann das rein körperlich geschafft haben? Er ist zwar groß, aber nicht wirklich kräftig, eher schwammig, oder? Nach allem, was wir von Swoboda wissen, war der eher stämmig und sehr kräftig. Und wie sollte Gutmann sich Berinow mit dem Bajonett genähert und ihn angegriffen haben, ohne dass dieser sich zur Wehr setzte?«

Heller fand Speidels Einwände völlig irrelevant. »Zum einen: Irgendjemand hat es ja auf diese Art und Weise getan! Zum anderen: Berinow hatte einen Einstich am Oberarm. Vielleicht hat der Mörder ihn mit einer Evitanspritze überrascht, hat gewartet, bis er betäubt war, um ihn dann in den Hals zu stechen. Es könnte natürlich auch jeder andere getan haben, doch bei Gutmann fanden wir nun mal das Mittel und das Spritzbesteck.«

»Auf offener Straße? Und warum nahm er ihm den Rucksack nicht ab?« Speidel war die Skepsis deutlich anzusehen.

»Nun, vielleicht wurde er von Frühschichtarbeitern überrascht und musste flüchten. Wie gesagt, es ist nur eine These, wir haben zwei tote Sowjets, einige Körperteile von zwei toten Deutschen, ein totes Mädchen und das Gerücht von einem zweiten toten Mädchen, keine handfesten Indizien und Zeugenaussagen. Es kommt mir vor, als irrte ich durch die Stadt und liefe den Ereignissen nur hinterher. Solange uns nichts Besseres einfallen will oder sich andere Hinweise ergeben, sollten wir uns wenigstens an ein Szenario halten. Ich hatte schon Mörder mit weniger plausiblen Motiven, Herr Staatsanwalt. Gern höre ich mir auch Ihre Vorschläge an. Ich will Gutmann heute Nachmittag noch einmal vernehmen. Gestern Abend ist er schon ein wenig eingeknickt, als ich ihm verdeutlichte, dass man ihn durchaus einiger Verbrechen anklagen könnte, des Totschlags, der unterlassenen Hilfeleistung, der Hehlerei und des sittenwidrigen Verhaltens.« Von Fanny wollte Heller vorerst nichts berichten. Dieser

Spur musste er erst noch nachgehen, und zwar sobald er das Büro des Staatsanwaltes verlassen hatte.

»Kommen wir zu diesem Problem«, sagte Speidel und vermied es, Heller anzusehen, stattdessen wischte er sich imaginären Staub vom Revers seines Jacketts.

Heller richtete sich ein wenig in seinem Stuhl auf, war fest entschlossen dem ehemaligen Nazi keine Handbreit Raum zu schenken.

»Gutmann ist frei«, sagte Speidel und warf Heller nur einen kurzen Blick zu, um sich dann wieder seinem Revers zuzuwenden.

Heller schaute sein Gegenüber ungläubig an. »Das kann doch nicht sein! Eine junge Frau, ein Kind noch, starb in seinem Haus. Er hat zugegeben, dass er versucht hat, ihren Tod zu vertuschen. Es besteht außerdem akute Verdunklungsgefahr bezüglich Swobodas Tod.«

»Genosse Oberkommissar, ich weiß das alles. Ich war es nicht, der ihn freiließ, auch nicht die Richter. Jemand aus der SMAD hat seine Freilassung erwirkt. Jemand von ganz oben. Ich bin auch erst danach informiert worden.«

»Seit wann ist er draußen?«

»Seit sieben etwa.«

»Wurde jemand abgestellt, ihn zu beobachten?«

»Ich sagte doch, ich habe erst nach seiner Entlassung davon erfahren«, wiederholte Speidel. »Und Heller, unter uns, ihn jetzt beobachten zu lassen, könnte uns Kopf und Kragen kosten!«

»Nur mal angenommen, Gutmann wäre der Hauptschuldige, würde er jetzt nicht versuchen, sich der restlichen Zeugen zu entledigen?«, fragte Heller und dachte dabei unter anderem an Kasraschwili.

»Wäre er schlau, würde er sich in den Westen absetzen«, sagte Speidel.

»Der wurde nicht freigelassen, um abzuhauen. Jemand hat ihn beauftragt klar Schiff zu machen!« Heller erhob sich, beugte sich über den Tisch, um die Akten wieder an sich zu nehmen, die Ovtscharov ihm überlassen hatte. Er fragte sich, wer in der SMAD das größte Interesse daran hatte, die Stimmung in der deutschen Bevölkerung nicht weiter hochkochen zu lassen. Viele Namen fielen ihm dabei nicht ein.

Mit jedem Schritt, mit dem sich Heller der Dresdner Heide näherte, fühlte er sich nackter. Bis auf eine Brotschnitte in seinem Mantel, die ihm als Mittagessen dienen sollte, hatte er nichts auftreiben können, was er den Kindern hätte mitbringen können. Es wäre unmöglich gewesen, Karin um eine Spende zu bitten, denn sie selbst lebten ja auch nur von dem, was sie am Tag bekommen konnten. Er wusste nur zu gut, wie Karin sich das Essen vom Mund absparte, damit sie ihm manchmal etwas mehr geben konnte, er wusste, wie sie Frau Marquart von der wenigen Brühe, die sie hatten, etwas abgab, obwohl die Kranke noch immer alles ausspie. Und immer hatten sie Angst, heute oder morgen gar nichts zu ergattern. Es gab keine Reserven mehr, nirgends. Was, wenn Karin krank werden würde, wenn sie vor Hunger und Erschöpfung nicht mehr weitermachen könnte? Sie war schon kaum mehr als ein Schatten ihrer selbst. So leicht war sie gewesen in der Nacht, so fragil.

Heller lief weiter über den Bischofsweg hinein in den Prießnitzgrund und unter der hohen Carolabrücke hindurch. Er musste wieder daran denken, dass sich hier bei Kriegsende noch einige Verzweifelte hinuntergestürzt hatten, weil sie den Untergang des Deutschen Reiches nicht ertragen konnten und aus purer Angst vor russischen Repressalien.

Es gab noch einen Grund, weshalb Heller sich nackt fühlte. Er hatte Oldenbusch seine Waffe gegeben, zur Sicherheit und weil er den Kindern beweisen wollte, dass er es ehrlich meinte. Aus demselben Grund hatte er Oldenbusch befohlen, ihm nicht zu folgen und keine Anstalten zu machen, ihn zu suchen. Stattdessen hatte er ihn beauftragt, Gutmann zu beobachten.

Heller wusste, dass er sich in große Gefahr begab. Der Junge, Jörg, war zu allem bereit und hatte Wachen postiert. Er war zweifellos fest entschlossen, seine kleine Gemeinde zu beschützen. Die jüngeren Kinder kannten nur den Kampf ums Überleben, der sie vielleicht sogar schon zu Mördern gemacht hatte. Und Jörg, liebte er Fanny? Sie hatte ein Russenkind ausgetragen, von dem er glaubte, es wäre seins. Was, wenn er doch nicht so naiv war? Was, wenn er bereits Rache geübt hatte?

Heller war fast eine halbe Stunde gelaufen und eine ganze Weile dem Bach gefolgt, als er plötzlich ein Knacken hörte. Er sah sich nach der Stelle um, an der Fanny den Wasserlauf überquert hatte. Ob er schon verfolgt wurde? Heller zwang sich dazu, ganz normal weiterzugehen, obwohl alles in ihm danach trachtete, in Deckung zu gehen, sich zu verstecken. Aber die Kinder sollten sehen, dass er nichts Böses im Schilde führte. Wieder knackte und knirschte es leise, so wie das Laub unter seinen Schuhen. Versteckte sich jemand hinter den Bäumen und hatte womöglich schon eine Waffe auf ihn gerichtet? Heller ging noch ein Stück den Bach entlang. Es war düster geworden, der Himmel war völlig zugezogen und leichter Schneefall hatte eingesetzt. Das konnte er nicht gebrauchen.

Es kamen ihm zwei Leute entgegen, ein Mann und eine Frau unbestimmten Alters. Auf dem Rücken trugen sie gebündeltes Reisig. Heller drückte sich nun doch ins Gebüsch und wartete, bis sie ihn passiert hatten. Erst dann ging er weiter, bis er schließlich die Stelle am Bach fand, an der er über einige Steine auf die andere Seite gelangen konnte. Er sprang hinüber, glitt auf dem letzten aus und konnte sich nur mit einem ungelenken Sprung trocken auf das andere Ufer retten. Ein heftiger Schmerz war in seinen rechten Knöchel gefahren. Humpelnd und nun mit erhobenen Händen, um seine friedlichen Absichten zu verdeutlichen, stapfte Heller den Hang hinauf. Als sein Fuß im Wurzelwerk hängen blieb, strauchelte er, aber er behielt die Hände über dem Kopf. Endlich hatte er die Kuppe des Hügels erreicht, hinter dem sich das Lager befand. Dann ließ er langsam seine Arme sinken. Das Lager war leer.

Er hätte es sich denken können, trotzdem war er enttäuscht. Langsam lief Heller den Hang auf der anderen Seite hinunter. Die Zelte waren abgebrochen, beinahe restlos entfernt worden, nur an ein paar dunklen Stellen war zu erkennen, wo sie gestanden hatten. Der Schnee würde auch sie bald zudecken. Die Feuerstellen waren längst erkaltet, der Unterschlupf war eingerissen, die Stützbalken weggeschlagen und das Erdreich eingestürzt. Heller stocherte mit einem Stock in einigen Erdlöchern herum und schob mit der Fußspitze aufgehäuftes Laub beiseite, ohne zu wissen, wonach er suchte. Er entdeckte eine Vertiefung, die Müll, Konservendosen und auch ausgekochte und zertrümmerte Knochen enthielt. Er fand Skelette von Eichhörnchen oder Ratten, aber auch größere Knochen, und je länger er sie betrachtete, desto mehr fürchtete er, dass sie menschlicher Herkunft waren. Speiche und Elle eines Armes vielleicht. Er hätte diesen Gedanken gerne verdrängt, aber das ging nicht.

Nun folgte er ein paar vagen Spuren bis zu dem schmalen Wasserlauf, wo sie sich verloren. Die Kinder mussten durch das Wasser gewatet sein, und es war nicht einmal herauszufinden, ob sie den Bach hinauf- oder hinabgelaufen waren.

Was sie wohl mit den Kranken gemacht hatten? Auf dem

Rücken getragen oder auf einer Trage? Eines war sicher: Sie waren wegen ihm weggegangen.

Heller musste schließlich einsehen, dass eine weitere Suche keinen Sinn machte. Er würde die Kinder hier und heute nicht finden. Zwar war die Heide mit ihren rund sechstausend Hektar kein riesiger undurchdringlicher Wald, doch das Gebiet war groß und unübersichtlich genug, um sich zu verstecken. Es würde Hunderte Polizisten benötigen, um es zu durchkämmen, und selbst dann bliebe auf drei Seiten der offene Weg über die Felder, nach Ullersdorf, Radeberg und Langebrück. Aussichtslos.

Enttäuscht und erschöpft machte sich Heller auf den Heimweg. Dichter Schneefall setzte ein, was es nicht einfacher machen würde für die kleine Gruppe, hier draußen zu überleben. Ihr Lager war jetzt sicherlich noch weiter weg von jeglicher Zivilisation. Überhaupt mussten sie erst mal wieder Unterstände schaffen und sich einrichten. Auch wenn die Temperaturen etwas anstiegen und in wenigen Wochen vielleicht schon Frühling sein würde, den Kindern stand noch ein harter Kampf bevor.

Heller war zuerst dem Weg gefolgt, den er gekommen war, beschloss dann aber, den Bach nicht wieder an derselben Stelle zu überqueren. Allzu groß war die Gefahr, auszurutschen und zu stürzen. Stattdessen folgte er weiter dessen Verlauf, kürzte an größeren Biegungen ab und gelangte so bis zu einer Wegkreuzung, von wo aus der Weg steil nach oben führte. Dort vermutete er den Militärfriedhof, von dem aus es nicht mehr weit zu den Garnisonen mit Kasraschwilis Abteilung war. Doch noch bevor er eine Entscheidung treffen konnte, bemerkte Heller eine Bewegung auf der anderen Seite der Prießnitz. Er ging sofort in Deckung und beobachtete, wie sich eine schwarz gekleidete Person näherte. Es war eindeutig ein Mann, auf den ersten Blick unbewaffnet und doch im Verhalten auffällig und eindeutig kein normaler Holzsucher. Immer wieder blieb er stehen, um sich umzusehen und dann eilig weiterzuhasten. Irgendwo glaubte Heller, den Mann schon einmal gesehen zu haben, zumindest dessen Art, sich zu bewegen, ihm wollte aber nicht einfallen, wo. Er ließ ihn vorübergehen und folgte ihm dann in einigem Abstand.

Nach einem anstrengenden Marsch, der Heller alle Aufmerksamkeit abforderte, erreichten sie schließlich wieder den Bischofsweg, dem der Mann zielstrebig bis zur Kamenzer Straße folgte. Immer weiter geradeaus ging es, bis sie in die Martin-Luther-Straße einbogen.

Und plötzlich wusste Heller, wem er da folgte. Der Mann vor ihm hatte inzwischen den Martin-Luther-Platz überquert und steuerte auf die Kirche zu. Dort holte er einen Schlüssel aus seiner Hosentasche und betrat die Kirche durch den Seiteneingang. Heller wartete einige Augenblicke, warf einen Blick auf seine Uhr und folgte dann dem Pfarrer durch das große Hauptportal in die Kirche.

10. Februar 1947,
früher Nachmittag

Das hohe Gebäude empfing ihn dunkel und kühl. Es hatte die Bombardierung beinahe schadlos überstanden. Durch die kleineren Bleiglasfenster der Apsis drang trübes farbiges Licht. Die kaputten riesigen runden Fenster des Querschiffes waren mit Holz geflickt, nur wenige dünne Strahlen gelangten durch die Spalten und Ritzen, auf dem Altar brannten einige wenige Kerzen.

Die Kirche war groß, hatte viele Sitzplätze. Langsam schritt Heller an den Bankreihen vorbei. Seit dem Ersten Weltkrieg hatte er eine Kirche nur noch zu wenigen Anlässen betreten, genauer gesagt zu den Hochzeiten seiner beiden besten Freunde, die mitsamt ihrer Familien im Februar fünfundvierzig ums Leben gekommen waren, und zu seiner eigenen Hochzeit, Karin zuliebe, die es ihrer viel zu früh verstorbenen Mutter versprochen hatte. Heller hatte den letzten Rest seines Glaubens, den ihm seine Mutter in der Kindheit mitgegeben hatte, im Schützengraben in Belgien verloren.

Es war eine kleine Hochzeit gewesen. Karin war verwaist, nachdem die Nieren ihres Vaters versagt und ihm einen qualvollen Tod im Krankenhaus bereitet hatten. Und Hellers Eltern waren damals schon krank gewesen, sie hatten wie Greise gewirkt so schmal und eingefallen, dabei waren sie noch nicht einmal sechzig Jahre alt gewesen. Seine Mutter hatte Tränen in den Augen gehabt, ahnte sie damals doch schon, dass sie ihre Enkelkinder niemals sehen würde.

Heller schob die Vergangenheit beiseite. Er schaute sich

um. Nur wenige Besucher befanden sich in dem Gotteshaus. In einer der vorderen Bankreihen saß eine Frau mit Kopftuch. Weiter hinten, ganz außen, saß ein älterer Mann und starrte in stiller Andacht nach vorn. In der Dunkelheit konnte Heller einige weitere Personen ausmachen.

Er lief nicht ganz vor bis zum Altar, sondern schob sich irgendwann linker Hand durch eine der Bankreihen und wartete im Dunkel unter den Emporen ab, was geschehen würde. Nach einigen Minuten öffnete sich die Tür der Sakristei und der Pfarrer kam heraus. Er trug einen schwarzen Anzug und das Kollar, sein Haar war streng gescheitelt. Mit leisen Schritten näherte er sich der alten Frau in der vorderen Reihe, sprach sie an, wechselte einige geflüsterte Worte mit ihr und nickte bedächtig. Dann wandte er sich zum Altar, wechselte die heruntergebrannten Kerzen aus und entzündete neue. Als er in die Sakristei zurückgehen wollte, stellte Heller sich ihm in den Weg.

Der Pfarrer sah ihn erstaunt an. »Kann ich Ihnen ...« Nun zögerte er. »Ich kenne Sie, Sie sind der Kriminalpolizist.«

»Kriminaloberkommissar Heller. Ich muss Sie sprechen, jetzt, dringend.«

Der Pfarrer warf einen prüfenden Blick ins Mittelschiff, nickte dann, bat Heller in die Sakristei und schloss die Tür hinter ihnen mit dem Schlüssel ab.

Heller sah sich in dem nicht sehr großen Raum um. Er war zugebaut mit Schränken, an deren Türgriffen verschiedene Gewänder auf Bügeln hingen, mit einem großen Tresor und einem massiven Tisch aus Eichenholz, auf dem sich verschiedene Kerzenständer, Kelche, Altarleuchter, aber auch Kisten und Kartons befanden. Weitere Kisten stapelten sich auf dem Boden. Alles zusammen wirkte der Raum eher wie eine Abstellkammer, chaotisch und unordentlich. Und dazwischen stand ein gemachtes Bett. Offenbar wohnte der Pfarrer hier.

Durch das Glas des hohen Fensters konnte Heller sehen, dass der Schneefall noch stärker geworden war. Das Fenster selbst war vergittert. Dann wandte er sich an den Pfarrer.

»Nennen Sie mir bitte Ihren Namen.«

»Beger, Christian.«

»Geboren am?«

»20. August 1910.«

Heller notierte sich die Angaben und legte dann sein Notizbuch auf den Tisch und daneben den Bleistift.

»Herr Beger, ich bin Ihnen gerade aus dem Wald bis hierher gefolgt. Ich weiß, dass Sie bei den Kindern gewesen sind«, begann Heller ohne Umschweife. Er hatte wenig Zeit. »Gestern habe ich die Gruppe zufällig entdeckt, heute war das Lager abgebrochen. Sagen Sie mir, wo die Kinder sind. Sie wissen es!«

Der Pfarrer schaute Heller unverwandt an. »Ich habe sie heute auch nicht gefunden.«

Heller sah den Mann streng an. »Ihr Rucksack war auf dem Heimweg leer. Natürlich haben Sie ihnen etwas zu essen gebracht. Ich nehme an, davon.« Heller griff in einen der Kartons und nahm eine Konservenbüchse heraus, in der sich Schinken befand. Auch in den anderen Kisten stapelten sich Lebensmittelkonserven. »Ich habe genau solche Büchsen im Müll der Kinder gefunden«, sagte Heller aufs Geratewohl. Dieselben Büchsen hatte er auch in Gutmanns Regalen gesehen. Gut möglich, dass Fanny sie daher bezogen hatte.

Der Pfarrer wurde spürbar unsicherer. Er schwankte leicht. »Wie kann ich Ihnen vertrauen? Woher weiß ich, dass Sie nicht die Russen auf die Kinder hetzen?«

»Hören Sie, es geht mir vor allem um den Säugling. Ich möchte Fanny überreden, mit mir nach Hause zu kommen. Mutter und Kind können dort nicht bleiben.«

»Was kümmert es Sie?« Die Augen des Pfarrers blickten

unstet, seine schmalen Schultern wirkten, als zöge ihn die Last des Kummers nach unten.

Es tat Heller leid, doch er musste den Mann so unter Druck setzen. »Außerdem gab es zwei schwerkranke Kinder da. Die lagen schon im Delirium. Vielleicht sind sie mittlerweile tot.«

Der Pfarrer blinzelte. Er kämpfte mit sich und suchte nach Worten. Verschämt wischte er sich über die Augen. »Ich versuche ja zu helfen. Ich bringe Ihnen, was immer ich kann. Ich gebe ihnen, was ich entbehren kann.«

»Sollten Sie nicht dafür sorgen, dass die Kinder in Obhut von Erwachsenen gelangen?«

»Glauben Sie, ich hätte das nicht versucht? Es ist unmöglich. Jörg lässt das nicht zu. Er ist ihr Anführer. Er passt auf sie auf wie auf eigene Kinder. Und glauben Sie mir, es geht ihnen dort draußen nicht schlechter als hier in der Stadt.« Beger musste wieder mit den Tränen kämpfen und Heller konnte es ihm nicht übel nehmen. Welches Elend musste der junge Pfarrer wohl tagtäglich mit ansehen?

»Aber sie sind krank und unterernährt, voller Wanzen und Läuse, sie werden buchstäblich am lebendigen Leibe aufgefressen!«

»Was wissen Sie schon!«, fuhr Beger auf. »Sie haben gut reden. Niemand will sie. Niemand kennt Mitleid, nicht einmal mit den Kleinsten. Man schlägt nach ihnen, schießt sogar auf sie. Sie sind einsam, verstehen Sie? Einsam und verlassen. Es bricht mir das Herz, sie so zu sehen. Die Jüngsten wissen nicht einmal mehr, dass sie eine Mutter und einen Vater hatten, manche wissen nicht einmal ihre eigenen Namen.« Die Stimme des Pfarrers überschlug sich mit dem letzten Wort. Sein Gesicht war grau, die Sorgen hatten sich tief in seine sonst jugendlichen Züge gegraben. Er atmete tief durch und versuchte seine Beherrschung wiederzuerlangen.

»Aber es gibt doch Heime«, versuchte es Heller in ruhigem Ton.

Beger schnaubte und zischte ein zynisches Lachen hervor. »Kennen Sie die Heime? Das sind kaum mehr als Gefängnisse für Kinder. Keine Liebe gibt es da. Nichts. Als wären sie Verbrecher, als könnten sie etwas für ihr Schicksal!«

»Aber gibt es denn keine christlichen ...« Heller bemerkte den Blick des Pfarrers und unterbrach sich. Er würde nicht zu Einsicht gelangen. »Dieser Jörg scheint mir sehr gefährlich zu sein.«

Beger lehnte sich erschöpft an die Tür, dehnte seinen Rücken und verzog dabei das Gesicht unter Schmerzen. »Er kennt keine Regeln. Er ist Waise und hat immer nur gelernt, für sich selbst zu sorgen.«

»Glauben Sie, er ist in der Lage zu töten?«

Beger zögerte wieder und sah dabei zur Zimmerdecke, als ob er von dort Hilfe erwarten könnte. »Er ist gefährlich, weil er so naiv ist, weil er ihr Beschützer sein möchte. Weil er durch und durch zum Nazi erzogen wurde. Aber er kennt es nicht besser. Alle da kennen es nicht besser.«

»Er liebt Fanny, habe ich recht? Wissen Sie, ob Fanny diesen Gutmann kannte, hat sie sich für ihn prostituiert? Wissen Sie, von wem das Kind ist?«

Beger stieß sich von der Tür ab. Seine Gesichtszüge verhärteten sich. »Fanny sagte mir schon, dass Sie darauf aus wären, uns auszuhorchen. Was auch immer Jörg getan hat, er beschützt die Kinder, er sorgt für sie. Ich will nicht wissen, was mit ihm geschieht, wenn ihn die Russen erwischen. Und erst recht nicht, was dann mit den Kindern passiert.«

Beger wollte gehen, doch er hatte die Tür abgeschlossen und musste erst unwirsch mit dem Schlüssel hantieren, der sich nur schwerfällig zu drehen schien, sodass er die andere

Hand zu Hilfe nehmen musste. Heller stellte seinen Fuß gegen die Tür.

»Ich will die Kinder nicht verraten. Ich will sie nicht den Russen ausliefern. Ich will gar nicht wissen, wo sie sind. Ich will nur Fanny und das Baby. Wir werden uns um sie kümmern, meine Frau und ich. Das Mädchen muss zum Arzt. Sie hat den Tripper und hat ihr Kind angesteckt damit.«

Beger zerrte wütend an der Türklinke, doch Heller war stärker. Schließlich gab der Pfarrer auf.

»Nein, das können Sie nicht verlangen von mir. Ich traue Ihnen nicht. Und Jörg würde das sowieso nicht zulassen. Sie können froh sein, dass er Sie am Leben gelassen hat.«

»Morgen früh um sechs komme ich wieder. Und wir werden gemeinsam gehen. Ich bringe etwas zu essen mit. Ich meine es gut. Vertrauen Sie mir.«

Beger zerrte wieder an der Tür und Heller gab sie endlich frei.

»Ich mach das nicht, nein!«

Heller ging durch die nun offene Tür zurück ins Mittelschiff der Kirche. Die vordere Bankreihe war leer. Die alte Frau, mit der der Pfarrer zuvor geflüstert hatte, war gegangen, die große Eingangstür schloss sich gerade wieder.

»Morgen früh. Ich werde hier sein und ich komme allein«, wiederholte Heller noch einmal leise. Beger zog sich wortlos in das Zimmer zurück und verschloss die Tür. Schnellen Schrittes verließ Heller die Kirche.

Der Schneefall hatte wieder nachgelassen. Heller stand auf dem Martin-Luther-Platz und sah sich um, entdeckte die Alte, die dabei war, in die nächste Querstraße einzubiegen. Er sah auf die Uhr und seufzte unmerklich. Der Hunger nagte unerträglich in ihm. In seiner Tasche steckte das mit Leberwurst bestrichene Brot, eingeschlagen in Ölpapier.

Doch er wollte es sich aufsparen, solange es nur irgend ging. Mit den Händen in der Manteltasche lief er die Stufen vor der Kirche hinunter, folgte der alten Frau. Sie ging leicht gebeugt an einem Stock, ihr Mantel reichte fast bis zum Boden. Er beeilte sich nicht, sie einzuholen, es sollte nicht aussehen, als ob er sie verfolgte. Als er sie erreicht hatte, sah er sie von der Seite an, tat überrascht.

»Frau Dähne?«

»Herr Oberkommissar«, sagte sie freundlich.

»Darf ich Sie bei diesem Wetter nach Hause begleiten?«

»Wollen Sie den ganzen Weg auf sich nehmen? Das ist aber nett.«

Heller bot ihr den Arm an und die alte Dame hakte sich bei ihm ein.

»Sie kennen den Pfarrer Beger gut?«, fragte Heller beiläufig. »Kam er erst nach dem Krieg in die Gemeinde?«

»Nein, schon vierundvierzig, als Pfarrer Kühnel starb.«

»Er ist noch jung. Wurde er nicht eingezogen?«

»Nein, er war nicht kriegstauglich, er hat es mit dem Rücken.« Frau Dähne zeigte sich auskunftsfreudig.

»Er verteilt sonntags immer Lebensmittel. Woher hat er die denn?«

»Das sind Almosen von guten Christen und solchen, die es gern wären.«

»Sie meinen, Leute, die sich ein reines Gewissen machen wollen.«

»Ja, so mancher versucht sich sein Seelenheil zu erkaufen. Jedenfalls, er ist sehr umtriebig, unser Herr Pfarrer. Ein guter Mann. Er muss nur lernen, mit seinen Gefühlen besser umzugehen. Er kann nicht gut mit dem Leid anderer umgehen. Und das sollte man doch, wenn man Trost spenden will, oder?«

Heller erwiderte nichts. Echtes Mitgefühl schien ihm immer noch besser zu sein als falscher Trost.

Bis zur Louisenstraße liefen sie schweigend nebeneinanderher. Dann hob Heller noch einmal an.

»Kommen Sie gut zurecht, so allein in der Ruine?«

»Ich will mich nicht beklagen«, antwortete die alte Frau.

Heller atmete einmal tief durch und spannte sich innerlich an. »Besucht Fanny Sie denn oft?«, fragte Heller und spürte, dass der Arm der Frau, der immer noch bei ihm untergehakt war, einen kurzen Augenblick Widerstand leistete.

»Ich gebe ihr zu essen, wenn ich etwas entbehren kann«, antwortete Frau Dähne mit ruhiger Stimme.

»Kommt sie regelmäßig?«

»Sie kommt und geht, wann sie will. Armes Kind. Sie ist Vollwaise.«

Mittlerweile waren sie in die Prießnitzstraße eingebogen.

»Und den Gutmann, Josef, kennen Sie den?«

Wieder war ihm, als hätte der Schritt der alten Frau einen Augenblick lang gestockt, aber vielleicht war sie auch nur auf dem vereisten Gehweg ausgerutscht.

»Jeder hier in der Gegend kennt den wohl, spätestens, seitdem sein Lokal angezündet wurde.«

»Ist es vorstellbar, dass Friedel Schlüter Kontakt zu ihm hatte?«

»Kontakt? Sie meinen, weil der Gutmann die Schlüters verzinkt hat?«

»Verzinkt, Sie meinen als Nazis denunziert?«, fragte Heller erstaunt.

»Es heißt doch, der Gutmann sei gleich, nachdem die Russen einmarschiert waren, in die KPD eingetreten und habe umgehend die Schlüters als Nazis denunziert.«

»Aber dass die Nazis waren, wusste doch wohl jeder hier«, erwiderte Heller. »Schließlich war die Druckerei ein großer Betrieb, der sich an der Kriegswirtschaft gesundgestoßen hat und zahlreiche Zwangsarbeiter beschäftigte.«

Jetzt blieb Frau Dähne stehen und schaut zu Heller hoch. »Das zu wissen, ist das eine, es an die Russen zu verraten das andere. Möglich, dass es eine Art Faustpfand war, um in die KPD aufgenommen zu werden. Gleich nachdem die Russen kamen, rannte der mit einer roten Armbinde herum, auf der stand Antifa.«

Heller sah die kleine alte Frau nachdenklich an. Diese Aussage warf ein ganz neues Licht auf den Anschlag auf Gutmanns Kneipe. War dieser Friedel doch nicht nur ein fehlgeleiteter junger Bursche, sondern viel gefährlicher als vermutet? Doch warum dann dieser lächerliche Schreibfehler auf dem Flugblatt? Manipulierte hier jemand das Geschehen?

»Lassen Sie uns weitergehen«, meinte Heller. »Ist es wahr, dass dieser Einhändige, der Franz Swoboda, bei Ihnen früher ein und ausging?«

Frau Dähne seufzte hörbar. »Nachdem er aus dem Krieg zurückgekommen war, wohnte er eine Weile in meinem Haus, hatte ein Zimmer zugewiesen bekommen. Er fand aber bald eine neue Bleibe. Nach der Bombardierung besuchte er mich ab und an und half mir beim Räumen. Ich habe ihn aber schon lange nicht mehr gesehen.«

Heller schwieg und wartete, ob die Alte noch mehr zu erzählen hatte. Doch Frau Dähne blieb stumm. Sie hatten mittlerweile die Kamenzer Straße passiert und bogen rechts in die Nordstraße ein. Nun war es nicht mehr weit.

»Sie haben nichts dagegen, wenn ich mich einmal in Ihrem Haus umsehe?«

»In dem, was davon übrig ist«, verbesserte ihn Frau Dähne. »Was hoffen Sie denn zu finden?«

Heller sagte es ihr nicht. Die Straße stieg jetzt ein wenig an. Der Weg war glatt und die alte Frau hing schwer an seinem Arm und glitt immer wieder aus.

»Sagen Sie, was wollten Sie vom Pfarrer?«, fragte Frau

Dähne in das Schweigen hinein. Heller überlegte kurz, was er verraten durfte, doch er ahnte bereits, dass sie weitaus mehr wusste, als sie zugab.

»Meine Frau möchte Fanny und das Baby zu sich nehmen. Der Pfarrer weigert sich aber, das zu arrangieren. Er fürchtet, ich verrate die Gruppe.«

»Ich kann das übernehmen.«

»Was?« Heller blieb abrupt stehen und schaute die Frau verblüfft an.

»Ich kann Fanny davon überzeugen, dass das gut ist für sie und das Kind. Ich weiß, wo sie sich aufhält um diese Zeit«, sagte Frau Dähne mit größter Selbstverständlichkeit.

»Verraten Sie es mir!«

Frau Dähne sah ihn an und schüttelte den Kopf. »Nein, ich gehe allein. Jetzt. Schauen Sie sich derweil mein Haus an.«

»Und Ihnen vertraut sie?«

Frau Dähne verzog das Gesicht und nickte dann. »Ich denke schon.«

»Sie gehen vor, ich folge Ihnen in sicherem Abstand.«

»Sie sind wirklich ein furchtbar hartnäckiger Mann!«, schimpfte die Frau. »Tun Sie, was Sie tun müssen, aber wenn Fanny bemerkt, dass Sie mir folgen, wird sie verschwinden.«

»Lassen wir es darauf ankommen«, sagte Heller.

»Nun gut, dann müssen wir jetzt fast den ganzen Weg zurückgehen.«

Bis zum Alaunpark liefen sie noch zusammen. Dann gab Heller der Frau einen Vorsprung. Er wartete, bis sie an der Kreuzung zum Bischofsweg angelangt waren, dann folgte er ihr in gebührendem Abstand. Eine quäkende Hupe ließ ihn aufschrecken. Als er aufsah, erkannte er Oldenbusch in dem schwarzen Ford. Der Wagen schlingerte auf dem verschneiten Kopfsteinpflaster heran. Seine fast profillosen Reifen boten keinen Halt auf dem glatten Untergrund. Vorsichtshalber sprang Heller zur Seite. Oldenbusch bremste sportlich ab und rutschte mit dem Wagen seitlich gegen den Bordstein. Dann beugte er sich zur Beifahrertür und stieß sie auf.

»Max, endlich!«

»Was ist denn los? Sie fahren ja wie der Henker! Ist es dringend?«

»Allerdings!«, rief Oldenbusch, der sofort wieder anfuhr, nachdem Heller sich ins Auto gesetzt hatte.

»Suchen Sie mich schon lang?«

»Seit ein paar Minuten. Ich fuhr gerade auf gut Glück die zweite Runde, da habe ich Sie entdeckt. Gutmann hängt in seinem Laden. Suizid, auf den ersten Blick.«

»Nur auf den ersten?«, hakte Heller nach.

Oldenbusch nickte vielsagend.

»Halten Sie kurz neben der Frau, Werner!«

»Ist das die Dähne?«

»Frau Dähne, ja.« Heller kurbelte das Fenster hinunter. »Frau Dähne, ich muss dringend weg. Wenn Sie Fanny finden, sagen Sie ihr, sie soll beim Waldschlösschen auf mich warten, sie weiß, wo. Sagen wir gegen fünf. Heute Nachmittag!«

10. Februar 1947, früher Nachmittag

Oldenbusch parkte den Wagen etwas weiter die Alaunstraße hinauf, beinahe an der Einfahrt, durch die sie das tote Mädchen hinausgetragen hatten.

»Haben Sie Posten aufgestellt?«, fragte Heller misstrauisch, denn er sah keine Polizisten.

»Zwei Mann. Unauffällig, damit es nicht wieder einen Menschenauflauf gibt.«

Heller nickte anerkennend und stieg aus. »Und wer hat ihn gefunden? Etwa wieder Kinder?«, fragte er über das Autodach hinweg.

»Die Hintertür der Kneipe stand offen. Das hat jemand aus der Nachbarschaft bemerkt, ein alter Mann, wir haben seine Personalien aufgenommen. Er hat mehrmals gerufen und keine Antwort bekommen. Da hat er einen Schupo angesprochen. Der hat den Gutmann dann gefunden.«

Die Männer benutzten den Durchgang, um in den Hinterhof zu gelangen. Entlang der Rückseite der Häuser führte sie ein Weg zum Schwarzen Peter. Dort wartete ein Polizist an der Tür und grüßte.

»Keine weiteren Vorkommnisse«, meldete er.

»Sie haben ihn gefunden?«, fragte Heller. »Haben Sie etwas berührt?«

»Den Lichtschalter, Herr Oberkommissar, jedoch mit Handschuh. Ich habe den Körper nach Lebenszeichen untersucht, doch er war schon ganz kalt. Ich habe nur seine Hand berührt.«

Heller nickte, betrat die Kneipe und fand sich in dem schmalen Gang wieder, der zum Lager, zu Gutmanns Schreibstube und zu der getarnten Tür zum Treppenhaus führte. Heller hielt sich rechts und dann links und stand dann im Schankraum, in dem ein leichter Uringeruch hing. Oldenbusch folgte ihm. Zwei nackte Glühlampen brannten matt über der Theke, und Heller staunte, dass es Gutmann gelungen war, in den drei Tagen seit dem Anschlag überhaupt wieder dafür zu sorgen, dass die Lampen funktionierten. Jetzt tauchten sie Gutmanns massigen Leichnam, bekleidet mit dunkler Hose und weißem Hemd, in kränklich gelbes Licht. Heller, der bis jetzt nur den Rücken des Toten sah, ließ sich von Oldenbusch eine Taschenlampe reichen und leuchtete den Fußboden um den Leichnam herum nach Spuren ab. Er fand eine Reihe feuchter Flecken, die wohl vom schmelzenden Schnee der Polizistenstiefel herrührten. Unter den nur mit Strümpfen bekleideten Füßen des Toten lag ein umgekippter Stuhl in einer größeren Pfütze. Die Innenseiten von Gutmanns Hosenbeinen waren dunkel von Feuchtigkeit. Die Arme des Toten hingen schlaff herunter mit nach außen gedrehten Handflächen und seltsam gestreckten Fingern.

Heller richtete das Licht der Taschenlampe zur Decke hin. Der dünne Strick, an dem Gutmann hing, war über einen der halb verbrannten Balken geworfen worden, führte auf der andere Seite schräg hinunter zu einem der Rippenheizkörper unter dem Fenster und war dort durch die Rippen gefädelt und grob verknotet worden. Alles machbar für einen einzelnen Menschen, stellte Heller fest.

Er ging im großen Bogen um den Erhängten herum, zog einen Tisch heran und stieg drauf, um aus der Nähe die Schlinge um Gutmanns Hals zu betrachten. Sie war laienhaft geknotet, das war kein Henkersknoten. Erst jetzt nahm er sich die Zeit, Gutmann selbst zu betrachten.

Der Strick hatte sich tief in den Hals geschnitten. Dunkelrote Druckstellen und Kratzspuren zeigten, wie Gutmann im Todeskampf vergeblich versucht haben musste, seine Finger unter den Strick zu schieben. Das erstarrte Gesicht des Toten spiegelte die Qual wider, die ihm der Erstickungstod bereitet haben musste. Die Augen waren aus den Höhlen getreten, der Mund verzerrt und die Zunge hing im Mundwinkel. Es musste ein langsamer Tod gewesen sein. Heller wusste, dass viele Strangulationsopfer das Bewusstsein verloren, weil ihnen die Halsschlagader abgedrückt wurde. Bei Gutmann jedoch hatte die Schlinge offenbar nur die Kehle abgeschnürt. Er musste minutenlang gekämpft haben, ehe ihm schließlich die Kraft ausgegangen war. Ein letzter Krampf hatte ihm dann die Glieder gestreckt.

Heller stieg wieder vom Tisch und beleuchtete Gutmanns Fingerspitzen. Sie waren aufgerieben und zeigten abgebrochene Fingernägel.

Oldenbusch hielt die Stille nicht mehr aus. »Er hätte sich, um sich zu retten, zum Balken hinaufziehen müssen, um sich dort festzuhalten und die Schlinge zu lösen. Das ist allerdings kaum möglich bei diesem dünnen Seil und der Körpermasse. Ich selbst schaffe ja kaum einen Klimmzug.«

»Deuten Sie seinen Kampf gegen das Ersticken als Indiz für einen Mord?«, fragte Heller. »Möglich wäre auch, dass er sich zuerst umbringen wollte, um es sich dann anders zu überlegen.« Er wusste, sein Assistent würde es sich nicht einfach machen.

»Nein, ich ...«, begann Oldenbusch, aber Heller hob die Hand und unterbrach ihn. Er wollte erst selbst einen Eindruck gewinnen. Sorgfältig betrachtete er den Leichnam im Schein der Taschenlampe.

»Gibt es einen Abschiedsbrief?«, fragte er nebenbei, während er sich eingehend den Hemdaufschlägen an Gutmanns Ärmeln widmete.

»Ein Zettel, mit Maschine geschrieben. Soll ich vorlesen?«

»Mit Maschine? Er hat eine Schreibmaschine?«

Oldenbusch nickte. »Ja, in seiner Schreibstube. Ich habe schon nachgesehen. Das Schreiben stammt mit hoher Wahrscheinlichkeit von dieser Maschine, das kleine R ist beschädigt und schlägt ein kleines Loch ins Papier. Es sind Fingerabdrücke auf den Tasten. Da ich annehme, Gutmann hat nur mit zwei Fingern geschrieben, müsste ein Abgleich schnell getan sein. Auch das Papier stammt aus seinem Schreibtisch.«

Heller hatte zugehört, ohne sich ablenken zu lassen. Auf dem Stoff beider Ärmel entdeckte er feine Fasern, die von einem spröden Hanfseil stammen konnten. Er ging auf die Knie und suchte den Boden rund um den Stuhl und die Urinpfütze nach weiteren Fasern ab – und wurde fündig.

»Wie ich es mir gedacht habe, Werner: Jemand hat ihn gefesselt, aufgehängt und ihm dann die Fesseln durchtrennt.«

Oldenbusch kam näher. »Aber hat er sich nicht zur Wehr gesetzt? Warum hat er nicht geschrien?«

Heller sah sich noch einmal um. An einem Tisch gegenüber der Leiche war ein Stuhl etwas abgerückt. Heller setzte sich dorthin, ohne den Stuhl zu bewegen. Hatte der Mörder hier gesessen, um Gutmann beim Todeskampf zu beobachten? Ein paar Sekunden blieb Heller sitzen, dann stieg er noch einmal auf den Tisch, um Gutmann aus der Nähe zu betrachten. Er leuchtete Gutmanns Mund an, suchte nach Fasern oder Stoffresten, nach einem Hinweis, dass dem Kneipenwirt der Mund geknebelt worden war. Aber er konnte nichts finden. Einer Eingebung folgend begann er, Oberarme und Schultern des Toten zu untersuchen. Vorsichtig berührte er den Leichnam, drehte ihn ganz sacht und hielt ihn dann fest. Endlich entdeckte er, wonach er gesucht hatte.

»Das haben Sie übersehen«, rief Heller, winkte Oldenbusch heran und leuchtete mit der Taschenlampe auf einen winzigen roten Punkt auf dem Hemdstoff an Gutmanns Oberarm.

»Nehmen wir ihn ab«, bestimmte er.

Oldenbusch seufzte.

Heller war wieder vom Tisch gestiegen und stellte nun einen Stuhl dicht an den Toten. Schon war er wieder hinaufgeklettert.

»Halten Sie ihn um den Bauch gefasst, ich nehme ihn unter den Armen und schneide das Seil durch. Dann legen wir ihn auf den Tisch an der Theke. Haben wir ein Messer?«

Oldenbusch ging ein Messer holen, reichte es Heller und packte dann den Toten um die Körpermitte. Er stöhnte leise auf unter dem Gewicht. Heller schob Gutmann den rechten Arm unter die Achsel, beugte seinen Kopf zur Seite, um das Haar des Toten nicht in seinem Gesicht haben zu müssen, und schnitt dann das Seil durch. Sofort sackte der tote Körper nach unten. Oldenbusch keuchte vor Anstrengung, hielt aber fest. Gemeinsam bugsierten sie den Leichnam auf den Tisch. Oldenbusch schnaubte, blies die Backen auf und setzte sich dann erst mal hin.

»Keine Müdigkeit vorschützen, Werner, helfen Sie mir, sein Hemd zu öffnen.« Heller machte sich an den Knöpfen zu schaffen. Gemeinsam zogen sie dem Toten das Hemd über die Schultern.

»Eindeutig ein Einstich«, konstatierte Oldenbusch nach kurzer Untersuchung. »Er wurde also betäubt. Warum dann aber noch die Handfesseln?«

»Mir sieht das wie eine absichtliche Quälerei aus. Der Mörder hat ihn erst eine Weile hängen lassen, um ihm dann die Fesseln zu durchtrennen, damit er ihm beim Todeskampf zusehen konnte.«

»Aber wie soll der Täter es geschafft haben, ihn da hinaufzukriegen? Ich konnte ihn kaum halten allein, dabei sollte ich ihn nur herunternehmen.«

»Er hat ihn mit dem Strick um den Hals hinaufgezogen. Man kann oben an dem Balken Abriebspuren erkennen. Auch an dem Heizkörper ist das zu sehen. Und nach den Hebelgesetzen sollte es aufgrund der Länge des Strickes nicht mehr ganz so schwer gewesen sein. Wie bei einem Flaschenzug. Vielleicht war der Täter auch nicht allein. Der umgekippte Stuhl ist nur der Versuch, es als Selbstmord erscheinen zu lassen. Sicherlich verhält es sich mit dem Schreiben genauso. Zeigen Sie es mir mal, bitte.« Oldenbusch griff nach dem Blatt und reichte es Heller.

»Ein Hund bin ich«, las Heller vor. »Ein Mörder. Meinen Eltern eine Schande. Was ist dieses schmutzige Leben noch wert? Nichts! Möge mir der Herr gnädig sein.«

Heller schürzte die Lippen und überflog die Zeilen noch einmal. »Einbruchsspuren gab es nicht?«

»Weder an der Vorder- noch an der Hintertür. Es könnte bedeuten, Gutmann kannte die Person und vertraute ihr.«

»Oder jemand hat einen zweiten Schlüssel, vielleicht der Mörder von Swoboda. Oder aber jemand überraschte ihn beim Betreten seiner Kneipe. Oder er verschaffte sich mit Waffengewalt Zutritt. Werner, wir sollten uns darüber im Klaren sein, was wir hier tun«, sagte Heller und gab Oldenbusch das Blatt zurück.

Oldenbusch setzte sich wieder. »Sie meinen, wie wir damit jetzt umgehen sollen? Max, glauben Sie, die Sowjets haben ihre Hände im Spiel?«

»Nicht die. Einer von denen, oder einige wenige. Gutmann selbst hat mich ermahnt, meine Finger davon zu lassen. Ich weiß nicht, wer von den Sowjets befähigt war, Gutmanns Freilassung zu verfügen.«

»Aber das Schreiben ist absolut fehlerfrei«, gab Oldenbusch zu bedenken.

»Das ist kein Argument, es weist nur auf gute Deutschkenntnisse hin. Und das Seil? Wo bekommt man heutzutage so etwas her? Eine Wäscheleine ist es nicht.«

»Aber warum ist dieser Mord so dilettantisch vertuscht? Warum diese ganze Mühe, traut der Täter uns nichts zu?«

Heller hob die Schultern. Langsam war es Zeit, sein weiteres Vorgehen zu überdenken. Diese Tat hatte jemand begangen, dem es egal war, ob der Mord aufgedeckt wurde. Jemand, der sich sicher fühlte, oder schlimmer noch, der ihn auf gewisse Weise verspottete.

»Also gut, Werner, wir gehen folgendermaßen vor. Wir behandeln diesen Fall als das, was er darstellen soll. Josef Gutmann hat seinem Leben selbst ein Ende gesetzt. So geben wir es weiter, so wird es der Staatsanwalt erfahren. Soll sich der Täter in Sicherheit wiegen.«

Oldenbusch war nicht zufrieden, verzog das Gesicht, als hätte er Zahnschmerzen. »Oder aber, er weiß dann, dass wir mit gezinkten Karten spielen, und verfährt mit uns so, wie er mit Gutmann verfahren ist. Am Ende werden wir noch umgelegt. Max, die Russen sind nicht zimperlich, ruckzuck ist man in Sibirien.«

»Das Spekulieren nützt aber nichts, Werner. Offiziell ignorieren können wir Gutmanns Tod nicht, etwas müssen wir tun. Leiten Sie also wie besprochen alles in die Wege. Ich habe noch eine Verabredung. Ich muss zusehen, dass ich vor der Zeit am Treffpunkt bin, ich will das Mädchen nicht verpassen.« Heller wollte schon gehen, da kam er mit erhobenem Zeigefinger noch einmal zurück.

»Wissen Sie was, Werner, zögern Sie das Ganze doch ein

klein wenig hinaus. Nehmen Sie Fingerabdrücke, sichern Sie Indizien und melden den Fall aber erst, wenn der Staatsanwalt aus dem Haus ist. Ich will sehen, ob mich jemand darauf anspricht, bevor es offiziell wird.«

10. Februar 1947, später Nachmittag

Heller fror. Es war noch immer sehr kalt, weit unter null Grad, wie schon seit Tagen. Doch dieses übermäßige Frieren bereitete ihm Sorgen. Irgendetwas war mit ihm, als kündigte sich eine Krankheit an. Er versuchte, nicht an die nächtliche Hustenattacke von Frau Marquart zu denken.

Er hatte es gerade noch pünktlich bis zum Waldschlösschen geschafft. Seine Beine schmerzten ihm vom eiligen Fußmarsch zur Haltestelle und dem beherzten Sprung auf den Perron der schon abfahrenden Straßenbahn. Noch einmal sah er auf seine Uhr. Jetzt war es schon nach fünf. Er gab Fanny höchstens noch eine halbe Stunde und bereute diesen Entschluss schon jetzt, denn jede Minute dehnte sich unendlich. Er hatte schon zwei Straßenbahnen vorbeifahren lassen. Wie leicht hätte er einsteigen und bald daheim sein können, um sich vor den Küchenofen zu setzen. Manchmal ärgerte er sich über sich und seine Prinzipientreue.

Heller wippte auf den Fußballen, zog die Schultern hoch und grub sein Gesicht in den Schal. Eine halbe Stunde würde er nicht mehr warten können. Fünfzehn Minuten genügten auch. Doch bestimmt hatte Fanny keine Uhr, war sein nächster Gedanke.

»Ich tu Sie schon lange beobachten«, erklang plötzlich eine Stimme von der Seite. Heller fuhr herum. Fanny hatte sich unbemerkt von hinten an ihn angeschlichen. Sie trug wieder ihren langen Mantel, unter dem sich das Bündel mit dem Baby abzeichnete. Ein scharfer Geruch ging von ihr aus.

»Schön, dass du gekommen bist, Fanny«, begrüßte Heller sie.

»Die Siegrid hat mir gesagt, dass Se mich mit nach Hause nehm'n woll'n und dass Se mir Essen geben. Für ihn wäre das auch besser.« Sie deutete auf das Bündel. »Ich weeß aber nich, ob ich Ih'n vertrau'n kann. Der Jörg, der hätt' Se am liebsten totgemacht, hat er gesagt.« Das Mädchen schaute Heller provozierend an.

»Du kannst mir vertrauen«, sagte Heller mit ruhiger Stimme.

»Der würd Se glatt umlegen, wenn der hören tut, dass ich bei Ihn' bin!«

»Dann darf er es nicht erfahren. Ich würde dich und vor allem dein Kind gern zu einem Arzt bringen. Wie heißt denn der Junge?«

»Der hat keen Nam'n. Den müssen einem doch die Eltern geb'n, oder?«

»Du, Fanny, du bist doch seine Mutter, du musst ihm einen Namen geben.«

»Da denk ich drüber nach. Wo iss'n der Arzt?«

»Gleich hier.«

»Und Sie woll'n mich auch ganz bestimmt nicht veräppeln?«

Vor der Kaserne war Fanny mitten auf der Straße stehen geblieben. »Ich glaub, ich tu da nich reingeh'n.«

Heller nahm sie sanft am Arm und zog sie hinüber auf die andere Straßenseite.

»Es ist gut, glaub es mir. Hab keine Angst.«

»Aber hier tun so viele Russen sein.« Fanny blickte sich unruhig um.

»Hier ist vor allem ein Arzt, der dir helfen wird.« Heller ließ Fanny los und ging auf den Posten am Kasernentor zu.

Mit fester Stimme verlangte er Kasraschwili und wartete, ohne seine Ungeduld zu zeigen. Im Augenwinkel bemerkte er Fanny, die langsam herankam.

Es dauerte eine Weile, der Soldat telefonierte, dann ließ er sie passieren. Im Inneren des Gebäudes öffnete Heller seinen Mantel und genoss die Wärme. Trotzdem konnte er sich nicht entspannen. Er war nervös. Ihm war bewusst, dass er gerade mit hohem Risiko spielte. Am Ende des langen Ganges öffnete sich eine Tür. Der Georgier kam aus seinem Zimmer. Als er Fanny sah, die mit etwas Abstand hinter Heller herging, legte er den Kopf ein wenig schief.

»Kapitan«, grüßte ihn Heller. Kasraschwili erwiderte nichts, sondern sah an Heller vorbei auf das Mädchen. Fanny starrte zurück. Keiner sprach.

»Ich muss Sie um Hilfe bitten«, begann Heller und machte eine auffordernde Handbewegung zu Fanny. »Zeig es ihm.«

Sie öffnete ihren Mantel, ohne Kasraschwili aus den Augen zu lassen, und wickelte das schmutzige Tuch ab.

»Das ist ein Säugling!«, entfuhr es dem Arzt.

Heller musste ein zynisches Auflachen unterdrücken. »Was Sie nicht sagen. Ja, es ist ein Säugling und er ist krank. Wahrscheinlich Tripper. Untersuchen Sie ihn und auch das Mädchen. Wir brauchen Medizin für beide.«

Kasraschwili stand einige Sekunden regungslos im Gang, dann machte er mit dem Kopf eine knappe, fast wütende Bewegung und ging in sein Zimmer zurück.

Eine halbe Stunde später schon standen sie wieder auf der Straße. Fanny und der Georgier hatten während der Untersuchung kein einziges Wort gewechselt. In Hellers Manteltasche befanden sich Tabletten, Schwefelsalbe für den Hautausschlag und eine kleine Flasche mit Silbernitrat für die Augen des Jungen. Auch wenn dieses Mittel eigentlich zur

Prophylaxe diente, war Heller doch ganz zufrieden. Außerdem hatte er das Gefühl, dass sein Besuch dem Georgier zugesetzt hatte. Von der sonst leichten Blasiertheit war bei ihm diesmal nichts zu spüren gewesen. Heller war sich sicher: Fanny und der Arzt waren sich auf jeden Fall schon früher begegnet.

»Du kennst den Arzt«, sagte Heller ohne Umschweife, während sie gemeinsam zur Haltestelle gingen.

»Der hat immer in der Ecke rumgesessen, am Klavier, bei dem Josef«, murmelte Fanny.

»Ist er auch bei den Mädchen gewesen?«

»Also nich bei mir«, beteuerte Fanny und blickte sich beim Gehen immerzu um.

»Warum haben die sich gestritten da in der Kneipe?«, fragte Heller beiläufig.

»Ein Mädchen kriegte ein Kind von einem dort. Der wollt se auch heiraten, irgendwann. Aber der Franze, der hatt se wohl rangenomm' und da ist dann das Kind kaputtgegangen.«

»Und von wem war das Kind? Von dem Arzt?«

Jetzt wurde Fanny misstrauisch und merkte, dass Heller sie auszuhorchen versuchte. »Nee, weeß nich. Von irgendwem«, erwiderte sie kühl.

Heller ließ es gut sein. Er wollte ihr vorsichtiges Vertrauen in ihn nicht überstrapazieren.

Heller stand in der Küche am Herd und sah seiner Frau und Fanny zu, wie sie das magere Baby mangels anderer Möglichkeiten auf dem Küchentisch auszogen und wuschen. Karin hatte dazu einen großen Topf Wasser erwärmt und in eine Schüssel geschüttet. Fanny betrachtete staunend, wie sicher Karin mit dem Kind umging. Der Säugling wehrte sich nur schwach gegen diese Prozedur. Sein kleines quäkendes Stimmchen verstummte, als Karin ihn in die Schüssel mit dem warmen Wasser sinken ließ. Fast augenblicklich war er eingeschlafen.

»Warum sagt der nichts mehr?«, wollte Fanny beunruhigt wissen.

»Es geht ihm gut. In dem warmen Wasser ist es für ihn so, wie er in deinem Bauch gelegen hat.«

Fanny staunte mit offenem Mund, und Karin warf ihrem Mann einen dankbaren Blick zu.

Heller musste zugeben, dass er seine Frau zum ersten Mal in seinem Leben nicht verstand. Nun hatte sie sich freiwillig noch eine größere Bürde auferlegt. Sie musste sich nicht nur um die schwerkranke Frau Marquart kümmern, sondern hatte noch einen weiteren Esser im Haus und dazu noch einen Säugling, der täglich gewaschen und gewickelt werden musste.

Und trotzdem schien sie glücklich zu sein und betrachtete den kleinen Jungen wie ein Geschenk.

»Du musst dich auch waschen, Fanny«, sagte Karin. »Wenn ich fertig bin mit dem Kleinen, dann nimmst du das Wasser. Ich habe auch noch ein wenig Seife. Kleidung kannst du von mir haben. Was du anhast, muss unbedingt gewaschen werden. Max, gehst du bitte raus.«

Heller nickte und legte beim Hinausgehen seiner Frau kurz die Hand auf die Schulter. Sie neigte den Kopf und berührte einen Moment lang mit ihrer Wange seinen Handrücken.

Heller schloss die Küchentür hinter sich und setzte sich im Wohnzimmer an den Tisch. Klaus, der auf Geheiß seiner Mutter auf dem Dachboden nach einer Matratze und Decken gesucht hatte, kam rein und setzte sich zu seinem Vater an den Tisch.

»Weiß eigentlich die SMA davon?«, fragte er.

Heller sah seinen Sohn nachdenklich an und schüttelte dann den Kopf.

Klaus beugte sich ein wenig vor und sprach jetzt leiser. »Es ist nicht gut, Vater«, sagte er. »Du kannst ihr nicht trauen. Du selbst hast doch gesehen, dass sie bewaffnet waren. Was, wenn dieser Junge kommt, ihr Anführer? Was, wenn er euch gefolgt ist oder sie ihn vielleicht sogar hierherholt? Du kannst den Sowjets das nicht verheimlichen!«

Heller fuhr sich nervös durchs Haar. »Klaus, was soll ich tun? Sie konnte mit dem Kind nicht länger im Wald bleiben. Und wenn ich den Sowjets davon berichte, werden sie mit einem ganzen Regiment den Wald durchkämmen. Du kannst dir denken, was das für die Kinder bedeutet.«

»Aber was willst du unternehmen, Vater? Willst du die Kinder dort einfach ihrem Schicksal überlassen? Und wenn sie wirklich für die Morde verantwortlich sind? Diese Fanny, ich traue ihr nicht, sie tut nur so naiv.«

Die Tür ging auf und Karin kam ins Wohnzimmer. Sie sah müde aus.

»Ein Wunder, dass dieser Winzling noch lebt. Haben wir noch einen Schnaps da?«, fragte sie.

Klaus stand auf, um Flasche und Gläser aus dem Schrank zu holen.

»Beim Kohleamt warst du nicht, oder?«, fragte Karin und sah Heller an.

Heller schloss kurz die Augen, er hatte es vergessen.

Aber Karin machte ihm keinen Vorwurf. »Habt ihr gehört, sie wollen die Semperoper sprengen.«

Heller verstand erst nicht. »Aber sie ist doch schon zerstört.«

»Sie soll ganz weg, hieß es. Man braucht Platz für Neues.«

»Zeit, dass dieser alte herrschaftliche Protz fortkommt«, brummte Klaus.

»Also hör mal, sie ist doch ein Wahrzeichen!«, widersprach Karin.

Klaus goss den Schnaps in die Gläser. »Ist das denn wichtig, bei all der Wohnungsnot?«

10. Februar 1947, Nacht

Heller schreckte hoch und lauschte in die Dunkelheit. Alle schliefen, auch Karin neben ihm atmete flach und gleichmäßig. Die Semperoper sprengen, dieser Gedanke wollte ihm nicht aus dem Kopf. So vieles war gesprengt worden, man musste sich nur mal die Brücken ansehen. Was war das für eine sinnlose Zerstörung gewesen, noch einen Tag vor dem Kriegsende, als ob nicht schon genug kaputt gewesen wäre.

Aber das war es nicht, was ihn hatte aufschrecken lassen. Ein anderer Gedanke war es gewesen, der sich jetzt wieder verflüchtigt hatte. Heller stand auf, warf sich den Mantel über und schlich sich aus dem Zimmer.

Aus Frau Marquarts Zimmer drang kein Laut. Sie schlief jetzt ruhig, ihr Zustand hatte sich stabilisiert, wenn er auch nicht besser geworden war. Weiter hinten im Flur, direkt unter dem Fenster, lag Fanny auf der Matratze. Heller kauerte sich hin und betrachtete das Mädchen im Mondlicht. Sie schlief friedlich und fest. Neben ihr, in einem kleinen Nest, das Karin hergerichtet hatte, war Platz für den Säugling. Heller zuckte zurück, als er bemerkte, dass der Junge ihn ansah. Ganz still lag er da. Heller streckte seine Hand aus und strich ihm sacht mit dem Zeigefinger über die Wange. Plötzlich fiel ihm wieder ein, welcher Gedanke ihn hatte hochschrecken lassen. Er wusste jetzt, wo Friedel Schlüter sich versteckt haben könnte. Leise ging er ins Schlafzimmer zurück, nahm die Pistole aus der Schublade des Nachttisches und lief dann schnell nach unten, um Oldenbusch anzurufen. Es brauchte eine Ewigkeit, bis dieser ans Telefon ging.

»Wo willst du hin?«, fragte Klaus, nachdem Heller aufgelegt hatte. Er war unerwartet aus dem Wohnzimmer gekommen. Wahrscheinlich hatte er wieder wach gelegen.

»In die Heide. Zum Wolfshügel. Du kennst doch den steinernen Aussichtsturm, den haben sie fünfundvierzig noch gesprengt.«

»Ich komme mit!«

»Nein, Klaus, das ist meine Arbeit. Du bleibst hier und hast bitte ein Auge auf alles.«

Es war nach Mitternacht, als sie den Ford an der Bautzner Straße am Eingang zum Stechgrund abstellten. Oldenbusch war verschlafen und schlecht gelaunt und Heller ließ es ihm ausnahmsweise durchgehen.

»Ich lasse den Wagen ungern hier stehen«, murrte Oldenbusch.

»Es geht nicht anders. Kein Mensch kommt um diese Uhrzeit hier vorbei. Haben Sie Ihre Waffe? Und eine Taschenlampe?«

Oldenbusch brummte eine Antwort.

»Gehen wir!«

»Warum haben Sie keine Verstärkung bestellt?«

»Weil ich mir nicht sicher bin und weil ich erst mal den Jungen sprechen will.«

»Aha, und warum glauben Sie, ist Friedel ausgerechnet dort?«, wollte Oldenbusch wissen.

»Er braucht einen Unterschlupf. Er kennt die Gegend und er will in der Nähe bleiben. Er muss ja irgendwohin gewollt haben mit dem Zeug, das er aus dem Keller geholt hat. Allzu weit durfte das nicht weg sein.«

Wieder brummte Oldenbusch und schien mit der Antwort

nur mäßig zufrieden zu sein. Ohne zu sprechen, gingen die beiden Männer nun den Moritzburg-Pillnitzer Weg entlang, verließen ihn aber wieder, ehe sie die Ruine des Turms erreichten. Nun bewegten sie sich geduckt vorwärts, von Baum zu Baum in Deckung gehend.

»Vor dem weißen Hintergrund sind wir die reinsten Zielscheiben«, zischte Oldenbusch.

»Still!«, befahl Heller und entsicherte seine Waffe. Sein Assistent tat es ihm gleich. Vor ihnen lag, auf einer Anhöhe, der zerstörte Aussichtsturm. Seine Silhouette erinnerte an einen Fels oder an die Ruine einer Kapelle in einer Caspar-David-Friedrich-Landschaft. Das Fundament stand noch, einzelne Steinbrocken lagen im Schnee. Der Zugang befand sich auf der Rückseite, wusste Heller.

»Gehen Sie rechts herum, Werner, ich gehe links. Aber schießen Sie nicht auf mich! Schießen Sie am besten gar nicht.«

Oldenbusch schnaubte und verschwand.

Auf der Rückseite der Ruine trafen sie sich wieder.

»Ich wette, da ist niemand«, flüsterte Oldenbusch.

»Dort ist der Eingang, sehen Sie? Riechen Sie das, Werner? Rauch.« Heller nahm seine Taschenlampe heraus, schaltete sie aber noch nicht an. So leise wie möglich näherte er sich dem Eingangstor, das die Größe einer normalen Tür hatte. Er stellte sich links davon auf, Oldenbusch bezog rechts Position. Dann schaltete Heller das Licht seiner Lampe ein und leuchtete in den Innenraum.

Bis auf hineingewehtes Laub und Schnee schien er leer zu sein. Es war eine erloschene Feuerstelle zu erkennen, und daneben lagen leere Konservenbüchsen. Plötzlich raschelte etwas in der hintersten Ecke des Raumes. Unter einem Berg aus Decken erhob sich ein blonder Haarschopf. »Mutter?«

»Friedel Schlüter? Ich bin Oberkommissar Heller von der Kriminalpolizei. Du bist verhaftet.«

Die Hände des Jungen zitterten, als er nach der Tasse griff. Heller hatte in seinem Büro Tee gemacht, auch wenn er dafür von seinen wenigen Vorräten abgeben musste.

Oldenbusch hatte dem Jungen die Fingerabdrücke abgenommen und saß nun in der Ecke von Hellers Büro und kämpfte gegen seine Müdigkeit an.

Heller nahm ein Blatt und einen Bleistift von seinem Schreibtisch, legte beides vor den Jungen. Friedel Schlüter sah ihn erstaunt an. Er war ein groß gewachsener, hübscher blonder Junge mit grauen Augen und einer geraden Nase. Der perfekte Arier, schoss es Heller durch den Kopf.

»Schreib!«, sagte Heller. »Schreib das Wort Faschismus.«

Der Junge verzog weinerlich das Gesicht und hatte offensichtlich keine Ahnung, was mit ihm hier geschah.

»Los, schreib Faschismus, Sozialismus, Bolschewismus.«

Der Junge beugte sich über das Blatt und schrieb.

Heller streckte seinen Kopf vor und beobachtete, was der Junge schrieb. Dann warf er Oldenbusch einen bedeutungsvollen Blick zu: Alle Wörter waren mit einem doppelten s am Ende geschrieben.

»Deine Mutter sitzt wegen dir bei den Russen in Haft«, begann Heller ohne Umschweife. »Du hast jetzt Gelegenheit, wahrheitsgemäß auszusagen, andernfalls wirst du gleich morgen früh ebenfalls den Russen ausgeliefert.«

Die Augen des Jungen weiteten sich vor Schreck.

»Bist du für den Anschlag auf das Lokal Schwarzer Peter verantwortlich?« Friedel schüttelte heftig den Kopf, anscheinend war er nicht in der Lage zu sprechen. Sein Kinn zitterte.

»Bist du für den Anschlag auf den Münchner Krug verantwortlich?«

Jetzt nickte der Junge.

Heller atmete durch. »Hast du die sowjetischen Offiziere Vassili Cherin und Wadim Berinow ermordet?«

»Was?«, schrie Friedel auf. »Was? Nein! Ich hab keinen umgebracht. Ich wollte niemals jemanden umbringen! Niemals!«

»Du hast zuerst versucht in die Versammlung hineinzukommen. Wohin hättest du die Handgranaten geworfen?«

»Ich hätte sie nicht ... Ich wollte niemanden umbringen, glauben Sie mir!«

»Was wolltest du dann?«, fragte Heller ruhig.

»Ich wollte Zeichen setzen, ich wollte zum Widerstand aufrufen, weil die Russen uns zu ihren Sklaven machen. Aber umbringen wollte ich keinen. Niemals, das müssen Sie mir glauben. Ich schwöre!« Der Junge riss verzweifelt am Kragen seiner Wattejacke.

»Woher hast du die Handgranaten?«

»Gefunden! Im Wald. Wirklich! In einer Kiste. Ich zeige Ihnen, wo.«

»Kennst du diese Tasche?«, fragte Heller und zeigte auf die lederne Arzttasche, die auf einem anderen Tisch stand.

»Nein, nie gesehen. Ich schwöre!«

»Josef Gutmann. Kennst du den?«

»Ja, den kenn ich. Mutter sagt, dass er uns verraten hat an die Russen. Aber ich hab nichts gemacht. Ich hab mich gefreut, als die Kneipe abgebrannt war. Endlich tut mal jemand was, hab ich gedacht. Ich wollt auch was machen. Ich wollte etwas tun, für unser Vaterland. Bitte, glauben Sie mir. Ich wollte niemandem ein Leid antun.«

Heller glaubte ihm. Aber sag das mal den Russen, dachte er sich. Denen galt antibolschewistische Hetze mehr als versuchter Mord.

11. Februar 1947, früher Morgen

Heller folgte dem Sowjetsoldaten mit einem sehr unguten Gefühl über den Gang zu Ovtscharovs Büro. Dieser hatte ihn über Niesbach zu sich in seine Behörde am Münchner Platz bestellt. Das war kein gutes Zeichen. Der Soldat klopfte an die Tür und öffnete sie auf Befehl. Dann sah er Heller an und ließ ihn mit einem auffordernden Kopfnicken eintreten. Unhöflicher hätte er es nicht tun können. Heller betrat das Büro und hinter ihm schloss sich die Tür wieder. Ovtscharov deutete auf den Platz gegenüber seines Schreibtischs, Heller nahm seine Mütze ab, blieb aber stehen.

»Wie lange wollten Sie diese Widerstandsgruppe im Wald noch vor mir geheim halten?«, fragte Ovtscharov sichtlich verärgert.

»Widerstandsgruppe?«, fragte Heller, als wüsste er nicht, was der Russe meinte. Es zog ihm den Magen zusammen.

Der Oberst schlug die flache Hand auf den Tisch. »Verkaufen Sie mich nicht für dumm! Zweimal schon waren Sie dort, ohne mich zu informieren.«

»Ach, Sie meinen die Kinder?«, tat Heller überrascht. »Wie haben Sie ...?« Er verstummte, denn der Russe lächelte böse.

»Ich nehme an, Frau Schlüter hat Ihnen davon erzählt«, schlussfolgerte Heller. »Sie weiß nichts davon, sie hat es nur von meinem Kollegen aufgeschnappt. Sie hat es Ihnen gesagt, um ihren Sohn zu retten. Das sollte Ihnen klar sein.«

»Woher sie die Information hat, kann mir egal sein«, sagte Ovtscharov.

»Und was haben Sie ihr dafür gegeben? Das Versprechen, ihren Sohn nicht zu behelligen?«

Ovtscharov verzog einen Mundwinkel. »Ich habe sie gehen lassen!«

»Aber Sie wissen doch gar nicht, inwiefern sie in der Sache involviert ist.« In Heller stieg die Empörung. Er fühlte sich ein weiteres Mal vorgeführt und ausgeliefert.

»Nun, manchmal muss man den Menschen eben ein wenig entgegenkommen«, sagte Ovtscharov in mildem Ton und lächelte schief.

»Und nun, was werden Sie tun?«

»Pfarrer Beger war so freundlich, uns über den Aufenthaltsort der Gruppe zu informieren.«

Heller war fassungslos. »Das hat er nicht freiwillig getan!«

»Irgendwie schon. Das ist immer eine Frage der Auslegung, Oberkommissar.«

»Was haben Sie mit ihm gemacht? Darf ich ihn sehen?«

»Ich habe angewiesen, das zu tun, was erforderlich ist, um die Sicherheit der Angehörigen der Sowjetarmee wieder gewährleisten zu können. Nein, Sie können ihn nicht sehen. Zuerst muss ich Ihre Integrität prüfen. Hat es vielleicht doch seine Gründe, dass Sie sich so beharrlich weigern, der SED beizutreten?«

Heller wusste, er stand mit dem Rücken zur Wand. Doch Ovtscharovs süffisante Überheblichkeit ertrug er nicht. »Natürlich hat es seine Gründe! Ich will jetzt den Pfarrer sehen! Wie sind Sie überhaupt an ihn gekommen?«

Ovtscharov zeigte sich nach wie vor gelassen und lehnte sich in seinem Sessel zurück. »Jemand hat uns seinen Namen zugetragen. Ich habe einen Militäreinsatz angeordnet«, sagte er mit einem gewissen Stolz in der Stimme.

»Nein, das dürfen Sie nicht!« Heller stand jetzt dicht vor

Ovtscharovs Schreibtisch. Der Russe empfand das anscheinend als Bedrohung, denn er hatte sich erhoben und die Hand auf die Pistolentasche an seinem Koppel gelegt.

»Nehmen Sie den Befehl zurück, das sind noch Kinder!«, forderte Heller sein Gegenüber eindrücklich auf.

»Wer und was sie sind, werden wir sehen. Sie sind bewaffnet, und möglicherweise haben sie zwei Offiziere ermordet! Das reicht aus für diese Maßnahme. Setzen Sie sich, Oberkommissar Heller.«

»Wir wissen beide, dass die Morde an den beiden Offizieren im Zusammenhang mit den Vorgängen im Schwarzen Peter stehen, mit Prostitution an Minderjährigen«, sagte Heller und blieb vor dem Tisch stehen.

»Das ist nur Spekulation!«, brüllte Ovtscharov jetzt los.

Heller hielt dem vernichtenden Blick Ovtscharovs stand. »Anscheinend haben Sie nicht einmal den Ansatz einer Ahnung, was in dieser Kneipe vor sich ging. Dort trieben Offiziere Ihrer Armee Unzucht mit minderjährigen Mädchen. Mit Kindern! Und Sie wollen nichts anderes, als die Sache zu vertuschen. Sie suchen jetzt nach einem Sündenbock, nach jemandem, den Sie Ihren Oberen präsentieren können«, zischte er wütend.

Das ging dem Russen eindeutig zu weit. Wutentbrannt riss er die Pistole aus seiner Tasche und richtete sie auf Heller. »Das reicht jetzt! Was, glauben Sie, will ich?«, schrie er ihn an. »Sie sehen wohl immer nur das Gute im Menschen. Sie glauben, immer noch etwas verbessern zu können. Da, schauen Sie hinaus aus dem Fenster! Wie sie laufen, ihre Besorgungen machen und dabei lamentieren, wie schlecht es ihnen geht. Sie, Heller, sehen da raus auf die Straße und sehen tausend Menschen. Tausend Menschen, von denen Sie glauben, dass sie harmlos sind, unschuldig, unwissend. Ich aber bin nicht so blind wie Sie, ich sehe nicht tausend Menschen. Wissen Sie, was ich sehe? Ich sehe tausend Teufel! Und Sie, Heller, Sie sind einer von denen!«

Heller zuckte zurück, aber erwiderte nichts. Draußen auf der Straße war es laut geworden. Das Aufheulen der Motoren von schweren Lastern drang durch das geschlossene Fenster.

Ovtscharov ließ langsam die Waffe sinken und steckte sie weg. Er setzte sich wieder hin und fuhr mit der flachen Hand über die Tischplatte, als könnte er die aufgeladene Atmosphäre im Raum damit etwas entspannen.

»Setzen Sie sich endlich«, befahl er in gemäßigtem Ton und wartete, bis Heller der Aufforderung dieses Mal auch folgte. »Was, glauben Sie, sind wir für Menschen?«, sagte er in einem wiedergefundenen ruhigen Tonfall. »Wir Russen? Glauben Sie, wir lieben unsere Kinder nicht? Glauben Sie, wir heißen es gut, wenn sich Angehörige unserer Streitkräfte so benehmen? Seitdem ich davon weiß, will ich diesem ekelhaften Treiben ein Ende setzen. Doch ich muss dabei genauso vorsichtig sein wie Sie. Ich weiß nicht, wer dabei ist. Von meinem Informanten aus unseren Offizierskreisen weiß ich, dass Oberst Cherin eine längere Affäre mit einem Mädchen hatte. Dann geriet er in Streit mit diesem Swoboda und anscheinend ging es dabei um dieses Mädchen. Was dann geschah, ist nicht mehr nachzuvollziehen. Einige der Offiziere, die das Lokal regelmäßig besucht haben, sind längst nach Russland zurückbeordert worden. Das muss nichts bedeuten, aber es könnte auch heißen, dass jemand von ganz oben von der Sache weiß. Natürlich will ich einen Eklat vermeiden, aber wir beide, Heller, wir haben dasselbe Ziel!«

Heller hatte aufmerksam zugehört. »Aber warum haben Sie mir diese Informationen vorenthalten? Wenn wir doch dasselbe Ziel haben, wie Sie sagen?«

Ovtscharov breitete die Hände aus und lehnte sich zurück.

Heller wusste sofort, was das zu bedeuten hatte: Der Russe hatte ihn benutzt. Er hatte ihn vorgeschickt, damit er derjenige war, der ins Wespennest stechen sollte.

»Heute Nacht habe ich Friedel Schlüter gefunden und verhaftet. Er sitzt jetzt im Präsidium. Er gab zu, für den Anschlag im Münchner Krug verantwortlich zu sein. Mit allem anderen will er nichts zu tun haben. Er hat ausgesagt, die Handgranaten absichtlich auf das falsche Fenster geworfen zu haben.«

»Ich weiß.« Ovtscharov hatte wieder sein giftiges Lächeln aufgesetzt.

Heller seufzte. Er musste einsehen, dass es müßig war, darüber nachzudenken, wer hier für wen arbeitete, wer wen bespitzelte und die Informationen weitergab. »Welche Rolle spielt der Georgier? Gibt es noch mehr über ihn zu wissen?«, fragte er den Russen.

»Kasraschwili betreibt mit Medikamenten Geschäfte im großen Maßstab. So etwas wäre nicht möglich, hielte nicht jemand seine Hand schützend über ihn. Er war Stammgast im Lokal, doch mein Informant konnte nichts darüber herausfinden, ob er dort nur trank und Klavier spielte oder auch noch anderes tat. Er lieferte Gutmann Arzneien. Welcher Natur die Gegenleistungen dafür waren, ist nicht festzustellen. In Kasraschwilis Unterkunft befand sich jedenfalls nichts, das von Wert gewesen wäre.«

»Sie wissen, dass Gutmann tot ist?«, fragte Heller dazwischen.

Die Laster hatten mittlerweile die Torduchfahrt passiert. Im Hof waren russische Befehle zu hören.

Ovtscharov nickte und erhob sich. »Trotz alledem müssen wir uns auch den anderen Problemen widmen. Jegliche Form von Auflehnung und Widerstand muss umgehend unterbunden werden! Der Einsatz im Wald hat in den frühen

Morgenstunden stattgefunden. Erfolgreich stattgefunden. Die Lastwagen sind gerade zurück.«

Heller hatte sich ebenfalls erhoben. »Lassen Sie den Pfarrer gehen! Er meinte es nur gut.«

»Schöner Pfaffe! Seine Kirche ist voller Lebensmittel!«, rief Ovtscharov höhnisch.

»Die verschenkt er! Verstehen Sie das doch!« In Heller begann schon wieder die Wut hochzukochen. Der Zynismus des Russen machte ihn krank. »Solche Menschen gibt es unter all den Teufeln! Lassen Sie ihn jetzt frei?«

»Wussten Sie, dass sein Vorgänger, Ludwig Kuhnel, von der Gestapo verhaftet und kurz darauf hingerichtet wurde?«

»Kühnel heißt der Mann«, entfuhr es Heller. »Und hat Beger mit dieser Verhaftung etwas zu tun? Hat er seinen Vorgänger an die Gestapo verraten?«

Ovtscharov zuckte mit den Schultern. »Davon ist nichts bekannt.«

»Dann ist das auch vollkommen irrelevant. Lassen Sie ihn gehen!«

»Wenn es Ihr Wunsch ist«, erwiderte der Russe spöttisch. »Und, haben Sie sonst noch etwas, das ich wissen müsste?«

Heller dachte an Fanny. »Nicht dass ich wüsste«, erwiderte er und deutete dann mit einem Nicken zum Hof hin. »Darf ich hinunter? Ich will sehen, was Ihre Männer im Wald gefunden haben.«

Ovtscharov nahm seinen Mantel. »Wir gehen zusammen.«

Zusammen mit dem russischen Offizier stand Heller im Innenhof des ehemaligen Gerichtsgebäudes. Inzwischen war es hell geworden. Die Kälte ließ nicht nach, der Himmel war grau. Jeden Moment konnte es wieder beginnen zu schneien. Zwei Lastwagen der Sowjetarmee standen im Hof, ihre Motoren tuckerten unablässig. Gerade öffneten Soldaten die

Heckklappen der mit Planen geschlossenen Ladeflächen. Von einer zerrten sie eine Trage, auf der ein Mensch lag, Körper und Gesicht mit eine Plane bedeckt. Heller nahm die Plane beiseite. Der Tote war ein Junge von etwa sechzehn Jahren. Es war nicht Jörg.

»Runter! Dawei!«, befahl ein Soldat hinter dem zweiten Laster und fuchtelte ungeduldig mit dem Lauf seiner Maschinenpistole herum. Als Heller das Weinen hörte, hielt er es nicht mehr aus und lief rasch zum Lastwagen.

Das Bild, das sich ihm bot, sollte sich ihm einbrennen. Wie all die anderen unvergesslichen Bilder würde auch dieses seinen Platz an der schwarzen Wand in seinem Kopf finden, würde ihn aus dem Schlaf fahren lassen und sein Herz umklammern.

Etwa zwanzig Kinder hockten auf dem blanken Holz der Ladefläche. Die jüngsten, die gar nicht verstanden, was mit ihnen geschah, umklammerten einander schluchzend. Ihre Tränen hatten helle Spuren auf den verdreckten Wangen hinterlassen. In den Gesichtern der älteren Kinder stand das blanke Entsetzen geschrieben. Sie starrten zitternd ins Leere und zuckten zusammen, als der Soldat erneut schrie. Aber sie verstanden nicht, was sie tun sollten. Hilflos drängten sie sich in die hinterste Ecke des Lasters. Heller bemerkte sofort, dass Jörg sich auch nicht unter ihnen befand.

Ungeduldig sprang der Soldat auf die Ladefläche hinauf und zerrte an dem erstbesten Kind, das er zu fassen bekam. Das schrie in höchster Not auf und klammerte sich an der Bordwand fest. In ihrer Verzweiflung packten die anderen es, um es festzuhalten, selbst die Kleinsten, gerade zwei, drei Jahre alt, halfen dabei. Es gab ein heilloses Durcheinander. Erst jetzt sah Heller, dass den ältesten Kindern, den Elf-, Zwölfjährigen, die Hände gefesselt waren.

»Hören Sie auf, Mann!«, rief er und stemmte sich auf die

Ladefläche hoch, um das Gerangel zwischen dem Soldaten und den Kindern zu beenden.

»Stoj!«, befahl er. Der Soldat ließ ab und sah unsicher zu seinem Vorgesetzten. Heller kauerte vor den Kindern und sah sich nach Ovtscharov um. »Schauen Sie her! Sind das Ihre Teufel? Sind das Ihre Wehrwölfe?«

Der Oberst erteilte dem Soldaten einen Befehl, worauf dieser sichtlich erleichtert vom Laster sprang.

Inzwischen hatten sich die kleineren Kinder an Heller gedrängt und krallten sich in seinen Mantel. Sie stanken erbärmlich und Heller musste sich anstrengen, ihre Ausdünstungen zu ignorieren.

»Ihr müsst keine Angst haben«, versuchte er beruhigend auf sie einzureden und ließ dabei Ovtscharov nicht aus den Augen. Der war gerade dabei, sich Bericht erstatten zu lassen.

Heller hatte unter den älteren Kindern den Jungen erkannt, der ihn zwei Tage zuvor mit dem Gewehr bedroht hatte. »Du, du bist doch der Johann, oder?«, sprach er leise den etwa Achtjährigen an. »Wo ist der Jörg?«

»Der Jörg hat gesagt, dass mer Se hätten totmachen soll'n«, flüsterte der Junge grimmig. »Ein böser Mann sind Sie, ein Verräter!«

»Ich habe euch nicht verraten, das musst du mir glauben. Sie haben mir nachspioniert, deshalb haben sie euch entdeckt.« Heller versuchte sein Bestes, doch der Junge blieb stur.

»Wegen Ihnen ist der Heinrich tot. Der Jörg wird kommen und Sie totmachen dafür.«

»Was gibt es da zu reden?«, mischte sich Ovtscharov ein.

Schnell wandte sich Heller von dem Jungen ab. »Hören Sie, Sie müssen das Jugendamt verständigen. Und ihnen endlich die Fesseln abnehmen. Es sind Kinder. Und schicken

Sie die Soldaten fort! Sie sehen doch, was für eine Angst sie haben. Können Sie nicht wenigstens eine Frau heranschaffen?«

»Sie müssen erst verhört werden.« Ovtscharov schien völlig unbeeindruckt von Hellers Aufruf.

»Nein!« Heller war laut geworden. »Die Kinder müssen zu einem Arzt. Sie brauchen etwas zu essen und Wärme! Haben Sie denn kein Mitleid?« Heller wollte vom Laster klettern, doch die Kinder hielten sich immer noch mit panischem Blick an ihm fest.

»Es wird alles gut«, versprach Heller. »Alles wird gut.«

»Ich lasse die Kinder erst zum Arzt, wenn ich weiß, wo ihr Anführer ist«, knurrte der Russe. »Ergebnisse brauche ich, kein Mitleid.«

Heller seufzte und sah ihn nachdenklich an. »In Ordnung, ich will sehen, was ich tun kann.«

11. Februar 1945, Mittag

Als Heller nach Hause kam, lief ihm Karin lächelnd mit dem Baby auf dem Arm entgegen. Sie zeigte es ihm glücklich. »Sieh nur, wie zufrieden es ist.«

Heller lächelte und strich seiner Frau kurz über den Arm.

»Stell dir vor, ich soll ein Paket abholen, aus Schweden!« Karin klang aufgeregt. »Kennst du jemanden in Schweden?«

Heller schüttelte den Kopf. »Wo ist Fanny?« Er war müde. Er hatte Oldenbusch heimgeschickt, nachdem dieser ihn bis zur Bautzner Straße hinaufgefahren hatte. Den Rest war er gelaufen.

»Sie wollte kurz weg. Aber sie hat versprochen, bald wiederzukommen.«

»Du hättest sie nicht aus dem Haus lassen dürfen, Karin.«

»Es ist kein Gefängnis«, widersprach sie. »Setz dich, Max, ich mach dir das Essen warm. Klaus hat gekocht. Das Gericht nennt sich Kascha. Klaus sagt, das hat es in den letzten zwei Jahren beinahe jeden Tag gegeben. Trotzdem hat er es uns gekocht.« Sie lächelte noch einmal und drängte Heller, in die Küche zu gehen und sich hinzusetzen.

Jetzt spürte Heller, wie erschöpft er war. Ich müsste dringend mal wieder eine Nacht durchschlafen, dachte er und rieb sich die Augen. Dann ging er gedanklich noch einmal die aufwühlenden Ereignisse des Vormittags durch. Er kannte niemanden beim Jugendamt und wollte vermeiden, dass die Kinder gleich auseinandergerissen und auf verschiedene Heime verteilt wurden. Mangels besserer Alternativen hatte er seinen Kontakt zum OdF bemüht und Constanze um Hilfe für die Kinder gebeten. Schließlich waren diese Kinder auch Opfer des Faschismus. Die junge Frau, Halbjüdin und selbst eine Waise, hatte versprochen, ihm zu helfen. Noch immer war sie dankbar für das, was er fünfundvierzig für sie getan hatte.

»Wo ist Klaus denn?«, fragte Heller.

Karin zögerte eine Sekunde. »Im Garten, er sägt die alte Kirsche um. Ich habe es ihm erlaubt.«

Heller schaute auf und konnte seine Enttäuschung nicht verbergen. Nicht nur Frau Marquart würde traurig sein. Er selbst hatte den Baum auch sehr gemocht, seinen knorrigen Stamm, die verdrehten Äste. In den vergangenen zwei Jahren, seitdem sie hier wohnten, hatte er sich immer vorgestellt, einmal in seinem Schatten zu sitzen, sorgenfrei und zufrieden, ohne Hunger, ohne Not.

»Max, das Kind braucht Wärme! Und wir auch. Wir können die Zweige gegen Essbares tauschen«, sagte Karin mit mahnendem Unterton.

Es polterte am hinteren Eingang und Klaus kam herein. In der Küche legte er zwei Arme voll zersägter Äste ab, von denen er gleich einige in den Ofen tat. Das feuchte Holz zischte und dampfte.

Dann setzte er sich zu seinem Vater an den Tisch. »An der Pumpe sagten sie, heute früh wäre im Wald geschossen worden.«

»Das waren die Sowjets. Sie haben die Kinder aus dem Wald geholt«, erklärte Heller.

Klaus schaute Heller stumm an, und zwischen Vater und Sohn entspann sich ein Blickduell.

»Und ich sage dir, sie ist gefährlich«, sagte Klaus schließlich leise. »Sie suchen noch nach dem Anführer der Bande, wird erzählt.«

»Es ist keine Bande«, erwiderte Heller energisch.

Karin, die den Säugling in ein Körbchen gelegt hatte, mischte sich jetzt ein. »Sie ist nicht gefährlich. Man muss ihr Vertrauen gewinnen. Das kann man nicht, indem man ihr misstraut.«

»Mutter, das ganze elende Nazitum ist noch in ihren Köpfen drin. Das muss ihnen erst ausgetrieben werden. Allen. Und vor allem den Kindern!«, widersprach Klaus. In diesem Moment ging die Haustür auf und Fanny kam herein. Fröhlich sah sie in die Runde.

»Schaut, was ich gefunden haben tu.« Stolz legte sie vier Eier auf den Tisch und holte aus ihrer Manteltasche noch ein paar Kohlebrocken, nicht einmal genug, um eine Kehrschaufel zu füllen.

»Was ich gefunden habe«, korrigierte Karin sanft.

»Nee, ich hab das gefunden«, betonte Fanny. »Und wo ist der kleine Mann? War der lieb?«

»Er war sehr lieb.« Karin lächelte und zeigte auf das Körbchen. »Wasch dich bitte, Fanny, dann gibst du ihm die Brust.«

»Das muss kurz warten«, bestimmte Heller und stand auf. »Komm mal bitte mit ins Wohnzimmer, Fanny.«

Heller hatte Fanny in das Wohnzimmer geführt. »Heute waren die Russen im Wald und haben die Kinder gefunden. Jemand hat den Pfarrer verpfiffen, und die Russen haben es aus ihm herausgepresst.«

»Wirklich? Tun Sie mich auch nicht vereiern? Auch den Jörg?«

»Der war nicht dabei. Sag mir, wer könnte den Pfarrer verraten haben?«

»Wenn Sie es nich war'n, dann vielleicht der Friedel von der Schlüter.«

»Nein, das ...« Heller verstummte. Ovtscharov hatte schon

von Friedel gewusst. Er selbst hatte Friedel nach zwei Stunden Verhör in der Nacht in seine Zelle bringen lassen. Wenn die Sowjets schnell waren, hatten sie den Pfarrer aufgespürt, ihm die Information abgepresst und sind in den Wald gefahren, um die Kinder zu suchen.

»Ihr kanntet euch, du und Friedel? Weil du bei Frau Dähne zu Besuch warst?«

»Ich kannte den, weil der mir sein Ding gern reintun wollt. Aber ich hab den nie gelassen. Wegen dem Jörg und weil er mir nichts zu essen geben wollte. Der war dann richtig böse darum.«

Heller hätte sich das gern alles notiert, doch er fürchtete, das würde Fanny davon abhalten weiterzusprechen. »Ich weiß, du hast bei dem Gutmann angeschafft. Kanntest du diesen Vassili und den Wadim?«

»Kann sein.«

»Und der Swoboda? Hatte der Streit mit denen?«

Fanny verdrehte die Augen, als langweilte sie diese ewige Fragerei. »Da war eine gewesen, die hatte was mit dem einen Russen. Der hat ihr immer Schokolade gegeben und so. Und der Einhandfranze, der war ein Schwein, der hat die rangenommen und der ist dabei grob wie die Sau. Da ist die krank geworden. Wegen dem, und war dann tot. Das weiß ich, und die Russen ham ihn angeschrien, dass sie ihn nach Sibirien bringen tun! Das weiß ich, und dann war der eine totgestochen. Und dann war der Einhandfranze weg.«

Heller wurde nicht schlau aus dem Mädchen.

»In dem Rucksack, den du haben wolltest, war sein Kopf gewesen, wusstest du das?«

»Wem sein Kopp war das?«

»Der vom Einhandfranze.«

Fanny sah ihn an und ein unsicheres Lächeln breitete sich in ihrem Gesicht aus, als glaubte sie Heller kein Wort.

»Und der Gutmann Josef, wie war der?«, fuhr Heller fort.

»Manchmal war der gut und manchmal auch eine Sau. Wenn eine nicht spurte, hat er Schellen verpasst. Aber der hat nicht die Mädchen angefasst, also nicht mit sei'm Ding. Der war nich so schlecht.«

»Fanny, von wem ist das Kind?«

»Von ei'm Russen, tu ich doch gesagt ha'm! Weiß nich, wem seins.«

»Und der Jörg, wo könnte der jetzt sein?«

»Das weiß ich nich. Der tut sich auskennen im Wald und weiß alle Verstecke.«

»Max, Fanny, Essen«, rief Karin aus der Küche.

Heller gähnte und rieb sich über das Gesicht. »Reden wir später noch einmal.«

Als er aufwachte, hatte sich das Licht verändert. Leicht benommen schlug Heller die Wolldecke zurück und erhob sich vom Sofa. Er spürte, dass er viel zu lang geschlafen hatte. Er schaute auf die Uhr. Es war fast vier. Drei Stunden also hatte er hier gelegen.

Im Haus war es still. Heller war zu erschöpft, sich die Schuhe wieder überzuziehen, und ging auf Socken in die Küche. Vielleicht gab es eine Kleinigkeit, um seinen Kreislauf anzuregen. Er fand ein halbes Brot, hellgrau und krümelig mit einem leicht bitteren Nachgeschmack, der lange auf der Zunge blieb. Man sagte, es sei mit Eicheln gestreckt. Als er die Besteckschublade öffnen wollte, fiel ihm auf, dass sie bereits leicht offen stand. Das war ganz untypisch für Karin. Heller verscheuchte den Gedanken, zog die Lade auf und suchte nach dem Brotmesser. Er fand es nicht, weder in der Schublade noch sonst irgendwo. Ob Karin sich das Messer in ihre Tasche getan hatte?

Heller schlug das Brot wieder in das Papier ein und legte

es weg. Dann ging er die Treppen hinauf. Karin war nicht oben und auch Klaus und Fanny waren nicht aufzufinden. Er schaute bei Frau Marquart ins Zimmer. Sie lag in ihrem Bett und schien zu schlafen. Heller kam vorsichtig näher und fühlte ihre Stirn.

»Max«, sagte die Frau leise, öffnete die Augen und sah ihn an.

»Wie geht es Ihnen?«

»Besser. Schon viel besser. Tausend Dank, lieber Max, für alles.« Sie legte ihre Hand auf die seine, und Heller setzte sich auf den Stuhl, der neben ihrem Bett stand.

»Karin müssen Sie danken, nicht mir.«

Frau Marquart nickte und lächelte. »Sagen Sie, haben wir ein Baby im Haus? Mir war, als hätte ich eines gehört.«

»Ja, es ist von einer jungen Frau, die wir für kurze Zeit aufgenommen haben.«

Frau Marquart lächelte wieder und wollte Hellers Hand nicht loslassen.

»Und unser Klaus ist da, haben Sie es schon bemerkt?«, sagte Heller und freute sich, dass Frau Marquart wieder Anteil an dem Geschehen nahm.

»Ja, ich habe ihn gesehen. Anfangs dachte ich, Sie seien es, lieber Max. Er ist sehr ernst, nicht wahr?«

Heller nickte und hoffte insgeheim, dass das nur vorübergehend war. Dann überlegte er kurz und sprach es aus. »Frau Marquart, wir mussten die Kirsche umsägen. Wir brauchen das Holz.«

Zu seinem Erstaunen nahm die Frau die Nachricht gelassen auf. »Was ist schon ein Baum? Wir pflanzen einen neuen.«

Da begann im Hausflur unten das Telefon zu klingeln. Heller stand auf. »Tut mir leid, ich muss gehen.«

»Ich weiß, gehen Sie nur, mir geht es gut.«

11. Februar 1947,
Nachmittag

»Hatte ich Sie nicht heimgeschickt?« Heller versuchte ein Lächeln, doch es misslang.

Oldenbusch grinste schief. »Ich war daheim, doch der Fall hat mir keine Ruhe gelassen. Deshalb habe ich die Fingerabdrücke überprüft.«

»Gut so.« Heller sagte nichts weiter und gemeinsam warteten sie darauf, dass Friedel Schlüter in den Vernehmungsraum gebracht wurde. Heller musste seinen Assistenten nicht noch einmal fragen, ob er sich in dieser Sache wirklich sicher war. Wäre er es nicht, hätte er nicht angerufen, das wusste er.

Endlich klopfte es an der Tür. »Herein«, rief Heller. Zwei Polizisten brachten Friedel in den Raum.

Der Junge schien vollkommen erschöpft zu sein und hatte Mühe, gerade auf seinem Stuhl sitzen zu bleiben. Seine mit Handschellen gefesselten Hände hatte er in den Schoß gelegt. Ausdruckslos starrte er die lederne Arzttasche an, die Oldenbusch auf den Tisch gestellt hatte. Oldenbusch öffnete sie und begann, ein Werkzeug nach dem anderen herauszuholen. Er legte sie säuberlich nebeneinander auf den Tisch. Die abgetrennten Hände befanden sich nicht darunter. Die hatte Doktor Kassner bei sich behalten.

»Weißt du, warum wir hier sind?«, fragte Heller den Jungen.

Friedel sah auf, als realisierte er erst jetzt, wem er gegenübersaß. Dann begann er den Kopf zu schütteln, und es hatte den Anschein, als würde er nicht mehr damit aufhören. »Wo ist Mutter?«, fragte er.

»Sie wurde entlassen. Friedel, wir haben diese Tasche und die Werkzeuge gründlich untersucht. Heute Nacht haben wir die Fingerabdrücke abgenommen und sie mit denen auf den Werkzeugen verglichen. Es sind deine Fingerabdrücke, ganz eindeutig.«

Friedel, den die Nachricht von der Freilassung seiner Mutter einen kurzen Moment hatte aufleben lassen, ließ jetzt den Kopf sinken. Eine Weile sagte er kein Wort. »Das hat mir jemand gestohlen«, flüsterte er schließlich.

»Friedel, du steckst in argen Schwierigkeiten. Zwei Männer wurden mit dem Werkzeug verstümmelt.« Heller ließ den Jungen keine Sekunde aus den Augen.

»Das Werkzeug wurde mir gestohlen aus dem Keller. Es war meins. Die Tasche kenne ich nicht!«

»Friedel, noch sind wir es, die dich befragen. Wenn erst die Sowjets vor dir stehen, werden sie dich fragen, ob du die beiden toten Sowjetoffiziere kanntest und ob du es warst, der den Gutmann aufgehängt hat.«

»Ich weiß aber nichts«, sagte der Junge in stumpfem Ton. Heller registrierte, dass die Information über Gutmanns Tod keine Reaktion bei ihm hervorgerufen hatte.

»Du musst niemanden mehr schützen, du kannst dir nur Gutes tun, indem du redest. Du kennst Fanny?«

Endlich zeigte der Junge eine Regung. »Kann sein«, murmelte er unruhig.

»Das ist keine Antwort«, reagierte Heller barsch. »Kennst du sie?«

»Mutter sagt, sie wäre eine Hure. Sie bändelt mit jedem an, der etwas zu essen hat für sie. Der kann man keinen Meter trauen.«

»Und Frau Dähne, kennst du die?«

»Die alte Hexe, die hat doch dem Gutmann die Mädchen angeschleppt. Die hat sie ins Haus geholt, ihnen zu essen gegeben und sie dann an den Gutmann verkauft. Gehen Sie doch zu ihr, die hat immer zu essen, und immer Fleisch.«

»Ist das wahr, was du sagst? Kannst du das beweisen oder glaubst du es nur?«, fragte Heller streng.

»Der Einhändige hat bei ihr gewohnt früher. Fragen Sie doch in der Nachbarschaft.« Der Junge war nun sichtbar zornig.

»Das werden wir. Nun noch einmal zu der Tasche. Hast du sie schon einmal gesehen?«

»Nein! Ich sag doch, die kenn ich nicht. Das Werkzeug wurde mir aus dem Keller gestohlen. Vor Tagen schon.« Friedel wollte sich übers Gesicht fahren und wurde dadurch daran erinnert, dass seine Hände gefesselt waren. Seine Kiefer mahlten nervös und auf seinen Wangen erschienen rote Flecken. Er begann nervös zu blinzeln.

»Ich fasse noch mal zusammen, Friedel«, fuhr Heller sachlich fort. »Jemand hat also das Werkzeug gestohlen und die Leichen zweier Männer damit verstümmelt. Dann hat derjenige das Werkzeug in dein Versteck zurückgebracht, wo wir es fanden. Wie kommen dann deine Fingerabdrücke an die Tasche?«

Nun brachen bei dem Jungen alle Dämme. Tränen rollten ihm über die Wangen und er schluchzte auf. »Mutter sagte, dass Sie da gewesen wären und dass Sie bestimmt wiederkommen. Da hab ich alles beiseiteschaffen wollen in mein Versteck, und plötzlich stand die Tasche da!«

»Hast du hineingesehen? Wusstest du, was sich in der Tasche befand, außer dem Werkzeug?«

»Ja!«

»Warum hast du das nicht gemeldet? Uns, der Polizei?«

»Weil Sie mir sowieso alles anhängen! Sie haben doch die

Tasche dahin getan. Mutter sagt, Sie sind alle von den Russen geschmiert«, presste er verzweifelt hervor.

»Ich will dir gar nichts anhängen, ich kann nur nicht glauben, dass jemand dir die Tasche in den Keller gestellt hat. Wer soll das denn gewesen sein?«

»Wüsste ich es, würde ich es Ihnen doch sagen!«, schrie der Junge in seiner Qual.

»Ruhig, Friedel«, ermahnte ihn Heller. Auch wenn die Indizien gegen ihn sprachen, die Verzweiflung des Jungen war echt, da hatte Heller keine Zweifel. »Sag, die Fanny, hast du mit ihr gesprochen? Wo hast du sie gesehen?«

Friedel wischte sich die Tränen an seinen Handrücken ab, schniefte und zog Rotz hoch. »Die Dähne hat sie eines Tages mitgebracht. Im letzten Winter. Ich hab nicht viel mit ihr geredet. Sie tut dumm, aber sie ist es nicht.« Die Flecken in Friedels Gesicht waren nun dunkelrot. Etwas nagte an ihm, und die Tränen liefen ihm noch immer über das Gesicht.

»Und du? Weißt du, dass der Gutmann deine Mutter an die Russen verraten hat?«

»Klar weiß ich das, aber ich hab ihn nicht umgebracht. Warum wollen Sie mir nicht glauben?«

»Und der Armin Weiler, den kanntest du auch?«, fuhr Heller unbeirrt fort mit seinem Verhör.

»Aus der Druckerei, ja.« Friedel schluchzte jetzt stoßweise.

»Weiß der etwas von euch? Hat er euch vielleicht erpresst?«

»Mutter sagt, er ist ein Verräter. Der hat im Krieg noch den alten Pfarrer gemeldet, der hatte Judenpack in der Kirche versteckt. Jetzt frisst sich das Schwein bei den Russen satt.«

»Das waren seine Hände in der Tasche, Friedel.«

Jetzt ließ sich der Junge nach vorn auf den Tisch kippen und presste sein Gesicht in die Armbeuge. »Ich hab keinen umgebracht«, wimmerte er. »Ich will doch einfach nur, dass alles wie früher wird. Ohne die Russen! Ich will unser Deutsches Reich zurück, so wie es war, und unser Haus und meinen Vati.«

Heller sah zum dritten Mal auf die Uhr. Heute waren Karin und er zum Kulturabend eingeladen. Es war noch etwas Zeit, aber er wollte auf keinen Fall zu spät kommen. Mit etwa dreißig anderen Leuten stand er an der Haltestelle am Platz der Einheit und wartete auf die Straßenbahn, die nicht kommen wollte. In Gedanken ging er noch mal das Verhör von Friedel Schlüter durch. Sollte er dem Jungen glauben? Hatte er die Tasche wirklich in seinem Keller gefunden? Wer aber hatte sie dort deponiert? Es musste jemand sein, der wusste, dass Friedel verdächtigt wurde, ein Attentäter zu sein. Fand er keinen anderen Tatverdächtigen, bliebe ihm nichts anderes übrig, als sich an die Fakten zu halten. Heller wusste, dass es wichtig war, seine Gefühle außen vor zu lassen, doch auch dieser Bursche war doch nur ein Opfer, ein Kind, das seinen Vater vermisste, der nie mehr zurückkehren würde.

Wieder sah er auf die Uhr. Schon trübte sich im Osten der Himmel. Minütlich gesellten sich neue Wartende an der Haltestelle hinzu.

»Entschuldigen Sie, wissen Sie etwas von einem Stromausfall?«, fragte ihn eine Frau. Sie trug schwer an ihrem prall gefüllten Rucksack, in dem wahrscheinlich Kohlen oder Kartoffeln waren. Heller wusste nichts, doch da kam endlich die Bahn.

Sie war schon übervoll und kaum jemand stieg aus. Trotzdem versuchte jeder noch wenigstens auf die Trittbretter zu kommen.

»Kommen Sie!«, rief ein Mann der Frau mit dem Rucksack aufmunternd zu, reichte ihr die Hand und ließ ihr eine Handbreit Platz am Haltegriff. Heller quetschte sich daneben. Die Bahn klingelte und fuhr an. Sie fuhren an der Martin-Luther-Straße und am Diakonissenkrankenhaus vorbei. An jeder Haltestelle versuchten noch mehr Menschen in die Waggons zu klettern. Aber niemand beschwerte sich, man half sich gegenseitig.

»Sie ham wohl 'n kleenes Schwein im Rucksack?«, witzelte jemand und alle Umstehenden lachten.

11. Februar 1947, abends

Es war eine weite Strecke, die Karin und Max an diesem Abend zu Fuß zurücklegen mussten. Die Bahnen fuhren nicht mehr, und es war Heller unmöglich gewesen, noch rechtzeitig eine andere Fahrgelegenheit zu organisieren. Entweder gab es kein Benzin oder die Reifen des Autos waren kaputt oder die Sowjets hatten die verbliebenen Autos für sich selbst in Anspruch genommen. Auch der Kulturbund, der Initiator der Veranstaltung, hatte für Ehepaar Heller kein Fahrzeug frei. Mit dem Auto wäre es, selbst auf verschneiter Fahrbahn, nur zehn Minuten Fahrt gewesen. So waren sie nun gezwungen, zuerst den Rißweg hinauf und dann die gesamte Bautzner Landstraße stadtauswärts entlang bis zur Ullersdorfer Straße zu gehen, wo das Kurhaus Bühlau stand. Insgesamt waren das drei Kilometer, was normalerweise kein Problem gewesen wäre. Doch der Wind fauchte ihnen eisig entgegen und die verschneiten Gehwege waren glattgetreten. Unter dem Neuschnee versteckten sich Löcher und Bordsteinkanten, die die Fußgänger mehr als einmal straucheln ließen. Sie liefen Arm in Arm, und Heller fragte sich, wann sie dies das letzte Mal getan hatten. Er konnte sich nicht erinnern.

Waren sie noch im letzten Tageslicht losgelaufen, holte sie jetzt die Dunkelheit ein, und Heller bereute insgeheim, nicht daheimgeblieben zu sein. Er wusste, er würde Medvedev, Ovtscharov und andere wichtige Persönlichkeiten sehen, wahrscheinlich auch Kasraschwili, als Kulturbeauftragten der hiesigen Armee und Leiter des Chores. Es war gut, sich bei solchen offiziellen Anlässen sehen zu lassen, und er würde das auch nutzen, um in Erfahrung zu bringen, ob sich Gutmanns angeblicher Freitod herumgesprochen hatte. Doch eigentlich ging er nur wegen Karin dahin. Heller wusste, Karin sehnte sich nach diesem Abend. Er musste ihn seiner Frau gönnen. Nach all den Entbehrungen der vergangenen Jahre wollte er sie endlich einmal wieder ausführen, dahin, wo es hoffentlich warm war, wo es Essen und Musik gab, wo für ein paar Stunden die Sorgen des Alltags vergessen waren. Zu lange hatte sich Karin um alles gekümmert, um die schwer kranke Frau Marquart, um Klaus und nun auch noch um Fanny und das Baby. Längst nagte an Heller das schlechte Gewissen, auch weil er wusste, dass er sie zu wenig unterstützte und sich viel zu oft seiner Arbeit widmete.

Heller hatte seinem Sohn heimlich die Pistole gegeben und ihm auch von dem fehlenden Brotmesser berichtet. Karin gegenüber hatte er allerdings nichts gesagt, er wollte sie nicht beunruhigen. Er hatte ihr auch nicht gestanden, dass auch er Fanny misstraute. Das Mädchen schien fröhlich zu sein wie immer und kümmerte sich auf ihre naive kindliche Art um ihren Jungen. Doch das Messer war nicht wiederaufgetaucht. Klaus hatte die Waffe in stummem Einverständnis an sich genommen. Heller ersparte sich jegliche Ermahnung. Das brauchte es nicht. Klaus war erwachsen geworden. So vielen Menschen hatte der Krieg die Seele geraubt und so viele hatte er für immer verändert. Heller seufzte.

»Warum seufzt du?«, fragte Karin und blinzelte gegen die Schneeflocken an, die ihr der Wind in die Augen blies.

»Ich denke an Klaus. Ich frage mich, ob er jemals wieder fröhlich wird.«

Karin drückte ihm kurz die Hand. »Er wird wieder fröhlich. Ganz bestimmt«, sagte sie.

Heller erwiderte nichts.

Das Kurhaus Bühlau war hell erleuchtet und viele Fahrzeuge standen davor. Die Fahrer standen in Grüppchen beisammen und rauchten. Heller registrierte zwei Polizeilaster und mindestens zwanzig bewaffnete Schupos. Auch dick eingepackte Sowjetsoldaten mit Maschinenpistolen standen Posten, rauchten und sahen sich um. Auf der Ladefläche eines Russenlasters glaubte Heller sogar ein aufgebautes Maschinengewehr zu sehen.

Karin bemerkte nichts davon. Aufgeregt strebte sie dem Eingang entgegen. Das warme Licht aus den Fenstern des Festsaales spiegelte sich in ihren Augen wider. Hier hatten sich im April sechsundvierzig die Landesparteiverbände der SPD und der KPD vereinigt. Jetzt wurde er für Feierlichkeiten benutzt.

Zuerst wurden sie von einem sowjetischen, dann von einem deutschen Posten kontrolliert, und jedes Mal zeigten sie die Einladung und ihre Papiere vor. Auch im Foyer sah Heller bewaffnete Soldaten. Hatten sie wirklich so viel Angst vor einem Anschlag?, fragte er sich.

Sie gaben an der Garderobe ihre Mäntel ab. Karin war ein wenig verlegen, zupfte und straffte ihr Kleid, das sie von Frau Marquart bekommen und schon vor längerer Zeit umgearbeitet hatte. Es war ein Sommerkleid, rot mit weißen Punkten, ganz schlicht, in der Taille gerafft, mit einem Blusenkragen, der sich ein wenig aufknöpfen ließ.

Heller hatte sie vorher noch nicht darin gesehen und konnte seinen Blick nicht von ihr wenden.

»Was schaust du so?«, raunte Karin ihm besorgt zu.

»Schön bist du«, flüsterte Heller und lächelte sie an.

»Ach, in dem ollen Ding«, widersprach Karin, errötete aber dann doch etwas. Heller bot ihr galant den Arm an und sie hakte sich ein, um gemeinsam den Saal zu betreten.

Der Festsaal kam ihnen riesig vor. Die hohen Wände waren mit Girlanden und roten Fahnen geschmückt. Von der gewölbten reinweißen Decke hingen goldene Kronleuchter herab, die das polierte Parkett zum Glänzen brachten. Überall im Saal standen runde Tische, die mit weißen Tischtüchern bedeckt waren. An der Stirnseite war eine Bühne aufgebaut, auf der ein Klavier und Stehbänke für den Chor aufgebaut waren.

Jetzt war es Heller, der sich schäbig vorkam, in seinem etwas zu engen Anzug und den Schuhen, die er immer trug, weil er keine anderen hatte. Sein weißes Hemd stammte ebenfalls aus den Beständen des verstorbenen Herrn Marquart und die schwarze Fliege hatte Karin ihm genäht.

Doch als Heller sich umsah, verlor sich dieses Unbehagen, denn die meisten der Gäste waren in abgetragenen Kleidern und Anzügen erschienen. Nur die sowjetischen Offiziere trugen glänzende schwarze Stiefel und ihre besten Uniformen, an denen die polierten Orden glitzerten.

Heller kannte keinen einzigen der Gäste, die sich schon zahlreich versammelt hatten. Deshalb steuerte er mit Karin auf die Bühne zu, wo er, wie erhofft, Kasraschwili antraf, der im Schatten der Bühne gelangweilt auf ein Notenblatt blickte. Der Georgier sah auf.

»Oberkommissar Heller«, begrüßte er ihn, ohne eine Miene zu verziehen, reichte dann Karin die Hand und deutete eine knappe Verbeugung an. Dann gab er auch Heller die Hand.

»Das ist Kapitan Kasraschwili«, stellte Heller den Arzt vor. »Kapitan, meine Frau.«

Kasraschwili nickte nur und widmete seine Aufmerksamkeit wieder dem Notenblatt. Ganz offensichtlich wollte er sich in Karins Gegenwart auf kein Gespräch einlassen. Karin ließ Hellers Arm los. »Ich will sehen, ob ich jemand Bekannten entdecke«, entschuldigte sie sich und ließ die beiden Männer alleine zurück.

Heller sah ihr nach, bis sie zwischen den Leuten verschwunden war.

»Ihrem distanzierten Verhalten entnehme ich, dass Ovtscharov Ihnen heute einen Besuch abgestattet hat?«, begann Heller. Er hatte nicht vor, sich für seine Arbeit zu entschuldigen. Und er hatte nicht vor, Karin den Abend zu verderben. »Nun, ich wollte Ihnen keine Unannehmlichkeiten bereiten«, fuhr er fort.

Kasraschwili ließ das Notenblatt sinken. »Von Unannehmlichkeiten zu sprechen, ist der reine Hohn. Sie hätten mich nur fragen müssen, wenn Sie etwas über Berinow und Cherin hätten wissen wollen.«

»Immerhin lagen die beiden tot in Ihren Räumen, und Sie machten mir nicht den Eindruck, als würden Sie sie kennen.« Noch einmal sah Heller sich prüfend um, damit niemand mithörte. »Und hätten Sie Swoboda erkannt, wenn ich Ihnen den Kopf gezeigt hätte?«

»Aber Sie haben ihn mir nicht gezeigt und Sie haben nicht gefragt, ob ich die beiden kenne! Stattdessen schicken Sie mir das MWD. Wenn Sie mich jetzt entschuldigen, ich muss zum Chor.«

»Was war denn mit Cherin und Berinow?«, fragte Heller gedämpft.

»Sie hatten Streit mit dem Deutschen. Das ist alles, was ich weiß. Mehr nicht.«

»Und Sie? Wie oft waren Sie in der Kneipe? Was haben Sie da getan?«

»Ich habe dagesessen und getrunken, gelegentlich Klavier

gespielt, nichts weiter. Von den Mädchen oben wusste ich nichts.«

»Aber jetzt wissen Sie es?«, fragte Heller.

Kasraschwili wollte anscheinend zuerst etwas erwidern, wandte sich dann aber ab und ließ Heller stehen.

Nachdem Heller Karin wieder gefunden hatte, suchten sie ihre Plätze, die sich an einem Tisch, recht weit vorne an der Bühne, mit sechs ihnen fremden Gästen befanden. Sie stellten sich gegenseitig vor, doch Heller vergaß schnell die Namen und Funktionen seiner Gegenüber wieder. Am großen Nachbartisch saßen Niesbach und der Polizeichef Opitz mit einigen sowjetischen Militärgrößen. Auch Medvedev war eingetroffen, aber er zeigte mit keiner Regung, dass er und Heller gut bekannt waren.

Heller war froh darüber, denn er hatte sich hauptsächlich wegen dieser Begegnung unter den Blicken all der Anwesenden die größten Sorgen gemacht. Auch Ovtscharov war gekommen und nickte Heller aus der Ferne zu. Zur näheren Begrüßung blieb keine Zeit.

Mittlerweile hatten sich alle Gäste eingefunden und der Saal wurde geschlossen. Die ersten Redner betraten die Bühne. Zuerst sprach ein Schriftsteller vom Kulturbund, dessen Namen Heller nicht kannte. Von deutsch-sowjetischer Freundschaft war die Rede, vom Dank an die Befreier, von den neuen Errungenschaften und wie wichtig die Kultur auch in Zeiten größter Not sei. Dann betrat ein russischer General die Bühne und redete in so schlechtem Deutsch, dass es eine Qual war, ihm zuzuhören. Doch niemand wagte es, sich lustig darüber zu machen oder sich zu beschweren. Druschba, war das einzige Wort, das Heller verstand, Freundschaft, immer wieder Freundschaft, als entstünde sie, wenn man es nur oft genug wiederholte. Dann stand wieder ein Deutscher auf der Bühne, ein aktives Mitglied im Verein der Opfer des Faschismus. Er sei im KZ gewesen, berichtete er und erzählte von den Gräueltaten, die er dort erlebt hatte. Er zeigte sich entsetzt von den Menschen, die das alles nicht glauben wollten und es für Propaganda hielten. Umso wichtiger sei es, die Menschen zu informieren und zu bilden und vor allem die Entnazifizierung weiter voranzubringen. Gerade Kindern und Jugendlichen müsse das Nazitum aus den Köpfen getrieben werden.

Heller musste an Staatsanwalt Speidel denken, der behauptete, nie ein richtiger Nazi gewesen zu sein. Aber was war ein richtiger Nazi? War man erst ein Nazi, wenn man Juden denunziert hatte? Wenn man Hitler gewählt hatte? Wenn man mit der Hakenkreuzfahne demonstrieren gegangen war? Wenn man eine SA- oder SS-Uniform getragen hatte oder Parteimitglied gewesen war? Oder war man schon ein Nazi, wenn man all das nur geduldet hatte? Jeder behauptete mittlerweile von sich, kein richtiger Nazi gewesen zu sein, aber alle hatten sie das System mitgetragen. Sie alle waren die Grundfeste gewesen, auf der das Deutsche Reich aufgebaut worden war. Heller nahm sich selbst nicht aus. Auch er hatte seinen Dienst verrichtet. Und jetzt?

Was dachten wohl die Leute über die Nürnberger Prozesse, die minutiös im Radio übertragen worden waren. Niemand schien sich dafür zu interessieren. Alle hatten sie andere Sorgen, kämpften ums Überleben, brauchten Wohnungen, Kleidung, Essen, Kohle. Jeder blickte lieber nach vorn, in eine bessere Zukunft, als zurück in die grausame Vergangenheit.

»Schlaf nicht!«, ermahnte Karin ihn leise und stupste ihn unauffällig an. Heller zuckte zusammen und nickte automatisch. Er versuchte, seine Gedanken zu verdrängen. Auf der Bühne war in der Zwischenzeit schon der nächste Redner angetreten, der von den Errungenschaften des jungen Sozialismus sprach und dabei ungeniert nationalsozialistisches Vokabular einsetzte, von frischem Blut, hartem Kampf und einem neuen Nationalbewusstsein redete.

Langsam breitete sich eine gewisse Unruhe im Saal aus. Heller machte die ungewohnte Wärme zu schaffen. Er versuchte seinen Hemdkragen etwas zu weiten und hätte sich am liebsten seines Jacketts entledigt, doch noch war die Veranstaltung zu offiziell und formell. Er schwitzte so sehr, dass ihm das Wasser von der Stirn lief. Es war nur ein kleiner Trost, dass er damit nicht allein war. Karin tupfte sich verstohlen Hals und Stirn ab, während andere Gäste sich demonstrativ mit Taschentüchern über das Gesicht wischten.

Endlich, nach einer gefühlten Ewigkeit, als der letzte Redner unter erleichtertem Applaus der Gäste die Bühne verlassen hatte, gingen die Lichter wieder an und das Essen wurde serviert. Als Vorspeise gab es Nudelsuppe, auf die ein richtiger Schweinebraten mit Knödeln, Soße und Rotkohl folgte. Anschließend servierte man eine kalte Fruchtsuppe, und Kaffee und Kuchen wurden zum Abschluss auf die Tische gestellt.

Es war wie im Paradies, wie ein Sprung in eine andere, viel bessere Zeit. Die Speisen dufteten appetitlich und ringsum hörte man eine ganze Weile nur das Klappern von Besteck auf dem Geschirr. Heller konnte seinen Blick nicht von Karin wenden. Er freute sich, wie sie aß, wie sie sich an dem Tischgespräch beteiligte und wie sie aufblühte. Heller kaute bedächtig, bemühte sich, nicht zu schlingen. Doch von dem Kuchen konnte er schon nichts mehr essen, sein Magen war übervoll. Auch Karin hatte ihr Stück Mohnkuchen nur angebissen, obwohl es ihr liebster Kuchen war und sie ihn seit Jahren nicht mehr hatte essen können.

Mittlerweile wurde Cognac ausgeschenkt. Die Kellner

huschten zwischen den Tischen hin und her und überall wurden Trinksprüche laut. »Druschba! Na sdorovje«, riefen die Russen, tranken den Weinbrand in einem Zug aus und animierten ihre Tischnachbarn, es ihnen gleichzutun. Zigaretten wurden gereicht. Jeder nahm sich, auch die Nichtraucher. Irgendwann standen die ersten Gäste auf, um sich die Beine zu vertreten. Endlich erhoben sich auch die Männer an seinem Tisch. Heller hatte nur darauf gewartet. Er wollte unbedingt aufstehen und draußen etwas frische Luft schnappen.

Aber eine Hand legte sich plötzlich schwer auf seine Schulter. Es war Kasraschwili, der sich ungeniert auf den freien Platz neben Heller setzte.

»Reden können sie alle«, murmelte der Georgier und schnippte mit den Fingern einen Kellner heran. »Nun, was meinen Sie, wem haben Sie dieses üppige Mahl zu verdanken? Ovtscharov? Oder sind Sie Medvedevs Kettenhund? Aus wessen Hand fressen Sie? Wahrscheinlich können Sie es sich gar nicht aussuchen.« Heller bemerkte aus den Augenwinkeln, wie Karin sich anspannte. Sie würde es sich nicht gefallen lassen, wie mit ihrem Mann umgesprungen wurde. Besänftigend legte er seine Hand auf ihr Knie.

»Sie haben getrunken, Genosse Kapitan«, sagte er ruhig.

Kasraschwili bedeutete dem Kellner, Cognac einzuschenken, und hielt ihn fest, um ihm die ganze Flasche abzunehmen. »Natürlich habe ich das. Na sdorovje! Oder, wie wir Georgier sagen: Gaumardschoss. Mögest du siegreich sein!« Er hob sein Glas.

Heller zögerte, er hatte schon zu viele Gläser getrunken.

»Sie wissen, es ist eine Beleidigung für einen Russen, seiner Einladung nicht zu folgen.«

»Sie sind aber Georgier, wie Sie gerade selbst betonten.« Heller hob sein Glas und nahm einen Schluck. Der Arzt trank sein Glas leer und schenkte sofort beide Gläser nach. Wieder hob er sein Glas und hielt es so lange erhoben, bis Heller das seine wieder nahm und mit ihm trank.

»Russen, Georgier, Ukrainer, wir sind jetzt ein sowjetisches Reich. Bereit, die Welt zu beherrschen!« Kasraschwili erhob sich, nickte und knallte dabei mit den Hacken zusammen, was besser zur Wehrmacht denn zur Roten Armee gepasst hätte. »Einen schönen Abend wünsche ich noch.« Dann langte er nach der Cognacflasche und ging davon.

»Ich muss an die Luft!«, stieß Karin hervor.

»Es tut mir leid, Karin«, versuchte Heller seine Frau zu besänftigen.

»Es muss dir nicht leidtun, Max. Was für ein unverschämter Kerl! Kein Vergleich zu seinem Vater. Weißt du noch? Was war das für ein höflicher und zuvorkommender Mensch. Was ist los mit ihm? Ermittelst du gegen ihn?«

»Er glaubt, ich schikaniere ihn in Ovtscharovs Auftrag«, erklärte Heller leise, als sie auf dem Weg ins Foyer waren.

»Ich verschwinde mal auf die Toilette«, raunte Karin ihm zu.

Ovtscharov, der ebenfalls im Foyer herumstand, die Brust mit einer Reihe von blitzenden Orden geschmückt, schien nur auf diesen Moment gewartet zu haben. »Genosse Oberkommissar!«, rief er. Heller reichte ihm mit einer leichten Verbeugung die Hand. Der General lächelte freundlich, doch Heller bemerkte etwas in seinem Blick, das ihm Sorgen machte.

»Freue mich, Heller, Sie hier begrüßen zu können. Ich hoffe die Reden waren Ihnen nicht zu lang?«

»Was gesagt werden muss, muss gesagt werden«, erwiderte Heller höflich. Den Satz hatte er sich für alle Fälle vorher zurechtgelegt.

»Haben Sie schon Fortschritte machen können bei der Suche nach dem Anführer dieser Gruppe?«

»Nein, keine. Aber wir haben Indizien, die Friedel Schlüter im Fall des enthaupteten Swoboda stark belasten.«

Der Russe winkte energisch ab. »Heller, das interessiert mich doch nicht. Der andere Junge ist wichtig. Ist er allein? Wenn nicht, wie viele sind es noch? Welche Waffen besitzen sie? Was haben sie vor? Das sind die Fragen, die es zu klären gilt. Und versuchen Sie bloß nicht noch einmal, etwas vor mir zu verheimlichen!«

»Ich tue alles in meiner Macht Stehende …«, begann Heller.

»Ach so, tun Sie das?« Der Oberst fasste ihn am Oberarm. »Wissen Sie von Kapitan Sergej Jakowlew?«

»Was soll ich wissen?«

»Er ist weg. Seit gestern spurlos verschwunden. Auch er war Stammgast bei Gutmann. Oberkommissar, ich kann mir nicht erlauben, noch einen Offizier zu verlieren. Und wenn ich erfahre, dass Sie mir weitere Erkenntnisse verheimlichen, dann kann auch Medvedev Sie nicht mehr schützen!«

Plötzlich hellte sich Ovtscharovs Miene auf. Karin kam auf sie zu.

»Frau Oberkommissar, nehme ich an. Es ist mir eine Ehre, Sie kennenlernen zu dürfen. Oberst Ovtscharov, ich nehme an, Ihr Gatte hat schon von mir gesprochen, und ich hoffe, nur Gutes.« Er lächelte breit, nahm Karins Hand und deutete einen Handkuss an.

»Allerdings, Herr Oberst. Vielen Dank für die Essenspakete.« Karin reagierte auf die überschwängliche Begrüßung des Russen mit einem angedeuteten Kopfnicken und hakte sich wieder bei Heller ein.

»Nicht der Rede wert. Ich hoffe, Sie genießen den Abend. Bis jetzt zog es sich ein wenig hin, doch gleich soll der schöne Teil der Veranstaltung beginnen. Lassen Sie uns wieder hineingehen.«

Heller fühlte sich unwohl. Während Karin, die mit ihrem Stuhl neben ihn gerückt war, gespannt die Bühne beobachtete, blickte Heller sich verstohlen um. Er hatte sich Ovtscharovs Unwillen zugezogen. Sollte der Oberst von Fanny erfahren haben und davon, dass er sie bei sich beherbergte, würde er in ernsthafte Schwierigkeiten geraten. Ovtscharovs Behörde war nicht dafür bekannt, Rücksicht zu nehmen. Einmal in die Fänge des MWD geraten und nach Bautzen verfrachtet, kam man so schnell nicht wieder frei. Heller wusste von einigen, die über Nacht verschwunden und auch nach zwei Jahren noch nicht wieder aufgetaucht waren. Andere hatten nur mit Mühe und Not ihren Freispruch erreicht, dafür aber mit Gesundheit und Lebenskraft bezahlt. Er musste aufpassen, und vor allem durfte er sich Karin gegenüber nichts anmerken lassen.

Endlich betrat der Chor die Bühne. Mehr als zwanzig Mann, allesamt breitschultrige Sowjetsoldaten, stellten sich auf. Auch Kasraschwili kam auf die Bühne und bezog neben dem Klavier Position. Einen kurzen Moment schien er zu schwanken, eine kleine Bewegung nur, aber doch deutlich genug, um für ein leises Raunen unter den deutschen Gästen zu sorgen. Mit einer Hand hielt der Georgier sich am Klavier fest, um dann eine kleine, fast spöttische Verbeugung anzudeuten. Heller richtete sich gespannt auf und rechnete damit, dass Kasraschwili gleich irgendetwas Unbedachtes sagen würde, doch er schwieg. Es vergingen einige peinliche Sekunden, ehe Kasraschwili sich noch einmal verbeugte, als hätte er vergessen, dass er das gerade eben schon getan hat.

»Sehr geehrte Damen und Herren«, begann er mit leicht schwerfälliger Zunge, »entgegen des angekündigten Programms, werden wir Sie zuerst mit einem Stück erfreuen, welches mir für Zeiten wie diese durchaus angemessen scheint.«

Kasraschwilis Worte sorgten unter dem sowjetischen Militär für einiges Aufsehen. Heller wagte einen Blick in die Runde. Offiziere warfen sich verstohlen fragende Blicke zu. Ovtscharov winkte einen seiner Männer zu sich, tuschelte ihm ins Ohr und ließ ihn abtreten. Nur Medvedev blieb gelassen, nicht ein Muskel in seinem Gesicht zuckte.

Kasraschwili setzte sich jetzt auf die Klavierbank. »Schon seit meiner frühesten Jugend, als mein Vater mir das Klavierspielen an seinem Flügel zu Hause beibrachte, hege ich eine gewisse Leidenschaft für einen der großen deutschen Komponisten. Johannes Brahms und sein deutsches Requiem, das wir heute für Sie spielen werden. Angesichts meiner beschränkten Möglichkeiten, habe ich das Stück auf den zweiten Chorus beschränkt.«

Karin schien von der Unruhe im Saal nichts mitzubekommen. Sie saß neben Heller, schmal und zerbrechlich wie ein junges Mädchen, und hatte die Hände im Schoß verschränkt. Als die ersten Töne des Klavierspiels erklangen, sah Heller, wie sich ihr die Nackenhaare aufstellten. Warum sich Kasraschwili ausgerechnet eine Komposition für eine Totenmesse ausgesucht hatte, wollte sich Heller nicht erschließen. In dem Moment drehte der Georgier ihm das Gesicht zu und sah ihm direkt in die Augen.

»Denn alles Fleisch, es ist wie Gras«, hob der Chor an zu singen, und Karin zuckte zusammen.

»Und alle Herrlichkeit des Menschen
wie des Grases Blumen.
Das Gras ist verdorret
und die Blume abgefallen.«

Heller wusste nicht, welche Akkorde es brauchte, um die Seele eines Menschen in ihrem tiefsten Inneren zu treffen.

Doch er spürte, wie im Saal die Herzen anders zu schlagen begannen, wie die Menschen in Ergriffenheit vergaßen zu atmen, wie sie sich dem inbrünstigen Gesang des Russenchores hingaben. Heller legte seinen Arm um Karins Schultern und spürte, wie sie bebte. Karin hatte sich die Hand vor den Mund gepresst und konnte ihren Blick nicht von dem jungen Mann am Klavier wenden.

Kasraschwili aber suchte immer wieder Blickkontakt zu Heller, während sich seine Finger mühelos über die Tasten bewegten. Heller erwiderte den Blick, doch Karin schien in seinem Arm mit jeder Note und jedem Wort mehr und mehr von tiefster Trauer gepackt zu werden.

»So seid nun geduldig, liebe Brüder«, sang der Chor weiter, »bis auf die Zukunft des Herrn.«

Heller fragte sich, ob Kasraschwilis Klavier vielleicht aus dem Haus von Frau Schlüter stammte. Es war ein Emil-Ascherberg-Instrument und wie viele davon gab es wohl in der Stadt? Von wem hatte der Georgier das Klavier bekommen? Etwa von Medvedev?

»Siehe, ein Ackermann wartet
auf die köstliche Frucht der Erde
und ist geduldig darüber,
bis er empfange den Morgenregen und Abendregen.
So seid geduldig.«

Die Tonart hatte gewechselt und Kasraschwilis Spiel war heller und bewegter geworden. Doch Karin konnte nicht mehr an sich halten. So lange schon hatte sie alles zurückgehalten. Nicht eine Träne hatte sie vergossen, über den Verlust ihres alten Lebens, über ihr Zuhause, ihr Hab und Gut, ihre Erinnerungen. Nicht einmal die Menschen hatte Karin beklagt, die sie verloren hatte, alles hatte sie mit sich selbst ausgemacht. Nur die Sorge um ihre Söhne hatte sie mit ihrem Mann geteilt.

Kasraschwili bearbeitete jetzt die Tasten mit sich steigernder Wut und starrte Heller dabei unablässig an, als sei dieser der Verursacher allen Übels. Heller sah zu Medvedev, und tatsächlich trafen sich ihre Blicke, als hätte der Kommandant nur darauf gewartet. War Kasraschwili Medvedes Hündchen? Konnte er tun und lassen, was er wollte? Doch wofür? Nichts war umsonst. LK waren die Initiale in dem Rucksack gewesen, fiel Heller ein, und er wollte schon nach seinem Notizbuch greifen. Da erinnerte er sich, dass er es daheim gelassen hatte.

»Denn alles Fleisch, es ist wie Gras,
und alle Herrlichkeit des Menschen«

Karin fasste seine Hand und umklammerte sie. Sie schluchzte leise und konnte sich gar nicht mehr beruhigen. Heller ärgerte sich über Kasraschwili und hatte ihn in Verdacht, dass er mit Absicht das Musikstück gewählt hatte. Und er ärgerte sich über sich selbst, weil er Karins Gefühlsausbruch so hilflos gegenüberstand.

»wie des Grases Blumen.
Das Gras ist verdorret
und die Blume abgefallen.«

Wo saß Ovtscharov? War es nicht an ihm, diesen Alleingang zu unterbinden? Hilfesuchend sah Heller sich um, blickte jedoch in gebannte Gesichter, selbst die Augen der Russen waren glasig. Medvedev betrachtete eingehend seine Stiefelspitzen. Als Heller wieder nach vorn blickte, erwartete ihn Kasraschwili bereits mit einem bösen Lächeln.

»Die Erlöseten des Herrn werden wiederkommen,
und gen Zion kommen mit Jauchzen;
Freude, ewige Freude,
wird über ihrem Haupte sein;
Freude und Wonne werden sie ergreifen,
und Schmerz und Seufzen wird wegmüssen.«

Als die letzten Töne verklungen waren, blieb es einige Sekunden lang absolut still im Saal. Dann begann Medvedev zu klatschen und erhob sich von seinem Stuhl. Wie von einem Bann befreit, erhoben sich daraufhin auch die anderen Gäste und klatschten frenetischen Beifall.

Karin wischte sich die Tränen aus den Augen und sah Heller strahlend an. »Ach, Max, schön! Das war wirklich schön! Er ist ein wirklich großes Talent.«

Heller war völlig überrascht über diese Reaktion. »Aber Karin, ich dachte, du erträgst das alles nicht?«

»Ach was, Max, genau das habe ich gebraucht. Seit zwei Jahren kommt es mir vor, als sei alles in mir wie ein schwarzer Stein, als wüsste ich gar nicht mehr, warum ich eigentlich lebe. Und die Erinnerung an die Bombennacht habe ich einfach nicht aus meinem Kopf und meinem Herzen gekriegt. Die Musik war mir wie eine Erlösung, als hätte sie mich befreit, verstehst du? Geht dir das denn nicht genauso?«

»Ich war wütend!«

»Wütend? Aber warum denn?« Karin sah ihn erstaunt an.

»Er hat das wegen mir gespielt. Und er hat mich angestarrt, die ganze Zeit über. Alles Fleisch, es ist wie Gras. Als ob er seinen Finger in die Wunde legen wollte.«

Karin legte ihre Hand besänftigend auf seinen Oberarm. »Ich bitte dich Max, für so einen Auftritt muss man monatelang üben. Und natürlich spielen sie für uns alle. Verstehst du: Es ist ein Trostlied, kein Trauerlied. Brahms glaubte an das ewige Himmelreich. Trösten soll das Lied und auf die Erlösung hoffen lassen.«

Heller runzelte die Stirn und nickte. Karin hatte natürlich recht. Trotzdem traute er Kasraschwili nicht über den Weg.

Es wurde noch sehr spät in dieser Nacht. Nachdem einige weitere Programmpunkte über die Bühne gegangen waren, zahlreiche Schnäpse ausgegeben und die Kuchenteller immer wieder aufgefüllt wurden, wurde die Atmosphäre immer lockerer und legerer.

Heller fühlte sich wie in Honig getaucht. Wenn er sich bewegte, war es, als müsste er gegen zähen Widerstand ankämpfen. Worte drangen nur mühsam und verzerrt an sein Ohr. Er wagte kaum aufzustehen, weil er ahnte, er würde taumeln. Er lehnte zwar jedes Mal ab, wenn wieder ein sowjetischer Offizier an den Tisch trat und mit ihm trinken wollte, doch gegen die Beharrlichkeit der Russen hatte er keine Chance. Mit zunehmendem Alkoholpegel wurden sie immer rührseliger, öffneten ihre Uniformjacken, hängten die Koppel über die Stuhllehnen und umarmten jeden, der ihnen über den Weg lief.

»Wir gehen nach Hause«, bestimmte Heller irgendwann mit schleppender Zunge und stand auf. Karin, die im Laufe des Abends immer stiller geworden war, willigte sofort ein.

»Ob Sie uns ein wenig einpacken könnten?«, fragte sie einen Kellner.

»Bedienen Sie sich, ich bringe Ihnen Zeitungspapier zum Einschlagen. An der Garderobe gibt es noch Pakete für jeden«, erklärte er ihr freundlich.

Plötzlich stand Kasraschwili vor ihnen. »Sie wollen gehen?«, fragte er. Seine Uniform saß einwandfrei, und für die Unmengen an Cognac und Schnaps, die er schon getrunken hatte, wirkte er erstaunlich nüchtern. Trank er wirklich oder hatte er nur so getan, fragte sich Heller.

»Einen letzten Wodka trinken Sie noch mit mir«, rief der Georgier zeigte dem Kellner zwei Finger.

Karin schob sich an Heller vorbei. »Lieber Genosse Kapitan«, sagte sie und reichte ihm die Hand, »Sie haben ein ganz erstaunliches Talent und spielen mit einer erstaunlichen Leichtigkeit, wie ich sie persönlich noch bei keinem gesehen habe. Ich wünsche Ihnen, dass Sie sich bald einer Karriere als Künstler widmen können.«

Kasraschwili hob die Augenbrauen. »Ihr Wunsch in Gottes Ohr, gnädige Frau. Aber der Kommunismus verlangt nicht nach dem, was der Einzelne zu leisten vermag, sondern nach dem, was er braucht, nicht wahr?« Dann deutete er einen Handkuss an, und holte sich vom Tablett des herbeieilenden Kellners zwei gut gefüllte Wodkagläser und reichte eines an Heller weiter.

»Auf dass wir unsere Seelen nicht verkaufen. Zum Wohle!«

11. Februar 1947, kurz vor Mitternacht

Die Kälte der Nacht war ein Schock. Es war, als erstarrten ihnen sämtliche Glieder, als friere das Gesicht, die Nase, der Mund ein. Karin schmiegte sich an Heller, und gemeinsam kämpften sie gegen den beißenden Wind an. Sie hatten schwer zu tragen an den Paketen, die sie mitgenommen hatten. Und der Heimweg schien sich ewig hinzuziehen. Ein Auto raste an ihnen vorbei, kurz darauf ein zweites. Beide verschwanden in der Nacht und ließen nur Dunkelheit zurück. Heller spürte, wie ihm die Kälte die Kraft aus dem Körper saugte. Er wollte seiner Frau gut zusprechen, doch sein Kiefer ließ sich kaum mehr bewegen. Auf einmal blieb Karin abrupt stehen.

»Da ist wer!«, sagte sie. Heller ließ sie los, nahm sein Paket unter den anderen Arm und wollte nach seiner Pistole greifen. Da fiel ihm ein, dass er sie daheim bei Klaus gelassen hatte.

»Gehen wir«, presste er gegen den Wind hervor. Langsam gingen sie weiter, bis auch Heller den Schatten bemerkte, der sich gegen den Schnee abhob. Er vermutete, dass sie sich auf Höhe des König-Albert-Parks befanden. Sie könnten nach links abbiegen, in eine der Nebenstraßen, doch das bedeutete in jedem Fall einen Umweg. Und sie waren alle finster und voller Versteckmöglichkeiten für jemanden, der ihnen auflauern wollte.

»Wir gehen weiter«, bestimmte Heller. Der Schneefall nahm zu. Heller ließ den Schatten nicht aus den Augen. Je näher sie kamen, desto sicherer war er, dass da jemand stand und auf sie wartete.

»Und wenn du schießt?«, fragte Karin. Sie hatte Angst. Heller sah es ihr an. Aber er konnte ihr nicht verraten, dass er die Waffe nicht bei sich trug.

»Ich schieße nicht einfach so. Bleib hier Karin, ich gehe vor!«

»Ich bleib hier doch nicht allein«, sagte sie und wich keinen Meter von ihm weg.

Sie setzten ihren Weg fort und auch der Schatten bewegte sich, löste sich aus der Dunkelheit und huschte über die Straße. Die Gestalt trug etwas in der Hand. Heller glaubte, ein Gewehr zu erkennen. Keine zwanzig Meter mehr waren zwischen ihnen.

»Jörg, bist du das?«, fragte er auf gut Glück. »Jörg?«

Sein Gegenüber zeigte keine Reaktion. Plötzlich schoss Heller in den Sinn, wie die Arzttasche in Friedels Keller geraten sein könnte. »Frau Schlüter sind Sie das? Nehmen Sie die Waffe herunter, ich tue für Ihren Friedel, was ich kann.«

Plötzlich dröhnte ein Motor auf und zwei Scheinwerfer tauchten die verschneite Straße in grelles Licht. Die Gestalt verschwand eilig in Richtung der Heide. Ein Geländewagen der Sowjetarmee kam heruntergefahren, bremste, rutschte und hielt genau neben ihnen. Jemand brüllte etwas auf Russisch und erntete Gelächter. Autotüren öffneten sich und zwei Sowjetsoldaten taumelten auf sie zu. Heller stellte sich instinktiv vor Karin. Er durchsuchte krampfhaft sein Gehirn nach russischen Vokabeln. Druschba, minja Towarisch Medvedev, minja Politsiya. Würden sie das verstehen? Er verfluchte sich und sein Unvermögen, diese verdammte Sprache zu erlernen. Die beiden Soldaten waren nicht bewaffnet und einer der beiden winkte nun.

»Nix gut, allein hier, Towarischtsch. Großes Gefahr. Ihr fahren mit uns! Nu komm!«, rief er gutmütig.

»Was machen wir?«, fragte Heller und schaute Karin an.

»Wir fahren natürlich mit«, antwortete sie, ohne zu zögern.

»Stoj! Otschen Spasibo!« Heller klopfte dem Fahrer auf die Schulter und stieg aus dem Geländewagen. »Klaus!«, rief er und half Karin aus dem Fahrzeug. Im Küchenfenster brannte noch Licht. Klaus hatte ihre Ankunft schon bemerkt und kam aus dem Haus gelaufen. Fanny lugte neugierig hinter der Haustür hervor, obwohl Heller ihr eingebläut hatte, sich versteckt zu halten, wenn Sowjets in der Nähe waren.

»Klaus, sag ihnen bitte, sie sollen kurz warten und mich dann noch ein Stück mitnehmen.«

»Wo willst du hin?«, fragte Karin überrascht und besorgt.

»Ich muss nur etwas nachsehen. Es ist mir gerade etwas eingefallen. Geh du schon mal ins Bett, Karin. Und schaff Fanny hoch!«

»Max, das gefällt mir nicht. Hat das mit Kasraschwili zu tun? Oder mit diesem Oberst, der so ekelhaft zu dir war?«

»Nein, nichts dergleichen. Mach dir keine Sorgen. Bitte, geh jetzt hinein.« Heller drückte Karin kurz an sich. »Klaus!«

Sein Sohn, der mit den Soldaten gesprochen hatte, kam und gab seinem Vater die Pistole.

»Ich brauche noch eine Taschenlampe. Holst du sie mir bitte? Und dann versuchst du, Oldenbusch zu erreichen. Sag ihm, ich bin in der Nordstraße. Oder besser, du rufst im Präsidium oder im Kriminalamt an, sie sollen ihn anrufen.«

»Willst du nicht warten, bis die Verstärkung da ist?«

»Ja, ja, ich warte dann schon. Aber ich will schon mal hinfahren.« Auf einmal herrschte große Klarheit in Hellers Kopf.

Die Ruine von Frau Dähne lag still und dunkel da. Heller betrat das Grundstück, lief leise zu der kleinen Tür und beleuchtete sie mit seiner Taschenlampe. Er rüttelte an ihr, doch sie war von innen verriegelt.

»Frau Dähne?«, rief er, bekam aber keine Antwort. Er lief ein Stück weiter und entdeckte eine schmale Treppe, die zum Hochparterre führte und einst der Hinterausgang zum Garten gewesen war. Oben befanden sich eine mit Brettern und Pappe reparierte Tür und ein ebenso geflicktes Fenster. Langsam stieg er die fünf Stufen hinauf, stand im offenen Wintergarten und klopfte an die Tür.

»Frau Dähne? Heller hier, ich muss Sie dringend sprechen.« Da sich drinnen nichts regte, drückte er die Klinke nieder. Die Tür öffnete sich.

Der Raum, den er betrat, war nicht sehr groß, doch vollgestellt mit allem, was die Frau aus ihrem Haus hatte retten können. Mehrere Schränke, ein Tisch, Bilder, Lampen und jede Menge gesprungenes Porzellan. Es war kaum Platz darin, um zu wohnen, aber die Frau schien sich damit arrangiert zu haben. Heller erkannte ihre Schlafecke. »Frau Dähne?«

Es war kalt im Zimmer, sehr kalt. Der kleine Stahlofen war schon ausgekühlt, obwohl sich in jeder freien Ecke Holz stapelte, genug, um wochenlang zu heizen. Heller trat näher, wollte die Schlafende berühren. Er befürchtete schon das Schlimmste, da stellte er fest, dass es nur die Decke war, die zu einem Bündel aufgetürmt dalag. Das Bett war leer.

Heller war das nicht geheuer. Sollte die Frau ausgerechnet in dieser Nacht nicht daheim sein? Er richtete sich auf, ließ den Strahl der Lampe weiter durch den Raum streifen. In einem offenen Regal sah er etwas, das sein Interesse weckte. Es war eine lederne Pickelhaube aus dem Ersten Weltkrieg, von Soldaten getragen, bevor der Stahlhelm eingeführt wurde. Er selbst hatte so eine Haube getragen. Sie war gerade gut genug gewesen, um Säbelhiebe abzuhalten, gegen Gewehrkugeln und Granatsplitter war sie komplett nutzlos. Heller berührte den Helm und sah neben ihm ein altes gerahmtes Foto. Es zeigte einen Mann mittleren Alters in Uniform und eine Frau in der Tracht einer Kriegskrankenschwester. Das war eindeutig Frau Dähne in jüngeren Jahren. Nun begann Heller intensiver zu suchen. Er zog Kisten hervor, öffnete Schranktüren. Er fand einen abgebrochenen Säbel, von dem nur der Griff und etwa zehn Zentimeter der Klinge geblieben waren. In einem Pappkarton entdeckte er gesammelte Erinnerungsstücke. Eine vergilbte Schwesternhaube, ein kleines Heft mit Verhaltensmaßregeln, eine zerdellte Gewehrkugel, Granatsplitter, weitere Fotos von Verwundetensammelplätzen, von Krankensälen voller Verletzter und Amputierter, Bilder von gefangenen Kosaken und toten Pferden. Und obwohl es nicht seine Front gewesen war, sondern die russische, war es für ihn doch ein Blick dreißig Jahre zurück. Darauf war er nicht vorbereitet.

Doch schon hatte er die Bilder von solchen Sammelstellen vor Augen, wo Hunderte stöhnende, siechende, verblutende Männer lagen und warten mussten, weil die Feldscher kaum nachkamen, um auch nur das Nötigste zu tun. Und wenn endlich einer dieser Feldchirurgen kam, entschied er mit wenigen Worten über Leben und Tod, über Operation und Amputation. Und wäre er damals nicht bei Bewusstsein gewesen und hätte nicht protestieren und sie anflehen können, sie hätten ihm eine Betäubungsspritze verpasst und den Fuß abgenommen. So unvorbereitet übermannte ihn die Erinnerung jetzt, zerrte ihn zurück in die Hölle der schlammigen Gräben voller fauligem Gestank, blutroter Lehmsuppe, Beinen, Armen und Torsi. Die Einschläge der Artilleriegranaten. Seit Tagen. Zu jeder Stunde, jeder Minute, jeder Sekunde. Man konnte den Verstand verlieren. Doch er hatte es ausgehalten, seinen Passierschein aus der Hölle hatte er einem spitzen Stück Holz zu verdanken. Groß wie ein Brotmesser, von einer Explosion quer durch seinen Knöchel getrieben. Noch vom ersten Tag auf dem Verbandsplatz hatte ihn das Trommelfeuer der Franzosen in den Träumen verfolgt. Was hätte er dafür gegeben, diese Träume loszuwerden.

Er war sie nicht losgeworden, nicht einmal in dieser furchtbaren Nacht im Februar. In der er durch die donnernde Flammenhölle getaumelt war. In der er durch einen Keller gekrochen war, so endlos lange Minuten, dass es ihm vorgekommen war, als sei er eine Ewigkeit lang dazu verdammt, in dieser Finsternis herumzuirren. Dies war sein Preis für das Überleben, zwang Heller sich zu denken. Nichts war umsonst. Und wo so viele Menschen gestorben waren, da musste es so sein, dass man dafür bezahlte, noch am Leben zu sein. Er zahlte mit seinen Träumen und mit dieser unerklärlichen Angst, die ihn überfiel, wenn er nur daran dachte, in einen dunklen Keller zu treten.

Heller zwang sich, die Bilder aus seinem Kopf zu drängen, und legte die Gegenstände zurück an ihre Plätze. Schließlich folgte er seinem Instinkt und stieg auf einen Stuhl, um auf das Regal langen zu können. Es überraschte ihn kaum, dass er ein Gewehr zu fassen bekam. Es war ein russisches Beutegewehr aus dem Ersten Weltkrieg, ein Moisin-Nagant. Es war verstaubt, aber bis auf einige eher neue Schrammen äußerlich gut erhalten. Das dazugehörige Bajonett fehlte.

Plötzlich glaubte Heller, ein leises Geräusch zu hören. Er fuhr herum und richtete den Strahl der Taschenlampe in den Raum. Aber da war nichts. Er stieg vom Stuhl und stellte das Gewehr ab. Aufmerksam blickte er sich noch einmal in dem Raum um. Dabei fiel ihm auf, dass einer der großen Kleiderschränke mit einigem Abstand von der Wand stand. Als er dahinterleuchtete, entdeckte er einen Durchgang. Er schob den Schrank etwas weiter vor, um sich durch die Öffnung quetschen zu können. Der Raum dahinter musste einmal ein Flur gewesen sein und war jetzt zur Hälfte eingestürzt. Eine Treppe führte weiter nach unten in den Keller. Ihm fiel ein breites Brett auf, welches an die Wand gelehnt stand. Als er es ein Stück von der Wand wegkippte, entdeckte er eine Nische, in der sich Lebensmittel stapelten. Konservendosen, Trockennahrung, Reis, ein Eimer voller Kartoffeln, eine Stiege Äpfel, eingemachtes Obst, eingemachter Porree, sogar Schokolade und frisches Fleisch in Keramikschüsseln. Woher hatte die Frau das alles? Heller warf einen Blick auf die Uhr. Mindestens dreißig Minuten mussten vergangen sein, dass er Klaus aufgetragen hatte, die Kollegen anzurufen. Wie lang brauchten Oldenbusch und seine Leute, hierherzukommen? Vielleicht noch einmal so lang?

Da hörte er wieder das Geräusch, das sich wie ein Stöhnen anhörte. Noch einmal leuchtete er die Treppe hinunter, konnte jedoch nur ein paar Meter weit sehen, dann führten die Stufen nach links. Auf der fünften oder sechsten Stufe sah Heller jetzt etwas liegen. Es war eine einzelne Kerze, halb abgebrannt. War die alte Frau vielleicht die Treppe hinuntergestürzt?

Er zögerte, konnte sich trotz der Lampe nicht entschließen hinunterzugehen. Er hatte keine Furcht vor Geistern, glaubte an keine Dämonen, doch er wusste, wenn er hinabsteigen würde in diese Finsternis, dann würde etwas mit ihm geschehen. Dann würde er Dinge hören, die längst vergangen waren, dann würde er Feuer riechen, verbranntes Fleisch, verschmorte Haare, dann würden Hände nach ihm greifen, Halt suchen an ihm.

Schon fasste die Dunkelheit nach ihm, wollte hinaufsteigen zu ihm, sich anschleichen, ihn umfassen, sobald er den

Lichtkegel der Taschenlampe zu einer anderen Stelle bewegte, und ihn hinabzerren. Wie ein kleiner Junge fühlte er sich, der Angst vorm schwarzen Mann hatte. Er war aber kein Junge, er war ein gestandener Mann. Halte aus, mahnte er sich, halte aus, du bist schon durch ganz andere Höllen gegangen. Doch er konnte nicht. Es ging nicht. Er musste hier raus und draußen auf Oldenbusch warten.

Wieder erklang das Stöhnen.

»Frau Dähne, sind Sie da unten? Geht es Ihnen gut?« Was für eine dumme Frage, dachte er im selben Moment und fühlte sich doch wenigstens vom Klang seiner eigenen Stimme etwas ermutigt. Aber wenn sie nun wirklich dalag? Wenn sie Hilfe benötigte?

Heller zog seine Pistole und tastete sich die erste Stufe hinunter, dann die zweite. Mit Lampe und Waffe zielte er gleichzeitig auf den dunklen Kellereingang. Den Rücken an die Wand gepresst, schob er sich Schritt für Schritt hinab. Er wusste, er würde vollkommen seinen Ängsten ausgeliefert sein, sollte das Licht erlöschen. Nach der Biegung leuchtete er in den Kellergang, der noch viel länger als vermutet war und von dem mehrere Räume abgingen.

Frau Dähne sah er nicht, stattdessen machte er auf dem Boden dunkle Flecken aus. Er ging in die Hocke und berührte einen davon. Es war eindeutig Blut, auch wenn es längst getrocknet war. Jetzt erkannte er einen Schuhabdruck und leuchtete den Boden entlang. Die Spur führte bis zur hintersten Tür.

Heller richtete sich wieder auf. Er durfte hier unten nicht allein bleiben, es könnte eine Falle sein. Oldenbusch müsste jede Minute da sein, so viel Zeit musste noch sein, er musste hinauf, sichern und warten. Mit der Taschenlampe leuchtete er sich den Weg zurück zur Treppe und stand schon auf der zweiten Stufe, als er wieder das Geräusch hörte. Laut und deutlich, als wenn jemand versuchte, mit einem Knebel im Mund zu schreien.

Heller fluchte leise. Er war hin- und hergerissen zwischen Vernunft und Hilfsbereitschaft und er hasste es, nicht vernünftig sein zu können. Doch er kehrte wieder um und ging bis zu der hinteren Tür, die nur angelehnt war. Heller schob sie mit dem Fuß auf und hielt dabei die Pistole im Anschlag. Als er es endlich wagte, den Raum zu betreten, schlug ihm kalter Gestank entgegen. Es roch penetrant, fast wie Gülle. Das Licht seiner Lampe tastete nach links, strich an einer Wand entlang und blieb an einem Regal und einer eingebrochenen Mauer hängen. Schwere Balken stützten die Decke. Es sah beinahe aus wie in einem Bergwerk. Jemand hatte sich hier viel Mühe gemacht, obwohl das Haus darüber rettungslos verloren war.

Heller ließ den Lichtkegel über das marode Mauerwerk gleiten, als das Stöhnen genau neben ihm ertönte. Heller fuhr herum und leuchtete.

Dann sah er ihn. Es war ein russischer Offizier, der geknebelt und mit auf dem Rücken gefesselten Händen an einem Seil hing, das um seinen Hals geschlungen war. Genau wie bei Gutmann war es über einen Deckenbalken geworfen und an einem Eisen in der Wand befestigt worden. Der Mann krächzte, stöhnte und taumelte auf seltsame Weise hin und her. Heller richtete den Lichtstrahl nach unten, sah, dass der Mann gerade eben noch auf seinen Zehenspitzen stehen konnte. Seine nackten Zehen malten Schlieren auf dem schmierigen Untergrund. Heller suchte den Boden ab und soweit er sehen konnte, war alles voller Blut. Er selbst stand mittendrin. Entsetzt wich er zur Seite aus, kaum eines klaren Gedankens fähig, da stieß er gegen einen Widerstand, der zuerst nachgab und sogleich schwer zurückpendelte.

Es war ein zweiter aufgehängter Mann. Der hatte den

Kampf längst verloren. Er trug Zivil. Es musste Weiler sein. Seine Arme endeten in schwarzen Stümpfen, die Hände waren abgetrennt. Wieder trat Heller zur Seite, um nicht noch ein weiteres Mal mit dem pendelnden Leichnam zusammenzustoßen. Sein Lichtstrahl fiel auf eine Werkbank, die vor Blut ganz schwarz war. Etwas lag darauf, ein menschlicher Körper, von dem Kopf, Arme und Beine abgetrennt worden waren.

Nun musste Heller, der schon so vieles gesehen hatte, einen Würgereiz unterdrücken. Er dachte an das Fleisch oben im Versteck und im Topf bei den Kindern im Wald, und er dachte an Frau Dähne, wie sie Holz hackte.

Der Offizier stöhnte, erinnerte Heller daran, was zu tun war.

»Warten Sie, ich hole ein Messer ...«, wollte Heller sagen, da spürte er einen scharfen Schmerz, der ihm in die linke Schulter fuhr. Heller verlor die Lampe, die zu Boden polterte und erlosch. Er nahm die Waffe in die Linke, fasste nach der schmerzenden Stelle, fühlte eine Spritze, die in seiner Schulter steckte. Er wollte sie herausziehen, da traf ihn etwas am Hinterkopf. Er duckte sich wie ein Boxer, ein zweiter Schlag ging über ihn hinweg. Taubheit begann sich in seinem Arm auszubreiten, das ließ ihn panisch werden, er nahm die Pistole in die Rechte, zielte in die Finsternis. Vom Angreifer aber war nichts zu hören. Schon war Hellers Arm ganz taub und ihm war, als drehte sich alles. Er musste einen klaren Kopf bewahren, musste handeln und musste vor allem hier heraus. Er ging nach Gefühl, die rechte Hand ausgestreckt, stieß gegen eine Wand. An ihr tastete er sich entlang. Plötzlich spürte er eine Bewegung, dann knirschte Metall auf Stein. Heller schlug um sich und traf. Etwas fiel zu Boden. Dann, endlich, ertastete Heller die Türöffnung, taumelte in den Gang hinaus. Sein tauber Arm baumelte haltlos und die Knie wurden ihm weich, der Boden schien sich unter seinen Füßen aufzulösen. Heller fiel hin, robbte weiter, der Treppe entgegen. Es roch nach Schimmel und Blut. Ihm wurde übel.

»Erkennst du mich denn nicht?«, hörte er Klaus fragen und seine Augen blickten so ernst, als hätte er aufgegeben, an das Gute im Menschen zu glauben.

Heller öffnete wieder die Augen, starrte ins Dunkel. Hatte er geträumt? Oder hatte er für einige Augenblicke die Besinnung verloren? Leise Schritte näherten sich. Heller wälzte sich auf den Rücken und versuchte die Waffe zu heben, doch er war viel zu schwach dafür.

»Werner!«, rief Heller. »Werner!«

Da stellte sich ihm ein Fuß auf die Kehle und presste ihn erbarmungslos zu Boden. Heller griff nach dem Bein, seine Finger waren taub und kraftlos. Sein Bewusstsein schwand, doch er sollte noch mitbekommen, wie ihm der Atem seines Gegners ins Gesicht schlug, als dieser sich bückte, um ihm eine Schlinge über den Kopf zu ziehen. Mit einem festen Ruck schloss sie sich um seinen Hals.

12. Februar 1947, nach Mitternacht

»Max! Chef!« Jemand tätschelte ihm das Gesicht. Dann berührte etwas eiskalt seine Stirn.

»Was ist das?«, fragte Heller benommen.

»Schnee, Max, kommen Sie hoch. Was ist geschehen?« Oldenbusch griff ihm unter die Achseln und zerrte ihn auf die Füße.

»Wann sind Sie gekommen?« Hellers Zunge war wie ein Fremdkörper im Mund.

»Gerade eben.«

»Wie spät ist es?«, lallte er und realisierte erst jetzt das Licht. Mehrere Taschenlampen beleuchteten den Kellergang. Heller versuchte mit tauben Fingern auf die Uhr zu sehen. Er konnte nur wenige Minuten bewusstlos gewesen sein.

»Habt ihr jemanden weglaufen sehen?« Er tastete nach seinem Hals, doch da war kein Strick. Hatte er halluziniert?

»Nicht auf der Straße«, sagte Oldenbusch.

»Werner, lassen Sie sofort das gesamte Gelände durchsuchen! Die Dähne …« Heller konnte es nicht verhindern. Eine plötzliche Welle der Übelkeit überrollte ihn und ließ ihn erbrechen.

Oldenbusch tätschelte ihm den Rücken. »Das ist eine Nachwirkung der Betäubung. Ich habe schon eine Fahndung nach Frau Dähne veranlasst.«

Heller würgte und schnappte nach Luft. Trotzdem musste er sprechen. »Waren Sie in dem Keller, haben Sie dem Mann geholfen?«

»Ja, ich war drinnen, wir haben ihn abgenommen. Es ist Jakowlew, der vermisste Sowjet. Er lebt noch, aber ob er es schafft, ist unsicher. Sein Zungenbein ist scheinbar gebrochen und die Kehle gequetscht.«

»Werner«, flüsterte Heller und griff nach dem Arm seines Kollegen, »kann es denn sein, dass sie das Fleisch …« Ihm versagte die Stimme und er begann wieder zu würgen.

Oldenbusch zuckte mit den Achseln und nickte. Ihm schien der Gedanke nicht neu zu sein.

»Deshalb die Betäubungsspritze, weil sie viel zu schwach ist, um gegen einen Mann zu kämpfen«, keuchte Heller und strich sich die feuchten Haare aus der Stirn.

»Ist es dann aber Zufall, dass diese Männer allesamt in Gutmanns Kneipe verkehrten?«, fragte Oldenbusch.

»Nein, sie kennt Gutmann, sie kannte Swoboda und sie wusste von den Mädchen. Die Schlüter unterstellt ihr sogar, dass sie Gutmann die Mädchen besorgte. Sie besitzt ein Gewehr, zu dem das Bajonett passte, sie war Krankenschwester und weiß, wie Betäubungsmittel wirken. Möglicherweise hat sie den Pfarrer an die Russen verraten, um von sich auf die Kinder im Wald abzulenken.«

»Na, kommen Sie, Max, lassen Sie uns erst mal nach oben gehen. Wir fahren ins Kriminalamt. Sie müssen erst mal wieder auf Vordermann kommen.«

»Nein, wir bleiben«, bestimmte Heller. »Lassen Sie Licht kommen und beginnen Sie mit der Spurensicherung. Und bestellen Sie Ovtscharov ein. Ich werde mich so lange oben hinsetzen, bis es mir besser geht.«

Eine Dreiviertelstunde später saß Heller oben immer noch auf einem Stuhl und sah sich kaum in der Lage, aufzustehen. Kaffee, fand er, täte ihm jetzt gut. Eine Petroleumlampe spendete schwaches Licht. Kabel führten von einem Generator draußen durch das Zimmer hinab in den Keller. Die Tür stand offen, und Heller fröstelte, trotz der Decke, die er sich über die Beine gelegt hatte. Als Ovtscharov zusammen mit Oldenbusch aus dem Keller zurückkam, nahm er sich einen Stuhl und setzte sich Heller gegenüber. Draußen, auf dem Grundstück, standen zwanzig seiner Soldaten und warteten rauchend auf ihre Befehle.

»Das war eine alte Frau?«, fragte Ovtscharov. »Sie lockte meine Männer hierher in den Keller, und den Einhändigen und diesen Weiler ebenfalls?« Der Unglaube stand ihm offen ins Gesicht geschrieben. »Sie betäubt sie, hängt sie auf und schlachtet sie dann? Habe ich das richtig verstanden? Und um abzulenken, versteckte sie zwei abgesägte Hände im Keller des Nachbarjungen?«

Oldenbusch hob die Hand. »In ihrem Ofen fanden wir Überreste von Knochen, scheinbar verbrannte sie die Überreste ihrer Opfer«, erklärte er.

Skeptisch sah Ovtscharov zu dem kleinen Stahlofen. Dann rief er seinen Soldaten etwas zu, die daraufhin abrückten.

Heller massierte sich die schmerzende Einstichstelle an der Schulter. Auch sein Brustkorb schmerzte. »Wissen Sie, welcher Gedanke mir heute Abend kam?«

»Ich bin gespannt.« Der Offizier sah ihn spöttisch lächelnd an, es schien, als käme er sich auf den Arm genommen vor.

»Ich fragte mich, ob es möglich wäre, dass Kasraschwili von Medvedev beauftragt wurde, sich um die Sache im Schwarzen Peter zu kümmern. Ich meinte, er wäre in der Lage, einen nach dem anderen aus dem Wege zu räumen, um so einen Eklat zu vermeiden. Sie selbst brachten mich auf die Idee, indem Sie mir sagten, dass selbst der Kommandant es nicht wagte, offiziell einzugreifen.«

Ovtscharovs Oberkörper begann seltsam zu zucken. Erst nach einigen Sekunden verstand Heller, dass der Russe lachte. Er lachte ihn aus. Heller hielt es ihm zugute, dass er wenigstens versuchte, es nicht offen zu zeigen.

»Genosse Heller, Sie müssen dringend Ihr Bild von uns Russen hinterfragen. Sie scheinen zwar nach außen hin die moralische Instanz Ihrer Behörde darzustellen, hegen aber selbst die grässlichsten Ressentiments. Ich habe Sie schon einmal gefragt, was denken Sie von uns? Ich bitte Sie, als ob wir einen unserer Offiziere beauftragten, andere Offiziere umzubringen! Kasraschwili ist ein Gefangener, wie wir auch. Auch er kann nicht das Leben führen, wie er es sich wünschte. Er säuft, er spielt Trauermusik, er zerstört sich selbst. Sind Sie nicht auf die Idee gekommen, dass Medvedev Mitleid mit ihm hat? Dass er ihm deshalb die Leine etwas locker lässt? Aber es stimmt, er war es, der uns erzählt hat, was in Gutmanns Lokal wirklich vor sich ging. Und jetzt will ich von Ihnen wissen, was mit Cherin und Berinow geschehen ist.«

»Ich kann nur mutmaßen, wie Berinow zu Tode gekommen ist. Er muss hier in der Ruine gewesen sein und hat Swobodas Kopf gefunden, den er mitnahm. Frau Dähne folgte ihm, verpasste ihm die Spritze und rammte ihm dann, als er betäubt war, das Bajonett in den Hals.«

»Und wie kam der Kopf in den Rucksack? Hat ihn Berinow hineingelegt?«

»Möglicherweise. Als Beweisstück.«

»Warum nimmt die Frau den Rucksack nicht wieder an sich?«

»Weil es früher Morgen war, und die ersten Leute schon unterwegs waren«, meinte Heller zögerlich. Je länger er darüber sprach, desto mehr wurde ihm klar, dass etwas nicht stimmte. Hatte Berinow einen Rucksack dabeigehabt, oder fand er ihn hier im Haus?

»Und wie lockte die Frau die Männer in ihr Haus? Warum sollten die zu ihr gehen?«

»Das müssen wir sie fragen, wenn wir sie gefasst haben. Vorgestern wollte ich sie nach Haus begleiten, zuerst stimmte sie zu, dann aber lenkte sie mich geschickt ab. Das wurde mir jetzt erst bewusst.«

»Wie wurden Sie abgelenkt?« Ovtscharov sah Heller fragend an.

Heller schürzte die Lippen und dachte nach. Ovtscharov war mit allen Wassern gewaschen. Er musste vorsichtig sein.

»Sagen Sie mir erst, ob die Dähne den Pfarrer an Sie verraten hat?«, gab er die Frage zurück.

»Oberkommissar, unsere Ohren und Augen sind überall. Nicht viele Menschen sind so geradelinig wie Sie.«

»Es heißt ›geradlinig‹«, korrigierte ihn Heller zum wiederholten Mal.

»Ja. Und dafür bewundere ich Sie, dass Sie Ihre Sache machen, wie Sie es für richtig halten, egal mit welcher Konsequenz. Auf der anderen Seite wundere ich mich etwas über Ihre unglaubliche Naivität. Aber lieber halte ich Sie für einen Sturkopf als für einen Narren. Wir wissen längst, wen Sie in Ihrem Haus beherbergen. Ich hielt es für eine gute Idee, abzuwarten, was geschieht.« Ovtscharov blickte Heller unverwandt an.

Dieser jedoch starrte nur vor sich hin und reagierte nicht auf Ovtscharovs Worte. Heller war gerade ein Gedanke gekommen, der ihn nicht mehr losließ. Unwillkürlich rieb er sich sein Brustbein, auf dem vorhin der Fuß so schwer gestanden hatte. Es schmerzte immer noch. So willensstark die alte Frau Dähne auch schien, um einen Mann an einem Seil aufzuknüpfen, brauchte es trotz aller Vorrichtung viel Kraft, und die hatte sie nicht. Allein wenn er daran dachte, mit welcher Mühe sie den umgefallenen Hackklotz wieder hochgestemmt hatte.

Heller stand auf. »Werner, haben Sie die Waffe gefunden,

mit der ich angegriffen worden bin? Ich glaube, ich habe sie dem Angreifer aus der Hand geschlagen.«

Oldenbusch nickte. »Einen Moment«, sagte er und ging zur Kellertreppe. »Eine richtige Waffe ist es eigentlich nicht«, rief er aus dem Nebenraum und kehrte dann zurück. »Eher ein Brotmesser.«

Heller nahm das Messer und atmete einmal tief durch. »Es ist meines. Heute Nachmittag habe ich bemerkt, dass es fehlte. Fanny muss es gestohlen haben. Aber ich habe sie noch zu Haus gesehen, kurz bevor ich hierhergefahren bin. Sie kann unmöglich schneller hier gewesen sein als ich.«

Ovtscharov war mit einem zufriedenen Gesichtsausdruck aufgestanden. »Also doch dieser Jörg«, sagte er. »Ich lasse Alarm geben. Weit kann er nicht sein. Haben Sie einen Vorschlag, wo wir suchen müssen?«

Heller nickte. »Ich brauche ein Telefon, dringend. Hatte die Schlüter einen Anschluss?«

Ovtscharov nahm ihn am Arm. »Kommen Sie!«

Gemeinsam liefen sie über das Grundstück zu dem Haus, das einmal den Schlüters gehört hatte. Ovtscharov hämmerte gegen die verschlossene Tür. »Aufmachen!«, brüllte er, doch niemand reagierte. Der Russe fluchte, nahm zwei Schritte Anlauf und trat mit einem wuchtigen Fußstoß das Türschloss ein. Heller rannte die Treppe hinauf und nahm immer zwei Stufen auf einmal. Bei jedem zweiten Schritt durchfuhr ein scharfer Schmerz seinen rechten Knöchel. Er biss die Zähne zusammen, riss den Hörer von dem Wandgerät im Hausflur und wählte seine private Nummer. Ein durchgängiger Ton ertönte. Heller hängte auf, probierte es noch einmal. Doch die Leitung war tot.

Ovtscharovs Fahrer donnerte ungeachtet der glatten Fahrbahn die Bautzner Straße hinauf. Heller versuchte nicht, sich auszumalen, was zu Hause geschehen sein könnte, sonst wäre er verrückt geworden. Wenn es Jörg gewesen war, der ihn im Keller angegriffen hatte, war sein Vorsprung von einer halben Stunde ausreichend, um zu Fuß bis zum Haus von Frau Marquart zu gelangen.

Heller machte sich Vorwürfe. Er hätte sich von Karin nicht überreden lassen dürfen, das Mädchen aufzunehmen. Und wenn schon, dann wäre er sicherlich besser beraten gewesen, Ovtscharov darüber zu informieren. Jetzt hatte er seine Frau und Klaus in Gefahr gebracht und den Russen hintergangen, was diesen nur noch misstrauischer gemacht hatte.

An der Mordgrundbrücke geriet der Wagen beinahe ins Schleudern. Heller hielt sich an der vorderen Lehne fest und sagte keinen Ton. Sie durften den Schwung nicht verlieren, sonst würden sie die Steigung nicht schaffen.

Endlich erreichten sie den Weißen Hirsch. Der Fahrer bremste stark ab, um auf dem starken Gefälle des Rißwegs nicht ins Rutschen zu geraten. Ovtscharov ließ ihn weit vor dem Haus anhalten und stieg mit gezogener Pistole aus. Der Fahrer packte seine Maschinenpistole und auch Heller zog seine Waffe.

»Sagen Sie ihm, dass er niemanden erschießen soll«, bat Heller Ovtscharov.

»Ich wissen selbst«, murrte der Fahrer. Dann hasteten sie über die Straße und näherten sich in geduckter Haltung dem Haus, das vollkommen dunkel und still dalag. Ovtscharov befahl dem Soldaten, zur Hintertür zu gehen, während er und Heller gemeinsam zur Eingangstür schlichen. Ovtscharov sicherte, während Heller versuchte, die Tür lautlos aufzuschließen.

Leise drückte er sie auf und lauschte ins Haus. Kein einziges Geräusch war zu hören.

»Klaus?«, flüsterte Heller. »Klaus!«

Keine Reaktion. Heller schlich durch den Flur und warf einen Blick ins Wohnzimmer. Sein Sohn lag rücklings auf dem Sofa und rührte sich nicht. Sein linker Arm hing von der Sofakante und die Hand berührte den Boden.

»Klaus!«, keuchte Heller.

»Was? Was ist los?« Klaus schreckte hoch und sah sich gehetzt um.

»Alles gut, Klaus, alles gut, ich bin es. Ich muss nach Fanny sehen!«

»Sie schläft oben.« Klaus stand auf, schien sofort hellwach.

Heller lief aus dem Wohnzimmer nach oben und warf dabei einen Blick ins Schlafzimmer, wo Karin müde den Kopf hob.

»Es ist gut, schlaf weiter, Karin«, flüsterte Heller und schloss die Tür wieder. Er spürte seine Erleichterung, konnte befreit atmen. »Genosse Ovtscharov, geben Sie Ihrem Fahrer Bescheid, alles ist in Ordnung!«, rief er halblaut die Treppe hinunter.

Dann stand er vor Fannys Schlafstätte. Sie war leer. Fanny war weg, mitsamt dem Baby und all ihren Habseligkeiten. Er hockte sich hin und befühlte das Bettzeug. Es war kalt. Nachdenklich blieb er in der Hocke. Erst als er ein Geräusch hörte, erhob er sich langsam.

Es war Ovtscharov, der ihm die Treppe hinauf gefolgt war. Und auch Karin war aus dem Zimmer gekommen und hatte ihren Morgenmantel fest um ihren Körper geschlungen.

»Ist sie weg?«, fragte der Russe. Heller nickte erschöpft. Wo konnte sie hinwollen, mitten in der Nacht? Würde sie Jörg treffen? Wollte sie abhauen oder vielleicht ihm auflauern? Als er aufschaute, bemerkte er eine gewisse Schadenfreude über das Gesicht des Russen huschen.

»Sie ist verschlagen und hinterlistig. So sagt ihr doch, ihr Deutsche, oder? Sie hat sich bei Ihnen eingenistet, so wie sie sich zuerst bei der alten Frau eingenistet hat. Sie hat Ihr Mitleid erregt. Und? Was sagt er nun, der geradlinige Mann? Wie kann er noch ruhig schlafen in der Nacht?«

»Machen Sie sich etwa lustig über meinen Mann?«, fragte Karin und schaute den Oberst empört an.

»Mutter, er hat recht«, ermahnte sie da Klaus, der auf der halben Treppe stand.

Karin wollte sich den Mund nicht verbieten lassen. »Ich habe darauf bestanden, dass er das Mädchen hierherbringt. Sie hat ein Baby! Verstehen Sie das? Und denken Sie nicht, ich hätte Ihre Heuchelei im Kurhaus nicht bemerkt. Warum müssen sich schlechte Menschen immer über die guten lustig machen?«

»Behaupten Sie, ich bin ein schlechter Mensch?«, fragte Ovtscharov im scharfen Ton.

»Dazu kenne ich Sie zu wenig, aber gerade benehmen Sie sich wie einer«, erwiderte Karin und schaute ihm fest in die Augen.

Karins entschlossenes Auftreten schien den Offizier zu irritieren. Beinahe ein wenig hilflos sah er Heller an. Einen Moment lang war es unangenehm still. Auf einmal rief der Fahrer etwas auf Russisch zu ihnen hinauf. Ovtscharov fragte zurück. Schließlich begann er zu grinsen, wandte sich an Heller und breitete seine Arme wie ein zufriedener Zirkusdirektor aus, der sein Publikum begrüßte. »Meine Männer haben den Jungen gestellt. Er hielt sich im Flusstunnel unter der Diakonissenanstalt auf. Ein Gewehr hatte er auch dabei.«

»Ist er tot?«

»Wo denken Sie hin. Er hat sich ergeben.«

»Kommen Sie, ich muss ihn sprechen«, rief Heller aufgeregt und wollte loseilen, doch der Russe hielt ihn zurück.

»Oh, nein, Genosse Oberkommissar, der gehört mir. Ich spreche mit ihm. Er wird mir sagen, wo das Mädchen mit dem Kind ist. Und Sie gehen zu Bett. Ich lasse Sie informieren.« Ovtscharov grüßte militärisch, kehrte dann auf dem Absatz um und ging vergnügt pfeifend die Treppe hinab.

12. Februar 1947, früher Morgen

Als Heller, den Kopf voller ungeklärter Fragen, am nächsten Morgen noch bei Dunkelheit das Haus verließ und sich auf den beschwerlichen Weg hinauf zur Haltestelle an der Bautzner Straße machte, war die Taubheit fast völlig aus seinen Gliedern verschwunden. Aber die Einstichstelle an seinem Arm schmerzte, und an seinem Hals gab es einige wunde Stellen, die unangenehm am Mantelkragen rieben. Da immer noch die Telefonleitung unterbrochen war, hatte er nicht in Erfahrung bringen können, ob Oldenbusch ihn abholen kommen würde. Deshalb wollte er mit der Straßenbahn fahren. Es waren schon viele Menschen unterwegs, dabei war es noch nicht einmal sechs. An der Haltestelle standen bereits einige Wartende, aber ob eine Bahn kommen würde, war nicht sicher. Niemand sprach, alle starrten stumpf und geduldig vor sich hin. Nach einigen Minuten machten sich ein paar Männer zu Fuß auf den Weg. Heller wollte noch warten. Nach zehn weiteren Minuten kam endlich eine Bahn. Heller löste beim Schaffner einen Fahrschein, bekam einen Sitzplatz und lehnte sich müde gegen die Scheibe. Sofort drehte sich sein Gedankenkarussell weiter.

Er fragte sich, wo die alte Frau Dähne sich wohl befand. War sie Jörg und Fanny zum Opfer gefallen? War sie von Fanny erpresst und ausgenutzt worden? Heller wollte das nicht glauben. Oder war es wirklich Mitleid gewesen, das Frau Dähne veranlasst hatte, Fanny zu helfen, sie bei sich wohnen und morden zu lassen? Konnte Mitleid so groß sein, dass man so etwas zuließ? Vielleicht hatte das Ganze eine Eigendynamik entwickelt, die die alte Frau nicht mehr in den Griff bekommen hatte.

Die Straßenbahn fuhr jetzt entlang der Heide, über die Mordgrundbrücke, am Lingnerpark und am Schloss Albrechtsberg vorbei, und passierte schließlich das Gasthaus Heidehof, das inzwischen eine Zweigstelle des MWD beherbergte. Ob sich Jörg hier in Gewahrsam befand, oder hatten sie ihn zum Münchner Platz geschafft?

Als die Bahn am Waldschlösschen hielt, war Heller immer noch tief in Gedanken versunken. Langsam wurde es hell. Links öffnete sich der Blick über die Elbe auf die verschneiten Ruinen der Innenstadt, die wie eine wilde Felsenwüste wirkte. Plötzlich blieb Hellers Blick an etwas hängen. Eine schmale Gestalt stand dort am Elbhang und sah unschlüssig die Straße hinauf. Die Bahn fuhr an.

»Halt!«, rief Heller, sprang vom Sitz hoch und zwängte sich zwischen den dicht gedrängt stehenden Fahrgästen durch. »Halt, anhalten! Ein Notfall«, rief er noch einmal, und die Bahn bremste wieder ab.

»Was ist los?«, rief der Schaffner unwillig.

»Da hat wohl einer geschlafen«, rief jemand und die Leute lachten.

Heller hatte sich bis zur Tür vorgekämpft und sprang raus. Er wartete, bis die Bahn weg war, und überquerte dann die Gleise und die Straße.

»Wartest du auf mich?«, fragte er das Mädchen.

Fanny sah Heller mit ausdruckslosem Blick an und zeigte keinerlei Überraschung. Ihr Kind hatte sie nicht dabei. »Tun Se mir mein Jörg wiederge'm.«

»Fanny, das kann ich nicht. Die Sowjets haben ihn, daran kann ich nichts ändern«, antwortete Heller ruhig.

»Könn' Se wohl! Sind doch Ihre Freunde, die Russen! Gehn Se zu denen hin und sagen Se, dass der nix getan hat.«

Heller schüttelte den Kopf und wollte Fanny am Arm nehmen. Die zuckte zurück.

»Fanny, du musst mit mir auf das Revier kommen. Ich muss dich nach den Vorgängen im Haus von Frau Dähne fragen.«

»Tun Se mich nicht anfassen. Gehn Se zu den Russen und holen Se den Jörg raus. Wir wolln abhaun. In den Westen.« Sie zog die Hand aus der Manteltasche und kratzte sich an der Schläfe. Heller bemerkte, dass die kantige Form der Ausbeulung ihrer Tasche nur zu sehr an eine Pistole erinnerte.

»Du warst nicht zufällig hier vor sechs Tagen? Und hast nach dem Rucksack gesucht?«

Fannys rechtes Augenlid begann zu zucken.

Heller kam näher an sie heran. »Du hast den Swoboda umgebracht, den Einhändigen!«

Fanny wurde wütend. »Gegen meinen Willen hat der mich genomm'. Dummes Gör hat er mich geschimpft, mach gefälligst, was ich dir sage. Und dann hat er mich gehaun. Dann hab ich ihm gebiss'n und bin ausgerissen, weil der das bei der Margi auch schon gemacht hat. Nachgelaufen ist er mir, und als ich mich verstecken wollte bei der Alten, da hat er mich gesehen und kam ins Haus. Da hab ich ihm aufgelauert und totgemacht!«

Heller sah sich um, doch sie waren allein auf dieser Straßenseite. »Wie?«

»Mit so 'nem spitzen Eisen von 'nem Gewehr. In den Rücken hab ich ihn gestochen. Und die Dähne, die hat mich geschimpft und gesagt, das tut Ärger gehm. Und da ham wer versucht, den zu zerschneiden, damit wir ihn loswer'n könn'.«

»Und der Jörg, der wusste nichts davon?«

»Ne, gar nix! Das tut auch Notwehr gewesen sein, sagt die Dähne.«

Heller hob leicht den Kopf. »Und der Tod von Vassili Cherin, war das auch Notwehr?«

Fanny senkte den Kopf und zog einen Schmollmund.

»Cherin war nicht mit irgendeinem Mädchen zusammen, nicht wahr. Er hatte etwas mit dir. Was hat er dir versprochen?«

»Das Baby ist dem sein Kind. Mitnehm' wollt er mich erst, nach Russland. Und dann sagt er, dass ich verschwinden soll und dass es nicht seins is. Und wenn ich ihn nicht in Ruh lasse, würd er mich einsperrn. Da hab ich so 'ne Wut gekriegt, dass ich ihm nach bin. Dann hab ich ihn mit demselb'n Eisending abgestoch'n.« Fanny hatte den Blick gesenkt.

»Aber Berinow war sein Freund und er hat ihn gesucht. Dann ist er dir in die Ruine gefolgt und du hast ihn mit der Spritze betäubt. Aber es hat nicht richtig geklappt.«

»Reingeschlichen hatte der sich, wollte gerade abhaun. Hatte den Rucksack mit'm Kopp vom Einhändigen drin. Hab ihm die Spritze in den Arm gestoch'n. Aber der is einfach nich umgefallen, wie besoffen war der, aber umgefall'n isser nich, auch nicht, als ich ihn mit dem Eisen in den Hals gestochen hab. Dann isser aus dem Haus geloof'n, mit dem Eisen im Hals. Aber es waren schon Leute auf der Straße, da konnt' ich ihm nich nach.«

»Und den Leuten ist nicht aufgefallen, dass er verletzt war? Niemand wollte ihm helfen?«

»Tu ich doch nich wissen!«

»Und Jakowlew und Weiler, wie hast du die in die Ruine gelockt? Und Gutmann, wie hast du den aufgehängt? Das warst du nicht allein, und den Brief hast du sicherlich auch nicht geschrieben.«

Fanny zuckte nur mit den Schultern.

Da packte Heller sie blitzschnell am Arm, drehte ihn auf den Rücken, langte in ihre Manteltasche und holte die Pistole heraus. Es war eine TT-33, eine russische Offizierspistole.

»Du musst jetzt mitkommen. Wir müssen das klären.«

Fanny stemmte sich gegen ihn, wehrte sich, versuchte mit dem Hinterkopf gegen seine Brust zu stoßen. »Sie können mich nicht einsperrn«, keuchte sie. »Das geht gar nicht. Ich hab den Jungen versteckt und sag nich, wo. Und wenn Sie mich verhaften, dann wird der verhungern und erfrieren und Sie sind schuld!«

»Wo ist der Junge, sag es mir!«

»Tun Se mich loslassen!«, zischte Fanny.

Heller gab nach und ließ sie los. »Wo ist der Junge?«

»Das sag ich nich!«

»Sei doch vernünftig, Fanny. Es ist dein Kind.«

Sie schüttelte trotzig den Kopf. Die Wut trieb ihr Tränen in die Augen. »Ein Russenkind ist es.«

»Tu nicht, als zählte er dir nichts, sonst hättest du ihn nicht gestillt und versorgt. Du bist eine gute Mutter, Karin hat es mir erzählt. Fanny, sag jetzt, wo der Junge ist, es lässt sich über alles reden.«

»Mein Jörg will ich ham, tun Se das nich verstehn? Der kümmert sich doch. Der ist immer gut.«

»Fanny, Karin und ich können das Kind aufnehmen. Wir kümmern uns auch, verstehst du? Und ich kann mit dem Staatsanwalt sprechen und kann ein Wort für euch bei ihm einlegen. Ihr hattet es sehr schwer, und du hast in Notwehr gehandelt. Aber du musst jetzt mitkommen und du musst mir sagen, wo der Junge ist.«

Heller hielt plötzlich inne. Auf einmal wusste er, wo der Säugling war. Es war eigentlich ganz einfach.

Fanny beobachtete ihn misstrauisch, versuchte in seinem Gesicht zu lesen. Dann wirbelte sie herum und rannte weg.

Heller wollte ihr hinterherrennen, aber ihm war klar, dass er eindeutig nicht so schnell war wie das Mädchen. Was sollte er tun?

Da entdeckte er in einiger Entfernung einen Polizisten.

Abgehetzt und verschwitzt kam Heller keine zehn Minuten später an der Martin-Luther-Kirche an, gerade als die Gaslaternen erloschen. Er hatte Fanny bald aus den Augen verloren, doch so viel Vorsprung konnte sie nicht haben. Keuchend stand er jetzt vor der Kirche, deren drei Eingänge er unmöglich alle gleichzeitig im Blick behalten konnte. Er musste hineingehen. Die Seitentür, die ihm am nächsten war, war verschlossen. Er hetzte weiter, direkt zum großen Portal. Das war offen.

Nachdem die große Tür sich hinter ihm geschlossen hatte, herrschte in der Kirche Dunkelheit. Nur schemenhaft zeichnete sich ganz vorn der Altar ab, die Bankreihen waren nur zu erahnen. Heller lauschte in die Finsternis und ertappte sich dabei, wie er automatisch zu seiner Dienstwaffe griff. Er zwang sich, sie im Mantel zu lassen.

»Fanny?«, fragte er in die dunkle Stille hinein.

»Sie hätten lieber nich hierherkomm' soll'n.« Fannys Stimme war ganz in seiner Nähe. Er drehte sich in ihre Richtung.

»Ich muss hierherkommen. Ich bin Polizist, es ist meine Pflicht. Es geht nicht nur um dich, Fanny, es geht auch um das Kind! Dein Kind. Du trägst die Verantwortung.«

»Sie hat es sich nicht ausgesucht, sie ist selbst noch ein Kind.« Das war die Stimme von Frau Dähne.

»Das entschuldigt einiges, jedoch nicht alles. Jeder Mensch sollte eine gewisse Vernunft in sich tragen.« Heller versuchte, die alte Frau in der Dunkelheit zu entdecken.

»Sie wissen von nichts! Sie kennen ihr Leid nicht!«

Heller ließ die Alte nicht weitersprechen. »Woher wollen Sie das wissen? Was wissen Sie von mir?« Langsam bewegte er sich in die Richtung, aus der er glaubte, die Stimmen gehört zu haben.

»Bleiben Sie stehen, ich sehe, was Sie vorhaben«, zischte die Dähne. »Lassen Sie das Mädchen zufrieden, sie versucht nur zu überleben. Ansonsten sehe ich mich gezwungen, zu schießen.«

Endlich hatten sich Hellers Augen an die Dunkelheit gewöhnt und er sah die Frau, die eine MPi in ihrer Hand hielt.

»Nein, meinen Jörg soll er freimach'n. Zu dem Russen soll er geh'n«, flüsterte Fanny mit weinerlicher Stimme.

»Fanny. Ich sage es dir noch einmal: Ich kann für deinen Jörg nichts tun!« Langsam näherte sich Heller der Frau. »Die Russen würden mir nicht glauben, dass er nichts getan hat.« Nur noch zwei Meter trennten ihn von Frau Dähne und vom Lauf der Waffe.

»Das Fleisch, das Sie den Kindern gaben, von welchem Tier war es?«, fragte er leise.

»Warum wollen Sie das wissen? Es war Schwein. Ich kenne einen Fleischer, ein Verwandter von mir, der gibt es mir.« Die alte Frau hatte Hellers Näherkommen bemerkt und wich ihm rückwärts aus.

Heller ging ihr im selben Tempo Schritt für Schritt nach. Wo Fanny war, konnte er nur ahnen.

»Geben Sie mir die Waffe, Frau Dähne. Sie schaden sich doch nur selbst.«

»Hören Sie, Herr Oberkommissar, wissen Sie, wie alt ich bin? Ich habe nichts zu verlieren, gar nichts. Was ist es schon wert, dieses Leben, dieser tagtägliche Kampf? Eine eiskalte Nacht nach der anderen und man erwacht am nächsten Morgen und ergibt sich seufzend dem Schicksal, noch einen weiteren Tag durchstehen zu müssen. Ich könnte Sie erschießen, auf der Stelle.« Die Augen der Alten blitzten auf.

»Ich weiß, was Sie verlieren würden«, erwiderte Heller ruhig. »Ihr Seelenheil.«

Die Dähne schwieg.

»Wo ist der Pfarrer?«, brach Heller das Schweigen.

Die alte Frau war jetzt nach links ausgewichen und bewegte sich auf die dunkelste Ecke der Kirche zu, wo sich in Hellers Erinnerung eine oder mehrere Türen befanden.

»Haben Sie denn kein Mitleid mit den Kindern? Fragen Sie sich nicht, wie es dazu kam, dass sie im Wald hausen mussten, dass sie sich verkaufen mussten?«, rief die Frau.

Wenn er schnell war, könnte er der Frau die Waffe entreißen, überlegte Heller. Er musste nur den Lauf zu Seite schlagen und ihr den Kolben aus der Hand reißen.

»Lassen Sie es gut sein, Frau Dähne!«, ertönte da die Stimme des Pfarrers. Aus der Schattenecke hatte sich eine Gestalt gelöst, stand jetzt unmittelbar neben der alten Frau und nahm ihr behutsam die Waffe ab. In seiner schwarzen Kleidung verschwamm der junge Mann regelrecht vor Hellers Augen, allein sein Kollar leuchtete in der Dunkelheit.

»Fanny, geh!«, sagte der Pfarrer und erntete Stille. »Hast du gehört, Fanny? Geh jetzt! Nimm deinen Jungen und geh.«

»Aber der Jörg ...«

»Ich will sehen, was ich tun kann, aber du musst gehen. Und Sie, Frau Dähne, gehen mit ihr mit.« Die Stimme des Pfarrers war fest und bestimmt.

»Aber ...«

»Gehen Sie jetzt!«, bestimmte Beger noch einmal mit Nachdruck.

»Fanny«, rief Heller, »merk dir, was Karin dir erklärt hat. Dein Kind braucht Nahrung, Wärme und Sauberkeit. Auch du musst sauber sein, hörst du? Und du musst mit ihm reden.«

Eine Weile blieb es still, dann hörte Heller leise Schritte, die sich entfernten. Das Portal wurde einen Spaltbreit geöffnet, und für einige Augenblicke schnitt das junge Tageslicht wie ein scharfes Messer in die Dunkelheit. Die Frauen huschten hinaus, und mit Nachdruck schloss sich die schwere Tür.

Heller und Pfarrer Beger blieben reglos in der Dunkelheit zurück. Sie mussten eine Weile warten, bis die Schatten wieder Konturen annahmen. Doch für einen Moment hatte Heller das von den Sowjets zerschlagene Gesicht des Mannes gesehen, was sich wie ein Fotonegativ vor seinem inneren Auge einbrannte. Ein Auge war fast zugeschwollen, auf dem Nasenbein klaffte ein Riss und eine Augenbraue war geplatzt.

»Sie sind ein guter Mensch, Christian«, sagte er schließlich. »Sie sind wie ich, immer auf der Suche nach dem rechten Weg, immerzu verzweifelt ob der Menschen, die nicht klüger werden und niemals aus ihren Fehlern lernen. Verzweifelt wegen all dieser Ungerechtigkeit.«

Beger schwieg, doch Heller hörte seinen schweren Atem.

»Und immer wieder müssen Sie feststellen, wie schwierig es ist, den richtigen Weg zu finden. Aber es ist nicht nur schwierig, es ist eigentlich unmöglich, hab ich recht? Wem soll man helfen, wer verdient das Mitleid, wer hat sich wirklich schuldig gemacht? Es ist beinahe zum Verrücktwerden, nicht wahr? Letztendlich wird man wieder und wieder auf die Probe gestellt, versucht richtig zu entscheiden und wird doch immer wieder enttäuscht.«

Heller lauschte seinen Worten und erhoffte sich eine Regung des Pfarrers. Doch Beger schwieg.

»Diese Frau Dähne, sie wollte nur helfen. Sie wollte den Kindern helfen, doch was tat sie dafür? Ist sie schuldig, ist sie eine gute Seele?«

Jetzt entfuhr dem Pfarrer so etwas wie ein Lachen.

Aber Heller hatte noch ein anderes Geräusch gehört und hob die rechte Hand.

»Wissen Sie«, wollte der Pfarrer ansetzen und keuchte dann entsetzt auf.

Heller wusste sofort, was das bedeutete. Er hechtete nach vorne und riss dem Pfarrer die Waffe aus den Händen.

»Halblang, Oldenbusch«, mahnte er.

»Bin so schnell gekommen, wie ich konnte, Chef. Die Kirche ist umstellt.« Oldenbusch, der sich beinahe lautlos angeschlichen hatte, hielt den Pfarrer fest im Polizeigriff.

»Lassen Sie mich los, bitte, mein Rücken! Ich kann das nicht aushalten«, stöhnte der Pfarrer und wand sich unter Schmerzen.

Heller, der sich die MPi umgehängt hatte, schob sie auf den Rücken und tastete den Pfarrer nach versteckten Waffen ab. Auf sein kurzes Nicken hin gab Oldenbusch den Pfarrer frei. »Werner, lassen Sie sofort ausschwärmen. Fanny mit dem Kind und Frau Dähne sind geflohen, sie müssen noch ganz in der Nähe sein.«

»Jawoll!« Oldenbusch eilte los.

»Kein Schusswaffengebrauch!«, rief Heller ihm nach. Noch einmal öffnete sich das Portal. Noch einmal drang Licht ein, schwand wieder so langsam, wie sich das Portal schloss. Jetzt waren Heller und der Pfarrer allein.

»Wann ist es geschehen?«, fragte Heller leise.

»Was?«, fragte der Pfarrer, sah sich unsicher um.

»Wann haben Sie den Glauben verloren?«

Beger lächelte irritiert und wollte die Frage wohl als Scherz abtun. Doch Hellers Gesicht war wie aus Stein. Begers Mund verzog sich, als plagte ihn Zahnschmerz.

»Wissen Sie, warum ich die Stelle hier bekam?«, begann er schließlich. »Meinen Vorgänger hat die Gestapo geholt. Er hat zwei Juden versteckt, hier in der Kirche. Jemand aus der Gemeinde hat ihn verraten. Jemand, der jeden Sonntag zum Gottesdienst kam, der zu Jesus betete, ihn womöglich um sein Seelenheil anflehte. Sie haben ihn geholt in der Nacht und brachten ihn um. Und was tat die Landeskirche, der Bischof? Nicht einmal eine Protestnote haben sie geschickt, sie taten, als sei nichts geschehen.« Die Stimme des Pfarrers klang gepresst, als müsste er sich zwingen, nicht zu schreien.

»War es ein Unfall? Eine Tat im Affekt? Zorn allein schafft noch keinen Mörder. Wer starb zuerst? Vassili Cherin oder Franz Swoboda?«

Beger knirschte mit den Zähnen.

»Als Fanny das erste Mal bei mir auftauchte, da wusste ich noch gar nicht, woher sie kam. Frau Dähne brachte sie mit und ich gab ihr Essen. Später erzählte sie mir von den Kindern im Wald und ich ...« Der Pfarrer unterbrach sich, biss sich auf die Lippen. »Diese Kinder, diese armen kleinen Wesen. Es geht uns nichts an, sagte man mir. Niemand wollte sich kümmern, jeder hatte mit sich selbst zu tun, diese Kinder schienen allen egal zu sein. Ich tat, was ich konnte, monatelang.« Beger atmete wieder schwer. »Dieser Hunger überall und diese Willkür, und mittendrin Leute wie dieser Weiler, wie die Offiziere und wie Gutmann. Er spendete mir Lebensmittel, Brot und Wurst. Und ich war so dumm, so naiv, verstand gar nicht, was sie da taten, ich habe anfangs geglaubt, sie würden den Mädchen wirklich helfen. Und dann kam Fanny und trug schon ein Kind in sich. Und sie glaubte, das sei normal, sie glaubte, sie müsse sich verkaufen, um Essen zu bekommen. Das ist so ...« Beger suchte nach Worten. Und plötzlich brach es aus ihm heraus. »All diese Menschen da draußen, diese dummen verbohrten Menschen, Egoisten, ohne jeden Anstand. Sie fühlen sich alle als Opfer, keiner, kein Einziger will ein Täter gewesen sein.

Dabei haben sie sich gegenseitig verraten, sich bestohlen und umgebracht. Die schlimmsten Verbrecher sitzen schon wieder in den Ämtern und bekleiden die hohen Posten. Und genau diese Leute haben einen Mörder zu ihrem Anführer gewählt, sitzen auf ihren Lebensmitteln und werden fett, während die Kinder im Wald zugrunde gehen. Ich frage Sie: Wo ist da Gott? Wo ist mein Gott, an den ich glauben soll? Es gibt keinen Gott, das sage ich Ihnen.« Die Stimme des Pfarrers kippte. »Er ist nicht da, es hat ihn nie gegeben, er ist eine Lüge, verstehen Sie Oberkommissar? Ich habe ihn angefleht, habe ihn gebeten, gebettelt, er solle sich zeigen, er solle mir ein Zeichen senden. Doch nichts geschah. Stattdessen verprügelt dieser Unmensch, dieser Kriegsverbrecher, diese junge Frau, fast selbst noch ein Kind. Margot war hochschwanger, wissen Sie, wie Fanny, und sie flieht vor ihm in den Wald und stirbt an der Fehlgeburt. Da wusste ich, jemand muss etwas tun. Jemand muss handeln, muss strafen, wenn er es nicht tut. Und wenn es keinen Himmel gibt und keine Hölle, keine gerechte göttliche Strafe, dann müssen Menschen wie dieser Swoboda auf Erden bestraft werden.«

»Da haben Sie recht, jedoch nicht in Selbstjustiz. Jeder Mensch hat das Recht auf einen Prozess«, erwiderte Heller.

»Das sagen ausgerechnet Sie?«, kreischte Beger mit sich überschlagender Stimme. »Sie waren es doch, der mich an die Russen verraten hat. Noch am selben Tag haben die mich geholt und verprügelt. Und ich bin schwach, habe ich lernen müssen. Ich war nicht stark genug, ich habe es nicht ausgehalten und hatte solche Angst vor den Schmerzen. Kein Glaube konnte mich stark machen, denn auch Jesu am Kreuz war nur eine Lüge. Ich habe die Kinder verraten. Nur weil ich die Schläge nicht aushalten konnte.« Beger schluchzte auf. »Den armen Heinrich haben sie erschossen, weil er seine Waffe nicht weglegen wollte. Er wollte die Gruppe schützen.

Und nun sind sie alle weg, und ich weiß nicht, wie es ihnen geht und was mit ihnen geschehen ist. Die Welt da draußen interessiert sich nicht dafür, weder die Deutschen noch die Sowjets.«

»Das stimmt nicht. Mich interessieren die Kinder«, sagte Heller. »Ich habe Sie nicht verraten. Und ich habe Fanny bei mir aufgenommen, ohne den Russen davon zu erzählen.«

»Ein Heuchler sind Sie. Sie dienen den Russen, wie Sie den Nazis gedient haben«, zischte Beger und ballte die Faust. Oldenbusch trat rasch dazu, um Heller vor dem wütenden Pfarrer zu schützen. Doch Heller schüttelte nur knapp den Kopf.

»Wollen Sie mir verraten, was geschehen ist? Hat es mit Swoboda angefangen?«

»Fanny holte mich in den Wald, um Margot zu helfen. Doch als ich kam, war sie schon tot und das Kind ebenfalls. Wir konnten sie nur noch begraben. Ich sprach für die Kinder ein Gebet, um ihnen Hoffnung zu geben. Aber mir, mir gab niemand Hoffnung, vor mir hatte sich die Hölle aufgetan. Und noch während ich betete, packte mich ein unbändiger Zorn, auf solche Mörder wie diesen Swoboda, einen, der zufrieden und satt in seinem Bett liegt, obwohl er längst gehenkt gehörte. Ich nahm mir das Bajonett, lauerte ihm auf und rammte es ihm in den Leib. Doch er wehrte sich. Noch mal hab ich zustechen müssen und noch mal. Dann habe ich ihn zu Frau Dähne geschleppt, in der Nacht, mit meinem Handwagen, weil ich nicht wusste, wohin mit ihm. Sie musste mir helfen, ihn zu beseitigen.«

Ein wohlwollender Richter könnte dies als Affekthandlung beurteilen, überlegte Heller. »Und Weiler musste sterben, weil er den alten Pfarrer verraten hatte?«

»Frau Dähne wusste davon. Weiler war zufällig darauf gestoßen. In der Druckerei muss er es der Schlüter erzählt haben, die meldete es der Gestapo. Aber Weiler ging weiterhin jeden Sonntag zur Kirche, überstand das Inferno schadlos, bekam sogar eine Stelle nach dem Krieg, belieferte nun Gutmann mit Lebensmitteln, ließ sich von ihm einladen, verging sich an den Mädchen und kam noch immer jeden Sonntag, betete brav sein Vaterunser, spendete Kerzen und Konserven, trieb mich beinahe in den Wahnsinn mit seiner Heuchelei. Ich habe ihn in die Ruine gelockt, betäubte ihn und hängte ihn auf. Einer wie der sollte leiden, verstehen Sie, der durfte keinen gnädigen Tod erfahren. Ich sah ihm zu, wie er kämpfte, um sein erbärmliches Leben, wie er flehte und jammerte. Und wie er flehte, es war …« Beger brach ab und musste sich erst wieder fangen.

»Und dann war Cherin an der Reihe.« Heller wollte den Pfarrer am Reden halten und lieferte ihm das nächste Stichwort. Es funktionierte. Beger sprach weiter.

»Cherin war nicht besser. Ihm war es egal, was mit Fanny geschah. Erst hatte er ihr ein neues Leben versprochen, dann verstieß er sie einfach. Er wollte kein Kind, schon gar nicht von Fanny. Nachdem sie mir davon berichtete, verfolgte ich Cherin und stach ihn nieder.«

»Worauf Berinow nach dem Mörder seines Freundes suchte. Hatte er Sie in Verdacht?«

»Ich wollte den Kopf zu Gutmann bringen und ihn an seine Tür nageln. Ich wollte ihn das Fürchten lehren, diesen Heuchler mit dem Kruzifix in seinem furchtbaren Haus und den Leuten, die das Haus besuchten. Berinow lauerte mir auf. Er wollte wissen, was in dem Rucksack war. Ich rannte zurück zur Ruine und er folgte mir. Im Keller griff er mich an, entriss mir den Rucksack, wollte mit ihm davonlaufen. Ich lief ihm nach, spritzte ihm das Betäubungsmittel in den Arm, doch es wollte nicht richtig wirken. Er taumelte die Kellertreppe hinauf und ich versuchte, ihn davon abzuhalten, er stieß mich immer wieder von sich. In meiner Not rammte ich ihm das Bajonett in den Hals. Aber der lief immer noch weiter, raus aus dem Haus, und ich konnte ihn nicht aufhalten, wagte nicht, ihm zu folgen. Da waren schon Leute auf der Straße. Ich wusste nicht, was zu tun, hörte dann wenig später, dass man einen toten Russen gefunden hätte.«

»Und Sie schickten Fanny, um den Rucksack zu holen?«

»Sie hat davon erfahren und ging von ganz allein. Sie wollte mir doch nur helfen.«

»Erfahren? Von wem, Frau Dähne? Sie wusste alles?«

»Ich habe sie in diese missliche Lage gebracht. Bitte bestrafen Sie sie nicht dafür.« Beger war erschöpft.

»Das habe nicht ich zu entscheiden«, sagte Heller. »Waren Sie es, der Weilers abgesägte Hände und das blutige Werkzeug im Keller der Schlüters versteckte?«

Das Gesicht des Pfarrers verfinsterte sich wieder. »Auch die sollten ihren Teil abbekommen. Beklagen ihr eigenes Schicksal, ohne jemals zu hinterfragen, wer Schuld trägt. Das ist unerträglich!«

»Und Sie, Beger? Tragen Sie keine Schuld? Was empfanden Sie, wenn die Männer starben? Sie sahen Gutmann beim Sterben zu, hatten Sie Gefallen daran?«

Der Pfarrer lachte auf. »Eine Qual war es, eine furchtbare Pein. Zu sehen, wie er zuckte und sich besudelte. Aber das musste ich aushalten. Ich musste sitzen bleiben und zusehen. Ich musste Zeuge sein dafür, wie diese Unmenschen für ihre Taten bezahlten.«

»Und ich? Mich wollten Sie auch aufknüpfen? Und mir beim Sterben zusehen?«

Beger senkte den Blick zu Boden. Für einige Augenblicke war es ganz still in der Kirche.

»Das ist Mord, Herr Beger, verstehen Sie das?«, sagte Heller.

Beger sah wieder auf und schüttelte energisch den Kopf. »Ich habe nicht gemordet. Ich habe nur getan, was getan werden musste.«

Heller schüttelte fassungslos den Kopf. »Es steht Ihnen aber nicht zu, sich als Richter aufzuspielen und als Herrscher über Leben und Tod. Jeder Mensch, egal welche Tat er begangen hat, muss die Möglichkeit auf einen gerechten Prozess haben.«

»Gerecht!«, stieß der Pfarrer hervor. »Glauben Sie denn, es ist gerecht, was die Russen hier veranstalten? Hatte ich denn eine faire Chance, die Kinder nicht zu verraten? Und werde ich auch einen gerechten Prozess bekommen?« Mit diesen Worten stieß der Pfarrer Oldenbusch beiseite, drehte sich blitzschnell um und rannte ins Dunkel.

Heller hatte damit gerechnet. Er rannte dem Pfarrer hinterher, der durch die Tür zum Kirchturm verschwand, und sie hinter sich zuwarf. Als Heller ins Treppenhaus stürmte, war Beger bereits die ersten Stufen der Turmtreppe hinaufgelaufen. Heller blieb ihm dicht auf den Fersen und nahm immer zwei Stufen, um seinen rechten Knöchel zu schonen. Doch er schaffte es nicht, ihn einzuholen.

Nach unzähligen Stufen im offenen Glockenturm angekommen, stürmte Beger um die Glocke herum und kletterte auf die Brüstung. Keuchend sah er hinunter, schwankend zwischen Todesmut und Angst. Heller, der völlig außer Atem knapp hinter dem Pfarrer den Glockenturm erreicht hatte, bremste ab. Nach Luft ringend näherte er sich langsam der Brüstung, ohne Beger aus dem Blick zu lassen, aber auch ohne ihm allzu nahe zu kommen. Fünf Meter trennten die Männer. Heller sah sich um. Von hier oben konnte er weit über die Dächer der umliegenden Häuser sehen, die Lücken, von zufälligen Bombentreffern gerissen, hatte einen Blick über die gesamte Neustadt, sah den ausgebrannten Turm der Dreikönigskirche, das weite Ruinenfeld am anderen Elbufer.

Beger balancierte auf der Steinbrüstung und lehnte mit dem Rücken an eine der vier mächtigen Ecksäulen, während er sich mit den Fingern an einem Relief festhielt. Vierzig, vielleicht fünfzig Meter unter ihnen das verschneite Pflaster. Keine Chance, einen Sturz zu überleben.

»Beger, hören Sie mir zu. Es gibt auch gute Menschen!«, sagte Heller, immer noch schwer atmend. »Menschen, die anderen helfen.«

Der Pfarrer reagierte nicht. Heller trat noch einen Schritt näher.

»Auch ich habe meinen Glauben verloren. Als ich im Graben lag 1915 und um mich herum unzählige junge Männer starben, willkürlich, sinnlos. Aber ich habe nicht aufgegeben.«

Der Pfarrer drehte seinen Kopf zur Seite, dem Abgrund zu, um Heller nicht ansehen zu müssen.

Heller wusste, was den Mann mehr als alles andere bewegte. »Sie können nichts für den Tod des Mädchens. Es ist nicht Ihre Schuld, Christian.«

Sichtlich getroffen zuckte der Pfarrer. »Aber ich habe das Feuer gelegt, verstehen Sie? Wegen mir ist sie erstickt! Wegen mir! Haben Sie ihr Gesicht gesehen, dieses Entsetzen?« Tränen rollten ihm über die Wangen.

»Sie erstickte, weil Gutmann nur an sich selbst dachte. Weil er Polizei und Feuerwehr belog. Herr Beger, sehen Sie mich an!«

Der Pfarrer schüttelte den Kopf, starrte in Richtung der Kneipe Gutmanns, die sich keine dreihundert Meter von ihnen befand. Plötzlich schien er gefasst. Ein wenig richtete er sich auf, ließ mit der Linken los, um sich über das Gesicht zu wischen. »So oder so bin ich schuldig. Aber ich werde mich nicht gefangen nehmen lassen, nein, ich will nicht in einem Loch verrecken, ich will nicht aufgehängt werden! Lieber stürze ich mich hier herunter. Was habe ich schon zu verlieren? Gar nichts.«

»Tun Sie's nicht, Christian. Ich brauche Sie!«

»Mich?« Jetzt wandte Beger doch seinen Kopf und sah Heller fragend an.

»Die MWD-Leute haben Jörg gefangen. Die gleichen Leute, die Sie geschlagen haben. Sie halten Jörg für den Schuldigen. Genauso wie sie Friedel Schlüter verurteilen werden. Aber er verdient diese Strafe nicht. Sie könnten beide hingerichtet werden. Christian, Sie sind der Einzige, der den Jungen helfen kann. Wir gehen jetzt zusammen hier runter, Sie sagen aus und legen ein Geständnis ab. Mit allem, was Sie getan haben, wollten Sie doch Wahrheit und Gerechtigkeit erlangen. Jetzt ist die Gelegenheit dazu. Entlasten Sie die Jungen mit Ihrem Geständnis. Überlassen sie die beiden nicht ihrem Schicksal.«

Begers Gesicht verzog sich zu einer verzweifelten Grimasse. Heller sah ihm seinen inneren Kampf an und er wusste, dass er das nicht mehr lange durchhalten würde.

»Wohin würden Sie mich bringen?«, flüsterte Beger.

»Ich würde Sie einem deutschen Haftrichter vorführen. Aber ich sage Ihnen auch, dass die Sowjets alles dransetzen werden, Sie vor eines ihrer Gerichte zu stellen. Das könnte dann Sibirien oder auch den Strang bedeuten.«

Beger sah ihn traurig lächelnd an. »Sie hätten lügen können, jetzt.«

»Das würde ich niemals tun«, antwortete Heller und hielt seinem Blick stand.

Beger sah noch einmal in die Ferne. Im Osten stieg die Sonne vollends über den Horizont. Als er sein Gesicht Heller zuwandte, liefen ihm die Tränen über das Gesicht. »Werden Sie sich um die Kinder kümmern, versprechen Sie es?«

Heller nickte.

»Werden Sie ihnen sagen, wie tapfer ich war?«

»Das werde ich.«

»Grüßen Sie sie von mir und sagen Sie ihnen, dass ich sie nicht vergessen werde? Und dass sie mich nicht vergessen sollen?«

Heller nickte wieder und streckte ihm die Hand entgegen.

»Ich komme«, sagte Beger und kletterte mit Hellers Hilfe von der Brüstung. »Lassen Sie uns gehen.«

12. Februar 1947, später Vormittag

»Ich vermute, diesmal haben Sie keinen Kopf dabei, Oberkommissar?«, sagte Medvedev mit einem angedeuteten Lächeln. Er ließ Heller auf dem Stuhl vor seinem Schreibtisch Platz nehmen und winkte dann seinen Sekretär aus dem Zimmer.

Heller hatte nicht recht gewusst, wie er dem Kommandanten gegenübertreten sollte. Er fühlte sich von ihm nach wie vor ausgenutzt und hintergangen.

»Wissen Sie, eigentlich bin ich doch recht froh, dass man Sie nicht in die Administration gesetzt hat, es wäre doch eine Verschwendung gewesen«, nahm Medvedev ihm die Gesprächseröffnung ab.

»Ich nehme an, dass Sie von Ovtscharov ständig über den Fortgang der Ermittlungen informiert waren?«, sagte Heller und ignorierte den ironischen Unterton des Oberst.

»Ja, sofern Ovtscharov selbst informiert war. Es war mir schon immer wichtig, dass meine und Ovtscharovs Institution Hand in Hand arbeiten. Gemeinsam ist man stärker. Oder wie ihr Deutschen sagt, vier Augen sehen mehr als zwei. Der Oberst deutete an, dass Sie mir unterstellten, Kasraschwili hätte all die Männer in meinem Auftrag ermordet.«

Heller rutschte unruhig auf seinem Stuhl hin und her. Medvedev schien dies sehr ernst zu nehmen. »Das habe ich so nicht gesagt.«

Medvedev schnaubte leise. »Nun, wie immer man es ausdrückt, der Inhalt bleibt wohl derselbe. Erklären Sie mir, was Sie veranlasst hat, den Pfarrer zu verdächtigen?«

»Berinow wurde ganz offensichtlich von einem Linkshänder umgebracht. Beger scheint Linkshänder zu sein. Bestimmt wurde ihm beigebracht, mit rechts zu schreiben und zu arbeiten, doch wenn er sichergehen will, nimmt er die linke Hand zu Hilfe. Das habe ich gesehen, als sein Schlüssel an der Zimmertür klemmte. Außerdem passte der gefälschte Abschiedsbrief von Gutmann zu keinem der Verdächtigen.«

»Gutmann hat sich nicht selbst erhängt?«, fragte der Generalmajor erstaunt.

Heller zögerte, nickte dann aber. »Ich hielt es für angebracht, es nicht gleich an die Öffentlichkeit zu tragen.«

Der Kommandant schüttelte entrüstet den Kopf. »Bin ich die Öffentlichkeit?«

»Außerdem kannte Gutmann den Pfarrer, wegen der Lebensmittelspenden, die er ihm brachte. Gutmann hatte ihn also in sein Lokal gelassen, ohne Verdacht zu schöpfen. Und Beger konnte ihm die Betäubungsspritze in den Arm stechen, wieder von links hinten. Letztendlich gab ein Gespräch mit Ovtscharov den Ausschlag. Er erzählte mir davon, dass der Vorgänger des Pfarrers von der Gestapo verhaftet worden war, und nannte seinen Namen: Ludwig Kühnel. LK, wie die eingenähten Initiale, in dem Rucksack, in dem sich Swobodas Kopf fand. Beger hatte die Kirche und die Gemeinde von Kühnel übernommen und somit auch alle seine Sachen. Die Spritzen hat er entweder selbst von Gutmann bekommen oder Fanny besorgte sie ihm. Es ist ihr durchaus zuzutrauen, dass sie sich Zutritt zu Gutmanns Räumlichkeiten verschaffte.«

Medvedev ließ Hellers Worte einige Augenblicke auf sich wirken, bis er nickte. »Sollten wir dann nicht nach ihr suchen? Nach ihr und der alten Frau?«

»Wir fahnden bereits nach Frau Dähne«, erwiderte Heller und sah dem Kommandanten fest in die Augen.

Medvedev verzog den Mund. »Nun, ich nehme an, das alles werde ich einmal in Ihrem Bericht lesen.«

Heller nickte wieder. »Ich habe eine Bitte.«

Der Kommandant stöhnte leise auf. »Strapazieren Sie meine Gutmütigkeit nicht allzu sehr, Oberkommissar. Wenn es um diesen Jungen geht, den Jorg, um ihn habe ich mich gekümmert.«

»Jörg. Es ist ein ö. Was heißt das? Ist er frei?«

»Er wird freikommen, wenn es eindeutig bewiesen ist, dass er an keinem Anschlag beteiligt war.«

»Herr Kommandant, ich habe dem Pfarrer versprechen müssen, für den Jungen zu sorgen. Ich habe versprochen, dass er freikommt.«

»Dann versprechen Sie nichts, was Sie nicht halten können. Er muss erst überprüft werden«, sagte Medvedev ungehalten.

Doch Heller spürte, dass er sich noch weiter vorwagen durfte.

»Er ist doch fast noch ein Kind. Er braucht Zuneigung, eine feste Hand und vor allem ein wenig Glück im Leben. Irgendwo steckt Fanny mit ihrem Säugling und wartet auf ihn. Wollen wir ihnen nicht eine Zukunft geben?«

»Ein furchtbarer Mensch sind Sie, Oberkommissar. Dass Sie niemals lockerlassen können.« Medvedev fuhr sich über das Kinn. »Ich werde Ovtscharov anrufen, ich verspreche es Ihnen, ja?«

»Und Friedel Schlüter, er soll einen richtigen Prozess bekommen, aber ich meine, man sollte gnädig mit ihm sein.«

Medvedev erhob sich. »Antisowjetische Hetze hat er betrieben! Aufruf zum bewaffneten Widerstand!«

»Aber er hat es nie anders gelernt, er ist noch ein Kind.«

»Ich will sehen was ich tun kann. Aber nun machen Sie, dass Sie fortkommen!«

Heller stand auf und rührte sich nicht vom Fleck. »Eine weitere Bitte hätte ich noch, Herr Generalmajor.«

»Job twoju mat. Jebis wse konjom!«, donnerte der Kommandant, und Heller dachte sich, dass es diesmal wahrscheinlich ganz gut war, dass er kein Russisch konnte.

12. Februar 1947, später Nachmittag

»Es ist von Erwin!«, rief Karin ihm schon aus der Haustür entgegen, als Heller das Grundstück noch gar nicht betreten hatte.

»Was denn?«

»Das Paket! Das Paket aus Schweden!« Karin lief auf ihn zu und umarmte ihn. Sie sah ihn prüfend an. »Geht es dir gut?«

»Ganz gut, ja. Du hast nicht angerufen. Fanny war nicht hier?«

Karin schüttelte den Kopf. »Das Telefon ist noch immer kaputt, was ist mit ihr?«, sagte sie.

»Sie ist weggegangen. Mit dem Kind. Vermutlich wartet sie auf den Jungen, Jörg. Ich habe auf Medvedev eingedrungen, ihn laufen zu lassen. Heute Morgen haben wir den Pfarrer verhaftet. Beger. Fanny floh mit Frau Dähne.«

Karin hob die Hand zum Mund. »Der Pfarrer? Der den Kindern half? Und Fanny wusste davon, sie wusste es von Anfang an? Sie hat uns das große Messer gestohlen, nicht wahr. Vielleicht hätte ich doch nicht …«

»Lass gut sein, Karin. Beger hat die Schuld ganz auf sich genommen. Wir sprechen später darüber. Ich möchte, dass du mich auf einem Gang begleitest. Ich hoffe nur, Fanny schafft das mit dem Kind.«

»Sie hat schnell gelernt. Sie wird sich um den Jungen kümmern!«

Heller nickte gedankenverloren, ihm war unwohl. Fanny

und Frau Dähne hätten nicht entkommen dürfen. Beide waren Mitwisser. Wenn nicht gar mehr. Ob sie sich noch in der Umgebung aufhielten? Obwohl sie keine zwei Minuten vor Oldenbuschs Eintreffen geflohen waren, schienen sie wie vom Erdboden verschluckt. Heller legte Karin den Arm um die Schulter. »Nun lass mich erst sehen, was der Junge geschickt hat. Schreibt er auch etwas?«

Sogleich lebte Karin ein wenig auf. »Es geht ihm gut. Das glaubst du nicht, Max, er kann Pakete nur über Schweden schicken, schreibt er, weil der Postverkehr an der Zonengrenze aufgehalten wird. Er hat Kaffee geschickt und Konserven, Seife, Backpulver und Zwieback.« Aufgeregt zog Karin ihren Mann in die Küche.

Klaus saß am Tisch vor dem ausgepackten Paket und besah sich eine Konservendose mit englischer Aufschrift. Er stellte sie weg, als Heller in die Küche kam. »Der Erwin war schon immer gut im Organisieren«, meinte Klaus und lächelte in Erinnerung an seinen Bruder, den er seit mehr als drei Jahren nicht mehr gesehen hatte.

Heller betrachtete die Dinge, die sein jüngerer Sohn aus dem Westen geschickt hatte, mit stummem Interesse, langte dann nach einer der Papiertüten und sah hinein.

»Klaus, kannst du eine Weile auf Frau Marquart aufpassen?«, fragte er seinen älteren Sohn und schloss die Tüte wieder sorgfältig. »Ich will mit deiner Mutter noch etwas besorgen.«

Beinahe zaghaft klopfte Heller an die schwere Eingangstür und trat dann wieder zwei Schritte zurück. Es war schon recht spät am Nachmittag und wurde langsam dunkel. Weil ihr Mann nur so zögerlich geklopft hatte und sich nichts rührte, ging Karin zur Tür und klopfte noch einmal, kräftiger und lauter.

Endlich waren Schritte zu hören und die Tür wurde von einer streng aussehenden Frau in Schwesterntracht geöffnet. »Die Besuchszeit ist um, Sie müssen morgen wiederkommen.«

»Guten Abend, Oberkommissar Heller von der Kriminalpolizei«, stellte Heller sich vor, ehe ihm die Tür womöglich wieder vor der Nase zugeschlagen wurde.

Augenblicklich wurde die Miene der Frau freundlicher. »Ach, Sie sind das? Ihnen haben wir das zu verdanken? Kommen Sie herein. Und das ist Ihre Frau?«

Heller nickte und betrat zusammen mit Karin das Haus. Sie blieben unschlüssig stehen und warteten, bis die Schwester die Tür wieder verschlossen hatte.

»Ich bin Schwester Martha. Das war eine Überraschung am Nachmittag, sage ich Ihnen. Zuerst waren wir erschrocken wegen des Russenlasters, aber dann ... Der Herrgott möge es Ihnen danken!«

Heller winkte verlegen ab und wusste nicht, was er sagen sollte. Aber Schwester Martha duldete keine Bescheidenheit und nahm Heller beim Handgelenk. »Kohlen haben wir bekommen, Kartoffeln und Milch. Reis auch und Rosinen. Ich will es Ihnen zeigen.«

Heller machte sich sachte los. »Ich habe doch gar nichts groß getan. Ich habe nur den Kommandanten gebeten, Sie ein wenig zu unterstützen.«

Schwester Martha sah ihn mit großen Augen an. »Ja, aber Sie haben es getan.«

»Können wir die Kinder sehen?«, fragte Karin leise.

»Natürlich! Kommen Sie, wir müssen die Treppe hinauf.« Eilig ging sie voran, ihren weiten Rock mit einer Hand gerafft, die Enden ihrer Haube wippten zu jedem Schritt. Oben lief sie schnell den Gang entlang. »Unser Haus ist nicht sehr groß, doch wir haben sehr viele Kinder hier. Die Neuzugänge mussten wir in dem großen Schlafsaal unterbringen. So bleiben sie vorerst zusammen«, erklärte sie eifrig und öffnete dann eine Tür. »Achtung, Kinder!«, rief sie.

Heller ließ Karin den Vortritt.

»Himmel!«, hauchte Karin und erstarrte beinahe. Heller wusste gar nicht, wohin er zuerst schauen sollte. Mindestens zwanzig Schlafstätten gab es in dem großen Zimmer, kleine Betten, Gitterbetten und für die größeren Kinder einfache Strohmatratzen auf dem Boden. Zwanzig Augenpaare starrten sie an.

»Kinder, sagt ›Guten Abend‹«, forderte Schwester Martha auf.

»Gu-ten A-bend!«, sagten die Kinder im Chor. Sie waren gewaschen und man hatte ihnen die Haare geschnitten. Unsicher wirkten sie, als fühlten sie sich nicht wohl in geschlossenen Räumen, als glaubten sie noch nicht, dass ihnen Gutes geschah.

»Das ist der gute Mann, der uns heute eine solch große Freude bereitet hat.«

Eines der jüngsten Kinder löste sich plötzlich aus der Gruppe, lief zu Heller und umklammerte sein Bein.

»Himmel!«, flüsterte Karin noch einmal und bückte sich zu dem kleinen blonden Mädchen, das nichts als Lumpen am Leib trug. Sie strich ihm übers Haar und musste mit den Tränen kämpfen.

»Wir wissen nicht, wie sie heißt und woher sie kommt. Der Suchdienst vom Roten Kreuz zählt Tausende solcher Fälle«, erklärte Schwester Martha.

»Darf ich?«, fragte Heller und zeigte ihr die weiße Papiertüte, die er mitgebracht hatte.

Die Schwester warf einen Blick hinein, zögerte zuerst, dann aber nickte sie. »Jedes nur eines«, bestimmte sie. Nun hockte sich Heller umständlich hin, langte in die Tüte und nahm einen Zuckerwürfel heraus. Er gab ihn dem Mädchen, das mit seinen zwei oder drei Jahren so etwas wahrscheinlich noch nie gesehen hatte. Sie nahm es zwar, wusste aber nicht, was damit geschehen sollte. Heller nahm auch einen Würfel aus der Tüte und leckte daran. Das Mädchen machte es ihm sogleich nach und seine Augen weiteten sich.

»Sag Danke, Herr Oberkommissar«, flüsterte die Schwester, doch das Mädchen hörte die Worte nicht, sondern leckte versonnen an dem Zuckerstück. Jetzt drängelten sich auch die anderen Kinder um Heller und streckten ihm ihre Hände entgegen.

»Jeder bekommt eines«, mahnte Schwester Martha. »Sagt Danke, Herr Oberkommissar.«

Heller verteilte den Zucker auf die vielen kleinen Hände, während Karin kaum den Blick von dem kleinen Mädchen wenden konnte, das wieder und wieder mit spitzer Zunge kostete.

Als alle Kinder eines bekommen hatten, gab Heller die Tüte der Schwester. Plötzlich stand einer der älteren Jungen neben ihm, und es dauerte einen Augenblick, bis Heller ihn erkannte.

»Johann«, begrüßte er ihn dann. Der Junge senkte den Kopf zu einem angedeuteten Nicken und kniff die Lippen zusammen. Dann streckte er die Hand aus. Schwester Martha suchte raschelnd in der Tüte nach einem weiteren Zuckerstück, doch Johann beachtete sie gar nicht. Er sah Heller unverwandt in die Augen. Endlich hatte Heller verstanden und nahm die Hand des Jungen.

»Danke, Herr Oberkommissar.« Noch einmal nickte der Junge, steckte dann seine Hände wieder in die Hosentaschen und ging langsam zu seinem Bett zurück.